Mirko Bonné
Alle ungezählten Sterne

Roman

Schöffling & Co.

Für Florentine
und für Lucile

Erste Auflage 2023

Satz: Fotosatz Amann, Memmingen
Druck & Bindung: Pustet, Regensburg
ISBN 978-3-89561-348-7

www.mirko-bonne.de
www.schoeffling.de

In jedem einzelnen Moment des Lebens
ist man zugleich, was man sein wird
und was man war.

Oscar Wilde

I

Die Münze unter der Zunge

So endet alles. Mit diesem flüchtigen Gedanken fing es an. Mein Tod wurde mir vorhergesagt, und wie vom Blitz getroffen dachte ich: Zum zweiten Mal sagt mir einer, ich muss sterben.

Der Arzt war fast noch ein junger Mann, halb so alt wie ich, im Alter meiner Tochter also (die Mitte dreißig ist). Er hätte mein Sohn sein können, dieser Dr. Goossens, der Nachfolger meines letzten Winter pensionierten Hausarztes. In dem Besprechungszimmer erkannte ich keinen Gegenstand wieder. Vertieft in den Bildschirm, saß der junge Arzt hinter dem Schreibtisch und bat mich, gleichfalls Platz zu nehmen.

Ich erkannte wieder: die Kastanienreihe vorm Fenster, große, uralte Bäume, die am Wallgraben stehen, auch die Giebel der Häuser gegenüber, die Dammtorstraße in Rufnähe zur Staatsoper. (Dort war ich zuletzt vor Viviens und Dr. Goossens' Geburt gewesen.)

Wir schwiegen lange.

(Der über den Stephansplatz brandende Verkehr.)

Eine Zeit lang sprachen wir höflich über Brücken, meinen Beruf, meine (früheren) Aufgaben im Amt. Ich kannte also wirklich alle Brücken der Stadt, fragte er, gab es nicht (das hatte er einmal gelesen) ein paar Tausend?

»Ich kenne natürlich sehr viele«, gab ich zurück, »als Brückenkommissar ist das so.«

»Aber niemand kennt sie alle«, sagte er.

Und ich sagte: »Ich kenne niemanden.«

Und wieder er: »Da berühren sich unsere Tätigkeiten, denn ich kenne ja genauso wenig jede Krankheit.«

In seinem Alter kein Wunder.

(Wohin führte dieses Gespräch?)

Endlich meinte er, was er mir mitzuteilen habe, sei zweifellos das Schwierigste, Traurigste. (Er hätte gar nicht weiterreden müssen.) Es gebe da sozusagen keine Brücke. Dennoch. Er betrachte es dennoch als seine mitmenschliche Pflicht, mir nichts vorzumachen, sondern sie auszusprechen.

»Die Wahrheit.«

Ich hörte ihm zu, wie er mir die Wahrheit schilderte (eine halbe, eine ganze Minute lang).

Dann bedankte ich mich, mitten in Ausführungen, die in Details vorzudringen begannen. »Ihr Körper«, hörte ich ihn mehrfach sagen, als würde er meinen Körper besser kennen als ich (oder ich ihn gar nicht kennen, nur er).

Ich stand auf, hielt ihm die Hand hin (meine), die er aber, wie seit der Pandemie üblich, nicht ergriff.

(Er nickte, und ich ging.)

Ein seltsames Gefühl, lebendig zu sein, diese Treppen hinunterzugehen, in das blendende Licht und die auf die Stadt drückende Hitze zu treten. Ich nahm alles wahr, wie man es Insekten nachsagt: Jeden Sekundenbruchteil empfand ich als nie zuvor erlebt und deshalb ganz und gar erstaunlich.

Etwas Unerhörtes war mir zugestoßen.

Ich ging hinüber in den Park, schlenderte parallel zum Gorch-Fock-Wall unter den Bäumen am Wasser entlang. Nur sehr fern noch hörte ich Schiller-Benz' Nachfolger sagen, nach seiner Überzeugung müsse ich mich mit dem Gedanken anfreunden, dass dies mein letzter Sommer sei. (Womöglich schon den Herbst, bestimmt aber den Winter würde ich wohl nicht mehr erleben.) Er sei kein Hellseher, so wenig wie die von ihm konsultierten Fachärzte. Es hänge davon ab, wie weit fortgeschritten der Defekt sei. Er nannte den Namen des Defekts, der aus einem englisch und einem japanisch klingenden Nachnamen bestand, die ich beide nie gehört hatte und die ebenso die Namen von Hieroglyphenkundlern oder Schachgroßmeistern hätten sein können. Er hatte mir ein Rezept ausgestellt (und bereits unterschrieben), ein Mittel, sagte er, ohne mich anzusehen, das mir die unzweifelhaft schon in Kürze eintretenden Beschwerden zuverlässig und rasch nehmen werde. (Es galt, keine Zeit zu verlieren.) Noch sei nur wenig über den Defekt bekannt. Corona habe den medizinischen Fortschritt auf anderen Gebieten quasi zum Erliegen gebracht. Doch die bekannten Zahlen verhießen (leider, leider) nichts Gutes.

»Wir sprechen von Wochen, nicht Monaten«, sagte Goossens, der ein seltsames Ding im Ohr trug, ein Gerät offenbar (kaum größer als eine Hornisse), das ihm entweder etwas einzuflüstern oder auf mir unersichtliche Weise am Innenleben des jungen Mannes teilzunehmen schien. Ich hörte ihn sagen, es gebe mittlerweile Computerprogramme, die die Lebenserwartung (als würde es jeder so sagen, sagte er »Restlebenszeit«) exakt berechneten. Bis auf Tage, ja Stunden genau. Das dauere allerdings, vielleicht einige Wochen.

(Die mir ja unter Umständen gar nicht blieben.)

Er sah mich an.

Ich sah ihn an. Als hätte ich eine Münze unter der Zunge, war ich unfähig, etwas zu sagen.

Man werde mich auf dem Laufenden halten, sagte Dr. Goossens, und ich dachte dabei, dieser Futur wird mein letzter sein.

Die Lebendigkeit wird Erinnerung.

Es ging also bergab, ins letzte Tal hinunter. (Nie hatte ich mich als alten Mann empfunden.) Ich fragte mich, ob ich die Verurteilung zu meinem baldigen Ableben verdrängte, während ich so durch den sonnigen Nachmittag spazierte, den Finken und Amseln lauschte und, wie stets, wenn ich im Anschluss an einen Termin bei Dr. Schiller-Benz den Wallgraben entlanggelaufen war, nach den angeblich darin lebenden Sumpfschildkröten Ausschau hielt.

(Nie eine gesehen.)

Das Unerhörte bestand nicht darin, was mir vorausgesagt worden war. Vielmehr erinnerte ich mich zum ersten Mal seit über fünfundsechzig Jahren an ein Gespräch mit meinem Vater, das ich komplett vergessen hatte. Der junge, ahnungslose Arzt. Mit seiner Mitteilung musste er die verschüttete Erinnerung freilegt haben: Wie eine Tür, die man zur eigenen Verblüffung hinter einer altbekannten Tapete entdeckt, eröffnete sie mir einen verloren gegangenen Raum.

Alles darin sah ich in vollkommener Deutlichkeit wieder, meinen Vater neben mir auf der roten Sitzbank in der Straßenbahnlinie 2 (Endstation Niendorf), die den Grindelberg und die Hoheluft hinauffährt, meine Hände auf meinen nackten Knien, das hellblaue Tageslicht über Harvestehude. Vier Jahre alt bin ich vielleicht. Die Grindelhochhäuser (fertig '56). Nur, wie wir auf das Thema gekommen sind, mein Vater und ich, fiel mir nicht wieder ein. Gab es noch Trümmerberge im Grindel-Viertel, hatten wir einen Verkehrsunfall oder eine Leichenbergung beobachtet? Er und ich, mein Vater mit Aktentasche, ich mit meinem Schinken (wie er meinen Ranzen nannte), sprachen sehr ernst und ausführlich über die Vergänglichkeit von allem, das Unausweichliche, den Tod.

Ich fragte meinen Vater Delf, ob auch er sterben werde, und er lächelte und nickte, als wir an der Hoheluftbrücke unter dem Hochbahnviadukt hindurchfuhren (wo ich heute wohne) und irgendwann nahm ich mir ein Herz und wollte von ihm wissen, was dann mit mir sei. Ob denn, da alles sterben müsse, etwa auch ich sterben müsse.

2

Rotverschiebung, Todverschiebung

Niemand gelangt zu einer Übereinkunft mit seinem Ende. Allen Widerständen in mir zum Trotz fängt mein Protokoll dort an, wo ich aufhöre. Ich erstatte Bericht vom Ende eines kommissarischen Lebens.

Es lassen sich Vorbereitungen auf das Ende treffen, das ist alles. (Alle Vorbereitung ist Beschwichtigung.) Man bestellt online ein Klappbett. Man kauft sich bei einem »Outdoor-Ausrüster« einen gefütterten Schlafsack (in der Schaufensterfront, acht Meter hoch, rotieren Kanus und Kajaks elektrisch umeinander herum), man probiert die Ausrüstung im Wohnzimmer aus und wartet dann eine nicht zu kalte, jedoch sternenklare (spektakuläre) Nacht ab.

Sobald sie sich abzeichnet, trinkt man am Abend statt des üblichen Schattens eines Rieslings, der ohnehin nach kaum noch etwas schmeckt, drei (vier) Gläser eines eigens zu diesem Zweck gehorteten Lagrein.

Oben übt wie täglich zwischen 18 und 20 Uhr der Jazztrompeter, der (unglückseligerweise) auch ein Saxofon besitzt, nur dass die altbekannten Tonfolgen mit einem Mal nach einer Totenklage klingen.

Dann der entscheidende Moment. Man gibt sich einen Ruck, setzt den Entschluss in die Tat um, das heißt, legt sich mitten in Hamburg, inmitten fast zwei Millionen fremder Leute unter freiem Himmel schlafen (auf dem Balkon). Denn das hat man nie gemacht, wollte es aber fast sieben Jahrzehnte lang wenigstens ein Mal erleben.

(Das Hier und Jetzt. Frisch, fast kühl.)

Gut zwei Wochen waren vergangen seit meiner tödlichen Konsultation bei Dr. Goossens (dessen Praxis mich seither zu erreichen versuchte). Ich: bestens vorbereitet (weiterhin ohne Schmerzmittel). Angenehm berauscht, sah ich die Sterne aufgehen.

Doch es kam anders. (Selbstverständlich.) Ich schloss in dieser Nacht nicht etwa mit der Gewissheit von meinem bevorstehenden Ende Freundschaft, sondern mit dem exakten Gegenteil.

Ho ... Hoffnung.

Lie ... Liebe.

Hollie ...

Das Gegenteil des Endes ist keineswegs der Anfang, auch wenn es so scheint. (Was hätte je begonnen?) Alles hebt bloß neu an, geschieht zum x-ten Mal.

(Alles ist Fortsetzung.)

Man denke an den Venustransit, das mir liebste Beispiel aus der Astronomie. Der Durchgang der Venus zwischen Sonne und Erde findet in einem Zeitraum von rund zweihundertdreiundvierzig Jahren nur vier Mal statt: erst nach acht, dann nach einhunderteinundzwanzigeinhalb, darauf wieder nach acht und schließlich nach hundertfünfeinhalb Jahren, bevor dieser offenbar unveränderliche Zyklus von Neuem beginnt.

(So denkt man.)

Zum letzten Mal zog die Venus 2012 vor der Sonne vorbei (ich war sechzig, geschieden), davor 2004 (ich war zweiundfünfzig, lebte in Trennung). Rebekka und ich hatten zwei Wohnungen, und 2004 ging unsere Tochter für ein Jahr zu Airbus nach Toulouse, aber nach dem Abbruch ihrer Ausbildung zog Vivien nicht mehr zu Rebekka zurück. (Sie war neunzehn.) Voraussichtlich ereignet sich die nächste Venuspassage am 11. Dezember 2117.

Doch wird dann (so ist anzunehmen) kein halbwegs vernünftiger Mensch auf den Gedanken kommen, der erdgroße Planet, den man da als schwarzes Körnchen über die gleißende Sonnenscheibe huschen sieht, könnte das zum ersten Mal machen.

Von meinem Balkon aus war die Venus nicht zu sehen. Denn sie hatte ihre nächste Jahrhundertreise angetreten, und zumindest vor dem riesenhaften Sonnenrund würde ich sie wohl nie erblicken, denn es war ziemlich ausgeschlossen, dass ich hundertfünfundsiebzig Jahre alt wurde.

Obwohl man das, logisch betrachtet, nicht wissen kann.

(Der Philosoph Wittgenstein behauptet, man könne sich nicht einmal sicher sein, dass morgen die Sonne aufgeht.)

Es gibt Aufzeichnungen von Venusdurchgängen, die in die Tiefen der Zeit zurückreichen und sich im Unnennbaren verlieren. Keplers (noch leicht ungenaue) erste Berechnung des Transits erfolgte 1631. Registriert wurden Venusdurchgänge jedoch schon in der Antike, möglicherweise ebenso in der mitteleuropäischen Bronzezeit. So repräsentieren mehrere Goldpunkte auf der in Sachsen-Anhalt gefundenen, rund viertausend Jahre alten Himmelsscheibe von Nebra (wahrscheinlich) das Bewegungsmuster der Venus. Bereits das alte Ägypten verzeichnet dutzende Venustransitbeobachtungen, die Jahrtausende zurückreichen, Einkerbungen unbekannter Hand, stumme Zeichen versunkener Dynastien und Zivilisationen. Pharaonen sind hier reine Randfiguren (Zählhilfen). Bericht erstatten vielmehr anonyme Einzelne, so wie auch ich einer bin.

Darüber dachte ich in dieser Nacht auf dem Balkon nach.

(Was heißt Ende, was Anfang?)

Ein Anfang wäre vielleicht gemacht, würde 2117 die Venus ausbleiben. Unsere Hochleistungsteleskope, die Augen unseres Wissens vom Makrokosmos, würden sich auf die Sonne und die exakt errechnete Route richten, die der Nachbarplanet mit seinem Kohlenstoffdioxidhimmel nehmen muss (weil das schon immer so war).

Aber sie (die Venus) würde nicht kommen.

Kein Venustransit.

Keine Venus.

Wo blieb sie?

Was dann?

Kein Anfang. (Alles bloß Vorwand.) Jeder Anfang ist ein Neuanfang.

Der Neuanfang wäre das maßlose Erstaunen darüber, dass etwas für unverrückbar Gehaltenes einfach so zu Ende gehen kann.

Aus und vorbei.

Wie mein Leben, bevor ich Hollie traf.

Ma … Maskerade.

Gen … Genusssucht.

Ta … Taktlosigkeit.

Ma – Gen – Ta.

Hollie Magenta!

Ich begegne sternenklaren Nächten durchaus mit Interesse. Alles Unklare ist mir ein Gräuel, und ich glaube sagen zu können, dass ich stets Verfechter klarer Verhältnisse war. Es gibt Argumente für und wider, doch sollen sie bitte (ob in diese oder jene Richtung) für größere Klarheit sorgen.

Allerdings erzeugen Gestirne keine Stimmungen in mir. Am Nachthimmel sehe ich Himmelskörper, unvorstellbar (jedoch messbar) weit entfernte Lichter, ferne Sonnen fernster Galaxien, manche lange erloschen. Ja, in einer gewissen (milden) Verfassung denke ich mir: Die funkelnden Sterne teilen den Menschen etwas mit. Nur sind sie keine Abbilder oder Inbilder meiner wie auch immer gearteten seelischen Verfassung. Auf welche Weise sollte der Mars oder gar der Uranus Einfluss auf mich ausüben? (Bitte!) Astrologie. Unterhaltsamer, bestenfalls erbaulicher Mumpitz.

Nein, Sterne teilen meinem Auge, das sie funkeln sieht, nichts anderes mit als ihr Licht und ihre Entfernung. Mein Schwiegersohn (der sich Astrosoph nennt) würde womöglich behaupten, gerade darin, in Licht und in Entfernung, bestehe ja die Erzählung der Venus. Licht, das (zufällig) die Erde erreiche, erzähle die Geschichte etwa des Riesensterns Beteigeuze im Sternbild Orion oder gar von einem Quasar. »Ja, bester aller Bennos«, würde er sagen (mein Schwiegersohn Timothy), »darin verbindet sich die verkannte, eigentlich verbannte Wissenschaft der Astrologie mit der Philosophie und der Dichtung.«

Dichtung – bei dem Begriff denke ich an die siebenundvierzig Jahre alte Zylinderkopfdichtung im Motorblock meines Rover.

Ich bin (war) Ingenieur. Als Techniker berechne ich. Begutachte. Wäge ab, minimiere Risiken durch sachverständige Kalkulation.

Alles andere ist in meinem Beruf fahrlässig (und war es schon zu Zeiten der alten Ägypter).

Ich dachte in dieser denkwürdigen Nacht auf dem Balkon über Sterne nach, so weit, so gut, vielleicht sogar, um mich abzulenken von Gedanken (Empfindungen womöglich), die mir zu nahe gingen, ich will das gar nicht verhehlen. Ich fragte mich, weshalb man Orion nicht sah, nicht den Schulterstern (Beteigeuze), ja nicht mal die drei Sterne des Gürtels.

Natürlich, ein Quasar ist weder Stern noch Sonne. Quasare sind rotierende Glutkerne weit entfernter Galaxien. Die leuchtkräftigsten unter ihnen (als wären Quasare im Plural überhaupt vorstellbar!) besitzen die Strahlkraft von über einer Billiarde Sonnen.

Ja. Und das heißt?

Vielleicht, dass es Menschen gibt, die wie Quasare sind.

Unfassbar fern (weil gestorben oder noch nicht geboren, oder weil sie sich abgewandt und dich vergessen haben).

»Unfassbar leuchtende Menschen gibt es.«

Würde mein Schwiegersohn Tim der Astrosoph sagen. (Er glaubt, das Wassermannzeitalter steht kurz bevor.)

Und ich ihm erläutern: »Ein Quasar rotiert in Lichtgeschwindigkeit.«

Und er mir: »So wie jeder von uns, liebster Benno.«

(Kokolores.)

Auf der Straße, unter der Brücke, herrschte Stille. Ich sah vom Balkon aus die Sterne über den Dächern blinken, den feinen Nebeldunst und wie sich das Hellblau des Abendhimmels eindunkelte und minütlich satter wurde.

Einige alte Platanen und Ahornbäume stehen in meiner Straße, ihre Kronen nachts dunkle Flecken. Und fast so dunkel wie dieses dichte Gewirr aus Blattwerk und Schatten der Ahornbäume und Platanen in der Isadorastraße war die Dunkelheit unter der Brücke, die auf Höhe meines straßenseitigen Balkons erbaut ist, um in rund sieben Metern Höhe U-Bahnzüge in nordöstlicher Richtung den Vororten und Richtung Süden dem Hafen entgegenzuführen.

Es gab das Sternenlicht, es gab die Entfernung zwischen den Sternen und mir. (Demzufolge gab es auch mich.)

Trotz aller Erklärbarkeit: seltsam, dass auf keinen dieser Sterne je ein Mensch einen Fuß gesetzt hat.

Anders als meine fast zeitgleich mit mir pensionierte Assistentin Fischer lese ich keine Horoskope. (Ich weiß, wer ich bin, und ich weiß, dass in die Zukunft zu sehen unmöglich ist.) Und im Gegensatz zu Fischer lese ich auch keine Gedichte. (Ich weiß, dass ich Poesie vor mir habe, wenn ich nichts verstehe.)

Im Durchschnitt alle siebzehn Minuten fuhr ein Paar auf

einem oder zwei E-Scootern vorbei. Ich hörte das je nach Akkustand leisere oder lautere Sirren des Elektromotors, war hundemüde, aber musste hinuntersehen. Ich sah die roten Rücklichter und wie die Roller (es waren tatsächlich zwei) zwischen den unter der Brücke parkenden Wagen verschwanden.

Das rote Licht dehnt sich ins Dunkel, bis es darin erlischt.

In einer Abhandlung über das Hubble-Teleskop las ich einmal, je weiter eine Galaxie entfernt sei, desto stärker sei die Rotverschiebung. Man könne das im Alltag überprüfen am Blaulicht eines vorbeibrausenden Krankenwagens, das umso roter erscheint, je weiter es sich entfernt.

»Rotverschiebung, Todverschiebung«, wird Hollie sagen, wenn ich ihr das irgendwann erzähle, dann wird sie, und auch ich werde lachen.

3

Im Meer der Ruhe

Ich versuchte einzuschlafen, erwog, das freiwillige Balkonasyl abzubrechen, es als Experiment zu betrachten (durchaus lehrreich) und, endlich, in mein wahres Bett zu gehen. Ich sehnte mich danach, die Augen zuzumachen (mindestens bis Mittag), die Ohren verstopft mit diesen Wachsklümpchen, die ich inzwischen in Großpackungen online bestellte, auch weil mir der Firmenslogan gefiel: »Wir sind die Erfinder der Stille.«

Aber (aber, aber) ich hatte mir diese Nacht im Freien vorgenommen, zum einen, weil es womöglich die letzte Gelegenheit war (ich fragte nicht mehr nach Alternativen), zum anderen, weil ich erledige, was ich plane, jawohl. Ich nehme mir nur das vor, was ich erledigen kann.

Der helle Mond (ein Dreiviertelmond) über der Häuserzeile.

U-Bahnen fahren nachts nur am Wochenende, es war jedoch der frühe Morgen eines Werktags: U-Bahnen Fehlanzeige. Die Brücke ist tagsüber dunkelgrau, nachts unter der Woche aber von tiefem Schwarz (als wäre sie zugleich ihr eigener Schatten).

Manchmal rollt nachts ein Gleisbauzug vorbei, flach, fast aufbautenlos rattert er durch das Dunkel wie ein Vehikel, das auf Schienen in die unbekannte Finsternis eines anderen Sterns vordringt, und es wissen nur die in Warnfarben gekleideten Männer im Triebwagen (und der Nachtkoordinator in der Ohlsdorfer Gleisinstandhaltungszentrale), wohin dieser GBZ um 2.29 Uhr in der Frühe unterwegs ist.

Fast jeden der drei in dem erhellten Führerstand der Mittellok kannte ich von Unterredungen über diese oder jene Brücke.

Brücken sind Gleise auf Pfeilern für sie. (Jede Brücke ist zu etwas gut.) Deshalb muss sie instandgehalten werden.

Das Gute an jedem Ende: Alles ist Vergangenheit. Auf mich kommt nichts mehr zu, ich habe die Zukunft hinter mir. Um das unter Beweis zu stellen, nehme ich mir an dieser Stelle meines Protokolls die Freiheit und springe mit meinem Bericht weit vor in der Zeit.

In drei Wochen (an einem Abend im August) wird mich Hollie einmal fragen, ob ich glaube, die Mondlandung der Amerikaner (»der Leute aus Ami-Land«) habe wirklich stattgefunden. Wir werden noch spät am Elbufer sitzen, im von der Sonne des Hochsommertages erwärmten Ufergras der kleinen Insel Fabers Sand. Als blutorangerote Scheibe steht der Mond zwischen den Sternbildern.

»Ich war siebzehn«, erwidere ich (als bewiese das etwas). »Ich glaube es nicht, ich weiß es: Am 20. Juli 1969 betrat Neil Armstrong als erster Mensch den Mond.«

»Warst du dabei?«

»Hast du Che Guevara getroffen?«

(Sie lacht, amüsiert sich prächtig.)

Sie wolle die Mondlandung (die erste) den Amis nicht in Abrede stellen. (Danke.) Aber sie wolle Zweifel äußern dürfen am Faktendenken, das (in ihren Augen) Faktenglaube sei, Faktengläubigkeit.

»Wieso die Wahrheit anzweifeln?«

»Weil es keine Wahrheit gibt, old bro?«

(Würde sie mich fragen, seit wann Freibäder beheizt seien, ich wüsste die Antwort: in Europa seit 1927.)

Für ihr Alter hat sie viel gelesen (das meiste aber verworfen).

Sie zweifelt an fast allem, zieht, abgesehen von ihrem Widerstand dagegen, eigentlich alles in Zweifel. Aber das werde ich erst auf Fabers Sand wissen. In dieser Julinacht auf meinem Balkon (drei Wochen zuvor) konnte ich es gar nicht wissen, ich hatte sie ja noch nicht in meine Wohnung und mein Leben gelassen. Drei Wochen lang stritten wir von da an über alles, was ich für wahr halte oder hielt.

(Durch Hollie sehe ich vieles mit anderen Augen.)

Wahrheit!

Wenn ich von den Himmelskörpern zu erzählen anfing, sagte sie, es sei höchste Zeit, die Sterne neu anzuzünden.

»Sind sie denn erloschen?«, fragte ich.

»Weißt du es?«, fragte sie.

Mir schien, wir redeten von unterschiedlichen Dingen mit demselben Namen (nicht nur Sternen, fast allem), als wären die Namen wichtiger als was sie benannten.

Für Wahrheit hielt ich, was durch Thales von Milet, Isaac Newton und Marie Curie aus dem Nebel der Mutmaßungen ans Licht geholt worden war.

Für Hollie war diese Wahrheit »der selbstherrliche Wahrheitsbegriff des alten Mannes und seiner wahren alten Welt«.

Endlich bin ich eingeschlafen, dachte ich auf meinem Balkonfaltbett, war aber (in Wahrheit) hellwach.

In einiger Entfernung waren beständig lauter werdende Geräusche zu hören. (Das waren sie: Sie kamen.) Während Hollie und ihr Kommando vorrückten, sah ich über dem Hochbahnviadukt den Erdtrabanten leuchten. Ich suchte unterhalb des nördlichen Mondpols nach dem hellen Leuchten der Berge des ewigen Lichtes, aber erkannte nur die größeren geografischen Formen, das Mare Crisium, das Mare Tranquillitatis. Eine Nachtmaschine überquerte zwischen Mond und mir die schlafende Stadt mit unfehlbar regelmäßigem Blinken – und flog weiter Richtung Polen oder Baltikum. Und eine übers Firmament ziehende Lichtlinie war weder ein sich irritierend schnell bewegender Stern noch eine merkwürdig träge Sternschnuppe, nein dieses Leuchten, dieser helle Punkt (der etwas an den Nachthimmel zu schreiben schien) war ein dem Verlöschen entgegeneilender Satellit in seinem Orbit.

4

Das Kommando

Natürlich würde Hollie die Geschehnisse dieser Nacht ganz anders schildern. Ihr Blick und mein Blick können unterschiedlicher gar nicht sein. So oft ich sie nach ihren Eindrücken gefragt habe, so wenig hat sie sie mir offengelegt, und es passt zu ihr, zu Hollie Magenta, dass ich dadurch eine seltsame Freiheit erhalte, eine, die ich selbst zu gestalten habe, nur damit sie von ihr beurteilt werden kann.

Ich halte mich an die Begebenheiten. Ich schildere die Ereignisse. Alles andere (Empfindungen, Deutungen) führt mich auf Umwege, für die ich keine Zeit habe.

Die Zeit, die mir blieb, ich kannte sie nicht. (Tage, Wochen, mit Glück Monate?) Ich spürte nur, sie verrinnt mit rasendem Tempo.

So schien es. Wahr ist natürlich, dass jede Sekunde exakt so lange dauert wie alle anderen Sekunden jemals, ob im Jahr 1965 oder 1695. (Fragen, Thesen und Beweise der speziellen Relativitätstheorie seien hier bewusst ausgeklammert, im Gegensatz zu Hollies übersteigt die Quantenphysik mein Vorstellungsvermögen.)

Ich schildere die Ereignisse der Nacht meines Aufeinandertreffens mit Hollie in der Reihenfolge, wie ich sie erlebt habe, und da ich wie üblich (der regelmäßigen Blutzuckermessung wegen) auf dem Nachtbalkon meine Armbanduhr trug, bin ich imstande, die Chronologie des Geschehens denkbar genau wiederzugeben.

Ich besitze die Timex übrigens seit 1968 (ich war sechzehn), als mein Vater meine Mutter und mich verließ und die Uhr entweder mitzunehmen vergaß oder aber sie einfach liegen ließ.

Sie sei aus Amerika, aus New York, sagte er immer. Hamburg während der Studentenunruhen.

(Sobald man zu erzählen beginnt, schweift man ab.)

2:35 Uhr.

Unter den Pfeilerbögen auffällige Geräusche! Am frühen Morgen würde unter der Brücke (die eigentlich ein Viadukt ist, ein Hochbahnviadukt) der Markt aufgebaut werden, wie jeden Dienstag und Freitag – Obst, Gemüse, Feinkost, seit Abflauen der Pandemie verstärkt auch wieder Kleinkunst, saisonale Mode. Ein beliebter Treffpunkt und Touristenmagnet, alles Feilgebotene mindestens ein Drittel teurer (»hochpreisiger«) als in den Supermärkten an der Hoheluftchaussee.

Geräusche von Flüssigkeiten: Zischen, Sprühen, Plätschern (stets in dieser Abfolge). Dazwischen Getrappel, Schritte von schwerem Schuhwerk. Kurze, unverständliche Kommandos, in Halbminutenabständen kamen sie ruckartig näher.

2:42 Uhr.

Hooligans.

(Ein Anschlag!)

Ich stehe auf, trete im Dunkeln ans Geländer.

Nichts zu sehen. Die Schwärze unter der Brücke, wo die Straßenlaternen nicht hinleuchten. Die Bäume. Eine leichte Brise in den Kronen. Unvermittelt das nächste Kommando. Und sofort erneut das Trappeln, zwei, drei Sekunden lang, ehe wieder Stille herrscht. Dann Zischen, Sprühen. Und zum Schluss Geplätscher. Als würde jemand mitten in der Nacht mit einem kaputten Schlauch Blumen gießen, für Andere unsichtbare Blumen.

Da sah ich die sechs. (Ich Balkon, erster Stock, sie unten, unter Brücke.)

2:45 Uhr.

Sechs, so weit ich sehe. Alle in Schwarz, mit Stiefeln, Kapuzen, Halbgesichtsmasken wie wir alle in den letzten Jahren. Drei hatten Sprühflaschen, drei Kanister, Fünfliter-Benzinkanister aus dunklem Plastik. Sie rückten im Pulk vor, eilten geduckt von Auto zu Auto, unterschieden offenbar zwischen den Wagen. Allesamt Nachtparker: Sobald der Markt aufgebaut wird, muss sich jedes Fahrzeug in Luft aufgelöst haben. Ich war froh, die Garage zu haben (auch wenn ich den Rover immer seltener fuhr).

Für je anderthalb Minuten etwa blieben sie stehen, aber nur bei größeren Neuwagen oder Luxus-Oldtimern, die im Sommer hier zuhauf herumgondeln (Snobs überrollen das Viertel): bei dem grünen Carrera (Baujahr ’74), der ein Vergaserproblem hatte (und kein kleines), dem Jaguar eines

Nachbarn, mit dem ich mich ab und zu über »die Brücke« (das Viadukt), über Brücken schlechthin, ihre Konstruktionsgeschichte, ihr »Wesen«, austauschen musste. Zu diesem Zweck schien er mich abzupassen. Er sehe, sagte er, dieser Hildesheimer (Herr Dr. Hildesheimer), »einen gewissen benefit« in unseren Unterhaltungen, wisse er doch, Brücken zu begutachten sei mein Beruf gewesen – woher? (Mir schleierhaft.) Und wieso sagte er »benefit« statt »Zugewinn«, versprach er sich etwas davon? Dass ich vor meiner Pensionierung Brückeninspektor war (leitender, sprich Kommissar), »so ein hohes Brückentier«, das hatte dieser mir völlig unbekannte Mensch, der mir jedes Mal etwas zu freundlich, zu beflissen die Hand hinhielt, in Erfahrung gebracht. Herr Dr. Hildesheimer war Turnschuhträger. Er war ein Mann mit einem Auftreten, als würden seine Ahnen aus Hildesheim nicht nur stammen, sondern als habe Hildesheim ihnen (und damit ihm) über Generationen hinweg gehört. Er fuhr einen dunkelgrünen XJ der ersten Baureihe (nur deshalb ließ ich mich auf Unterhaltungen mit ihm ein). Sein Jaguar war eine so betagte Schönheit wie mein Rover und wie die Armbanduhr meines Vaters.

Dann umstellen sie das Auto (den Porsche, den Jaguar), gehen in die Hocke, werden unsichtbar.

Der Vorgang wiederholt sich … sieben Mal.

Bis (2:48 Uhr) der glücklicherweise einzige Wagen in Flammen aufgeht. Ein Rätsel, wieso ich nicht kombiniert habe, es nicht kommen sah.

Hollie behauptete später (noch Isadorastraße), das sei nicht die Absicht gewesen. Geplant war vielmehr, in einer Kettenreaktion (»wie bei einem crazy Domino«) alle präparierten Fahrzeuge anzuzünden, »die acht Bonzenkisten alle zeitgleich zu roasten«.

Sofort flattern überall Vögel auf, Hunderte Tauben.

Und in Dutzenden Fenstern gehen Lichter an.

Und lauter Leute mit einem Mal draußen auf ihren Balkonen.

Woher kam das Feuer? Plötzlich war es da. In einer schmalen Flammenspur hielt es auf einen unter dem Viadukt abgestellten Jeep zu, ließ erst die Reifen auflodern, dann die Radkästen und fraß sich in die Türen. Eine halbe Minute lang stand das Auto in gleißend hellem Licht, ein brennender Luxusgeländewagen, eigentlich aber »eine krasse Muttergotteserscheinung« (Hollie) – die allerdings, wenn überhaupt, eine lärmend hupende Epiphanie war, denn mit Getöse heulte die Alarmanlage in dem in Flammen stehenden Wagen los.

Noch immer 2:48 Uhr.

Zeitgleich bricht unter den sechs Vermummten Tumult aus, Panik (kann es nicht anders nennen), laut Hollie (lächelnd) war alles »dreiundsiebzig Mal durchgespielt«.

2:49 Uhr.

Zum ersten Mal sehe ich Frau Magenta persönlich.

In brückenbaulicher Hinsicht bestand keine Gefahr, selbst falls der Jeep explodiert wäre. Als Ingenieur weiß ich, was eine Brücke aushält (es lässt sich berechnen, ja abschätzen, allerdings nur unter kritischer Einbeziehung aller Unsicherheiten). Das Hochbahnviadukt in der Isadorastraße (Fertigstellung 1912) hat im Zweiten Weltkrieg Bombardierungsdruckwellen während des sogenannten Feuersturms (Juli 1943) nahezu schadlos überstanden.

Meine Mutter war vierzehn. Mit ihrer Mutter und ihrer Schwester war sie auf einem Schleppkahn untergekommen und sah Hamburg vom Wilhelmsburger Hafen aus brennen.

Die junge Frau dort unten hatte davon (so nahm ich zumindest an) keine Vorstellung – und sie war eine junge Frau, wie ich in den Sekunden nach der Detonation mit einiger Verwunderung feststellte.

Der Jeep explodierte nicht ganz, das war ihr Glück. Sein Innenraum brannte lichterloh, somit war der große Knall nur eine Frage der Zeit. Dessen Wucht überraschte mich in seiner Heftigkeit doch. Mit doppelt stumpfem Donnern (wie unterirdisch, untertage) zerfetzt es die Motorhaube. Ich spüre eine Druckwelle anschwellen und heraufdringen wie eine zu Konzessionen nicht bereite Bö. Ich tauche ab (Benno Romik, du gehst besser in Deckung), ducke mich in Erwartung, dass der Tank oder Akku (es war womöglich ein E-Jeep) in die Luft fliegt.

Stattdessen kracht schrill fiepend ein großes Metallteil von unten gegen den Brückenstahl – Funkenflug. Holla!

Dieses Ding (der Kühler, die Brennstoffzelle) kracht gegen die Brücke, stürzt auf den Parkstreifen zurück, ein zunächst in die Höhe, dann zu Boden geschleudertes Etwas (schwarz, schwer), so schnell fast wie ein Geschoss trifft es eine der davonhechtenden Gestalten. Es reißt sie zu Boden (sie verliert einen Schuh), und die Kapuze rutscht ihr vom Kopf und die Maske vom Gesicht.

Dass man bereit sein muss, einen Menschen in jedem Moment herauszulösen aus allen Begriffen, die man sich von ihm macht – daran glaube ich so unverbrüchlich, dass ich ebenso sagen kann: Ich weiß, das stimmt. Für mich eine Frage der Vernunft. Ich sehe mich außerstande zu bestimmen, welcher Mensch für mich weniger oder mehr wert sein sollte als ein anderer. Und ich sehe mich genauso wenig imstande, zu bestimmten Zeiten (etwa nachts auf dem Balkon), Ausnahmen davon zu machen. »Sorry« (Hollie), für mich eine logisch erwiesene Tatsache: Jeder Mensch ist zu jeder Zeit mein Mitmensch.

Dass jeder Mensch der Liebe wert sei, hätte Rebekka gesagt, die meine Ex-Frau war und seit sechs Jahren nicht mehr lebt. Von Liebe würde ich in diesem Zusammenhang nicht reden, Rebekka jedoch hätte es (sehr wahrscheinlich) so gesagt.

Um nicht abzuschweifen: Es war für mich keine Frage von Mitgefühl, Mitleid oder gar Nächstenliebe, einzugreifen, als ich sah, diese junge Verletzte schleppt sich (und kann sich dabei sichtlich nur unter größter Anstrengung auf den Beinen halten) zu meinem Hauseingang. Es wäre schlicht falsch gewesen, nicht einzugreifen, das heißt bloß zuzusehen. Vielleicht versetzte ich mich in ihre Lage, vielleicht bin ich (wie Rebekka des Öfteren sagte) wenigstens dazu noch imstande. Jedenfalls hätte ich in Hollies Lage jede Hilfe genau so angenommen (ob dankbar, ist eine andere Frage), wie sie die meine nach kurzem Zögern akzeptierte.

Die Straße: mittlerweile voller Leute, die aus ihren Häusern gekommen waren, voller Menschen, die ihre Autos gestoppt hatten und auf der Straße standen. Eifrige sprühten mit Feuerlöschern in der Dunkelheit herum, um die Benzin- oder Spirituslunten unschädlich zu machen. (Der Jeep erinnerte an ein verkohltes Brathuhn.) Frauen kreischten, weil auch Kinder unter dem Viadukt auftauchten, kleine Mädchen in Nachthemden, Jungen in Pyjamas. Jugendliche leuchteten mit Taschenlampen, Lichtkegel strichen über die verschont gebliebenen Karossen, die Brückenbögen, den Asphalt, auf dem weiß wie Sprühsahne Schaum glänzte. Kaum war das monotone Lärmen der Alarmanlage verklungen (als wäre ein riesiger Lautsprecher von innen aus der Verankerung gerissen worden), da hörte man erste Martinshörner. Löschzüge, Peterwagen und Krankenwagen jagten durch Eppendorf und die Grindelallee herauf. Noch wagte sich keiner der von dem nächtlichen Abenteuer Euphorisierten näher an das ausgebrannte Wrack, aber alle suchten sie bereits nach den Brandstiftern, Vandalen, Autonomen, Schändern des G20-Gipfels von vor ein paar Jahren. Wichtigtuer überall.

Ich sah die verletzte junge Frau viereinhalb Meter unter meinem Balkon in einer Nische kauern (dem gewundenen Niedergang zum Müllraum im Keller). Kein Lichtschein fiel dort hin.

2:54 Uhr.

Blaulichter. Blaue Isadorastraße. Alles plötzlich blau, und am Himmel die (wie üblich) sich unbeteiligt gebenden Sterne. In dem ganzen Radau war es unmöglich, das Mädchen zu rufen. (Ich hätte nur auf sie aufmerksam gemacht.) Wie schwer war sie verletzt?

Entscheidende Augenblicke unterscheidet nichts von gewöhnlichen, es sei denn, man nimmt sie anders wahr (jeder x-beliebige Moment hält Möglichkeiten bereit), ich wusste es wieder bei jedem Schritt, jedem Handgriff, als ich vom Balkon in die dunkle Wohnung, durch die Zimmer, den Flur zur Wohnungstür ging, als ich im Hausflur kein Licht machte, sondern im Dunkeln durchs Treppenhaus bis zur Haustür schlich und dann zurück (draußen war es mittlerweile taghell, taghellblau, wenn es das gibt) zur Kellertür, die Treppe hinunter und weiter, weiter durch den stockfinsteren Keller bis zur Feuerschutztür, hinter der der Müllraum liegt.

(Erst als ich sein Licht sah, fiel mir der Lift wieder ein.)

Ich zögerte keine Sekunde lang. Nicht länger angenehm beduselt, vielmehr bei klarem Verstand (auf alles gefasst, hellwach), öffnete ich die Tür. Sechs Tonnen stehen links und rechts in dem muffigen Gelass, drei mit roten, drei mit gelben Deckeln. Zwischen ihnen ein schmaler Durchgang zur Kellertür (mit Gitterfensterchen, um den Geruch hinauszulassen), die nicht verschlossen wird. Aber das konnte Hollie nicht wissen. Ich sah sie draußen auf der Treppe zur Straße kauern, gepresst an das Backsteinmäuerchen unterhalb des Geländers, und wusste bei jedem Schritt und jeder Bewegung: Ich kann mich umentscheiden, im Gegensatz zu diesem in die Falle gegangenen Menschen hatte ich alle Freiheit, und gerade deshalb hielt ich unbeirrt auf sie zu.

Ich öffnete die Tür (nach draußen).

Schlagartig war ich zurück in einer schon vergangenen Jahreszeit. Es war Herbst geworden nach meiner Unterredung mit dem jungen Arzt, jetzt aber war mit einem Mal wieder Sommer. Dass sich eine Wirklichkeit abrupt von Grund auf ändert, ist das möglich? Meine Verstrickung in die Logik jedenfalls hörte (ohne dass ich es bemerkte) von einer zur anderen Sekunde auf.

Alles kann zu jeder Zeit geschehen, ich bin das beste Beispiel dafür: ein Brückenkonstrukteur, der Brückenkommissar wurde, Witwer einer Frau, mit der ihn keine Liebe verband, verlassener Vater, immer stur Sesshafter, der aufbrechen sollte, um nicht wiederzukommen.

Schicksal war das nicht. Es gibt keine Fügung (wer, bitte, würde sie kommunizieren können, und wie). Hollie hatte sich rein zufällig in meinen Hauseingang gerettet. (»Weil er – mein Pech! – am nächsten lag.«) Sonst wären wir einander nie begegnet.

Und wäre es nach ihr gegangen, hätte ich unverrichteter Dinge auf meinen Sternebalkon zurückkehren müssen.

Ich sah, sie hatte bloß noch einen Schuh – der Fuß, den sie umklammert hielt, steckte in einer schwarzen Socke.

Als sie den Kopf hob und mich vor sich sah, fauchte sie, allerdings sehr schwach: »Hau ab, alter Mann.«

Erst da sagte ich zu ihr: »Kommen Sie lieber rein. Drinnen wird man Sie nicht suchen. Ich sorge dafür.«

5

Tag, Pfauenauge

Logik und Lüge sind ein altes Ehepaar« lautet ein weiterer auf mich und sie gemünzter Ausspruch Rebekkas, der sie überlebt hat, denn bis sich unsere Tochter von mir abwandte, rieb ihn mir Vivien bei jeder Gelegenheit unter die Nase.

Natürlich hatte ihre Mutter auch damit recht. Denn Hollie Magenta in Sicherheit zu bringen, gelang mir lediglich durch eine beherzte Verquickung von logischer Schlussfolgerung und kreativer Tatsachenverdrehung.

»Zwei Minuten, und man wird Sie hier aufstöbern«, sagte ich zu ihr, während sie dort in der Ecke kauerte und ich im Müllraumeingang stand. »Man wird Sie fragen, wieso Sie sich hier verstecken, Sie mitnehmen, im Krankenhaus verhören und Ihnen nicht glauben. Kommen Sie lieber mit mir rein. Ich bin Arzt, also, das dürften Sie wissen, an die Schweigepflicht gebunden.«

Sie ergab sich der Logik. Dass ich möglicherweise log, nahm sie in Kauf. In ihrem Gesicht las ich widerstreitende Empfindungen (ihr ständiger Begleiter Zweifel), doch schließlich gab sie sich einen sichtlichen Ruck. Um keinen Preis wollte sie eingesperrt werden, weder von Polypen noch von Sanis.

Sie schleppte sich bis zum Fahrstuhl, wimmerte nicht, fluchte nicht, war nur unheimlich stumm. (Wir fuhren nach oben.) Sie humpelte. Mit dem schuhlosen Fuß konnte sie kaum auftreten, ich musste sie stützen, sah, ihre Schmerzen waren stärker, als es den Anschein hatte, sah zum ersten Mal ihre Züge, ihre Augen, die schwarz geschminkt waren, mich fortwährend musterten und so einem wie mir nicht trauten.

Zwei Stunden später. (5:03 Uhr.) Unterm Viadukt tritt Ruhe ein. Die Löschzüge schalten das Blaulicht aus, nachdem sie das Jeepwrack in dicken Schaum gehüllt haben. Blaue Morgendämmerung stattdessen. Erste Marktbeschicker fahren vor. Mit einiger Verblüffung sehe ich vom Balkon, dass alles wie gehabt seinen Gang geht, nur dass es einen Anschlag auf die Ordnung gegeben hat, der aber abgewehrt wurde. Eine unterhaltsame Irritation im Woche für Woche sich wiederholenden Gefüge, dieser mitten im Hochsommer wie winterlich eingeschneite Wagen. Mit einem rot-weiß gestreiften Absperrband hat ihn die Polizei vom munter seinen Anfang nehmenden Markttreiben isoliert. Vorüberschlendernde Gemüse-, Blumen-, Käse-, Brot- und Kräuterkäufer werden das Wrack als absurdes Zeugnis einer aus unerfindlichen Gründen zerstörerischen Außenwelt wahrnehmen, als Bestätigung eines Innenbezirks, dem es um Sicherheit zu tun ist und der dafür das ländlich Idyllische als vollendeten Ausdruck gefunden hat. (Im gelb sich ausweitenden Lichtdunst der erwachenden Stadt sind alle Sterne verschwunden.)

Sie schlief noch nicht. Ich hatte ihr im Gästezimmer (Viviens verwaistem) das Bett bezogen, darin lag sie und blickte abwechselnd auf ihr Handy und zur Decke. Über ihr im Regal brannte Vivis Leselampe aus Abizeiten.

Die Zimmertür offen.

Sie fragte nach dem W-LAN-Passwort, und ich schrieb den Code auf einen Zettel und gab ihn ihr.

»Es normalisiert sich draußen, schlafen Sie erst mal«, sagte ich. »Morgen ist ein neuer Tag. Geht es Ihrem Fuß mit den Kühlpacks schon besser?«

Sie sah gar nicht her. Leise, mit ihrer dunklen Stimme, sagte sie nur: »Am Fenster sitzt ein fetter Schmetterling.«

Der Falter, der bewegungslos, schon ganz schwach, nicht außen, sondern tatsächlich innen an der Scheibe saß (ein Tagpfauenauge), musste seit Stunden, wenn nicht Tagen in dem Zimmer gefangen gewesen sein. Ich holte ein Glas und nahm eine der Ansichtskarten (»Great Barrier Reef – It's great!«), die vor Viviens Büchern lehnten. Dann war der Schmetterling im Glas, ein ziemlich großes Exemplar, mit vier strahlend hellblauen, klar konturierten Augen auf den Flügeln, die Unterseiten anthrazitgrau, fast schwarz und blass getigert.

»Zeig mal«, sagte sie, und ich hielt ihr das Glas vor die Augen.

Sie betrachtete das Tier lange, scheinbar ohne jede Regung.

»Tag, Pfauenauge«, sagte sie freundlich.

Kaum hatte ich den Falter nach draußen entlassen, änderte sich ihr Ton. In ihrem Gesicht stand es schon geschrieben: Sie wurde ernst, und sofort griff sie mich an. Ich stand in Viviens halbdunklem Zimmer, sie lag im Bett, nur ihr Kopf, ihre Schultern und bloßen Arme waren zu sehen, die schwarzen Träger ihres Unterhemds.

(Unser erster echter Clinch.)

»Du bist kein Arzt, auch wenn auf deinem Klingelschild Doktor steht, also was soll der shit? Hab dich gegoogelt, Fossil!«

»Sie wären doch nicht mitgekommen. Wirken die Tabletten?«

»Ihr dreht euch die Welt hin, wie es euch passt. Aber damit ist Schluss. Ich werd mich bei dir nicht bedanken, auch wenn du dreißig Mal versuchst, mir ein ›Thank you so much‹ abzupressen. Hast du – ach forget it.« Sie verzog das Gesicht und stöhnte laut fluchend auf, als sie den Fuß nur leicht zu bewegen versuchte.

Ich hatte sie schon zwei Mal danach gefragt, sie mir ihren Namen aber nicht verraten.

»Hören Sie bitte ...«, sagte ich also nur, »Sie sollten bis morgen, bis heute Vormittag versuchen, möglichst ruhig zu liegen.«

»Fuck«, stieß sie hervor, wie so unzählige Male in den kommenden Tagen (ich werde es nur noch in Ausnahmefällen erwähnen), »hast du hartes Zeug da, irgendwas?«

»Hartes Zeug? Was meinen Sie?«

Trotz Schmerzen grinste sie belustigt und wandte mir das Gesicht zu. »Wie alt bist du, dreihundert?«

So entstanden die ersten der zahlreichen Bezeichnungen, die Hollie für mich erfand: »das Fossil« und »Dreihundert«.

Ich bat um Verzeihung (woraufhin sie lachte), nur verstünde ich leider ihre Sprache nicht immer sofort.

Unvermittelt siezte sie mich, es war das erste Mal, dass sie bereit schien, mir einen gewissen Respekt entgegenzubringen.

»Sie tun nur so«, sagte sie. »Nice. Gute Show. Jede Wette, du bist so ein Denkpilot, ein total erfahrener Allesversteher, und kommst dir dadurch so richtig, richtig riesig vor. Korrekt, o großer Meister?«

Ein so böses Funkeln hatte sie im Blick, dass sogar Schmerzen und Erschöpfung in den Hintergrund traten.

Sie verstand ihre Augenbrauen einzusetzen (besser als Vivien es je konnte), das hatte ich gleich bemerkt.

»Ich gehe schlafen«, sagte ich. »Wenn Sie morgen früher wach sind als ich und loswollen, ziehen Sie einfach die Tür ins Schloss. Gute Nacht!«

»Echt rührend. No chance, Dreihundert. Die emotional challenge hab ich für mich verworfen. Hier geht es um Härte, also.«

Ich hatte eine junge Marsianerin zu Gast, nach einer Bruchlandung bei mir untergekrochen. Sobald Gefühle ins Spiel kamen, wurde alles, was sie von sich gab, kryptisch, und ich fragte mich, ob das Absicht war, fragte mich aber zugleich, zu welchem Zweck ich mich überhaupt auf sie einließ. Sie war nicht unhöflich, sondern offen abweisend. (Empfand sie mich wohl als ähnlich feindselig?) Sie war mir ein Rätsel, aber eines, vor dem ich Respekt hatte. Dagegen waren Leute wie ich für sie altbekannt und durch die Bank abzulehnen.

Ich zog mich zurück.

Aber kaum war ich im Flur, rief sie (und konnte nur mich meinen).

»Hartes Zeug, das heißt Hochprozentiges, Wodka, Whiskey, Gin! Haben Sie so was? Damit ich schlafen kann? Sleep! Help!«

Wieder stand ich im Türrahmen und betrachtete die Klamottenfährte, die zu ihrem Bett führte, eine schwarze, verkokelt riechende Spur aus Jeans, Kapuzenpullover (»Hoodie, old Schlurf, Hoodie«) und dem einen übrig gebliebenen (verlassen wirkenden) Schuh.

»Hilfe«, sagte sie noch mal schwach.

Ich hätte, sagte ich, einen trinkbaren Weißwein und einen sehr guten Lagrein. Und einen Marillenschnaps (beide aus Südtirol).

Lagrein kannte sie nicht. Klinge aber nach Greinen.

Marillen kannte sie nicht. Aber Schnaps sei gut.

»Aprikosen?«

»Bitte davon, yes, ein großes Glas!«

Nach einem halben wurde sie ruhig. Ich saß auf Viviens altem Schreibtischstuhl neben dem Bett und trank ein Glas Südtiroler Roten. Sie schien sich zu entspannen. Sie wollte Musik hören, einen Lieblingssong, den ich nicht kannte, obwohl er von »einer alten Band« sei: »The Waterboys« – Fossile (wie ich). Ich hatte von diesen Wasserjungs nie gehört, trotz zahlloser Gespräche und Auseinandersetzungen mit Vivi über Musik. Hollie suchte den Song auf ihrem Handy: »A Girl Called Johnny«. Unvermittelt aber ließ sie die Hand sinken.

Sie war eingeschlafen.

Nach ein paar regungslosen Minuten ging ich vor ihrem Bett in die Hocke, hob die Decke von ihrem Fuß und betrachtete im Lichtkegel der Regalleuchte das böse Gelenk. Inzwischen war es gelb, grün, auch blau angelaufen und faustgroß geschwollen, nirgends aber war eine Wunde oder Spur einer Fraktur zu erkennen. (Ich löschte das Licht.) Ich schlich mich hinaus und lehnte die Tür an.

Dann stand ich im Flur, am Ende einer Nacht, die ganz anders hatte verlaufen sollen. Ich spürte mich (sehr real). Ich fühlte mich zugleich leer und als müsste ich innerlich platzen, um etwas von dem abzusprengen, was sich da in mir zusammenballte. Ich zerfloss. (Ich trieb durch die Zeit.) Die Rolle meines Körpers war mir sehr unklar. Ich war ein Schwarzes Loch mit Beinen, und mein Zorn und Kummer so dicht zusammengebacken, dass ich nicht mehr wusste: War ich wütend auf Vivien, auf mich? War ich enttäuscht von der Welt, ihrer fortwährenden Ungerechtigkeit? Oder war ich einfach nur traurig, weil so wenig gelingt und die Zeit nie ausreicht?

Sechs Uhr morgens. Ich war seit fast vierundzwanzig Stunden wach, hatte zuletzt vor dem ersten abendlichen Glas Wein etwas gegessen (neun Stunden her).

Solche sich überstürzenden Bilder von meinem vermeintlichen Innenleben sind untrügliche Zeichen. In einem rettenden Automatismus fällt mir dann zumeist die Faustregel meiner Diabetologin Frau Dr. Huppertz ein, beim geringsten Anzeichen von Unterzuckerung unverzüglich zum Messgerät zu greifen. In der Küche schob ich einen Teststreifen in den Sensorschlitz (bemerkte erst da mein Zittern), platzierte die Lanzette an der Fingerkuppe (rechter Mittelfinger, rechter Ringfinger, steter Wechsel, auch das Automatismus), hielt die Blutperle an den Streifen und fixierte das Display im Wissen, dass der Wert zwar abschätzbar, immer aber unvorhersehbar war. Seit der ersten Mondlandung, seit der Geburt des Internets, seit ich siebzehn war (1969), besitzt mein Körper (besitze ich) kein Blutzuckersensorium.

(42.)

Ich trank ein randvolles Glas Orangensaft binnen fünfzehn Sekunden und trank ein zweites, für das ich mir eine Minute Zeit ließ.

Ich trank den Saft aus Rebekkas Libellenglas und betrachtete wie immer in solchen Unterzuckerungsmomenten die zwei (von wem oder welcher Maschine – und wie) dem Glasrund aufgesetzten Libellen: mit ihren vier Flügeln, dem langen, filigranen Hinterleib und dem punktartigen (irgendwie befremdlichen) Kopf.

Diese beiden gläsernen Libellen … je mehr mein Interesse an ihnen nachlässt, umso mehr kann ich mir sicher sein, dass ich in die reguläre Wirklichkeit zurückgekehrt bin.

Ich will ruhig bleiben, und ich bleibe ruhig.

Ich rege mich nicht auf. (Nicht mehr.)

Doch ich bin auch mein Körper, nicht bloß mein Verstand, der das Aufbrausen meines Gemütes zu zügeln weiß, und mein Körper hat andere Prämissen, wenn es ums Überleben geht.

(Er gibt keine Ruhe, solange er sich nicht sicher wähnt.)

Zumindest er weigert sich zu sterben.

6

Aus dem Album der Ausflüchte

Seit ich von diesem jungen Arzt in den Kreis der Moribunden gerufen worden war, hatte ich es mir zur Gewohnheit gemacht, hin und wieder über das Viadukt zu fahren. Ich lief dann unter den Pfeilerbögen hindurch bis zum Bahnhof Hoheluftbrücke, stieg oben in die U3 und fuhr (bis Eppendorfer Baum) eine Station Richtung Norden.

So auch am folgenden Morgen. (Keine drei Stunden lang hatte ich schlafen können.)

Aufgekratzt, innerlich zerwühlt vor Nervosität, zog ich mich an, trank ein Glas Saft und horchte an der Tür meines namenlosen Gastes. Alles war ruhig, alles außer mir. Ich nahm mein Telefon mit, um von unterwegs Fischer anzurufen (damit sie Schiller-Benz anrief), ich schloss nicht ab, zog die Tür nur ins Schloss und nahm den Lift. Unterm Viadukt schob sich der Besucherstrom bereits über den Markt, und die Obststände leuchteten.

Am Bahnhofskiosk kaufte ich meine Zeitungen. Die Kriegsmeldungen aus der Ukraine hatten die Pandemie fast vollständig von den Titelseiten verdrängt. Immer seltener waren Menschen mit Masken darauf zu sehen, immer öfter dagegen russische Panzer und Raketenwerfer und von ihnen zerstörte Gebäude, Straßen, Lastwagen oder Kinderspielplätze in Kiew oder Charkiw. Auf der Rolltreppe hinauf separierte ich die verzichtbaren Rubriken (Finanzen, Immobilien, Sport, Unterhaltung, Wirtschaft), und auf dem Bahnsteig warf ich sie in einen Mülleimer.

Die zwei Minuten, bis die Bahn kam, nutzte ich (Routine), um die Inzidenzzahlen zu prüfen und die Todeszahlen abzugleichen. Sie gingen seit Wochen kontinuierlich zurück, ja zum ersten Mal schien es sogar Anlass zur Hoffnung auf ein Ende des Sterbens zu geben. Ich verglich die Zahlen in den Tageszeitungen: Sie wichen nie auch nur minimal voneinander ab, und sie entsprachen stets den offiziellen. Täglich kleiner waren erst Kästen, dann Kästchen geworden, in denen man Zahlen und Kurven aufführte, und immer tiefer waren sie ins Zeitungsinnere und an die Ränder gerückt und schließlich ersetzt worden von Grafiken zu Frontverläufen und Massengrabfunden, von Fotos von Panzern und Armeetransportern, auf denen das Z der von der Richtigkeit ihres Überfalls überzeugten Invasoren prangte.

Meine U3 kam.

(Pünktlich warf ich das ganze Papier weg.)

In den vergangenen zwei troglodytischen Jahren hatte es Wochen und Monate gegeben, in denen waren an einem Tag mehr Leute von dem Virus getötet worden als Platz finden in einer U-Bahn mit acht vollbesetzten Wagen. (Ich blickte den Bahnsteig entlang.) Viele junge Frauen trugen Sommerkleider, fast alle Menschen Sonnenbrillen und kaum jemand eine Jacke. (Alle lebten sie, alle lebten sie ihr Leben.) Vor vier Monaten hatte ich hier an einem der ersten Aprilmorgen fassungslos von den Gräueln gelesen, die russische Soldaten Bewohnern der Kleinstadt Butscha nordwestlich von Kiew zugefügt hatten. Vor noch nicht einmal drei Monaten hatte ich hier gestanden und in den Zeitungen gelesen, seit Beginn des Angriffs seien bereits dreizehntausend von Putin und seinen Schergen an die Front beorderte junge Russen bei Gefechten mit sich widersetzenden Ukrainern getötet worden (»verschrottet«, hieß es). Und keine sechs Wochen später waren es fünfzigtausend gewesen. Aber die Zahlen galten als nicht gesichert, so wenig wie die Anzahl getöteter Zivilisten und Soldaten auf ukrainischer Seite. Von Zahlen und Toten las ich seit Jahren (vorher war das nie so gewesen), von der Zahl der Toten, von zahllosen, ungezählten Toten, und immer öfter büßten die Zahlen für mich nicht ihre Glaubwürdigkeit ein, sondern die Befähigung, irgendetwas über das Leben auszusagen. Dann dachte ich, wie tot sie doch waren. Sie waren allesamt tote Zahlen.

Immer stieg ich in den ersten Wagen. Maskiert postierte ich mich an der Sicherheitsglasscheibe zur Fahrerkabine, um dem Fahrer (oder der Fahrerin) über die Schultern zu sehen, schon begannen die zwei Minuten, derentwegen ich diesen Freigang eigentlich unternahm.

Die Bäume, Fassaden, Fenster, die Balkone flogen vorbei, so schien es mir, denn in Wirklichkeit war der Fliegende ja ich. Die Strecke ist nicht sehr lang, immerhin aber erstreckt sie sich in voller Länge über das Viadukt (1,1 km). Ein berauschendes Gefühl jedes Mal, das nie schaler wurde. Ich fühlte mich losgelöst von allem, was hinter und was vor mir lag, von meinem Leben und meinem Sterben, die zu etwas Ununterscheidbarem zusammenzusacken und zurückzusinken schienen. Wolkenlos, voller Schwalben und Tauben, rauschte über mir der Sommerhimmel genauso hinweg wie unter mir die Gleise, auf denen ich dahinfuhr, weil kein anderer Weg möglich war. Grenzenlose Euphorie erfüllte mich in diesen zwei Minuten.

Ich hätte Stunden, Tage, Wochen lang so weiterfahren mögen zwischen den Platanen, Ahornbäumen und Fenstern hindurch (nur verlor sich nördlich des Eppendorfer Baums alles im Einerlei). Dann wieder wünschte ich mir, Goossens' Prophezeiung würde auf der Stelle eintreten und ich tot umfallen, kaum dass die Bahn das Isadorastraßenviadukt hinter sich gelassen hatte.

Aber ich starb (leider) nie auf dieser Kurzstrecke, genauso

wenig wie anderswo, ja ich machte noch nicht mal Anstalten, überhaupt das Zeitliche segnen zu müssen.

(Nicht das geringste Anzeichen von Schmerzen.)

Einige Male in den vergangenen Wochen ritt mich schon früh am Morgen der Teufel. Dann wartete ich am Eppendorfer Baum die nächste Bahn in entgegengesetzter Richtung ab, fuhr zurück und bestieg an der Hoheluftbrücke noch einmal die U3 Richtung Nordosten (Barmbek). Und fuhr wieder über das Viadukt in das Offene hinein (in umgekehrter Richtung fuhr ich stets nur in die Stadt).

Die Angst wich zurück, hörte beinahe ganz auf.

Es blieb dasselbe, unergründlich beflügelnde Gefühl: Ich flog, wie in eine wirklichere Wirklichkeit, wo ich endlich wieder ich war, Teil von allem, und aller Logik, allen hingefälschten Träumen ledig.

Alles war anders (»totally«), seit Hollie da war und im früheren Zimmer meiner Tochter tief und fest schlief. Während ich dahinflog auf meiner Kurzstrecke und nur abwarten musste, dass sich meine Selbstgenügsamkeit einstellte, stand mir Vivi vor Augen, wie ich meine Tochter nie erlebt habe – die Flugbegleiterin, die Purserin, inzwischen womöglich Chief-Purserin nachts auf dem viertelstündigen Sicherheitsbesuch im Cockpit, der Jet und seine zwei im Wechsel schlafenden Teams bereit zum Anflug auf Panama City, Melbourne oder Shanghai. Das Meer liegt hinter ihr. (Das Meer liegt hinter uns.) Die Leuchtfeuer der Rollbahn. Freier Luftraum. Landeerlaubnis. Kabinen unauffällig. Landeklappen. Sie schnallt sich fest (ich sehe sie), Vivi festgeschnallt auf dem Pursersitz, bereit, in drei Sprachen die Landeanweisungen durchzugeben.

(Touchdown.)

Der Reiz ihres Berufs bestand für sie stets darin, sich dem Unbekannten zu stellen. Sie hatte keine Angst vorm Fliegen (vor dem Tod), nur ich immer um sie (was sie so rührend wie amüsant fand).

War ihr Beruf nicht viel mehr als meiner eine echte, eine lebendige Brücke?

Wieso bin ich ihr nach dem tragischen Tod ihrer Mutter so fremd geworden, weshalb hat sie sich von mir abgewandt? Ich habe darauf (noch) keine Antwort. Es gebe keine Antworten (bestenfalls Fragen), sagt Hollie (man könne sich ja gar nicht mitteilen).

Ein Bild fällt mir ein, das mich über diese vielleicht ja wirklich unüberwindliche Vereinzelung hinwegtröstet (wie Brücken und Sterne). Immer zwischen zwei und drei Uhr nachts fuhr mit Scheinwerferlicht in der Isadorastraße ein Lieferwagen vor, dessen Fahrer die unter dem Viadukt abgestellten E-Scooter überprüfte (die sogleich aufpiepten, aufflackerten), und keine Minute verging, schon stieg der junge Mann ein und fuhr ab, brauste davon ins Dunkel. Ohne zu wissen, weshalb, dachte ich bei seinen so hektischen wie zielgerichteten Handgriffen stets an meine Tochter, und in den letzten Jahren ertappte ich mich immer öfter dabei, dass ich nachts (von einer Unterzuckerung aus dem Bett getrieben) noch für eine halbe Stunde auf dem Balkon stand und die fiepende Stippvisite abwartete. Dann schlüpfte ich, von einem melancholischen Anflug angenehm durchrieselt (weil er nicht zu tief ging), ins Bett zurück.

Nichts als Ausflüchte.

Gesammelte Abschweifungen. Am Ende meines Berichts angelangt, werde ich sie ausnahmslos streichen (vielleicht herauskopieren), und kaum etwas wird übrigbleiben.

Dasselbe (fürchte ich) ließe sich von meinem Leben sagen.

Über meine Tochter hieße es im Album meiner Ausflüchte: »V. zu erreichen unmöglich. Sehe mich gezwungen, den Kontaktabbruch (ihrerseits) als gegeben (wenn nicht gar naturgegeben) zu akzeptieren. Ich tue (wie stets), was ich kann. Ja was! Etwa nicht? Mehrmals wöchentlich fliege ich Vivi nach! Vorne in der U-Bahn stehend, versetze ich mich im Moment, da ich über das Viadukt rolle und abzuheben scheine, in meine fliegende Tochter und fühle mich ihr nah.«

Natürlich könnte ich: a) Vivien einen (einfühlsamen, selbstkritischen) Brief schreiben, b) ihren Mann Timothy in seiner astrosophischen Praxis-Lounge anrufen (ich kenne allerdings die Durchwahlnummer nicht) oder könnte c) einen von beiden abpassen vor der Schule meines Enkels Pepe (dritte Klasse, oder schon vierte).

Andere täten das eine oder andere oder sogar alles (a, b, c), nur um nichts unversucht gelassen zu haben.

(Ich lasse, was ich mir nicht zutraue, lieber unversucht.)

Ich sei nun mal ein Brückeninspektor, und zwar ein sehr guter, wenn nicht der beste der Stadt, sagte Viviens Mutter über mich, aber, sagte Rebekka auch, ein Brückenbauer sei ich so wenig wie eine Brücke.

(Und Hollie würde sagen, jeder Mac werde in unserer Gesellschaft als dreimal wichtiger angesehen als jede Frau.)

Eines Nachts beobachtete ich, wie der junge Mann mit dem Lieferwagen nach der Überprüfung von zwei abgestellten E-Scootern die Schiebetür aufzog, und erblickte auf der dunklen Ladefläche Dutzende übereinandergestapelte Elektroroller. Alle blinkten sie grün, weiß, rot oder blau, ebenso wild durcheinander, wie sie brummten und fiepten, bis die Tür zurück ins Schloss rutschte.

7

Gypsophila

Fischer war neunzehn Jahre lang meine Chefsekretärin und persönliche Assistentin im Amt für Brückenbau, ehe ich (vor knapp drei Jahren) und sie (vergangenen Herbst) pensioniert wurden.

Wir sind in Kontakt geblieben, rufen einander einmal die Woche an, um uns auszutauschen über das Leben (den Alltag), das zunehmende Alter (die Vergangenheit), den schmalen Streifen Zukunft, der vor uns liegt. (Bei dieser Aufzählung würde sie bereits lachen.) Fischer berichtet von ihren Reisen in den Libanon, wo sie geboren wurde und dreißig Jahre lang lebte, bevor sie einen Deutschen kennenlernte, sich von ihm heiraten ließ und mit diesem Herrn Fischer von der Deutschen Botschaft nach Hamburg ging. Ich mag es, wie sie von den alten Beiruter Brücken spricht (die von Bourj Hammoud hinüberführen nach Karantina), den wenigen, die den zermürbenden Bürgerkrieg und die kaum minder verheerende Explosion im Hafen überstanden haben.

Hinter uns liegt eine lange Zeit gewachsener Vertrautheit, in vielem einer tiefen Freundschaft ähnlich. Und doch sind wir einander nie nähergekommen. Irgendwann muss uns unabhängig voneinander deutlich geworden sein, dass wir auf Dauer verbunden bleiben wollen, ohne daraus Ansprüche abzuleiten. Ich schätze Fischer und weiß, auch sie schätzt in mir nicht nur den Ingenieur und früheren Vorgesetzten, sondern den Menschen, der ich bin mit all meinen Defekten, unvollkommen, aber verlässlich (verlässlich unvollkommen).

Nie wären sie oder ich auf den Gedanken gekommen, wir könnten zusammen essen, spazieren, ins Kino gehen. Wir sprechen über unsere Empfindungen (doch nie in entblößender Tiefe), nie über Gefühle füreinander. Wir lachen miteinander (sogar übereinander), nehmen Schweigen, Gram und Groll des anderen hin. Fischer sagt zu mir: »Sie müssen wieder zum Friseur«, und ich zu ihr: »Bitte seien Sie etwas freundlicher«, ohne dass daraus Zwist oder Zweifel erwüchsen. Die gemeinsamen neunzehn Jahre im Brückenbauamt und bei zahllosen Außenterminen haben wir Hand in Hand gearbeitet, ohne einander zu nahe zu kommen, sie seit Mitte fünfzig Witwe, ich zehn Jahre später Witwer. Wir blieben stets beim Sie. Als ich sie einmal (Oktober 2006) Cherin nannte, redete Fischer drei Tage lang kein Wort mit mir.

Allerdings muss ich gestehen (Abschweifung), dass mir neben Fischers Geistesschärfe, ihrer Zurückhaltung und Unbestechlichkeit vor allem ihr rollendes R lieb und teuer ist: »Der irrtümlich aufgetragene Korrosionsschutz an der Rothenburgsorter Brücke zur Großmannstraße, Dr. Romik, darüber wird selbstredend zu sprechen sein.«

Ach, wie (ohne Entschuldigung) herrlich.

Am Eppendorfer Baum stieg ich aus der U-Bahn und tauchte unterm Viadukt in die zwischen den Marktständen dahinschlendernde Menge. Punkt 9:30 Uhr rief ich Fischer an. Mein Handy listete mehrere Anrufe der Praxis Goossens auf (die das Gerät immer noch »Praxis Schiller-Benz« nannte). Ich löschte die Nachrichten, ohne sie abzuhören. Wollten diese Leute mir mitteilen, dass ich entgegen der Berechnung zwei unerwartete Monate länger zu leben hatte oder (eigentlich) seit drei Tagen schon tot sein müsste?

Fischer hörte sofort, wo ich war, und freute sich für mich. So viele köstliche Früchte gebe es im Juli!

An der Levante herrsche eine Mordshitze. Eine Dürre drohe, es gebe Waldbrände noch und noch.

»In zwei Wochen kann ich wieder fliegen, frühestens«, sagte sie betrübt. »Da gibt es die meisten schönen Sommerfrüchte leider schon nicht mehr.«

Ich erwiderte darauf nichts, wusste ja (obwohl sie es nicht deutlich machte), mit »fliegen« war nicht der Jet gemeint, der sie von Berlin über Paris nach Beirut brachte, sondern eins der drei alten Sportflugzeuge, mit denen ihr Bruder in Bischarri einen kleinen Flugplatz betrieb, von dem fast die gesamte Familie lebte. (Fischer hatte einen Flugschein.) Wie Vivien liebte sie das Fliegen, doch es besaß eine ganz andere Bedeutung für sie. Beirut und Bischarri glaubte ich aus ihren Erzählungen so zu kennen, als wäre ich mit ihr im Libanon gewesen.

(An diesem Morgen mochte ich daran nicht denken.)

Ich ging im Schatten unter dem Viadukt. Linkerhand und rechterhand (einen Kilometer weit) Obst, Gemüse, Kräuter, Käse, Blumen, Brot. Provençalische Pasteten. Wurst aus Tirol, Wurst aus Südtirol, Wurst aus Sardinien. In Körben (groß und flach wie Sonnenhüte) lagen Kurkumaknollen aus und ähnelten getrockneten Würmern. An Stehtischen tranken Leute Espresso. Obwohl ein Krieg mit Russland drohte (und eine Pandemie noch nicht ausgestanden war), lachten viele, und mir schien, viele taten das, um im nächsten Moment um sich blickend zu prüfen, ob ihre Lebensfreude auch gesehen wurde. Einer warf den Kopf in den Nacken und verharrte so (wie beim Zahnarzt). Viele hatten einen kleinen Hund an der Leine, und immer war es zweifellos ein echter, lebendiger Hund, nur kam es mir so vor, als wäre alles das vorgespielt, als beteiligten sich selbst die Kläffer (die mir austauschbar erschienen) an dieser Vortäuschung eines erfüllten friedlichen Vormittags.

»Roger? Erde an Romik! Hier Fischer!«

Es war ein nur sehr leicht gerolltes R, fast unhörbar, man vernahm es erst, wenn man ihr länger zuhörte. Bischarri. Sommerfrüchte. Mordshitze. Rothenburgsorter Brücke zur Großmannstraße. Roger.

Vor lauter Widerwillen suchte mein Blick nach Fluchtschneisen. Das Handy am Ohr, bahnte ich mir meinen Weg zwischen den Ständen hindurch, und weil links und rechts nichts als Fisch, Brot, Hüte, Narzissen, Strandtücher, Pampelmusen und Postkarten, vor allem aber lauter Leute waren (lebenshungrige, ausgelassene Verbraucher), blickte ich nach oben und suchte die grau mit Antikorrosionsfarbe lackierten Stahlkassetten des über mir dahinstrebenden Viadukts nach möglichen Schadstellen ab.

(Nennenswerte waren nicht zu entdecken.)

»Ich muss Sie, fürchte ich, um einen bizarr anmutenden Gefallen bitten«, sagte ich.

Worauf sie sanft erwiderte: »Romik« (sie nannte mich nur selten Doktor und nie beim Vornamen, nie Benno), »können Sie mir bitte verraten, wie es Ihnen geht?«

(Ah!)

Diese Menschen, die einem lieb sind! Nur sie führen einem vor Augen, wo man sich etwas vormacht (Abschweifung, gestrichen) und in die eigene Tasche lügt.

»Um mich geht es zum Glück nicht«, sagte ich gerade, als ich an einem Stand für das liebe Haustier vorbeikam, wo es Bürsten und Schleifen und Miniatursofas zu kaufen gab und über dem »Everything for the Cat« zu lesen war.

»Ich habe einen Gast. Eine junge Frau, die verletzt ist. Nicht schwer, aber verletzt. Aus Gründen, die ich nicht erläutern kann« (natürlich hätte ich es können) »braucht sie ärztliche Hilfe, ohne dass …«

Unterhält man sich mit ihr, heißt es aufpassen, woran man denkt, denn Fischer kann Gedanken lesen. Wie so oft wusste sie, was ich sagen, zumindest worauf ich hinauswollte.

Sie sagte es geradeheraus: »Sie möchten, dass ich Artur anrufe.«

So, wie sie es neunzehn Jahre lang getan hatte, um einen Termin für mich bei Herrn Dr. Schiller-Benz auszumachen.

»Bitte«, sagte ich und dass es einigermaßen dringend sei. Er wohne ja nicht weit von mir.

(Passenderweise wohnte er am Invalidengarten).

»Ist … Ihr Gast ist transportfähig?«

»Ihr Bein, der Fuß«, sagte ich (und sah sie vor mir, Hollies Bein, Hollies Fuß), »ihr Knöchel ist stark in Mitleidenschaft gezogen. Möglich, dass da etwas gequetscht oder gebrochen ist. Ersuchen Sie doch bitte Schiller-Benz, umgehend zu mir zu kommen.«

Immer öfter kam man sich auf der Straße wie auf dem Depotparkplatz einer Fabrik für Leichenwagen vor. Wieso eigentlich waren beinahe zwei Drittel aller in der Gegend herumfahrenden und abgestellten Autos heutzutage schwarz? (Der Tod, allgegenwärtig.) Auf einem demonstrativ langsam vorbeifahrenden Lieferwagen las ich den Schriftzug »Abfallservice – Depotservice – Friedhofservice«.

Fischer versprach, »Artur« anzurufen. Sie fragte, ob sie ein Honorar erwähnen solle (woran ich noch gar nicht gedacht hatte), und ich antwortete etwas unwirsch (wie oft, wenn ein Gespräch aufs Thema Geld kam): »Ja. Ja, machen Sie das, danke, Ärzte helfen ja schon seit Jahrhunderten nicht mehr aus Nächstenliebe.«

Fischer äußerte sich zu Moral oder Politik nur in Ausnahmefällen, etwa sobald sie den Libanon (die Christen im Libanon) betroffen sah. Auch das schätzte ich an ihr. Sie hatte erstaunliche Ansichten, fundierte Überzeugungen, Stimmungsmache aber war ihr zuwider (dann runzelte sie die Stirn). Ich hätte mit ihr offen über meinen fremden Gast sprechen können und wusste plötzlich gar nicht mehr, warum ich es nicht tat. Es musste etwas mit dem sich in mir ausbreitenden Gefühl zu tun haben, dass ohnehin alles vergeblich war.

Was frühstücke wohl so ein junger Mensch von heute.

Sie lachte fröhlich auf und gab zurück, es komme darauf an, ob die junge Frau Vegetarierin sei, womöglich Veganerin.

(Ich hatte keine Ahnung.)

Ich hatte eine unbestimmte Ahnung von den Unterschieden – Vivien lebte die letzten Jahre, die sie noch mit mir sprach, fleischlos.

»Kaufen Sie Obst, Bananen, Trauben, vielleicht Haferflocken, so in etwa«, sagte Fischer, »damit machen Sie nichts falsch.«

Ich dankte ihr, und sie verabschiedete sich, indem sie sagte, ich solle nicht verzagen – was mich stutzig machte.

Also begann ich, Ausschau zu halten nach frugalen Frühstückszutaten, während ich mir maskiert (unzweifelhaft atemlos durch die Atemmaske) einen Weg durch die Marktgasse bahnte.

Die Mittagshitze setzte ein. Ich zählte Tennisschuh- und Halbschuhpaare an den Füßen der Männer und setzte sie in Relation (achtundachtzig zu siebzehn), und ich zählte wie üblich die Kinderwagen, die ich sah: neunundvierzig (auf nicht mal fünfhundert Metern), darunter elf Zwillingskarren. Bei meinen Einkäufen hielt ich mich exakt an Fischers Vorgaben, sogar an die Reihenfolge, kaufte Bananen, Trauben (grüne und rote, kernlos), Haferflocken, dazu (wie entfesselt!) Orangen, Birnen, Mandarinen, Erdbeeren, Feigen. An einem Blumenstand fiel mir Schleierkraut ins Auge, blassrosa, ein ganzer gekappter und in eine Blechkanne gesteckter Busch, und aus einem Impuls heraus, der mir unklar blieb (denn ich lebe in einer Welt ohne Tischdeko), kaufte ich drei Bund Gypsophila zu einem Preis, der mir die Zornröte eines Krebses ins Gesicht trieb.

Bepackt mit Kraut und Früchten, alles in grünes Papier eingeschlagen, stand ich auf einmal vor dem Wrack. Aus nächster Nähe konnte ich sehen, was von dem Jeep übrig war: Asche, Fetzen, verkohlter Schrott. Alles, was noch vor wenigen Stunden verstreut herumlag, war hinter das Absperrband geschafft worden, sodass ich (erstaunter Herr mit Blumen, mit Einkäufen vom Markt) in aller Ruhe ermitteln zu können vermeinte, was meinen Gast da getroffen hatte. Die Wucht der Zerstörung (des Zorns) war unverkennbar.

Es kam nur ein herausgesprengtes Scheinwerfergehäuse infrage, schwarz, mit durchtrennten Kabeln, lag es jämmerlich zerbeult auf dem Asphalt. Es war nicht massiv, nicht scharfkantig. Nur das hatte Hollies Knöchel gerettet.

8

Ein Mumientreffen

Der Bericht muss unter allen Umständen so exakt wie möglich zu einem (meinem) Ende geführt werden.

Warum? (Antwort Abschweifung.)

Weil nur so die Brücke tragen wird.

(Abschweifungen scheinen unvermeidlich.)

Ich versuche nach Kräften, das Erzählenwollen einzudämmen.

10:13 Uhr.

Der erste nicht länger erträgliche Schmerz im oberen Magenbereich (grässliche Übelkeit). Solarplexus, das gute Wort Sonnengeflecht. Diese Schmerzen also sind auf einschlägigen Webseiten gemeint. Ich muss, noch ehe ich hineingehe, eine

Tablette nehmen (die allererste), da aber nichts zu trinken zur Hand ist, schlucke ich sie mit ein paar Bissen einer Birne (der weichsten), und würge alles hinunter.

(Großes Erschrecken.)

Nur unter Mühe neue Gefasstheit. Ich drehe noch eine Runde über den Markt (bis Hoheluftbrücke), zähle die Pfeilerbögen, als würde ich nicht jeden kennen (inspiziert zuletzt Ende 2015).

10:32 Uhr.

Betrete Wohnung. Mein Gast: wach, vielleicht gar nicht mehr da (Zimmertür offen, Jalousie hochgezogen, Viviens Bett zerwühlt, keine Spur von ihr). Stehe im Flur. Angst. Schmerzen. Ein Gefühl, als würde sich unter mir das Parkett öffnen und ich als nächstes hinunterstürzen ins Parterre, in den Flur des jungen Paars mit dem Brüllkind. Plötzlich (absurd) Verlangen nach einer Zigarette.

(Aufgehört zu rauchen 1993.)

10:34 Uhr.

Ihre Stimme aus der Küche (sie ist noch da). Hänge Jackett in Flurschrank, absichtlich laut (meine Wohnung), raschle mit Schleierkraut und Obsttüten. Sie telefoniert, klingt (oh ja) aufgebracht.

10:36 Uhr.

Textnachricht Fischer: »Artur ca. 11 h bei Ihnen. Gruß, F.«

10:37 Uhr.

Betrete die Küche. Sie sitzt am Tisch, verletzter Fuß auf dem Stuhl, telefoniert, hat nasses Haar (offenbar geduscht), würdigt mich keines Blickes, sagt ins Handy: »Ihr seid doch völlig crazy. Was soll das bitte bringen, hä? ... Bitte? ... Ich? ... Fuck you. ... Nein, Alter, nicht im Mindesten, nein. ... Hallo? Hörst du mal zu, bitch? ... Werd ich nicht, no way. ... Kann nicht weiterreden. ... Du mich auch.«

Ich wünsche ihr einen guten Morgen.

»Ja, Morgen.«

Und ich: Wenn sie einverstanden sei, werde sich in ein paar Minuten ein befreundeter Arzt ihren Knöchel ansehen. Sie könne ihm vertrauen (wie auch mir übrigens). Ob sie Hunger habe. Der Markt sei nicht nachtragend. Er schicke ein, für alle Fälle, veganes Frühstück – Bananen, Trauben, Haferflocken, so in etwa. Ich, ihr Kurier.

Verbeuge mich (Schmerzen).

Sie muss lächeln (menschlicher Zug).

»Hat geklingelt«, sagt sie. »Päckchen für dich. Hab es in deinem Flur auf dein Flurtischchen gelegt. Die Dienerin war ja nicht da.«

Ich kontere: »Nein, die hat heute frei.«

10:41 Uhr.

Blutzuckermessung. (176.) Ich spritze: eine Einheit Novorapid. Spritze mein Tagespensum Tresiba. Notiere zum ersten Mal in mein Blutzuckertagebuch: 1 Sesostron.

Der Defekt, denke ich. Hodginson-Kamimura oder Higgins-Yashimata, fuck you.

(Übelkeit und Schmerz flauen allmählich ab.)

Sie hat großen Hunger (kein Wunder), mampft in der Küche das Obst, spricht ab und zu (schmatzend) eine Sprachnachricht und lacht dann sogar.

Es tut gut, dass sie hier ist.

(Lebendigkeitsanflüge).

10:53 Uhr.

Ich öffne im Flur das Päckchen und finde darin das seit Wochen erwartete (und längst vergessene) Bauteil für das Modell. Jubel – ich kann die Brücke wiederherstellen! Das Ersatzteil sieht gut aus, fein gearbeitet (die Riffelung der Jochbalken) – erstaunlich.

Sie ruft aus der Küche, wie lange ich ihn schon habe.

»Den Zucker, mein ich!«

(»Seit 1969, tja, mein Pech«, will ich sagen.)

»Da waren Sie noch ein Stern«, sage ich.

Und sie: »Gott, alter Mann, ziemlich krass, oder?«
Das stimmt. Aber dann klingelt es.
10:56 Uhr.
Gegensprechanlage: »Öffnen Sie bitte. Habe wenig Zeit.«
(Wem sagte er das, der große Schiller-Benz?)

Hatte ich mich auch, in so wenigen Wochen, derart stark verändert? Er wirkte wie sein eigener Vater (den ich nicht kannte), breit, aufgeschwemmt, schwer. Grau sah er aus, mit grauem Gesicht, grauem Haar, grauem Anzug. Ich hatte ihn lange nicht ohne Maske gesehen – seine Sprechstundenhilfen hatten mich geimpft (drei Mal), Herr Doktor selbst aber stand dem »Spuk« skeptisch gegenüber. Ich kannte ihn nur im perfekt gebügelten Hemd, den obersten Knopf stets offen (das weiße Brusthaar quoll heraus). Und ich kannte ihn eigentlich auch nur sitzend. Hatte er aufgehört zu praktizieren, nicht weil er alt, sondern weil er krank war?

Er kam herein. Ich dankte ihm für sein Kommen. Schiller-Benz hatte ein schwarzes Lederköfferchen mitgebracht, das schwenkte er hin und her (auf und ab), wie ein Metronom in Kofferform.

»Kommen Sie, ich will Ihre Zeit nicht überstrapazieren«, sagte ich. »Sie ist in der Küche.«

»Ihnen scheint es gut zu gehen!«, rief er, offensichtlich um sich in Stimmung zu bringen. Oder schwang in seinem Unterton mit, dass ihn sein Nachfolger ins Bild gesetzt hatte?

Wir durchquerten den Flur (das Parkett hatte sich nicht geöffnet) in Richtung Wintergarten (verglaste Veranda) und Fleet, und mir fiel ein, dass Schiller-Benz in all den Jahren, die ich sein Patient gewesen war, mich noch nie zu Hause besucht hatte.

»Doch, doch, es geht mir gut, sehr gut.«

Ich überlegte … nein, auch Rebekka, ebenfalls seine Patientin, hatte er nur in der Praxis behandelt, selbst in ihren letzten Monaten und Wochen war er (meines Wissens) nicht zu ihr nach Hause gekommen. Dann hatte sie im Krankenhaus gelegen und er sie dort besucht (sein Abschied). War er gekommen, um mir auf Nimmerwiedersehen zu sagen?

Ich hatte nie das Verhältnis zu Artur Schiller-Benz, das meine frühere Frau gehabt hatte und Fischer noch immer hatte. Rebekka hielt ihn offenbar für so unfehlbar wie den deutschen Papst (dem er entfernt ähnelte), und von einem Kollegen im BBA (Brückenbauamt) wusste ich, dass Fischer des Öfteren von Familie Schiller-Benz eingeladen wurde. Seine Frau Gig war Britin und (mindestens) zwanzig Jahre jünger als er. Sie hatten einen Sohn im Alter meines von mir ferngehaltenen Enkels.

Als wir unter dem Modell entlangschritten, fragte er, was das merkwürdige Ding da an der Wand sei, es sehe fast aus wie eine immer weiter führende, scheinbar ins Endlose verlaufende Brücke.

»Ja, oder wenigstens das Modell von einer«, gab ich zurück.

Wir schritten und schritten. Ich erzählte in aller Kürze von Tyltow, den Slawen, ihrer verschwundenen Brücke. Ich erwähnte sogar Vivien (die er nur vom Hörensagen kannte), sagte, ihrer Ansicht nach gehöre das Modell so blau angemalt, wie die Brücke es gewesen sei.

»Camouflage, plausibel«, sagte Schiller-Benz. »Sehr lang«, sagte er anerkennend.

»Siebeneinhalb Meter.« Ich blieb stehen, zeigte hinauf in Stirnhöhe (meine Stirn, Schiller-Benz war einen Kopf kleiner) und wies, durch das Plexiglasbord hindurch, auf eine (von Vivi) bemalte Figur, die (an das Geländer gelehnt) auf der Brücke stand und zu uns herabzublicken schien.

(Wir standen sozusagen im See meiner Einbildung.)

»Daneben ist ein Unfall passiert, wenn Sie so wollen tausend Jahre später. Ein Rauchmelderprüfer hat vor ein paar Wochen seine Leiter in das Modell gerammt.«

Er nickte, war sichtlich beeindruckt, hatte aber für weitere Einzelheiten keine Zeit. (Es war auch egal.) Die Versicherung des Prüfunternehmens würde für den entstandenen Schaden ebenso aufgekommen wie die unserer Stadt für den vom Kommando meines Gastes in Müll und Schrott verwandelten Jeep. Endlich war das Ersatzteil eingetroffen, eigens angefertigt (nach meinen Angaben und Skizzen) von einer Modellbauerin in München, angeblich eine Koryphäe.

»Fein«, sagte Schiller-Benz. »Ich sehe mir das Mädchen jetzt an.«

Er war schon immer, wie er selbst sagen würde, auf Zack. (Ich erinnere mich, wie er mich nach Fischers Vornamen fragte.) Als wir in die Küche kamen und er die Patientin erblickte (sie aß, ihr Handy flimmerte), beschleunigte er seinen Schritt, stellte das Köfferchen auf dem Tisch ab, stellte die Vase mit dem Schleierkraut in die Spüle und hielt (grußlos, ohne sich vorzustellen) vor besagtem Körperteil inne, so als gelte es zunächst, dem Knöchelgelenk Fragen zu stellen.

(Er setzte sich die altbekannte schwere schwarze Brille auf.)

»Ich sehe, es hat Sie nicht so arg erwischt, wie ich annahm«, sagte er. »Gut. Zweierlei, ehe ich in medias res gehe!«

(Er sah mich an wie ein Pferd, das über einen Zaun blickt.)

»Erstens, bitte, Dr. Romik, verlassen Sie den Raum und schließen Sie die Tür. Auch wenn ich als Privatmann hier stehe, muss es rechtlich korrekt zugehen. Und zweitens weiß ich immer gern, wem ich helfen darf. Sie heißen, junge Frau?«

Noch hatte sie einen vollen Mund.

(Sie lächelte.)

Doch schließlich erfuhren er (und ich) ihren Namen, zumindest wie sie sich nannte.

Ho – Hohn

Lie – Lieferpizza

Ma – Maximalgenie

Gen – Genuschel
Ta – Tamtam
»Ich bin Hollie. Hollie Magenta«, sagte sie. »Und ich bin hier in ein Mumientreffen geraten. Hilfe.«

Noch war ich das nicht – eine Mumie. Ich fühlte mich nicht so. Ich bin ja am Leben, habe Gedanken, Gefühle, sagte ich mir. Die Welt, in der wir leben, ist nicht nur für die Jungen da! Nein. (Oh nein!) Alles, was ich war und was ich bin, das können wir gern teilen. Aber mich deswegen aufgeben, nein, werde ich nicht.

Wenn es nach mir ginge, wäre ich immer noch vierundzwanzig (1976), gesund, kinderlos, frei, mit wechselnden Freundinnen, langen Haaren und genauen Träumen von allem, was noch kommen soll.

1976 fing ich an, eine eigene Brücke zu entwerfen (zu sagen »zu konstruieren« wäre übertrieben). Ich hatte sie im Kopf, und da wuchs sie Stück für Stück. Viele Ideen verwarf ich wieder. Dann baute ich sie neu (immer nur im Kopf). Später, als ich sie zeichnete (Ingenieurschule Berliner Tor), war sie kein Traum, kein Wunsch, keine Leidenschaft mehr. Meine Brücke raubte mir meine Freunde. Sie tauchte in allen Träumen auf. Ich schlief unter ihr. Unter ihr fing ich zu trinken an, zu rauchen (HB). Ich konnte nicht mehr schlafen, fand Ruhe nur in der Monotonie der Tage und Wochen, die ich über sie nachdachte. Sie war nach dem Verwinden des Verlusts meines Vaters meine zweite Lebensaufgabe.

Irgendwann war sie nur noch Rechenaufgabe.

Ich rechnete sie aus bis auf den letzten Millimeter, oft nach Feierabend im Brückenbauamt (wo ich aufstieg, obwohl ich nichts tat).

Aber sie wurde nie gebaut.

Es lässt sich nichts rückgängig machen – »ein gesagtes Wort kann keiner zurücksagen« (Rebekka). Aber alles lässt sich vielleicht zu einem guten Ende bringen. Hollie Magenta schien mir dazu die einzig noch mögliche Brücke zu sein. Daher überließ ich sie zwar der Fürsorge meines früheren Hausarztes, aber nur mit einem unguten Gefühl.

Schon sehr bald würden die Abschiede beginnen. (Gut möglich, dass ich Schiller-Benz nicht wiedersah.) Aus der Küche vertrieben, stand ich im Arbeitszimmer eine Weile am Fenster und sah dem Gewimmel unter dem Viadukt zu. Ich kniff die Lider zusammen, bis alles vor mir verschwamm und ich die Farben der Früchte und Kleidung der Leute in gestaltlosen Flecken sah (besonders deutlich orangerote), und dann fuhr auch eine ältere U3 vorbei (mit platter Silberfront und Eulenaugen), ein rot-silberner Pfeil, der verlangsamt mein Blickfeld durchquerte.

Jede U-Bahn im Normaltempo (Kurzzüge ausgenommen), ob in nördlicher oder südlicher Richtung, benötigt 6,2 Sekunden, um von Frontscheinwerfern bis Heckleuchten mein Arbeitszimmerfenster (3 × 3,5 Meter) in voller Breite zu durchmessen.

Sie fährt so langsam, dass jeder Fahrgast (maskiert) für den Bruchteil einer Sekunde erkennbar ist.

Sie fährt so schnell, dass die beiden Platanen vor dem Fenster gar nicht anders können, als stakkatoartig ihre Schlagschatten ins Zimmer zu werfen.

Die U-Bahnen auf dem Isadorastraßenviadukt waren oft meine heimliche Laterna magica in den Jahren seit Rebekkas Tod, wenn ich nachts (noch ein Glas Wein in der Hand) hier an dem Fenster stand und hineinsah in das durchflimmerte Dunkel.

Die Funktionstüchtigkeitsdauer (»Lebenserwartung«) eines U-Bahnzuges beträgt (bei konstanter Prüfung, Wartung und Instandhaltung nach Vorschrift) durchschnittlich 37,4 Jahre.

Gleise: 48,7 Jahre
Bahnsteige: 66,0 Jahre
Brücken: 145,6 Jahre

In *Wissenswertes von A – Z*, einer Schülerausgabe (die ich immer noch hatte), las ich einmal unter der Rubrik »Lebenserwartung der Tiere«, ein Schwan werde im Durchschnitt ca. dreihundert Jahre alt. Ich hielt das für eines der in meinen Augen äußerst seltenen Mysterien (»Wunder«), weiß aber inzwischen (Gymnasium, Brockhaus, Studium, Wikipedia), Schwäne werden selten älter als dreißig Jahre. (Inzwischen weiß ich, was Druckfehler anrichten können.) Aber vielleicht glaubt dieses Kind in mir noch immer unverbesserlich daran, dass allem, was dem Tod entgegeneilt, ein Schwan etwas voraus hat, weil er dreißig oder weil er dreihundert Jahre alt werden kann.

Mein Vater, der nie wiederkam und von dem ich nie mehr wieder etwas hörte, lebt theoretisch noch immer.

Er wäre heute hundertzwei.

Meine Mutter Lo wurde achtundsiebzig.

Rebekka nur zweiundsechzig.

Schiller-Benz war in meinem Alter.

Ich würde siebzig sein.

Aus dem Regal zog ich Rebekkas mandarinengelben *Pschyrembel*, das klinische Wörterbuch mit klinischen Syndromen (und einem Anhang »Nomina Anatomica«) von Prof. Dr. med. Dr. phil. Willibald Pschyrembel (253. Auflage). Es gibt zweitausendzweihundertdreiundneunzig Abbildungen in diesem Horrorkompendium von Gebrechen, Erkrankungen und Verunstaltungen, das lange Jahre Lieblingslektüre meiner Frau (verstorbenen Ex-Frau) war und das ich (als wir auseinanderzogen) versehentlich behalten haben muss.

Die Küchentür ging auf. (Schiller-Benz' helle Stimme.) Ich riss zwei Lesestreifen von dem Päckchen mit dem Ersatzteil ab und legte einen bei den Ausführungen zu »Magenkarzinom« zwischen die Seiten.

(Unter »Lebenserwartung« wartete Rebekkas *Pschyrembel* mit keinem Eintrag auf.)

11:11 Uhr.

Schiller-Benz bei mir im Arbeitszimmer. Er schloss die Tür.

Er und ich befanden uns in einem rechtsfreien Raum. (Er redete bedächtig, ging hin und her und hielt zuweilen vor dem Bücherregal inne). Er nahm an, ich wusste, woher die Verletzung der jungen Frau stammte. Sie war nicht imstande, sich auszuweisen. Ihr Name war nach eigener Aussage ein Guerrilla-Name, ihre selbstgewählte, von ihrem Partisanentrupp akzeptierte Bezeichnung. (Er drehte sich zu mir und lächelte mild.) Ich leistete Tathilfe. Ich gewährte nach einem Brandanschlag einem der Täter Unterschlupf. Er verstand mein Motiv. (Es mochte ehrenwert sein.) Aber die Risiken für mich und ihn und im Übrigen auch meine kleine Freundin waren immens. Seine Frau hatte ihm vor zwei Stunden das Bekennerschreiben von Frau Magentas Aktivistinnenkommando auf TikTok vorgelesen. Unterzeichnet war es mit »Zertrümmerfrauen«.

Er konnte mir unter diesen Umständen kein Rezept ausstellen. Die junge Frau war in diesem Zustand nur im Krankenwagen transportfähig. Sie benötigte mindestens drei Wochen lang Ruhe (wenn nicht Bettruhe), dazu eine die Heilung unterstützende Salbe. Nach zwei Wochen konnte ein orthopädischer Schuh angedacht werden. Eine schwere Prellung, mit Schädigung von Muskulatur, Sehnen und Nerven, eine langwierige Sache, die auskuriert werden musste, um nicht zu Dauerschäden zu führen. Was ich tun konnte: Ich konnte Kompressen und Verband kaufen, ich konnte eine gute Salbe kaufen (er reichte mir einen Zettel), ich konnte versuchen, unter der Hand oder im Netz rezeptfrei an einen orthopädischen Schuh in der richtigen Größe zu kommen, Cherin kannte da bestimmt Mittel und Wege. (Er ließ mich stets großzügig daran teilhaben, dass er der Glücklichere von uns beiden war.)

Ich war ihm nichts schuldig. Er war als Privatmann und Mitmensch hier. Er gab Ratschläge. Und einen letzten (die Kleinfamilie verreiste, er musste los) erteilte er mir persönlich. Auf mich kamen einschneidende Veränderungen zu, Veränderungen, die mein ganzes Leben betrafen, meinen Alltag von früh bis spät, und die sich rasch auch auf die Nächte auswirken würden. Dr. Goossens (der hervorragende Arbeit leistete) hatte ihn zu Rate gezogen, war mit ihm meine Akte durchgegangen. So war es in einem Fall wie dem meinen Usus. Von meinem Diabetes wollte er gar nicht reden. (Es klang, als wäre mein Zucker schon sehr bald mein kleinstes Problem.)

Vor diesem Hintergrund riet er mir mit Nachdruck, von der weiteren Unterbringung einer Vandalin, wenn nicht Kriminellen Abstand zu nehmen. Ich tat gut daran, die Polizei zu informieren. Mein Vorgehen war entschuldbar. Doch mit der Gewaltbereitschaft dieser selbsternannten Zerstörer-Engelchen war nicht zu spaßen (die waren nicht die Weiße Rose). Mein Fräulein Magenta hatte ihn geduzt, sich über ihn lustig gemacht, auch nachdem er sich das verbeten hatte! Sie nannte ihn Ramses II. und mich den I. – ob ich das wusste.

»Ich weiß gar nichts«, sagte ich nur.

(Ramses I. war nur für ein Jahr Pharao, sein Enkel dagegen sechsundsechzig Jahre lang, exakt so lang wie die mittlere Haltbarkeitsdauer eines Bahnsteigs.)

Er verzog den alten Mund. »Lassen wir es gut sein. Jetzt noch mal zu Ihnen, Romik …«

Allen Ernstes redete er mir wegen meiner Erkrankung (meines Defekts) ins Gewissen. Goossens hatte sich erst kürzlich wieder an ihn gewandt, weil ich ja auf keinen Anruf, keine Bitte um Rückruf, keine Nachricht reagierte. Ich benahm mich wie ein Kind! (Dazu hatte ich das Recht.) Schiller-Benz lachte. Dachte ich denn nicht an die Menschen, die mir nahestanden? (Es gab keine.) Ebenso gut konnte ich mich auch gleich auf die Gleise legen. (Richtig.) Hoffentlich hatte man mir inzwischen mitteilen können, wieviel Zeit mir noch blieb!

War das ein Witz? Er sah mich vollkommen ernst an, gründlich überzeugt von der eigenen Zurechnungsfähigkeit. Glaubte er tatsächlich, ein Algorithmus konnte die Lebenserwartung auf Wochen oder gar Tage exakt berechnen? Und selbst wenn – war das moralisch (menschlich) vertretbar, war das sinnvoll oder nur von Nutzen?

Für ihn bestand kein Unterschied zwischen Nutzen und Sinn. (Um Moral sollten sich Sportler und das Philosophengesocks kümmern.) Nein. Die ReLeZe-Berechnung der Restlebenszeit ermöglichte es den Leuten, sich von ihren Mitmenschen zu verabschieden und umgekehrt. Weil man wusste, wieviel Zeit man noch hatte, konnte man sie perfekt (exakt) nutzen und sich für alles Übrige rüsten.

(Man, wer war das, ich, er, wir alle?)

Es war kein Witz, es war sein Ernst.

Wäre ich (man) nicht so fassungslos gewesen, ich (man) hätte ihn mit dem *Pschyrembel* auf den Schädel gehauen.

Oder auch nicht. (Man macht so etwas nicht.)

Wie Imhotep stand er vor mir (in meiner Wohnung), der Baumeister des alten Ägypten, auf dessen Stirn tätowiert gewesen sein soll »Herrscher über das Große Haus«, der Sohn des Ptah. Schiller-Benz tat alles (alles), um unangreifbar zu wirken.

Drei U-Bahnen fuhren während seiner Posaunentiraden vorbei. Blickte man im richtigen Moment aus dem Fenster, sah man alle Leute, die verborgen unter ihrer FFP2-Vermummung unterwegs waren. (Keiner von ihnen kannte mich oder meine Gedanken.) Niemand wusste, dass ich in ihnen und in ihrem Schatten auch alle Fahrgäste sah, die schon gestorben oder noch gar nicht geboren waren.

Um mir seine Weisheit zuteil werden zu lassen, sagte mir der Sohn des Ptah, was junge Hitzköpfe wie das Mädchen in meiner Küche nach seinem Dafürhalten tun sollten: einen Lieferwagen klauen, ihre gesammelten Sprengsätze hineinstopfen und damit in die Ukraine verschwinden. Wenn sie etwas Gutes tun wollten, konnten sie ja die Krim-Brücke von diesem Irren im Kreml in die Luft jagen.

»Daraus wird leider nichts«, erwiderte ich. »Die Brücke über die Straße von Kertsch ist neunzehn Kilometer lang, wissen Sie, und so massiv wie eine Völkerrechtsverletzung aus Stahl und Beton, fürchte ich. Da wird ein Lieferwagen nicht ausreichen, nicht mal ein Lastwagen voller Sprengstoff, da müssten schon zwei, drei gut gefüllte Güterwaggons her, um diesem Ungeheuer ein Loch beizubringen.«

(Nein, das gefiel ihm nicht.)

Er zog die dünne Unterlippe zwischen die Zähne und setzte die Miene auf, die ich mir neunzehn Jahre lang hatte gefallen lassen müssen, sobald ihm etwas nicht gefiel.

»Grüßen Sie bitte Ihre Frau«, sagte ich, und er nickte und lächelte stumm und säuerlich. Dann stand er da (in meinem Treppenhaus) und ich sah, es gab einen Moment des Zögerns … den er ungenutzt verstreichen ließ.

(Hau endlich ab.)

Als ich hinter Schiller-Benz die Wohnungstür schloss, meinte ich einen Geist hinausgelassen zu haben. Nicht laut und nicht leise ratterte die nächste Bahn vorbei, und ich stellte mir vor, in einem dieser Wagen zu stehen und mir selbst dabei zuzusehen, wie ich vorbeifuhr.

Ich glaube nicht an Geister, nur an schattenhafte Existenzen: Rebekka arbeitete in ihren letzten Jahren kaum noch mit Menschen (ihr leitender Posten war anders als meiner ein Schreibtischjob), und doch erhielt sie sich bis zum Schluss ihre seelsorgerische Haltung. Sie beklage sich nicht. (Sie beklage nicht sich, sagte sie.) Sinnsprüche ihres Vaters lotsten sie nach unserer Trennung durch den Alltag: »Auf Gespenster reimt sich bloß Fenster.«

9

Die Brücke im Flur

Hollie verlor über Schiller-Benz nur zwei Wörter: »Krasse Erscheinung.«

Mit unliebsamen Phänomenen verfährt die alleinige Herrscherin über Magenta radikal. Ein verstörendes Erlebnis oder eine ungute Begegnung werden zwar nicht geleugnet, doch so, wie sie unzweifelhaft passiert sind, sind sie danach vorbei. Es hat ein Ende damit, und daher kehren sie nicht wieder. (Warum noch darüber quatschen?)

Schiller-Benz, seinen Besuch, seine Diagnose kommentierte sie mit keinem weiteren Wort. Die empfohlene Salbe und die Verbände taten ihr gut und ließen den Knöchel rasch gesunden, doch Hollie schien das für selbstverständlich zu halten. Was sie jedoch mit aller Entschiedenheit ablehnte, war die Plastikelefantiasis.

»Ohne orthopädischen Fuß wird es, fürchte ich, nicht gehen«, sagte ich. »Oder Sie müssen das Gelenk eingipsen lassen.«

»Und du kannst das?«

»Ich kann nicht gipsen.«

»Eine sis von mir kann.«

»Eine was?«

»Eine sis, Fossil. Eine sister.«

Dass sie zu dieser sis dann hinfahren müsse, sagte ich, doch da das zurzeit nicht gehe, weil sie nicht transportfähig sei, müsse sie eben Geduld haben, denn ich würde es nicht akzeptieren, in ihrer und meiner Lage für weitere Risiken zu sorgen.

Geschwollene Ausflüchte. (Sie hatte recht.)

Ich konnte ihr schlecht sagen, dass ich Dr. Schiller-Benz zwar in ärztlicher, nicht aber menschlicher Hinsicht für vertrauenswürdig hielt. Ich zeigte ihr die Zeitung, die Fahndungsbilder. Hollie reagierte souverän, schnitt sich noch am selben Tag die Haare ab und schrieb auf die Einkaufsliste: »Färbestuff – black«.

Ich dachte keine Sekunde lang daran, die Polizei einzuschalten, und hätte es auch dann nicht getan, wäre der »geroastete« Jeep meiner gewesen oder hätte die Horde stattdessen meinen Rover verbrannt.

Sie war mein Gast, und sie war mir willkommen (solange sie nicht auf mich losging). In den Tagen nach Artur Schiller-Benz' Besuch musste vielmehr sie entscheiden, ob sie das Risiko eingehen wollte, die Wohnung zu verlassen, um anderweitig unterzukommen (wo?), oder ob sie blieb, zumindest bis sich die Aufregung legte und die heiße Ermittlungsphase vorbei war.

(Ich setzte ihr keine Frist.)

Als die Polizei klingelte und mich an der Wohnungstür ein Beamter und eine Beamtin zur Anschlagsnacht befragten, saß Hollie in der Küche und sah sich Fotos an. Ich sagte den Beamten, ich hätte nichts gesehen, mein Schlafzimmer gehe auf die Fleetseite. Fortan sprang sie anders mit mir um (milder? na ja), und auch ich gewöhnte mich an sie, ihre plötzliche Ruppigkeit, ihr verstocktes Besserwissen, ihr Staunen über die allerunwichtigsten Dinge. Ich gewöhnte mich sogar an ihren brachialen Witz, ihr Verlachen von beinahe allem Alten.

Fotos auf Fotopapier! Polaroids! (Sie konnte es nicht fassen.)

Die Bilder waren aus einem von Viviens Büchern gefallen und auf der Rückseite (in Rebekkas Handschrift) beschriftet.

Unser Schrebergarten in Alsterdorf.
Vivis achter Geburtstag.
Vivien und Timothy: Verlobungsfest.
Vivien die Stewardess (Kairo).
Vivi und Benno tanzen.
Mit Vivien auf der gesperrten Köhlbrandbrücke.

Das Foto, auf dem wir tanzen (Vivien vielleicht fünfzehn), gemacht auf dem Fest zur Einweihung des neuen Brückenbauamts (vermutlich von Rebekka), sah sich Hollie am längsten an.

Mit der Frau, die man darauf im Hintergrund sah, musste ich sprechen, herausfinden, was sie wusste. Glaubte Fischer, Schiller-Benz würde dichthalten? Sie kannte ihn besser und länger, und womöglich betrachtete er sie als gute Bekannte (vielleicht sogar Freundin). Ich war nur deshalb sein Patient gewesen, weil ich Fischer vertraute. Ob ich auch ihm vertraute, hatte ich mich bisher nicht gefragt.

Alle Zeitungen brachten die Fahndungsfotos. Sie zeigten die sechs »TäterInnen«, von denen zwei, wie sich herausstellte, junge Männer waren, die sich aber genauso »Zertrümmerfrauen« nannten. Es gab offenbar keine Anführerin, keinen Kopf oder (sagte Hollie) »irgendein brain«. Die Gruppe, war zu lesen, betrachte sich als bewusst gewaltbereites Kollektiv, entschlossen zu allem, was dem Widerstand diene.

(Widerstand wogegen?)

Was meinen eigenen Widerstand nicht mehr besänftigte, mich davon nicht mehr ablenkte, mich nicht länger tröstete (beschwichtigte oder beflügelte), was gar nichts mehr änderte: Alkohol.

Die in der Nacht am Anschlagsort sichergestellten Beweisstücke (Kanister, Spraydosen, ein Schuh – unzweifelhaft Hollies verlorener – und Ausrüstungsutensilien) ließen den dringenden Verdacht zu, dass der Tross für zumindest ein halbes Dutzend ähnlicher Brandanschläge verantwortlich war, außerdem für vier Autodiebstähle sowie den Einbruch in eine Kranwagenhalle (in Iserbrook). Indizien dafür, dass die Zertrümmerfrauen im Besitz von Schusswaffen waren, gab es bis dato nicht. Wo sie sich aufhielten, wie sie an Geld zum Lebensunterhalt kamen und ob es Hintermänner oder -frauen gab, war unbekannt. Niemand in dem Kommando war älter als vierundzwanzig, alle entweder als vermisst gemeldet oder galten als untergetaucht. In dem im Internet veröffentlichten Bekenner(innen)schreiben nahmen sie für sich in Anspruch, »genauso ganz tief unten im untergrund zu operieren wie oben an der glitzershitfläche eurer ganzen oberflächlichkeit«.

Aus dem Magen aufsteigende Nervosität. Sie griff um sich und ließ nicht mehr nach, weder am Tag noch nachts. Ganz tief unten im Untergrund zu operieren.

(Der *Pschyrembel* führte Magenfeuer als Symptom nicht auf.)

Nach wenigen Tagen hatte man die Personalien der mutmaßlichen vier Täterinnen und zwei Täter festgestellt und sie den von ihnen verwendeten Guerrillera-Bezeichnungen zugeordnet – alle sechs trugen fiktive Namen: Dusk (24), Crow (23), Fcku (22), Hollie Magenta (21), Ingrid0813 (20), Andrea

Baader (20). Keiner der Decknamen stand in erkennbarem Zusammenhang mit den bürgerlichen Namen der Gesuchten. Hollie hatte immerhin ihre Initialen beibehalten, was mich annehmen ließ, ihre Abkehr von ihrer früheren Person war noch keine endgültige.

Die bis in die Haarwurzeln fahrende Aufgewühltheit, war sie womöglich gar kein Symptom des sogenannten Defekts?

Auf dem Fahndungsfoto sah sie jünger aus, hatte ein volleres Gesicht, und die blonde Mähne war noch komplett, nicht zur Hälfte abrasiert. Es war ein Schnappschuss (sie lachte), im Hintergrund das Elbufer (Övelgönne vielleicht): Hanna-Lina von Mangthal, geboren 2001 in Schwerin; Eltern Anwalt und Psychotherapeutin (mit eigener Kanzlei und Praxis); aufgewachsen im Mecklenburgischen; Studium der Soziologie und Politikwissenschaften in Hamburg (abgebrochen); zuletzt gemeldet in Ottensen, untergetaucht vor anderthalb Jahren. Das ermittelnde Sonderdezernat Zertrümmerfrauen (SoZeFra) sah es als »unbestreitbar« an, dass sich alle sechs infolge der Teilnahme an den eskalierten Demonstrationen während des Hamburger G20-Gipfels radikalisiert hatten.

(Sommer 2017: Mitten in der albtraumartigen Verwüstung von ganzen Hamburger Straßenzügen Viviens Kontaktabbruch ein Jahr nach dem Tod ihrer Mutter.)

Zwar waren die jungen Leute als unerfahren und weder indoktriniert noch gar gesteuert einzustufen, alle aber waren sie fanatisch überzeugt von der Richtigkeit ihrer Positionen, zumindest drei galten ferner als »zunehmend verfassungsfeindlich und terroraffin« (darunter die junge Frau im Zimmer meiner Tochter).

Das Gefühl, aus hauchdünnem Glas zu sein. Und aus dem Sonnengeflecht aufsteigend (immer stärker anschwellend) der Druck. Vielleicht war er in Wahrheit eine Nebenwirkung der Tabletten, die ich in den ersten Tagen alle sechs Stunden schluckte, um den Schmerz regulierbar und auf Distanz zu halten.

Sesostron.

Der Botox-Stoff kappte angeblich die Verbindungen zum Hirn, nahm dem Schmerz jede Brücke.

(So oft ich mir den Namen des Medikaments durch den Kopf gehen ließ, ich konnte mir unter Sesostron höchstens einen Marsianer vorstellen oder, was auf dasselbe hinauslief, den Horusnamen von Pharao Sesostris I.)

Was half, war Schlaf. Ich schlief so viel wie zuletzt als Gymnasiast – ging früh abends zu Bett und wachte erst am nächsten Mittag wieder auf. Am dritten Tag zu zweit verpasste ich sogar den ganzen Markt, inbegriffen die Polizeipatrouillen, die Hollie vom Wohnzimmerfenster aus im Auge behielt.

In der Murmeltierphase meines Sesostron-Schlafes nannte sie mich »Penno« (es klang fast zärtlich), und wenn ich mich wehrte (mit einem Witz), trat sie nach: »Uh, der alte Penner ist angekommen in einem neuen Tag für alte Penner.«

Was half, war Konzentration. Ich kaufte jedes Lokalblatt (auch darin inzwischen eher Panzer als Masken) und trug alles zusammen, was über Andrea Baader, Crow, Dusk, Fcku, Hollie Magenta und Ingrid0813 bekannt wurde. (Eine überraschende Muße stellte sich ein.) Ich versorgte Hollie mit Salbe, Verbandszeug und einer Beinstütze, ich besprach den orthopädischen Schuh mit ihr und erfuhr sogar ihre Schuhgröße (38). Sie beklagte das Fehlen von Wechselwäsche. Was sie in der Nacht angehabt hatte, sei nur eine Kluft! (Sie ziehe sich als

Mensch ganz anders an.) Der Entscheidung, ob sie bleiben wollte, schien sie aus dem Weg zu gehen: Den halben Tag lang lag sie auf Viviens Bett oder später der Wohnzimmercouch und hypnotisierte ihr Handy, und ich drängte sie nicht (was sie sichtlich irritierte), sondern war (in Wachphasen) beschäftigt mit der Reparatur des Tyltower Brückenmodells.

Wäre meine Wohnung eine Stadt, das Modell wäre ihre einzige Sehenswürdigkeit, denn die Brücke war fast so lang wie der Flur, und sie strebte von Lichtseite zu Lichtseite. Hollie schien sie nicht zu beeindrucken, und wenn doch, so höchstens als perfektes Inbild meiner Altersinfantilität. »The bridge« nannte sie das Ungetüm, und bisweilen, wenn sie durch den Flur hinkte (später humpelte und irgendwann schließlich wieder ging), summte sie ein paar Zeilen aus einem Song (einem track), der offenbar genauso hieß.

Das Ersatzteil in die Brücke einzupassen erwies sich als nicht so unkompliziert wie gedacht. Der Rauchmelderprüfer hatte mit seiner Leiter zwar nur ein kleineres Teilstück zertrümmert, doch waren dadurch Jochbalken, frei aufliegender Bohlenbelag sowie Geländerpfosten und -stangen in beträchtlicher Länge beschädigt. Das angefertigte Ersatzteil passte zwar, wirkte aber fremd und störte den Gesamteindruck. Es fügte sich in das Modell ein, aber nicht in mein Bild von der Brücke, und ich überlegte eine Woche lang, woran das lag. (War das Holz dunkler?) Etwas war anders, das bildete ich mir nicht ein.

Außerdem war es gar nicht meine Brücke. Es war Viviens und mein gemeinsames Modell von der Tyltower Brücke. Meine war eine andere, sie stand nicht im Flur, sie stand nirgendwo und hatte zu keiner Zeit irgendwo gestanden. Und würde es auch nie.

Es gab sie. (Es gab sie in meinem Kopf.)

10

Versuch einer Beschreibung

Ihre unfassbaren Verwandlungen binnen einer Stunde. Und ihr unerschütterliches Beharren darauf, recht zu haben. Ihre Rauschhaftigkeit und ihre Schläfrigkeit. Ihr Heißhunger auf alles Würzige und Süße und ihr immenser Weinkonsum. Ihr täglich zwölfstündiges Lesen und Schreiben auf dem Handy und ihre kindliche Neugier und Vorfreude auf bestellte und (»Wann? Erst? Erst?«) gelieferte Kleidung und Kosmetik. Ihr rosaroter Lederanzug mit schwarzem Regenmantel und schwarzen Fallschirmspringerstiefeln und ihr winziger Schottenrock mit riesigen Sicherheitsnadeln an verchromten Handschellen. Ihre Liebe zu (ausnahmslos) allen Tieren und ihr Menschenekel.

Wie sehr sie Muhammad Ali bewundert. Und wie verwundert sie war, als sie George Foreman in einem Interview sagen hörte, nie habe er sich größer gefühlt als in Alis Schatten. Ihre Lateinkenntnisse (»vivere est militare«) und ihre Sprache, die ich nicht verstehe, die ein Code sein muss. Manchmal stand sie stundenlang am Fenster und dann wieder tagelang gar nicht. Sie las eine Zeitung, als würde »das Blatt« nur zum Luntenanzünden taugen, und sie riss aus Illustrierten Bilder, die mir nichts sagten, aber die sie aufbewahrte, als würden sie ihr eines Tages den Weg in die Freiheit weisen. Wie sie oft lachte, schallend und böse, und wie sie dann wieder, beim Essen etwa, keine Silbe herausbekam.

Sie beleidigte mich, und es tat ihr nicht leid. Und sie heiterte mich auf, ohne dass ich es merkte und ohne dass ich wusste, wie. Es war lebendig mit Hollie Magenta, solange man viel ertrug, und es war zuweilen so langweilig, dass ich eine verzweifelte Runde um den an Jogger und Hundehalter verloren gegangenen Invalidengarten drehte, damit ich nicht um 18 Uhr wegnickte und zurücksank in meinen Sesostron-Sarkophag.

Ihre mehr als neugierigen, ihre bohrenden Fragen nach Rebekka und besonders meiner holden Vivien: »Was ist da passiert, hm, old man?« Und ihr Schweigen, wenn ich sie nach Crow und Co. fragte, ihren eigenen Eltern, nach Mecklenburg (»Maclaneburgh«). Wie liebevoll sie von ihrem Bruder redete, der in Göttingen Literatur studiert hatte und jetzt eine Lehre dort machte (Zimmermann), und wie deutlich ich dann herauszuhören glaubte, dass sie sich insgeheim ärgerte, weil sie sich wünschte, wie Lenny zu sein. Wie tief sie der Beethoven der späten Streichquartette und der Großen Fuge in Erstaunen versetzte! Und wie strikt, grundsätzlich und für immer sie alle alte Männermusik verdammt, sobald sie Nina Simone hört, Peaches oder PJ Harvey (was nicht dasselbe ist) oder Billie Eilish: »Die ist jünger als ich, Dreihundert! Ich fass es nicht, ich sterbe.« Ihre auf einer Online-Tauschbörse ergatterte rotbraune Echthaarperücke und der orthopädische Schuh, den Fischer an Tag vier zusammen mit Hygieneartikeln und einem Zwölferpack Unterwäsche vor der Wohnungstür abstellte (ohne zu klingeln). Ihr tägliches Beschimpfen und ihr stundenlanges Erdulden des Schuhs.

Ihre unveränderliche Freude beim Beobachten der Altpapierabfuhr, der Papiere, die in den Lastwagen rauschen und augenblicklich darin zerschreddert und zerdrückt werden, und ihr Respekt vor der Haargenauigkeit, mit der einer der beiden bulgarischen Müllmänner den Kran fernsteuert. Ihr eiliges Humpeln ans Wohnzimmerfenster, und ihr Jubel dort, wenn die Container doch einmal dröhnend aneinanderschlugen. Wie wenig sie lügen konnte (gar nicht), und wie effizient, ja elegant sie jede ihrer Lügen zu vertuschen wusste. Wie behutsam sie ein Treffen mit ihrer Gruppe plante, und wie achtsam sie ihre Pläne vor mir geheim hielt. Sie konnte gut zuhören, wenn etwas sie verwunderte oder zweifeln ließ, und sie konnte andere Ansichten gelten lassen, solange man auch ihre gelten ließ (konnte ich lange nicht). Ihre Versuche, mich plattzureden, und ihr Gähnen, wenn ich eine Brücke beschrieb (sogar eine, die sie kannte). »Ist schon schön«, sagte sie einmal und meinte das Isadorastraßenviadukt, »wäre echt krass schade, wenn wir sie abgefackelt hätten«, und wie sie gähnte, als ich erwiderte, das Viadukt lasse sich nicht abfackeln, nur sprengen, allerdings nicht ohne die Häuser und Menschen drumrum.

II

Die Kostüme der Müdigkeit

Mein Schwiegersohn, der meiner Tochter und meinem Enkel den Familiennamen gibt, hält sich für einen politisch engagierten Menschen. Das mag sogar stimmen, denn Timothy Zibritzki, der sich Tim nennen lässt, ist ein fanatischer Neoliberaler mit pseudogrünen Prinzipien und petrolgrünem Alfa Bertone. Mein Vater nannte so einen Typen Windbeutel, Rebekka Popanz. Für Hollie ist er eine grüne Heuschrecke und in meinen Augen ein degenerierter, spätkapitalistischer Knecht. (Das mag zu hart sein.) Mein Herr Schwiegersohn interessiert sich für niemanden, der nicht zu seiner Heuschreckenfamilie gehört oder ihn voranzubringen vermag auf seinem unweigerlich aufwärts führenden Karriereweg. Seine Gesetzgebung ist die vom Dünkel zerrüttete

Moral seines Elternhauses, und fällt der Begriff Verfassung, so lächelt er nur lässig.

Jeder, mit dem ich noch rede, handelt auf die eine oder andere Weise politisch, doch von keinem würde ich sagen, dass er auch politisch denkt. Jeder versucht, die Umweltschutzanforderungen unserer Zeit zu verinnerlichen (immerhin), alle helfen so gut (oder schlecht) sie können, und sogar einer wie ich denkt mitmenschlicher in Anbetracht von Flüchtlingsschicksalen, Klimakatastrophen, Populisten und Artensterben. Corona und der Krieg gegen die Ukraine. Fischer und viele andere frühere Mitarbeiter im Amt spenden (Rebekka spendete für Tafel, Hospiz, Obdachlosenzeitschrift), viele betätigen sich ehrenamtlich, so indem sie gelegentliche Brückeninspektionen unbezahlt erledigen, da ja pensioniert (wie ich).

Politisch denkt niemand, ich am allerwenigsten.

Hollie spricht nicht von Umweltzerstörung, sie sagt Naturverlust. Man müsse wohl auf bestimmte Weise denken, um politisch zu denken, sagte ich (arglos) einmal zu ihr und wurde postwendend korrigiert: Wen (fuck) interessiere Politik?

Es ging um Aktion.

Durchdenken, dann Handeln.

Unmittelbares Durchbrechen.

Ich glaube nicht, dass sie zu verstehen ist ohne ihr »thinking«, wie sie es nennt, wobei sie sich einen Zeigerfinger an die Schläfe hält und den Fingerrevolver abfeuert: (»Bam!«) Dann ahmt sie eine Lautsprecher- oder Comicstimme nach: »Hollie M. vaporisiert!«

Unzählige Male hat sie sich auf diese Weise erschossen, seit ich das Glück habe, sie zu kennen. Unvermittelt erzählte sie manchmal von verstörenden nächtlichen Begegnungen in einer Unterführung in Waren (Müritz) oder am Güstrower Zombiebahnhof. Aber zumeist erzählte sie nur unzusammenhängend, oder ihre Erinnerungen folgten einer Logik, die ich nicht verstand.

(Es gab sehr vieles, was ich ebenso wenig verstand.)

Logik, sagt sie, ist wie Politik nichts als Verhandeln.

Die Zeit für Verhandlungen, sagt sie, ist abgelaufen.

Ich kann nur berichten (und damit wohl oder übel deuten), was sie binnen unserer drei Wochen gemeinsam in der Isadorastraße zu mir sagte – was nicht heißt, ich würde begreifen, wovon sie redete. Vieles fand ich einleuchtend (und im Übrigen sehr logisch), zumal aus dem Mund einer Einundzwanzigjährigen, die anders als ich mindestens die Hälfte ihrer Zeit im Internet verbringt; genauso vieles jedoch empfand ich als haarsträubend, wenn nicht alarmierend.

Ihre Kritik an den Gegebenheiten der Zeit, in der wir leben (sie und ich als Zeitgenossen), ist umfassend. Unsere Zeit bietet nichts, womit sie zufrieden wäre – abgesehen vielleicht davon, dass sie essen und sich kaufen kann, wonach immer ihr die Lust steht.

»Und dass Meinungs- und Redefreiheit besteht?«

War dem so?

Nicht in ihren Augen.

Wen konnten Kommerz und Konsum schon zufriedenstellen. Doch keinen Menschen, solange er oder sie einen Rest Aufbegehren in sich spürte gegen den allumfassenden vierundzwanzigstündigen Stumpfsinn.

Es gab ein anderes Leben, ein sinnvolles, erfülltes!

Wieso war sie davon so unerschütterlich überzeugt? War das Wunschdenken? (Vielleicht die Erinnerung des Mädchens Hanna-Lina an seine Kindheit in einem mecklenburgischen Garten.)

Derjenige meiner Einwände, der ihr sichtlich am meisten zu denken gab, ging jedenfalls auf eine Erinnerung zurück, allerdings auf eine aus meiner eigenen frühen Jugend (für die sie sich überraschend immer wieder interessierte). Ich erzählte Hollie die Anekdote von einer Mitschülerin, die irgendwann gegen Ende der Sechzigerjahre, als ich in die Oberstufe ging, ein Referat über den Anarchismus hielt. Meine Mitschülerin stellte die anarchische Gesellschaft mit Hilfe auf die Tafel gezeichneter Schaubilder dar – keinem gehörte etwas, alle besaßen alles, jedem Menschen stand frei, zu tun, was er wollte, oder es bleiben zu lassen. Ein beeindruckender Vortrag nach Ansicht unseres Lehrers (der später Berufsverbot bekam und angeblich Ulrike Meinhof kannte). Unter meinen Mitschülern dagegen brandete erst Unmut auf, dann lautstarker Protest. Was mit denen passiere, die nicht mitmachen wollen, wurde gerufen. Wie verfährst du mit jemandem, der sein Eigentum behalten will?

»So ein Mensch wird umerzogen«, sagte unsere Mitschülerin.

»Und wenn er sich nicht umerziehen lässt, was dann?«

Die politischen Gespräche, die Hollie und ich führten, kreisten im Grunde um diese eine Frage, die damals auch meine Mitschülerin (ihr Name: vergessen) nicht beantworten konnte. Am Ende wirkte sie, als wäre sie vor Scham am liebsten in den Linoleumboden des Gymnasiums gesunken.

Hollie überlässt Detailkenntnis Ingrid0813 und Crow. Nach deren Überzeugung (und damit Überzeugung des Kollektivs) ist die Klimakrise keine Krise, vielmehr ist sie Ausdruck der globalen Zerstörung aller Lebensgrundlagen durch die Generationen zuvor. Singvögelsterben, Fischsterben, Käfersterben, Bienensterben, Korallensterben, Kastaniensterben, Walsterben – jeder Mensch trägt dafür Verantwortung, weil alle das gleiche Recht auf ein Leben besaßen und besitzen, die Verstorbenen genauso wie die Lebenden und die Ungeborenen. Durch die Vernetzung industrialisierter und technologisierter Gesellschaften folgt die Ausbeutung der Erde den gleichen Prämissen und Strukturen wie die jahrtausendealte Ausbeutung und Ausgrenzung von Fremden,

Andersgläubigen, Wehrlosen, Obdachlosen, Armen, Frauen, Kindern, Prostituierten, Behinderten und Alten.

(Von den Tieren ganz zu schweigen.)

»Die Weltgeschichte ist ein fortwährender Exzess männlicher Gewalt gegen alles vermeintlich Schwächere.« (Hollie, am 1. August.)

Man kann ihren Ausführungen nichts entgegensetzen, ohne zu beschönigen oder zu beschwichtigen, ohne in den Verdacht konterrevolutionärer Umtriebe zu geraten. Als ich ihr das sagte (freundschaftlich), verstummte sie und brach das Gespräch ab.

»Ich fühle mich von dir vors Tribunal gestellt«, sagte ich einmal an der Tür zu ihrem Zimmer. Sie hatte mir in einem Disput in der Küche Machotum unterstellt, Chauvinismus und Xenophobie.

Verschlossen blickte sie dann eine Zeit lang im Zimmer umher oder aus dem Fenster. (Selbst dass ich sie zum ersten Mal geduzt hatte, ließ sie unkommentiert.) Und irgendwann griff sie, ohne ein weiteres Wort zu verlieren, zu einem Handy.

Während unserer gemeinsamen Zeit in der Isadorastraße hatte sie zwei Handys, ein privates und eins für die Kommunikation mit der Gruppe, für den »destroyer chat« – das sie später wegwarf.

Sie liest Bakunin und Kropotkin und die Anarcho-Syndikalisten, und sie kann sich für vieles aus der Zeit der Räterepublik nach dem Ersten Weltkrieg begeistern. Aus dem Antiquariat an der Hoheluftchaussee besorgte ich ihr einiges von dem, was sie lesen wollte: Zora Neale Hurston. Herbert Marcuse. Hannah Arendt. Karl Popper. Jean Baudrillard. Auf ihre Zettelchen (die ich wegschmeißen musste) hätte sie mir Dutzende solcher Namen aufschreiben können, auch frei erfundene. (Immerhin kannte ich Camus.)

Sie hat allen Respekt vor Sophie Scholl, obwohl deren Gottglaube Verblendung sei.

Ein Buch, das ihr missfällt (ein einziger Satz genügt), pfeffert sie in eine Zimmerecke, wo es wie abgestürzt und verendet liegen bleibt. Manchmal tut ihr so ein Buch leid. Dann hebt sie es auf, glättet die Seiten und legt es zu den anderen. Aber sie liest es nicht weiter.

Bewegt und aufgewühlt, gerade wegen ihres krassen Rigorismus, haben sie Gudrun Ensslins Briefe.

»Endlich sind wir bei der Roten Armee Fraktion«, sagte ich resigniert.

»Oha, Gefahr! Great danger. Kennst du die Kostüme der Müdigkeit?«

Und ob ich die kannte, die trug ich seit mindestens zwanzig Jahren, wenn nicht mein Leben lang.

(War ich je wach?)

Die Briefe, nein, kannte ich nicht. (Gudrun Ensslin hat mir nie geschrieben.) Und ich wollte sie auch gar nicht kennen, und genauso wenig wollte ich über die RAF (»die Raff«) reden und den Herbst '77, als ich fünfundzwanzig war und Brückenbau studierte und Rebekka (Bekkie) und ich zusammenzogen (nach Horn), um eine Scheinfamilie zu gründen.

Ausflüchte und Abschweifungen. (Hier wäre Platz dafür.)

»Natürlich ist der bewaffnete Untergrund der extreme Schritt«, sagt Hollie Magenta. Man spürt, dass sie weiter noch nicht gedacht hat, aber wie sehr es sie beschäftigt, diese Möglichkeit abzuwägen und zu durchdringen: den »step« zu machen. Ihre Stimme verändert sich, sobald Maxime und Axiome in den Hintergrund treten und sie zu umreißen versucht, was sie unter Widerstand versteht und wie sie sich ein Leben im »Maquis« (sagt sie manchmal) vorstellt.

»Schön und gut«, sage ich, »aber ich würde zu gern verstehen, wie das konkret gehen soll, leben im Untergrund, im Maquis.«

Da lacht sie. »Konkret?«

Mit dem Leben im Untergrund endeten die Vorstellungen. Vorstellungen waren hauptverantwortlich für das Unwirklichkeitsempfinden, das hauptverantwortlich dafür war, dass es wirkliche Lebendigkeit nicht mehr gab.

Nicht selten, wenn wir unter aufeinander einprasselnden Argumenten bis zu diesem Punkt vordrangen (was manchmal sekundenschnell ging), stellte sie Musik an, elektrische Gitarren und Schlagzeug zum klagend wütenden Gesang eines Sängers oder einer Sängerin – meistens »eine Band, die es mal gab«.

Musik war politischer Ansporn, und somit war Musik Aktion.

Bei aller Profitgier des Musikgeschäfts war Musik Aufbegehren.

Songtexte waren die einzig relevanten Relikte der Poesie.

»Aufbegehren wogegen?«, wollte ich wissen.

Die Fridays for Future-Demonstrationen hatten bewiesen, wie absurd friedliche Proteste waren. Sie führten nach Hollies Ansicht zu nichts (»nada«), außer vielleicht dazu, die bestehenden Missverhältnisse zu konsolidieren. Sie waren willkommener, weil integrierbarer Fake-Widerstand. Crow, Ingrid und Andrea (Baader) waren monatelang freitags mitmarschiert, sie hatten miterlebt, wie die Bewegung zwar anwuchs, im selben Maß aber auch verflachte.

Es habe, widersprach ich, ein Bewusstseinswandel stattgefunden, immerhin.

Sie lachte, hell und schallend. Ich war Benno Thunberg, Greta Thunbergs Opa.

Sie lachte mich aus (zu Recht). Oh yes! Die Spaltung! Die einen dachten fortschrittlich, die anderen reaktionär. Und die Ränder radikalisierten sich.

»Aber hallo, alter Mann ohne das Meer!«

Andreas Baader hatte bei seiner Verhaftung 1972 in einer

Frankfurter Tiefgarage zwei Luxussportwagen stehen, einen auberginefarbenen 911 Targa und einen extrem seltenen silbergrauen Iso Rivolta 300, den er allerdings nicht mehr fuhr, weil nämlich der Kofferraum voller Sprengstoff war – wusste sie das?

Der Machismo der pervertierten Achtundsechziger, ihr so was von wumpe!

»Zweck von bewaffnetem Widerstand ist nicht Gewalt«, sagte Hollie ernst (mit erhobenem Zeigefinger). »Verkrustete Strukturen sollen aufgebrochen werden, ruckartig sich Bewusstsein entwickeln – für Verkrustung und für Widerstand.«

»Und was ist mit denen, die nicht mitmachen wollen?«

»Mit jedem, den wir töten, töten wir uns selbst«, sagte sie. »Das ist von Gudrun Ensslin.« Auch den Brief an Ulrike Meinhof, in dem Ensslin von den Kostümen der Müdigkeit schreibt, kannte sie auswendig und zitierte ihn mir (einmal nüchtern, einmal betrunken): »Die Kostüme der Müdigkeit – wie ich sie satt, wie ich sie gefressen habe, wie sie mir zum Hals raus zehntausendmal um die ganze Welt gehangen und mich erwürgt haben – die raunenden Pastoren, Pfadfinder, Tantchen, fressenden Weiber, Jüngelchen, uralte von Schminke erstickte wesenlose Wesen – wie ich das satt habe: Hunger! Und mal wissen. Bin ich im Kino oder was, Quäker-Film, Suppenschildkröte, oder bin ich: Kampf!«

(Betrunken konnte sie nur »Suppenschildkröte« nicht aussprechen.)

Über ihre Eltern (Klaas und Gesche) sprach sie kritisch, aber nicht herablassend. Klaas' Zuhause war die Geldverdienkanzlei, der Spiritualismus Gesches Homebase. Sie waren harmlos. Konfliktmüde.

Doch wenn Hollie richtig sauer wurde, weil ich sie gereizt hatte oder mit Argumenten in die Enge getrieben, dann hörte man deutlich die Tochter eines Juristen und einer Therapeutin vom Leder ziehen.

Das Patriarchat ein einziges Pornodenken.

»Und das Matriarchat?«

»Fuck you.«

Konkret. Widerstand – wogegen?

Ausbeutung. Chancenlosigkeit. Ungleichbehandlung. Hierarchisierung. Herabwürdigung durch Ärzte, Beamte, Betuchte, Eltern, Vorgesetzte. Widerstand! Gegen Ständegesellschaft und Schichtendenken. Gegen isolierenden Konsumismus. Gegen Verwirtschaftlichung und Durchfunktionalisierung. Gegen die Gesundheitsdoktrin. Widerstand gegen den Technologiewahn. Gegen den Unterhaltungszwang. Gegen Teilnahmslosigkeit. Widerstand gegen die Gleichgültigkeit, gegen die Indifferenz, die einsickerte in alle.

(Gegen die Unwirklichkeit, in der ich lebte, ich alter Blinder.)

Wofür sie war, blieb im Vagen. Es war schwierig, das, worum es ging, in Worte zu fassen. Doch immerhin versuchte sie es ab und zu: Glück statt Geld. Austausch und Zugewandtheit. Innigkeit. Echte Lebendigkeit. Das Ende der Enge und der Zwänge. Den Beginn des Gesprächs.

Einmal (in der letzten Juliwoche) fragte ich sie nach der Ukraine, was der russische Angriff mit ihr mache, und sie schwieg lange, bevor sie doch sagte: »Mit mir? Äußerlich wohl kaum was. Ich fühle mich bestätigt.«

Seit der Annexion der Krim (als sie dreizehn war) sei sie sich sicher, dass Putin ein psychopathischer Sadist sei. Aber was ändere das? Viel schlimmer sei doch zweierlei: das Leid derer, die er und sein Regime zurechtstutzten, und die Kappung dadurch von allem, was (»gemeinhin«) als moderne Aufklärung verstanden werde.

»Es gibt keine Vernunft«, sagte sie, »alles nur Trugschluss. Weil kein Mensch, der anderer Ansicht ist, sich einem anderem verständlich machen kann! Und deshalb gibt es auch keine Worte für das, was in der Ukraine passiert, die Gräuel, den Hass, die Unversöhnlichkeit. Wenn du nach meinem Inneren fragst: Da sind nur Fragen, Fragen und Fragen. Und ich zersäge jede Antwort. Klar, ich kann Arendt lesen, Brecht, Horkheimer oder Pasternak, aber wofür, wenn sowieso Menschen Menschen abschlachten, so wie es immer war und wohl immer sein wird. What for?«

»Aber mit dir«, sagte ich (wir saßen in der Küche), »was macht der Krieg mit dir persönlich? Hast du je … in Erwägung gezogen …«

»Ich ziehe nichts ›in Erwägung‹, shit.«

»Bist du … zu der Einstellung gelangt …«

»Hat Hollie Magenta eine Einstellung? No, Sir, she has not.«

»Hast du überlegt, hinzufahren und zu kämpfen?«

»In die Ukraine? Hast du das denn ›in Erwägung gezogen‹?«

Ich hatte siebentausend Euro gespendet für Flüchtlinge oder Geflüchtete (der Unterschied war mir nicht klar) und hatte Decken, Mäntel, zwei Matratzen und alle Stofftiere und Vivis ganzes Kinderspielzeug an eine wohltätige Organisation gegeben.

(Ja.)

»Nein«, sagte ich.

Und sie sagte: »Dito. Ich will dir was klarmachen. Die Zertrümmerfrauen waren mal zehn. Vier sind nach dem Massaker von Butscha in die Ukraine gegangen, zwei Frauen und zwei Typen, und drei sind seitdem weg, missing, und der eine, der sich noch meldet, ist absolut nur noch sein Schatten.« Sie sah mich an mit Augen, die ich nur von Lo kannte. »Von den drei anderen wissen wir nichts.«

Ich erinnere mich an ein Gespräch mit ihr, als sie nach etwa zweieinhalb Wochen (fünf Markttagen) zum ersten Mal auf den Balkon ging und wir dann gemeinsam draußen standen und den Leuten von einem Gemüsehof im Alten Land dabei zusahen, wie sie ihren Stand (mit Hunderten grünen Kisten) immer kleiner zusammenklappten, bis schließlich ein zweiachsiger Anhänger daraus wurde.

Sie blickte die Straße hinauf und hinunter, es war ein nicht zu heißer Tag (Ende Juli, fast schon August). Die Kastanien und Platanen spendeten großflächig Schatten, und wir hatten das Glück, dass unser Balkon in einem von ihnen lag. Eine U3 Richtung Schlump kam. Hollie ließ sie in voller Länge vorbeifahren, bevor sie sagte, für den freien Blick müssten Dinge weggesprengt werden.

»Dinge«, wiederholte ich. »Was für welche? Jeeps? Häuser?«

»Whatever. Es liegt an euch. Wir sprengen zur Not auch den Fernsehturm. Hauptsache Randale. Hauptsache, es kracht und trifft euch und ihr wacht auf.«

Ein paar Tage später backte sie, ein Brot. (Es duftete, in der Küche und im ganzen Flur.) Auf dem Esstisch lagen Zeitungen, die schrieben, auf das Konto der »Z-Frauen« gingen nach neuesten Erkenntnissen auch die Sprengungen von bis zu sieben Geldautomaten. Hollie streckte vier Finger in die Luft und sagte nur milde: »Lüge«, und während ich mich ereiferte, träufelte sie auf eine Scheibe ihres Dinkelvollkornbrotes Olivenöl und reichte sie mir (ohne Teller). Die Brotscheibe war leicht gesalzen, noch warm und schmeckte wunderbar würzig.

Während wir ihr Brot aßen (mit Käse vom Markt), gestand sie mir, Vivis alten »Perso« in einer Schublade gefunden und ihn »gepimpt« zu haben – worunter ich nichts verstand. Sie holte den Ausweis, und mir fiel als Erstes auf, wie ähnlich sie Vivi war (Vivien vor elf, zwölf Jahren).

»Oder? Kein Wunder!«, lachte sie. Ihre neue Frisur und neue Haarfarbe seien ja keine Zufälle!

»Sondern?«

Sie habe sich einfach nach meiner Tochter gestylt – nach Vivi!

»Guck!« Sie hielt sich den Ausweis neben das Gesicht.

Ich verstand es nicht. »Und wieso?«

Hollie blies die Backen auf, kniff die Augen zusammen.

»Oh menno, Benno! Warum bist du nur so unerfinderisch?«

(War ich das?)

Ich erinnerte mich, dass Vivien überzeugt gewesen war, den Ausweis verloren zu haben, und ihn erst wiederfand, als sie schon einen neuen hatte. Den alten behielt sie, und irgendwann war er abgelaufen.

(Aber das war er nicht mehr.)

Hollie hatte tagelang darüber nachgedacht und Verschiedenes ausgetestet, und schließlich war ihr »die Idee« gekommen. Sie musste nur zwei Ziffern ändern, das Ausstelldatum 2005 in 2015 und das Ablaufdatum 2015 in 2025 – eine Null zur Eins und eine Eins zur Zwei musste sie machen … »that's it, babe!«

Und wie hatte sie es gemacht?

Sie hatte Superkleber erhitzt. Sie hatte die beiden Mini-Ziffern überklebt und plattgebügelt (mit meinem Bügeleisen) und die neuen Ziffern eingeritzt. (Superbehutsam.) Sie hatte es acht Mal getestet! Und weil es nie optimal aussah, hatte sie »die Idee« gehabt.

»Schmutzflecke. Kleine Lackflecke, unauffällig, wie zufällig auf den Perso gespritzt, zufällig genau auf die beiden Ziffern.«

Tja, man sah nichts. Man sah nur Hollie Magentas Fälscherkunst. Man sah auf der Chipkarte zwei winzigkleine schwarze Spritzer und darunter die Ziffern.

»Los, sag, wie findest du's?«

(Ich konnte ihr darauf keine Antwort geben.)

Ich konnte nur sagen: »Hollie, bitte hab dafür Verständnis: Gib mir Viviens Ausweis zurück.«

(Und sie gab ihn mir, ohne zu zögern und ohne zu schmollen.)

Sie begegnete mir mit größerer Milde (unverkennbar). Nur aus welchem Grund? Sie schien Vertrauen gefasst zu haben, erwähnte keine Auszugspläne und behandelte mich täglich mehr wie einen Zufallsopa. Ja, denn noch etwas gestand sie mir: Gekommen seien sie in der Anschlagsnacht auf Eseln (gehackten E-Scootern).

Den Jeep hatte sie angezündet. Es war ihr roast.

12

Höhere Gewalt

Ich kann nicht mit Sicherheit sagen, ob es Vivien war. Wenn es Vivi war, würde dies eine so eklatante Koinzidenz bedeuten, dass mir jede plausible Erklärung dafür fehlt. Denn in der Brieftasche hatte ich Viviens gefälschten Ausweis, und in meiner Wohnung wartete Hollie nur auf die passende Gelegenheit (so schien es mir), sich unter dem Namen meiner Tochter absetzen und verschwinden zu können.

(Ist nicht jeder noch so unbedeutende Zufall unerklärlich?)

Ebenso möglich ist, dass sie es nicht waren, nicht meine Tochter und nicht mein Enkelsohn, sondern Fremde, die Vivien (mit Maske) und Pepe zufällig ziemlich ähnelten. Im Grunde war es nach dem Gespräch mit Hollie über Vivis verlorenen Ausweis nur logisch, dass ich kurz darauf glaubte, leibhaftig meine Tochter zu sehen. In einem Radiobeitrag über selektive Wahrnehmung hörte ich vor Kurzem den Satz, wer Post erwarte, sehe überall Briefkästen.

(Dennoch nenne ich ihn so: der Tag, als ich Vivien sah.)

Der Tag, als ich Vivien sah, begann mit einem morgendlichen Anruf der Chefsekretärin im Brückenbauamt und ihrer Bitte, stellvertretend für meinen unabkömmlichen Nachfolger Thormählen möge ich eine Begehung vornehmen, die keinen Aufschub dulde: eine Prio1 (Inspektion mit Vorrang ersten Grades).

Und es gebe noch mehr zu tun. Dr. Thormählens Urlaub ende ja (leider) erst in einer Woche.

(Urlaub eine Unabkömmlichkeit, mir neu.)

Ich frühstückte, spritzte und nahm die erste Sesostron gegen den nach dem Essen rasch zubeißenden Schmerz. Weil sie noch schlief, schrieb ich Hollie (auf einen Zettel), ich würde erst gegen Abend zurück sein, und verließ Punkt halb neun die Wohnung, um in fünf Minuten eine U3 Richtung Norden zu erwischen.

An der Hoheluftbrücke kaufte ich meine Zeitungen, die ich unterwegs durchsehen wollte, hatte dann die Rolltreppe hinaufzueilen (und die Maske aufzusetzen), um die Bahn nicht zu verpassen, und schaffte es als einer der Letzten in den Wagen. Die Zeitungen berichteten von Offensiven und Gegenoffensiven (erfolgreichen, folgenreichen), und ich blickte auf, sah sie und meinte sofort, sie zu erkennen, war mir aber auf Anhieb nicht sicher und wandte mich ab –. Vivien mit Maske (Blumen im Gesicht), der Kleine ohne (weil er etwas aß). Das Herz schlug mir bis zur Kehle. Und ich beruhigte mich erst, als ich sie und den Jungen in der Scheibe gespiegelt sah und überzeugt war, dass sie mich nicht erkannt hatten.

(Die Bahn fuhr durch die Isadorastraße, vorbei an meiner Garage, meinem Balkon.)

Sie war es nicht. (Oder doch?) Aber ich, war es ich, den sie sahen? Erschöpft sah sie aus. (Und wie musste ich aussehen?) Sie hatte ihr Haar fast ganz blond gefärbt, trug es offen und so lang wie zuletzt mit Mitte zwanzig. Mein Enkel – er mampfte ein Croissant und sah aus dem Fenster. Und seine Mutter blickte auf das Handy, dessen Nummer vor fünf Jahren meine blockiert hatte.

(Keine Sekunde lang zog ich in Betracht, zu ihnen zu gehen.)

Stattdessen die Vorstellung, dass Vivi an mich dachte, als wir da zusammen und zugleich getrennt über das Isadorastraßenviadukt fuhren, wie früher an unseren Wochenendvaterwochenenden so oft. Wenn ich sie von Rebekka abgeholt hatte, blieb sie im Normalfall für zwei Nächte bei mir, immer öfter aber auch länger, weil sich ihre Mutter zu Hause verschanzt hatte und mitunter drei Tage lang schlief, »sich tot stellte« (Vivien), ehe sie sich wieder meldete und ich ihr Vivi dann brachte.

Allerdings zeigte die junge Frau keinerlei Rührung, kein Anzeichen von Bewegtheit (oder nur Erinnern). Sie fuhr mit ihrem Sohn (oder Neffen) U-Bahn. Unzählige Male in den fünf Jahren seit unserem Bruch musste Vivi mit oder ohne ihren Mann und ihren Sohn hier vorbeigefahren sein.

Sie stiegen wie ich an der Kellinghusenstraße um in die U1. Ich beobachtete sie auf dem Bahnsteig. Als die Bahn kam, nahm sie die Hand des Jungen. Er hatte langes, volles schwarzes Haar (wie dieser Tim), Turnschuhe und ein T-Shirt mit dem Aufdruck Minecraft an, worunter ich mir nichts vorstellen konnte. (Minenhandwerk?) Ungefähr zehn musste er inzwischen sein, war groß geworden (Steppke), würde bald in die Höhe schießen (Spiddel) und an seinen Großvater als Junge erinnern (Spund). Auf jeden Fall war er zu groß, um von seiner Mutter getragen oder in einer Karre durch die Gegend geschoben zu werden. (Ich fühlte mich ihnen sehr nah.) Erregtheit, Verwirrungszustände bei zu großer Nähe – womöglich die einzige Liebe, zu der ich imstande war. (Hingehen zu ihnen, ausgeschlossen.) Viviens weiße, weite Stoffhose, ihre weiße Bluse voller Blüten, die ins Haar gesteckte Sonnenbrille. (Viele Frauen zogen sich so an.) Standen dort keine zwanzig Meter entfernt wirklich meine Tochter und mein Enkel und waren für mich eine fremde, maskierte Frau Mitte dreißig mit ihrem Bengel?

Die Ursache aller Übel auf der Welt besteht für Hollie darin, dass niemand sich wirklich mitteilen kann. Sobald man etwas von sich preisgibt und äußert, bleibt ein Unbehagen zurück (ein Zweifel), und die Folge sind neue Unsicherheit und tiefere Verunsicherung, die das nächste Gespräch nur noch unmöglicher machen.

Dafür war ich ein lebendiges Beispiel. Von Fischer kam eine Nachricht, die mir meine Vermutung bestätigte: Da sie und ich ein eingespieltes Team seien, habe man zu der Fuhlsbütteler Inspektion auch sie hinzugerufen (in fünfzehn Minuten sei sie vor Ort). Im selben Moment sah ich die Frau und den Kleinen aussteigen. Ich fragte mich noch, was die beiden in Ohlsdorf verloren hatten, als die Bahn schon weiterfuhr.

Aber verschwunden waren sie seit fünf Jahren schon. Fischer erwartete mich am Fuß der U-Bahntreppe und begrüßte mich herzlich, und ich versuchte, meine düstere Stimmung abzuschütteln. Parallel zum Bahndamm liefen wir eine kleine Straße hinunter, die zum Alsterlauf führt. Sie und ich kannten die Fuhlsbütteler Eisenbahnbrücke, zuletzt hatten wir sie (Fischer zeigte mir unsere Unterschriften) vor sieben Jahren gemeinsam inspiziert.

Sie hatte die Akte durchgesehen und war über die Details im Bilde. Sie referierte, brachte mich auf den Stand der

Dinge. Vielleicht weil ich unkonzentriert war (und dünnhäutig, und gereizt), kam es auf dem Weg zu der Brücke für mich unvermittelt und sehr rasch zu einem hitzigen Zwiegespräch, wie ich es nur selten mit Fischer erlebt habe. Es ging allerdings nicht, wie sie gleich sagte, um eine Brücke, Begutachtung hin oder her. (Sie war sehr aufgebracht.)

Ob ich mir im Klaren darüber sei, dass ich sie gekränkt hätte, wollte sie wissen, während sie da so neben mir her marschierte. »Legen Sie sich lieber nicht mit einer Löwin an!« (Sie zeigte in Richtung Brücke, als würde ich den Weg nicht kennen.)

»Wovon reden Sie, zum Henker?«, fragte ich zurück.

Und sie sagte, sie rede, zum Henker, von Hollie Magenta.

Und ich sagte: »Er hat Ihnen alles erzählt, ich wusste es doch! Nur ist es nicht so, wie Schiller-Benz (dieser Irre) meint. Er irrt sich.«

Und sie: »Sie wissen so gut wie ich, Romik, Artur ist ein guter Arzt, auch wenn sein Charakter seine Defizite hat.«

Und ich: »So wie meiner, wollen Sie sagen?«

Sie war vor allem sauer, weil ich mich ihr nicht anvertraut hatte, und das konnte ich immerhin (ansatzweise) nachvollziehen.

»Sie hätten mich um Rat fragen können«, sagte sie. »Sie hätten mich ruhig fragen können, wie ich es finde, dass Sie einer jungen Autobombenbastlerin Asyl bieten. Ich verstehe nämlich etwas von Autobomben, zumindest von denen, die sie basteln. Wissen Sie, wie ich war, als junge Frau? Sie haben keine Ahnung! Vielleicht hätte ich Ihnen gesagt, dass ich es für eine feine menschliche Geste von Ihnen halte, dieses Asyl, und Sie dafür bewundere. Dazu haben Sie mir keine Gelegenheit gegeben, Romik. Wirklich sehr schade. Fil 'anid.«

Sie sprach in meiner Anwesenheit nicht oft Arabisch, nur wenn sie wirklich böse wurde. (Der Libanon war ihr Land und ihr Herz.) Ich bat sie, mir das zu übersetzen, und

Fischer nannte mich auch auf Deutsch einen sturen Elefanten.

Die Bahndammböschung rechts von uns stieg steil an, dann ging sie in die Brücke über, deren Backstein blassrot, fast rosa war. Am Uferende der Straße parkten zwei Transporter der Brückenaufsicht, und im Wasser unter dem Bogen lag eine mit schwerem Tauwerk an beiden Ufern fixierte Schute, auf der ein Hebekran mit einem Korb für drei Personen stand. Ich zählte ein gutes Dutzend Leute: Amt und Technisches Hilfswerk, keine Polizei. Einige winkten, als sie uns kommen sahen (alle maskiert), und Fischer lachte und winkte zurück. Ich entschuldigte mich bei ihr.

Danach ging es mir besser, und ich konnte für die zwei Stunden, die wir an der Brücke beschäftigt waren, Vivien vergessen und Hollie vergessen. Die konzentrierte Arbeit beruhigte. Nichts konnte schiefgehen, wenn Fischer an meiner Seite war, ich hinter uns den alten Meisel wusste (bester Ausleuchter der Truppe), und sogar den Magen spürte ich oben auf dem Hebekran kaum. Wir schwebten in fünf Metern Höhe über dem braunen Flüsschen, das lautlos durch den Morgen dahinfloss. Ich ordnete die Schadstellen an der Brücke zu, verglich sie mit dem Eindruck von vor sieben Jahren, vergab Noten, und während ich zum Schluss die Begehung selbst überprüfte (»vollständig«), trug Fischer meine diktierten Angaben in die Tabelle auf ihrem Smartphone ein und hatte dabei noch Zeit für einen Plausch mit Meisel, der sich sogleich den roten Bart unter dem Mundschutz zurechtstrich. Es war ein Hochsommermorgen (wolkenlos). Fischer hatte Jeans an und ein T-Shirt (dunkelblau), und auf ihrem Helm war weiß auf orangegelbem Grund ihr Nachname zu lesen, der Vorname abgekürzt zur Initiale wie Meisels und meiner: C. Fischer. R. Meisel. B. Romik.

Cherin.

(War ich stur, ich ein Elefant?)

Meisel mit seinem Altonaer Bass fragte Fischer, ob sie auch in Sasel dabei sei, am nächsten und übernächsten Tag. Um die Antwort zu erfahren, unterbrach ich die Überprüfung der Prüfung, denn ich selber hatte morgens am Telefon eine zusätzliche (und zweitägige) Vertretung ausgeschlossen. Hollie über Nacht und für zwei Tage allein in der Wohnung zu lassen, kam für mich nicht infrage.

Fischer schien sich anders entschieden zu haben. Robby Meisel meinte zu ihr: Sasel, kein Problem, es gebe einen Bus ab Ohlsdorf, der fahre auf kürzestem Weg mitten durch den Friedhof.

»Welches Datum haben wir?«, fragte ich sofort.

Und Fischer erwiderte: »Den 2. August, Romik. Wieso?«

»Weil meine geschiedene Frau am 2. August 2016 verunglückt ist, verbrannt, erstickt ist sie«, aber das sagte ich nicht, gar nichts sagte ich, selbst als Fischer meinte, keine Antwort sei auch eine.

»Haben Sie schon mal von den Bergen des ewigen Lichts gehört, Meisel?«, fragte ich stattdessen einige Augenblicke später, dicht vorm Gesicht Backstein aus der Kaiserzeit, den ich nach Rissen, Wassereinschlüssen absuchte.

»Nie gehört, Dr. Romik«, rief Meisel frohgemut zurück. »Klingt aber märchenhaft.«

»Ganz und gar nicht! Die liegen auf dem Mond. Und wissen Sie, woher der Name kommt? Weil sie nie im Schatten liegen.«

»Na denn man los«, sagte er als Hamburger Urgestein, das er war.

»Und Sie? Haben Sie so was wie eine Funzel, oder haben Sie einen Scheinwerfer? Nun leuchten Sie doch, Meisel, Mensch, warum leuchten Sie nicht!«, brüllte ich mit einem Mal, ohne meinen Unmut selbst zu bemerken.

Fischer fixierte mich erschüttert. Und der gute Robby Meisel verstummte so abrupt, wie der Zugverkehr über diese gute Brücke verstummt war. Immerhin achtete er statt bloß auf Fischers T-Shirt wieder auf das richtige Licht (wirklich nötig war es nicht). Wieso eigentlich, fragte ich mich in dieser aufbrausenden Stimmung (aus der ich gar nicht herausfand), wieso bitte war Thormählen unabkömmlich, wenn Prio1-Inspektionen anstanden, schließlich war jetzt er Brückenkommissar und hatte als solcher einen Urlaub abzubrechen oder wenigstens zu unterbrechen (Dienstvorschrift!). Schon als mein zweiter Stellvertreter war dieser Thormählen von einer Überforderung zur nächsten gestolpert. Dann aber hatte er alle überrascht (sogar mich), hatte aufgetrumpft mit wie aus dem Jackettärmel gezogenen Konstruktionsplänen für eine der neuen Autobahnhochbrücken über den Neckar, und dieses über hundert Meter hohe und achthundert Meter lange Viadukt (formschön, praktikabel, bezahlbar) wurde ohne nennenswerte Korrekturen binnen zweier Jahre gebaut. Da war Thormählen Ende dreißig und sein Aufstieg nicht mehr aufzuhalten.

Sämtliche Stahlstützenvernietungen am südlichen Brückenpfeiler waren in bestenfalls mittelmäßigem Zustand. Ich zeigte Fischer den Rostfraß, indem ich mit dem Schraubendreher eine Mutter freikratzte, die sich sofort widerstandslos zerdrücken ließ, eine Stahlmutter von 1910, zu nichts mehr zu gebrauchen. Mit ihrer schmalen Hand (von der sie alle Ringe abgezogen hatte) fotografierte Fischer die Vernietungen, die Mütter, die Schäden.

Sie sagte: »Hab alles.«

Und ich sagte: »Sie bleibt gesperrt«, und gab Meisel die Anweisung, den Korb abzusenken zur Schute. »Ich ordne den Abriss an.«

»Den Abriss?« (Fischer baff.) »Der ganzen Brücke? Sie haben noch nie einen Abriss angeordnet, Romik, Entschuldigung, wenn ich etwas staune! Es gibt für diese Brücke keine Umgehung, ihr Abriss würde die Nordtrasse für mindestens ein Jahr außer Gefecht setzen. Haben Sie eine Behelfskonstruktion in Erwägung gezogen?«

Ich lachte: »Außer Gefecht setzen! Gut gesagt.«

Meine Entscheidung stand fest. Ich rückte mir die verdammte Maske zurecht. War das eine Schutz- oder eine Erstickungsmaske?

»Schreiben Sie«, sagte ich und blickte dabei auf die Alster, zu der uns Meisel hinabfuhr wie mit einem wandlosen Freiluftfahrstuhl. »Ordne unverzüglichen Abriss wegen gravierender Korrosionsschäden und hoher Wahrscheinlichkeit von Rissen und somit Steigwasserkanälen im Backsteingemäuer beider Brückenpfeiler an. So Sie das haben, signiere ich. In drei Teufels Namen!«

Sie tippte, und ich sah währenddessen einem Fischschwarm zu, der als dunkles Fluidum durch das Wasser mäanderte und dem Schatten auszuweichen schien, den unser Elektrokran auf die Oberfläche warf, vielleicht Rotaugen (oder Neunaugen), was wusste ich.

Als wir auf der Schute standen, reichte mir Fischer ihr Handy, und ich unterschrieb die Anordnung. (Keine Skrupel.) Über mir spürte ich die Brücke aufragen, die seit über hundertzehn Jahren dort stand, deren von einer hellgrünen Flechte bewachsenes Gewölbe ein klares Echo zurückwarf, sobald jemand, der darunter stand, etwas rief, und deren Zeit abgelaufen war, weil auch meine abgelaufen war. Ja und? Ich allein hatte über das Schicksal dieser Eisenbahnbrücke zu entscheiden, und ich entschied, sie sollte verschwinden. So hatte man es immerhin auch über mich verfügt. So hatte Vivien mich schon vor fünf Jahren für nicht länger existent erklärt.

Fischer nahm ihr Handy kommentarlos zurück, dann verließ sie über den in der Mittagssonne glitzernden Alusteg die Schute. Bevor ich ihr folgte, wandte ich mich zu Robby Meisel um (knuffte ihn auf den Oberarm) und bat um Verzeihung für mein Gepolter, indem ich ihm gute Arbeit attestierte.

»Sie sind der Boss heute«, sagte er eingeschnappt, kniff dabei aber die Lider zusammen, und ich nickte und bat ihn, seine Frau zu grüßen. Wir kannten uns seit Jahrzehnten (1991), und ich erinnerte mich, dass der junge Meisel Beleuchter bei einem Theater gewesen war, ein wilder Waldschrat mit roter Mähne war er, als seine Freundin (die ihn heiraten wollte) mich schriftlich bat, ihn einzustellen.

13

Die Lilie

Wieder in der U-Bahn, diesmal mit Fischer. Beide waren wir betreten, standen stockstarr an einer Haltestange, sie empört, ich beschämt, so schien es mir. Doch in Wirklichkeit war es andersherum.

Wir fuhren in der langen Kurve Richtung Süden am Friedhof entlang, als sie sich bei mir entschuldigte und mich mit der alten Innigkeit ansah. Sie habe an den Todestag meiner Frau nicht gedacht, es sei ihr Fehler, es tue ihr furchtbar leid.

Ich nickte oder sagte, es sei in Ordnung, und dankte ihr.

Und sie fragte: »Sechs Jahre ist es schon her? Ich kann mich gut erinnern ... Die Todesfälle kamen Schlag auf Schlag. Aber Ihre Trauer um Ihre Frau hat mich doch sehr erschüttert.«

»Sie war meine geschiedene Frau«, hätte ich sagen können, »und meine Trauer hatte weniger mit ihr zu tun, als es den Anschein hatte«, aber ich sagte es nicht, sondern stattdessen: »Sechs Jahre, die mir meine Tochter die Schuld daran gibt«, woran ich merkte, der Groll vom Vormittag war nicht verflogen. Ich sah auf Fischers Armbanduhr, dass es noch keine zwei Uhr war. Hollie rechnete erst am frühen Abend mit mir, und weil eine nicht zu heiße Sonne schien an diesem Augusttag genau sechs Jahre nach Rebekkas Tragödie, fragte ich Fischer, ob sie Zeit habe, mit mir zu dem Grab zu gehen.

»Wollen Sie? Ich fände es … erleichternd.«

Sie sagte nur: »Ich habe Zeit, gern. Lassen Sie uns Gräber besuchen.« Denn ihr verstorbener Mann lag ebenfalls auf dem Ohlsdorfer Friedhof. Sie sei zwar erst letzte Woche bei ihm gewesen, aber …

Jemandem von meinem Innenleben berichtet habe ich immer nur im Streit. (Meine Mutter, meine Freundinnen, meine Frau und meine Tochter haben nie etwas von mir kennengelernt, denn ich erzählte nichts von mir.) Freunde hatte ich keine, wovon hätte ich ihnen auch erzählen können, vom Brückenbauamt, von den brückenbauamtlichen Aufstiegsmöglichkeiten? Woran versuchte ich mich also zu erinnern, und woran lag es, dass ich so verschlossen war? Meine Mutter Lo war wahrlich kein Mensch, dem ich etwas aus meinem Gefühlsleben hätte anvertrauen können. Doch wenn ich mit ihr aneinandergeriet (fast immer, weil ich die Leerstelle nicht ausfüllen konnte, die das Verschwinden meines Vaters in unserem Alltag hinterließ), warf ich ihr die fürchterlichsten Gemeinheiten an den Kopf, schockierte sie (schockte sie) mit meiner Unzufriedenheit, und die Freundinnen, die ich als junger Beamter hatte (vor Rebekka), flüchteten regelmäßig nach sechs, sieben Monaten vor der »Freudlosigkeit«, der »Verstocktheit«, vor mir »trüber Tasse« und »letzter Träne im Atlantik«. Aber warum ich mich in mich verkroch und was ich dort auf den finsteren Fluren meines inneren Brückenabrissamtes zu finden hoffte, fragte mich keine der Kolleginnen, mit der ich gelegentlich spazieren, ins Kino und ins Bett ging. (Hollie war nicht die Erste, die »Penno« zu mir sagte.) Davon erzählte ich Fischer auf dem Ohlsdorfer Friedhof, von den erbitterten (meist nächtlichen) Auseinandersetzungen, nach denen wieder und wieder alles in die Brüche ging, und davon, dass es mit Rebekka (endlich, eine Erlösung) anders gewesen war.

Fischer fragte mich nach keinen Einzelheiten, höchstens fragte sie nach, wenn ihr Gründe, die ich anführte, nicht einleuchteten. Sie ihrerseits erzählte von Erlebnissen als Jugendliche in Beirut. Hatte ich eine Vorstellung davon, wie unmöglich es war, einen Jungen, den sie an einem Nachmittag zu Beginn der Siebzigerjahre an der alten Hafenpromenade kennenlernte und von dem sie sich (auf magische Weise) angezogen fühlte, nur in die Augen zu sehen, geschweige denn ihn anzufassen? (Nein.) Ich wusste nicht, was es hieß, sein Liebesleben bis Mitte zwanzig (bis man heiratete) ausschließlich mit Jesus Christus und sich selbst zu verbringen, denn ich wusste gar nicht, was das war, ein Liebesleben (oder überhaupt: geliebt zu werden). Natürlich (sie lachte mich aus) war Peter-Joachim Fischer der erste Mann (sie sagte nicht: einzige), mit dem sie schlief. Schließlich war er ihr Ehemann, ein guter Mann, leider viel zu beschäftigt, aber ein Mensch mit einem schlagenden Herzen. Ich wisse es bestimmt nicht, aber sie sei, bis zu einem gewissen Grad, gläubig. Und ich, ich Stoiker, ich sei doch bestimmt Atheist.

»Überhaupt kein -ist«, sagte ich. »Ich bin Ingenieur. Und wenn Sie so wollen, dann glaube ich, dass auch Gott Ingenieur ist. Einstein dachte das. Und Galilei war deshalb so sauer auf Gott wie Sie vorhin auf mich.«

Da lachte sie. Gott sei auf jeden Fall Brückenbauer. Welche meine Lieblingsbrücke sei, das wolle sie mich immer schon fragen.

Wir liefen unter den großen Bäumen umher, folgten den Wegen (verliefen uns alle zehn Minuten), und ich erzählte von der Brücke in meinem Flur, die ich mit meiner Tochter gebaut habe, vier Jahre lang fast jedes Wochenende, das Vivien bei mir war. Ein Modell im Maßstab 1:100 von der großen Tyltower Holzbrücke, der ersten (und längsten) von dreien, die es gab, erbaut Mitte des zehnten Jahrhunderts von Slawen, die damals im Mecklenburgischen sesshaft waren. Fischer fragte, wieso wir ausgerechnet diese Brücke nachgebaut hatten, und ich sagte es ihr: Viviens Idee. Sie war in Tyltow auf Klassenreise gewesen (als Teenager) und dachte seither über die seit tausend Jahren verschwundene Brücke nach. Außerdem war die Brücke zu Tyltow genau so lang, dass sie (hundertfach verkleinert) in unseren Flur passte: siebenhundertfünfzig Meter lang. Sie war vollständig aus Holz, kein einziger Nagel wurde bei ihrem Bau verwendet.

Ich wollte sie nicht langweilen, zumal wir uns in dem Wegelabyrinth voller Engel und halb verbrannter Büsche völlig verfranzt hatten. (Furchtbarer Durst.) Ich trank etwas aus Fischers Wasserflasche und schluckte (als sie nicht hersah) eine Tablette. Überall der Tod. Nichts konnte besser werden oder nur gut bleiben, es musste alles im Schlechten enden. Währenddessen lud Fischer die Friedhofs-App auf ihr Handy, und wir konnten weiter. Und mit einem Mal fanden wir uns auf einer Grünfläche wieder, die riesige verblühte Rhododendren umgaben und die ich wiedererkannte. Ich entdeckte einige Meter entfernt das Grab, und Fischer hielt sofort inne.

»Gehen Sie, da müssen Sie zuerst etwas allein sein … Gehen Sie schon!« Sie scheuchte mich regelrecht weg.

Das Grab, an dem ich zuletzt zu der Bestattung gewesen war: schmucklos, gepflegt, mit einer Schiefertafel statt eines Steins.

Rebekka Romik
geb. Päsecke
1955 – 2016

»In Liebe« hatte Vivien darunter eingravieren lassen (ich sah die Tafel zum ersten Mal).

Eine Lilie mit sechs Blüten lag auf dem Grab, gekauft haben musste sie Vivi im Bahnhof gegenüber dem Friedhof, ein paar Minuten, nachdem sie am Morgen mit Pepe ausgestiegen war und ich ahnungslos weiterfuhr.

Die Frau und der Junge in der Bahn hatten keine Blume gehabt.

14

Aus den gesammelten Abschweifungen

Hollies Antwort auf die Frage, ob sie Kinder haben wolle: Nicht in dieser Welt. Widerstand gegen den Zwang, Kinder zu kriegen!

Vivi behauptete, Tranquilizer habe ihre Mutter erst genommen, nachdem ich ausgezogen war. (Aber das stimmt nicht, sie weiß es nur nicht besser.)

Rebekkas oberste Direktive lautete, die Kleine dürfe unter keinen Umständen erfahren, was wirklich los war (»wie wir miteinander leben«). Zehn Jahre waren wir verheiratet, bevor Vivien zur Welt kam, und es waren gute Jahre gewesen, ohne große Krisen, mit unseren Südfrankreichreisen (wo ich fast täglich fantastische Brücken sah), mit ihrem Aufstieg zur leitenden Seelsorgerin im Bundeswehrkrankenhaus und meinem zum (vorerst) stellvertretenden Brückenkommissar. Sagte ich auf einer Weihnachtsfeier (und legte dabei Rebekka den Arm um die Schulter), ich hätte das Glück, die perfekte Frau zu haben, so war das zwar eine grässliche Floskel, aber sie entsprach der Wahrheit. Wir führten kein freudloses Dasein. Denn natürlich gab es auch Fröhlichkeit. Wir reisten, gingen aus, gingen manchmal sogar tanzen, wurden eingeladen, schliefen noch miteinander (im Gegensatz zu vielen anderen) und hatten für die Erfüllung aller übrigen Wünsche unsere Berufe, die unser Auskommen und unseren wachsenden Wohlstand sicherten.

Rebekka erschien mir als vollkommen, weil ich an ihrer Seite ohne Gewissensbisse und ohne mich verbiegen zu müssen der sein konnte, der ich war. (Ich redete nicht von meinen Gefühlen, und sie nicht von ihren.) War das die Lehre aus unseren Erfahrungen? Sprachen wir doch einmal nicht nur zueinander, sondern miteinander, so stellte sich unversehens grauenerregende Beklommenheit zwischen uns ein, die wir bloß aufzulösen vermochten, indem wir uns aus dem Weg gingen oder wieder wie üblich mit gutem Gefühl nebeneinander die Tage verbrachten und darüber kein Wort verloren.

Wir stritten nicht (das war anders mit Rebekka), und es war ja weder nötig noch war es überhaupt möglich, mit ihr in Streit zu geraten. Zehn Herbste lang herrschte vollkommene Harmonie.

Eines von Viviens Büchern musste über Nacht Beine bekommen haben, denn am Morgen lag es auf dem Küchenfußboden: Franz Kafkas *Fragmente aus Heften und losen Blättern.*

Vorn in dem Buch klebte Rebekkas Exlibris, es war aber voller Anstreichungen und Kommentare in Vivis Schrift. An einem Eselsohr (von Hollie?) schlug ich es auf: »Das Leben ist eine fortwährende Ablenkung, die nicht einmal zur Besinnung darüber kommen läßt, wovon sie ablenkt.«

(Stimmte das?)

Teilten Franz Kafka und ich dieselbe Besinnungslosigkeit?

An drei Direktiven hatte sich Hollie während unserer gemeinsamen Wochen in der Isadorastraße zu halten: 1. keine Drogen (außer Tabak – Rauchen auf dem Balkon –, außer Alkohol – in vernünftigem oder wenigstens verträglichem Maß), 2. keine Besuche, solange öffentlich nach ihr gefahndet wurde, Ausnahme: ihre Eltern (die sich aber nie meldeten), sowie 3. der gefälschte Ausweis blieb in meiner Brieftasche, bis ich entschied, was damit passieren sollte.

(Womit denn hätte ich mich mein Leben lang abgelenkt? Und vor allem: wovon?)

Ich erinnere mich: Schon an dem Morgen, als Rebekka entbunden hatte und ich aus dem Krankenhaus ins Freie trat, wollte ich ausziehen. (Und so blieb es.) Siebzehn Jahre lang träumte ich tagtäglich davon, wie mein Vater von heute auf morgen Reißaus zu nehmen. Und es blieb nicht bei Träumen! Ich erinnere mich: an den Fluchtwagen, den ich kaufte (einen alten, violetten Strichachter, für elfhundert Mark) und der ein halbes Jahr lang in einer Tiefgarage am Meßberg bereitstand (vollgetankt und verproviantiert) für unseren Ausbruch. Denn ich wollte nicht ausbrechen, um allein (um für mich zu sein), ich wollte zusammen mit Vivien alles hinter mir lassen.

Vor Rebekka war mein Leben zersplittert – wie ein Spiegel, in den man hineintritt, sodass er zerbirst, und dessen Scherben keiner wieder zusammensetzen kann. (In jedem Spiegel, in allen meinen Erinnerungen an mein früheres Leben, sehe ich die Brüche, Risse und Sprünge.) Mein unglücklicher Vater hat das Weite gesucht, weil er Malocherei, Depressionen und Enge nicht mehr ertrug (Matrose auf einem Binnenkahn, Kranführer, Fahrer bei einer Spedition – seine Berufe). Er war ein Altenwerder Jung und sah mit an (sah zu), wie sein Stadtteil gefressen wurde vom krebsartig metastasierenden Hafen, bis nur noch die Kirche übrig war (gut zu sehen vom Köhlbrandbrückenungetüm). Irgendein entfernter Cousin behauptete ab und zu, mein Vater Delf sei nach Spanien gegangen. Meine Mutter verließ dann augenblicklich den Raum. Von mir verlangte Lore (Lo) disziplinierte Verehrung, wenn nicht Anhimmelung ihrer päpstinnenhaften Unfehlbarkeit, doch ebenso sollte ich ein Sohn sein, der möglichst rasch (»dalli, dalli«) auf eigenen Füßen stand. Als verlassene Enddreißigerin driftete sie selbst mehr und mehr in die Seligkeit der Eppendorfer Rotweinschickeria ab. Alle meine Freundinnen waren genauso unglücklich oder genauso unzufrieden, und war eine der jungen Brückenbaubeamtinnen doch etwas lebenslustiger, so verging ihr diese Lust durch mich, der im Kino einschlief und über alle Flüsse, an denen man spazieren ging, in seiner Vorstellung Brücken baute, der im Bett darauf wartete, dass etwas passierte, und sich erst wutentbrannt und dann gekränkt beklagte, wenn es ausblieb, und daraufhin einschlief, weil er schlafen musste, schließlich begann früh am nächsten Morgen ein sehr wichtiger Tag.

Woran bemisst sich ein gescheitertes Leben? (Und woran ein gelungenes?)

»Bleib sauber!« war das Letzte (nach meiner Erinnerung), was mein Vater zu mir sagte, und das tat ich.

Der *Pschyrembel*: Ausgeburt eines Körperingenieurs.

Rebekka erbte von ihren Eltern ein bisschen Geld und die Nussknackersammlung ihrer Mutter. 1994 (Vivi war acht) reisten Päseckes (er Pfarrer in Gelsenkirchen, sie Seelsorgerin wie ihre Tochter) zwecks Familienstammbaumforschung nach Estland. (Rebekka: »Eigentlich hieß ich nicht Päsecke, sondern Pääsuke.«) Am Morgen, als bekannt wurde, was in der Nacht beim Untergang der *Estonia* passiert war, begriff ich erst gar nicht, dass die Nachricht auch mich betraf. Ein paar Tage später fand ich unter Rebekkas Kissen eine Dreißigerpackung Valium, die aber schon fast leer war.

Bevor ich Hollie Magenta traf, dachte ich nie darüber nach, ob mein Leben gescheitert sein und (wenn ja) woran das liegen könnte. Erst hatte ich alles darangesetzt, mein Leben überhaupt in den Griff zu bekommen. Zwanzig Jahre brauchte ich, um die Abkehr meines Vaters zu verwinden (denn sein Verschwinden war nicht nur ein Verlassen meiner Mutter). Und die zweite Lebenshälfte hatte meinen Anstrengungen gegolten, die erlangte Kontrolle beizubehalten, im Beruf vorwärts zu kommen (statt aussortiert zu werden), eine Familie zu gründen (wenn es sein musste in Horn), statt in rauschhafte Nächte und verkaterte Tage abzurutschen wie Lo.

Wie hätte ich Rebekka davon abhalten sollen, immer stärkere Tabletten zu nehmen! (Wir waren seit Jahren geschieden.) In nichts mehr habe Mama Sinn gesehen, nicht mal mehr in der Seelsorge, sagte Vivien in einer unserer letzten Unterhaltungen. Sie ist ein Trennungskind, allerdings war sie schon erwachsen, als die Mitteillosigkeit ihrer Eltern sich nicht länger übertünchen ließ. Kurz nach ihrem neunundzwanzigsten Geburtstag (an dem ich mit ihr im Portugiesenviertel essen war) schickte mir Vivien kommentarlos per WhatsApp den Obduktionsbefund ihrer Mutter: »Todesurs. verm. Hypnotikum-Missbrauch i. Einheit m. Verbrennungen u. Ersticken n. Wohnungsbrand.«

Pschyrembel, Klinisches Wörterbuch (S. 725): »Magenkarzinom. Magenkrebs (Carcinoma ventriculi), etwa 1/5–1/2 aller

Karzinome, Männer bevorzugt, meist jenseits d. 40.–45. Jahres, meist Adenokarzinom (Markschwamm, Szirrhus oder Gallertkrebs) od. auf der Grundlage e. Geschwürs (Ulkuskarzinom). Sympt.: Im vorgeschrittenen Stadium Magenbluten (okkultes Blut im Stuhl od. Bluterbrechen), schlechter Geschmack im Munde, fauliges Aufstoßen, Magendruck od. -schmerz, Appetitlosigkeit; Widerwillen gegen Fleisch.«

Ich hatte keinen Widerwillen gegen Fleisch, weder Magendruck noch -schmerz und ebenso wenig fauliges Aufstoßen oder schlechten Geschmack im Munde. Ich hatte kein Magenbluten, kein okkultes Blut im Stuhl, erbrach kein Blut. (Ich war siebzig, moribund und unerklärlich lebendig.) Ich war im Widerstand. Dass ich gegen das mir vorherbestimmte Sterben aufbegehrte, darin bestand mein eigentlicher Defekt.

Im Feuerschrott von Rebekkas Wohnung hat man einen seltsam unverkohlten Nussknacker gefunden, den nahm Vivi an sich.

(Vor fünf Jahren stand er noch in ihrem Wohnzimmer.)

Pschyrembel (S. 726): »Erfahrungstatsache, daß sich die meisten Magenkarzinome während Monaten u. Jahren b. geringfügiger Symptomatik langsam entwickeln. Sie bleiben lange Zeit lokalisiert, um endlich i. ein Stadium rascher Ausbreitung überzugehen.«

Sesostron: Auch so nannte mich Hollie eine Zeit lang. Sie entdeckte eine aufgebrauchte Packung im Altpapier (heiliger Ort), kam zu mir ins Zimmer gehumpelt und wollte wissen, wogegen diese pills sind. »Gegen Schmerz manchmal, gegen so ein magentarotes Feuer in meinem Bauch«, sagte ich (und das beschwichtigte sie vorerst).

Wer könnte entscheiden, ob ein Leben gelungen ist oder gescheitert, und wer die Lösung kennen?

(Das Leben ist nicht logisch.)

15

Zertrümmerung

Nach dem unverhofften Friedhofsbesuch mit Fischer stand ich noch eine Weile vor dem Haus und war doch glücklich. Immerhin war ich lebendig, und an Rebekkas Grab gewesen zu sein stimmte mich demütig (was mir guttat). Ich war dankbar dafür, Fischer näher kennengelernt zu haben, und beschloss, künftig öfter nach Ohlsdorf zu fahren. Am Grab meiner Mutter war ich zuletzt mit Rebekka gewesen.

Froh machte mich aber gleichfalls, dass vor meiner Kellergarage (im Parkverbot) Dr. Hildesheimers Jaguar abgestellt war, dass ich ungestört um den wiesenschattengrünen XJ herumgehen und ihn so von allen Seiten begutachten konnte.

Im Treppenhaus waren meine jungen Nachbarn von unten mit ihrem Kind beschäftigt, das nicht eingefangen werden wollte (was ich nachvollziehbar fand). Es wäre der richtige Moment gewesen, die jungen Leute davon in Kenntnis zu setzen, dass ich erst letzte Woche fünf Mal morgens gegen halb sieben geweckt worden war, weil ihr Sprössling im Zimmer unter meinem Bett Bauklotzwerfen gespielt hatte. Mitunter rannte der Fratz eine Stunde lang durch die (anscheinend unmöblierte) Wohnung und schrie, dass es wie in einem Brauereigewölbe hallte. Aus dem Schlaf gerissen und zugleich unfähig, wach zu werden, erstaunte mich an diesem Brüllorgan und der ihm höchstwahrscheinlich zugrunde liegenden Wut immer wieder die Winzigkeit des kleinen Menschen, sobald er engelsgleich mit blonden Löckchen und staunenden blauen Kulleraugen vor einem stand.

Auf dem Weg nach oben kam mir der Trompeter (mit dem Saxofon) entgegen, blieb stehen und schnüffelte demonstrativ.

»Wiesenduft, Dr. Romik!« Er sah mich bedeutungsvoll an. (War er oder ich eine gescheiterte Existenz, oder keiner von uns, oder wir beide?) Es roch leicht muffig, ja das stimmte, weshalb ich nickte. Nur warum wies er mich darauf hin? Er trug den Instrumentenkasten, als wäre der ein Körperteil, das nur er besaß und auf dem er, wie eine Grille, Musik machen konnte (allerdings nicht gut).

Im Flur dann wusste selbst ein Cannabisabstinenzler wie ich, woher der Geruch stammte. Hollie hatte sich für die Zertrümmerung der Direktiven entschieden, ganz so, wie es ihre Überzeugung war.

(Wenn zertrümmern, dann richtig zertrümmern.)

Sie hatte a) Besuch, und zusammen mit dem Pärchen, das auf dem Küchentisch saß, hatte sie b) sehr offensichtlich Haschisch geraucht. Ich musste an mich halten, als ich durch die Küche marschierte, um die Balkontür aufzumachen und für Luft zu sorgen.

(»Benno ist sauer«, sagte sie in meinem Rücken.)

Und die junge Frau auf meinem Tisch, die auf den ersten Blick nichts Auffälliges an sich hatte, kicherte, sagte mit verstellter Stimme: »Menno, Benno!« – und hielt mir die Hand hin: »Hi, ich bin Dusk.«

Der Junge neben ihr, mit tiefschwarz gefärbten schulterlangen Haaren und schwarz geschminkten Augen, war noch jünger und offenbar nur halb bei sich.

Grenzenlos gelangweilt hob er die Hand: »Andrea.« Und ballte sie zur Faust: »Legalize the Scheiß!«

(Das Schleierkraut in der Vase wirkte unbeteiligt.)

Sie trugen Allerweltsklamotten (Tarnkleidung), auf dem Fußboden lagen zwei dünne Sportjacken.

Ich hatte demnach die Dämmerung und Andreas Baaders Enkelin zu Gast, uneingeladen zwar, doch als höflicher Mensch hieß ich sie willkommen und stellte mich vor: Dr. Romik, pensionierter Brückenkommissar der Stadt Hamburg.

Das amüsierte sie. (Mich auch.)

»Ich wohne hier. Ich habe Hollie bei mir aufgenommen, um ihr zu helfen, zumindest so lange sie sich nicht selbst helfen kann. Bitte nehmen Sie Rücksicht auf meine Wohnung und mein nachbarliches Miteinander.«

Schon beim ersten Wort wurde mir klar, dass nichts von dem, was ich sagte, die beiden erreichen konnte. Als Einzelpersonen sanken Dusk und Andrea Baader beinahe spürbar binnen Sekundenbruchteilen zurück in das Kollektiv, das sie mit Hollie bildeten, eine Wagenburgformation, die sich hermetisch gegen mich abschottete. Erstaunlicherweise behaupteten alle drei das Gegenteil.

Dusk sagte: »Wissen wir doch alles, Gottfried Benno.«

Und Baader: »Unser Unterstützer, our good supporter.«

Und Hollie: »Du bist mein old bro!«

Fast klang es wie aus einem Mund. (Dusk redete von ihnen als von ihrer »Kolonne«.)

Ich wandte mich ab, blickte aus der Balkontür hinunter zum Fleet, auf dem noch immer die Nachmittagssonne lag, und war maßlos verärgert. Der finstere Zwang, zu verstummen und nicht länger teilzunehmen, machte sich in mir breit, das alte Trichtergefühl, das dem schönen Licht dort unten, den Spiegelungen und dem Flirren über den Wellen so zuwiderlief.

Wieder lag das Buch von Kafka mit der seltsamen Zeichnung (ein am Schreibtisch Zusammengesackter) auf dem Küchenfußboden, und auch Dusk, keinen Meter entfernt im

Schneidersitz auf dem Tisch hockend, hielt ein Buch im Schoß, einen Gedichtband, wie es aussah, in dem ich im Vorbeigehen zwei Zeilen las:

> Auch deine
> Wunde, Rosa.

Sie waren junge Leute, von denen ich keine Regung, kein Wort verstand. Alles schien mir Teil eines Codes zu sein, der Leute wie mich ausschloss. Ich brachte dieses Rosa einzig mit Hollies Kleidung in Zusammenhang: Sie trug den kürzlich bestellten Lederanzug, dazu Fallschirmspringerstiefel (einen allerdings ohne Schnürsenkel).

»Sie werden gar nicht wütend, Dr. Sesostron«, sagte sie. »Das gefällt mir nicht. Bitte Blutzucker messen, Benno.«

(Die beiden anderen amüsierte auch das.)

53. Sie hatte recht: Ich war unterzuckert. Die Begegnung in der U-Bahn, der Zweifel, wirklich Vivien begegnet zu sein, das Scharmützel mit Fischer, der Friedhof (und ein halbes Guerillera-Kommando in meiner Küche), alles zusammen überstieg meine Kräfte.

Während ich auf dem Balkon eine Banane aß und aus dem Libellenglas Orangensaft trank, gaben sich die drei Mühe, keine Einzelheiten nach außen dringen zu lassen. (Sie waren Verschwörerinnen, wahrhaftig.) Mich erstaunte, dass Andrea offenbar tatsächlich als Frau betrachtet wurde: Frau musste in der Kolonne eine völlig andere Bedeutung haben. Zu Dusk sagte Hollie: »Andrea hat es abgecheckt, frag sie. Also, was soll der shit?«

Dusks echte Stimme war spitzer als die ihrer Begrüßung (zugleich abwehrend und konfrontativ), als sie vom Tisch stieg und Hollie Kontra gab: »Yo, bitch, du hast deinen roast ja auch gehabt.«

Mich verblüffte, wie klein die junge Frau war, kleiner und zierlicher sogar als ihre sis Hollie Magenta (1,65 m, 45 kg). Dusk hatte Kinderfüße, trug Plateauturnschuhe, mit schwarzen Sohlen dick wie Autoreifen, und trotzdem reichte sie mir kaum bis zum Solarplexus.

(Selbst in kleinste Menschen passen die größten Gedanken.)

Andrea versuchte zu vermitteln, sie (oder er) wurde allerdings von Dusk als nicht satisfaktionsfähig eingestuft: »Halt's Maul, Unmuschi«, sagte sie zugleich zuckersüß und beißend.

»Halt selber das Maul«, gab Andrea zurück, »und halt mein Geschlecht da raus, please.« Er (oder sie) sagte das ganz trocken, aber nur Hollie lachte.

In diesem winzigen Moment Verlassenheit sah Dusk mich an, der ich da unmittelbar vor ihr stand, blickte aber wie durch mich hindurch. (Es gab mich nicht.) Ich war ein Mensch ohne jede Bedeutung für sie, weil wir keinen gemeinsamen Zeitabschnitt teilten. Sie war die Morgendämmerung, und ich sank schon bald in die ewige Nacht. (Ich war die Vergangenheit, sie das Künftige.) Mit hellseherischer Kraft hatte Dusk erkannt, dass ich ihre gegenwärtige Selbstüberschätzung nicht teilte.

Auf dem von der Sonne grünen Isadorafleet Tretboote, Kajaks, Schwäne, Kanus, Blässhühner und Stand-up-Paddler und -Paddlerinnen (aus Platzmangel in stiller Eintracht). Ich war enttäuscht, fühlte mich ausgenutzt, und die Freizeitbelustigung und das gefiederte Treiben unter meinen Augen verstärkten meine Verdrossenheit noch. Logisch durchdacht, war die Entwicklung nur gut für mich: Hollie würde in Kürze weiterziehen. Ihre Kolonne hatte ihr Wäsche (sehr bunt) mitgebracht, wenn auch nur eine große Sporttasche voll. Seit dieser Visite im Unterschlupf der Mitstreiterin erschien mir meine Lage ohnehin zu heikel. Ich bot Hollie

Asyl, weil sie verletzt war, schutzbedürftig, doch meine Wohnung war kein konspirativer Treffpunkt.

Anhand der paar Brocken und Fetzen, die sie in ihrer Geheimsprache von sich gaben, konnte ich mir immerhin zusammenreimen, dass sie sich wegen eines Flugblattes trafen. (Nur war dieses Flugblatt mit Sicherheit nicht aus Papier.) Als sich mein Zucker normalisiert hatte, merkte ich schnell, die drei wollten noch etwas untereinander ausmachen, und verließ die Küche, indem ich zu meiner Mitbewohnerin vielleicht nicht freundlich, aber so neutral wie unmissverständlich sagte: »Zehn Minuten noch. Bitte!«

(Ein Ultimatum. Ultimativer Fehler.)

Fliegender Balkonwechsel. Auf dem zur Isadorastraße (mit zusammengeklapptem Faltbett) schrieb ich Fischer, dass ich am nächsten Tag die Inspektion in Sasel doch gern selbst leiten wolle, sie möge dafür alles vorbereiten. Augenblicklich (wie fast immer) schrieb sie zurück, sie freue sich, würde nur gern vorab noch mal über die geplante Sprengung (Smiley) der Fuhlsbütteler Eisenbahnbrücke mit mir reden.

»Warum nicht«, schrieb ich zurück. »Bis morgen. Hole Sie mit dem Wagen ab.« Und sie antwortete: »Wunder geschehen.« Ich sah, der Jaguar blockierte noch immer meine Garage.

Die zehn Minuten verstrichen. Zwanzig, vierzig Minuten verstrichen ohne Anzeichen für einen Aufbruch. In der Wohnung sah ich, dass sich das Trio in Hollies Zimmer zurückgezogen hatte (man hörte sie diskutieren) und dass die Küche picobello aufgeräumt (und gelüftet) war. Nichts mehr kündete dort von der Anwesenheit der Baader-Dusk-Magenta-Gruppe, nichts außer dem unverändert auf dem Fußboden liegenden Franz Kafka.

Einmal sagte ich vor ihrer Zimmertür laut: »Mumientreffen! Und was ist das hier? Die reinste KPdSU!«

(Keine Reaktion.)

Als es dunkel wurde und eine weitere linde Hochsommernacht begann, entkorkte ich eine Flasche Lagrein nur für mich und schluckte mit Glas Nummer eins meine nächtliche (sechste) Sesostron. Ein paar Mal ging ich im Flur auf und ab und hielt immer am selben Fleck inne, um zu überprüfen, ob ich mich täuschte: War das in die Brücke eingepasste Ersatzteil blasser? Es stach hervor, nur leicht zwar, aber doch. Nur wodurch? Die Geländerpfosten und -stangen (im Modell dünn wie Mikadostäbe) und die Bohlenbretter des Brückenbelags (in meinem Flur aus Balsaholz, absolut gewichtlos) konnten die Leute, die im neunten oder zehnten Jahrhundert an der Tyltower Brücke gelebt hatten, in Windeseile abbauen (sie waren nur festgesteckt, Holz in Holz verkantet). Wurde ein möglicher Angriff auf die Inselburg gemeldet, zu der die Brücke über den See führte, so baute ein dafür eigens ausgebildetes und ausgerüstetes Kommando die gesamte Konstruktion binnen einer Stunde ab, und nur die Brückenpfähle sahen dann aus dem Wasser.

Über einen Angriff (den »shot«) wurde mal hitziger, mal gelassener ebenso in meinem Gästezimmer diskutiert. Die Rede war von »Kabelkappen«, »gegrillten Schafen«, »mega Pötten«. Der Abend ging so dahin, der Wein war schneller leer als gewünscht, und eine zweite Flasche wollte ich aus Furcht vor Schmerzen und weil ich früh aufstehen musste, nicht öffnen. Ich gab die Hoffnung auf, Hollie würde die beiden noch zu einer zivilen Uhrzeit an die Luft befördern. Einem plötzlichen Impuls folgend schritt ich (so gut ich konnte) in voller Länge die »bridge« ab (durchmaß meine Wohnung) und kramte dann im Schlafzimmer alles aus den Schränken, was ich brauchte, um einen zweiten Balkonübernachtungsversuch in Angriff zu nehmen.

Drei Wochen später wieder unter den Sternen. Dieselbe Stille, derselbe süße Lufthauch in den Kastanien, und ich auf meinem Patentfaltbett. Allerdings bestand ein ziemlicher Unterschied zu der Nacht, in der Hollie zu mir kam, denn kein Brandanschlag war in Sicht, nein, diese Nacht schritten die Zertrümmerfrauen nicht zur Tat – konnten sie auch gar nicht, schließlich saßen (oder schliefen schon) drei von ihnen im früheren Mädchenzimmer.

Ich merkte noch, dass ich einschlief. Ich schlief ein. Und dann schlief ich. Denn ich träumte. In dem Traum versuchte ich herauszufinden, wie sich der Traum stabilisieren, sich umbauen ließ zu einer Brücke. Und der Umbau, die Konstruktion einer Brücke aus den Materialien eines Traums, gelang: Ich liege im Wasser, auf dem Rücken (wie auf einer Luftmatratze), das Wasser ist nicht kalt und schwappt mir über Brust, Arme und Knie, nur die Fußspitzen sehen heraus, und auch mein Gesicht ist über Wasser, denn ich blicke in den hellen Tag, den Himmel, an dem Wolken ziehen und Vögel fliegen. Ich sehe über mir Vivi. Sie steht auf einer Brücke, lehnt am Geländer und blickt zu mir herunter. Sie ist viel jünger als die Vivien, die außerhalb des Traums nichts mehr mit mir zu tun haben will, Anfang zwanzig ist sie, so alt wie Hollie.

Sie fragt mich (»Also, Papa!«), warum ich ausgerechnet jetzt schwimmen gehen müsse. Und ich antworte, weil ein herrlicher Tag sei. Und dass ich deshalb auch nicht verstünde, wieso nicht das ganze Dorf, ja überhaupt die ganze Welt schwimmen gehe.

Sie sagt (wie die wahre Vivi immer): »Na ist doch klar, oder? Weil nämlich die Dänen angreifen und die Brücke abgetragen wird, Papa. Vielleicht guckst du mal hinter oder neben dich!«

Ich hebe den Kopf aus dem Wasser, blicke um mich und sehe, dass stimmt, was sie sagt: Überall gleiten Boote (breite Lastkähne) durchs Wasser, halten zu auf die Brücke und machen daran fest – kaum ist der erste Mann aus einem Kahn auf die Bohlen geklettert, beginnt er, sie aus der Brücke zu lösen. Jeden abgehebelten Balken reicht er zu einem zweiten Mann hinunter in den Kahn.

»Bist du dir sicher? Die Dänen greifen wirklich an?«, frage ich Vivi. Mir will das alles nicht schlüssig scheinen (während ich mich außerdem frage, wo ich mich umgezogen habe). »Welchen Tag haben wir denn, mein Schatz?«

Sie lacht nur: »Wir haben noch keinen Kalender. Und Flugzeuge werden erst in tausend Jahren erfunden! Ich bin deshalb auch keine Flugbegleiterin, sondern ich bin eins von fünf Zugehmädchen bei einem wichtigen Berater des Fürsten.«

»Ah ja?« Ich lache und will sie nach ihrer Mutter fragen, aber dafür ist es schon zu spät.

Stück für Stück wird die Brücke abgebaut. Ich liege in Ufernähe im Wasser (ich treibe), deshalb sehe ich sie in voller Länge, wie sie sich über den See erstreckt bis zu der Insel mit deren durch die Baumkronen aufragenden hölzernen Festung am anderen Ende.

Die Bohlenkähne haben uns fast erreicht, da ruft Vivi: »Muss los, Papa! Geh nicht unter, ja? So gebe ich keinen Denar auf dich.« (Sie lacht wie an dem Tag, als sie loszog mit Freundinnen, um zum ersten Mal zelten zu gehen.)

Und sie lässt eine Münze fallen, die auf meinem Bauch landet, aber davon abgleitet und in die Tiefe sinkt, und als ich aufwachte, lag genau dort, wohin der Denar gefallen war, Hollies Hand auf meinem Bauch, und dicht vor meinem Gesicht war ihres.

»Was machst du hier draußen, du völlig durchgeknallter bro of mine? Benno« (sie rüttelte an mir), »geht es dir gut? Sie schlafen beide. Wir haben beratschlagt, das war mucho importante. Und morgen gehen sie wieder und kommen nie wieder, never. Oki?«

Sie war sehr betrunken und ihr Make-up verwischt. Ihre

Haare, wie zerrupft. Sie ging hinein, um sich eine Zigarette zu holen. Es war kurz nach fünf. (Eine der ersten U-Bahnen Richtung Hafen fuhr vorbei.) Dieser Traum, dachte ich, was für eine Zusammenmengung.

Als sie zurückkam (rauchend, im Wohnzimmer), auf dem Balkon wieder in die Hocke ging und mir die Hand auf den Bauch legte, sagte ich nur ihren Namen, denn ich wollte den Moment abgrenzen von allen zuvor und danach (ihm eine Bedeutung geben).

»Hollie«, sagte ich. »Hollie Magenta!«

Und sie: »Ja. Das bin ich. Zurzeit bin ich das. Sprich, o weiser Benno.«

Ich sagte ihr, dass ich für zwei Tage beruflich verreisen würde. Wenn ich zurück war, sollten sie und ihre Freundinnen die Wohnung verlassen haben, falls möglich ohne Getöse. Sie nahm die Hand von meinem Bauch. Ich sah sie nur einmal kurz an (unsicher, wie sie reagieren würde), dann bat ich sie, hineinzugehen, weil ich am Morgen früh raus müsse, sie solle, wenn sie morgen ging, die Tür ins Schloss ziehen, bitte leise.

»Danke für Aburteilung und Rauswurf.« Sie stand auf. »Du bist auch nur wie alle anderen, Dusk hat recht. Sicherheit ist das oberste Prinzip. Scheiß drauf.« Damit schnippte sie die Zigarette übers Geländer, ging hinein und pfefferte die Balkontür zu.

Aber sie machte sie noch mal kurz auf (es dämmerte), und ich sah zwar nicht (weil ich nicht hinguckte), aber hörte, dass sie weinte.

»Sie sind keine Freundinnen, sie sind meine sis!«, flüsterte sie schluchzend. »Wir sind ein Kommando, wir sind Kameradinnen, eine Kolonne im Widerstand, checkst du das? Mein Freund, dachte ich, bist du.«

Dann war sie weg, und eine Stille trat ein, als hätte es Hollie in der Isadorastraße nie gegeben.

Holzkopf.
Liebling.
Magenbrennen.
Generalin.
Tarantel.

16

Rover und Cessna

Enttäuschung und Groll überwogen meinen Kummer, als ich mich am Morgen (zerstoßen) von dem Faltbettfehlkauf erhob. Ich sah, es war kein Markttag, und sah, der Jaguar des leutseligen Dr. Hildesheimer stand immer noch da. (Ging das so weiter, dann war er bald meiner.)

Ich rief den Abschleppdienst an, und die zu der frühen Stunde erstaunlich freundliche Sekretärin (die sagte, sie sei nur eine Telefonkraft) garantierte mir den »Abtransport des Blockadefahrzeugs« binnen fünfunddreißig Minuten.

Dusche, Frühstück, Radio. (Extra laut, keine Rücksicht.) Das neue Weltraumteleskop James Webb der NASA, ESA und der kanadischen CSA werde, hieß es, in Kürze sein Ziel im All erreichen, den Lagrange-Punkt (anderthalb Millionen Kilometer entfernt), erste Aufnahmen von dort werde es übermitteln, hundertfach exaktere als das Hubble-Teleskop. Die Meldung ließ mich weder staunen noch machte sie mich neugierig auf die Bilder, die das Webb-Teleskop funken würde. Ich hatte nur Mitleid mit dem Hubble-Teleskop, weil es hundertmal schwächer, hundertmal weniger zu leisten imstande war.

Im Zimmer der Zertrümmerfrauen kein Mucks. Vom

Wohnzimmer aus sah ich zu, wie der XJ abtransportiert wurde (hochgehievt, hinübergeschwenkt, abgesenkt) und wie dann die Einfahrt mit einem Mal frei war. Ich zog mein Sakko über. Ich freute mich auf das Fahren (mein Rover war ein treuer Begleiter), stand eine Weile reglos im Flur. Lauschte.

Aber aus Vivis Zimmer kam kein Laut.

Fischer mochte den 3500, er gebe einem »ein gutes Gefühl«. Wir fuhren durch die Uhlenhorst, an der Mundsburg vorbei und auf die Saseler Chaussee. Sie studierte die Akten der beiden Brücken, die zu begutachten waren, der Rover lud seine Batterie auf, und im Stillen (nur für mich und ihn) lobte ich ihn: »Ich habe dich viel zu lange unten in der Garage stehen lassen, ich weiß ja, alter Rowdie, du brauchst genauso Bewegung wie ich …« (etc.)

Fischer dagegen führte keine Selbstgespräche, sondern redete mit mir. Sie sei die aufgenommenen Daten von der Fuhlsbütteler Eisenbahnbrücke noch einmal durchgegangen, und da ich mir denken konnte, was sie sagen wollte, unterbrach ich sie (worauf sie lachte) und gab zu, ich hätte mich womöglich (aus triftigen Gründen) hinreißen lassen, meine Entscheidung nicht angemessen ausgewogen … (etc.)

»Sie nehmen die Abrissbefürwortung zurück«, sagte Fischer so tonlos, wie nur sie das kann. Gedanke: BBA-Formulare werden nach Cherin Fischers (beruflicher) Sprechweise ausformuliert!

»Wenn Sie es so verstehen wollen, dann ja«, sagte ich, »bitte ändern Sie das Protokoll.« Und mit einem Mal packte mich der Zorn: »Es müssen jede Menge Brücken abgerissen werden, am besten jeden Tag eine«, rief ich in den hellblauen Morgen hinein. »In fünf Jahren vielleicht wachen die Menschen in dieser Stadt dann auf. Soll es denn ewig so weitergehen? Man muss der ganzen Schieflage etwas entgegensetzen, glauben Sie das etwa nicht?«

Fischer äußerte den Verdacht, dass mein junger Gast mich radikalisiert habe. (Sie lachte schon wieder.) Hollie habe mir in so Manchem die Augen geöffnet, sagte ich. Das sei mir gestern in Fuhlsbüttel klargeworden, allerdings (wahrscheinlich) etwas zu hoppladihopp. »Viel zu spät auf jeden Fall. Ich bin eben ein Dickhäuter.«

»Fil hazin«, sagte sie. »Sie sind kein sturer, sondern ein trauriger Elefant. Aber traurig zu sein ist nicht erstrebenswert, Romik, nein, das ist es nicht, das wissen Sie hoffentlich!«

Dann parkte der Rover unter der ersten Brücke, eingereiht zwischen lauter Geländewagen und E-Mobilen (fahrende Computer). Es war mein Glück, dass praktisch Fischer die Begehung leitete. Sie kannte die Akte (war »in der Materie«) und hatte meine Prokura. So konnte ich mich im Hintergrund halten und brauchte nicht auf jedes Wort zu reagieren, das von Technikern, Sicherheitsleuten, Lichtcrew und dem Drohnenpiloten in den Augusttag hineinposaunt wurde. (Fischer und ich: Blickkontakt.) Hier und dort fehlte jemand, zu meinem Erstaunen waren es nicht nur ältere Semester, die die Pandemie entweder nicht überlebt hatten oder seit Längerem an der Beatmungsmaschine lagen. Herbrechter vom Fahrdienst war gerade Ende fünfzig gewesen. (Tot.) Die Ingenieurin Plivka mache das Schlimmste durch, hieß es, und keiner könne ihr beistehen. (Niemand?) Schwer vorstellbar. Ich zog mir die Maske höher, versank darunter in Nachsinnen und nahm meine Zuflucht zu Gedanken über den Rover, während ich mich kurz mit dem Konstrukteur der Saseler Doppelbrücke (der zugegen und merklich stolz war) und mit zweien von Plivkas Kolleginnen unterhielt.

(Goldenbaum. Herbrechter. Riggers und die noch ganz

junge Sekretärin aus der Logistik. Und die Plivka womöglich auch.)

Sechzehn Jahre lang fuhr mein damaskusroter Rover (Baujahr 1975, V8-Motor) mit britischer Rechtssteuerung durch Gelsenkirchen, bis ich ihn Rebekkas Eltern abkaufte. Ich ließ den 3500 restaurieren und umrüsten (6000 DM), sodass auch Pfarrer Päsecke sein Erstaunen bekundete, als ich ihn (auf der A42, zwischen Herne-Crange und Herne-Wanne) noch einmal damit fahren ließ. (Wann?) Ich sehe Rebekka mit Vivien noch auf der Rückbank. (Vivi war vielleicht acht.)

Überm Saseler Moor zogen sich die Wolken des für den Nachmittag angekündigten Gewitters zusammen, als der Tross (elf Paar grüne Gummistiefel) schmatzend in Bewegung kam, um der Inspektion durch den Kommissar beizuwohnen. Der Kommissar hat das Sagen, sein Wort gilt und gibt den Ausschlag (wenn nicht Fischer dazwischenfunkt), und diese Position hatte noch einmal ich inne.

Die Brücke und ihre spiegelverkehrte Zwillingsschwester überspannen zwei breite Sumpfausläufer des Saseler Moors, eine Strecke von zweimal zweihundertelf Metern, getrennt durch eine inselähnliche, mit Gestrüpp und Strauchwerk bewachsene Erhebung zwischen vermoorten Flussarmen. Eine junge Doppelbrücke (Baujahr 2005), Spannbänder, Widerlager, Gehbahnen, Geländer, Handläufe wurden (Prio3) erst vor sieben Jahren begutachtet. (Optimum.)

Die Besonderheit der Saseler Moorbrücken besteht in ihrer Pfeilerkonstruktion. Um mit dem Sumpfgrund möglichst wenig in Berührung zu kommen, ruhen das hölzerne Spannband und sein Steg auf acht bis zu fünfunddreißig Meter hohen, weiß gelackten Stahlrohren, birkenartige, oben mehrfach gegabelte Pfeilerbäume, die sich (optisch) vollkommen in das von Birkengruppen dominierte Feuchtgebiet einpassen. Wahrlich ein eindrucksvolles Ensemble, das der

Architekt (der vor mir herstapfte) da ersonnen hatte. (Und es war gebaut geworden!) Er wusste so gut wie ich, die beiden Brücken standen (oder fielen) mit meiner Begutachtung ihrer insgesamt sechzehn Stahlpfeiler an diesem und am folgenden Tag. (Seine Nervosität war deshalb verzeihlich.)

Die Drohne wartete auf ihren Einsatz. (Noch schlief sie.) Der Pilot war keine fünfundzwanzig. Mit seinem Drohnenrucksack trottete er schweigsam durch das Moor. Voran ging der ebenso junge, sehr bärtige Biotop-Manager, der (obwohl ebenfalls maskiert) exakt aussah wie ein Sumpfwart. Ich folgte Fischer, die vor mir lief (im khaki Outdoor-Dress mit dutzenden aufgenähten Taschen und Täschchen), zu einer so nie gesehenen Liftkonstruktion: Ohne Kranwagen strebte sie an einem Pfeiler entlang von den Fröschen und der Entengrütze dreißig Meter aufwärts bis unter das Spannband. (Wo war sie verankert?) Ich untersuchte die Pfeilerfüße, fand binnen zehn Minuten jedes Brückenbein in tadellosem Zustand, suchte Fischers Blick, und sie notierte.

»Haben Sie gesehen? Es wird bald regnen«, sagte sie, als wir im Liftkorb waren und warteten. Ich erwiderte, das sei sehr schade.

(Worauf warteten wir?)

Es sehe ja so aus, als würde es hier nicht so lange dauern wie anberaumt, sagte ich, womöglich könnten sie und ich viel früher wieder zu Hause sein und vorher sogar vielleicht etwas gegessen haben zusammen.

»Zu essen habe ich mir abgewöhnt«, sagte Fischer ernst, aber nach einer kurzen Pause lachte sie: »Essen, Sie und ich! Das wird doch nie passieren, oder?«

»Doch. Heut Abend, wenn Sie Zeit haben«, sagte ich, ohne sie anzusehen, denn im selben Moment sah ich Robby Meisel (auch er in den Moorgummistiefeln) auf unseren Liftkorb zusteuern. (Wo war er die ganze Zeit gewesen?) Entweder hatte er sich in dem palavernden Technikertross verborgen gehalten oder ich ihn nicht bemerkt.

Bevor wir uns zu dritt in die Luft erhoben, prüfte ich meinen Zucker und trank dann etwas, um unbemerkt die zweite Tablette des Tages zu schlucken.

(Der Lift langsamer als eine fliehende Schnecke.)

Himmel, es war doch alles in Ordnung an dieser Brücke! Ich fand nirgends auch nur eine Mikrospur von Riss oder Rost.

(Acht Pfeilerbeine.)

Und nächsten Morgen (nur spiegelverkehrt) dasselbe?

Neben uns brummte die Drohne. Es war erstaunlich, wie dicht sie ihr Kameraauge an den Stahl heranflog: Meine Hand hätte nicht dazwischen gepasst. Wie ein riesiges Insekt wirkte sie, und für jeden, der nicht wusste, was ihre Aufgabe war, wäre unverständlich gewesen, was sie vorhatte. In der nächsten Sekunde zog sie sich im Horizontalflug um drei Meter von dem Pfeiler zurück. Dann stand sie eine Weile reglos hinter uns in der Luft (plattgedrückte, pizzagroße Fliege) und flog abrupt summend hinüber zum nächsten Birkenpfosten.

Es war eine »ziemlich minimierte Inspektion«, sie hatte recht. Die ewigen Brücken! Es konnte kein Tag in meinem Leben vergehen, ohne dass eine Brücke eine Rolle spielte.

(Gedanke: Habe ich eine Brückenmanie?)

Ich versuchte, fröhlich zu sein, fröhlich trotz Magenbrennen.

»Immerhin sitzen Sie wieder neben mir in diesem Auto, das uns überall hinfährt. Und wir haben einen freien Nachmittag, anstatt im Moorschneckentempo durch einen Sumpf zu kriechen.« (Ja, ich ließ mich hinreißen.) Ich rief: »Seien Sie doch nicht so schrecklich pflichtbewusst, Frau Fischer!«

Während ich fuhr, überprüfte sie am BBA-Handy die Vollständigkeit der Inspektionsdaten und bemerkte gar nicht, dass ich statt zurück in die Stadt aus der Stadt hinausfuhr, und als sie es doch bemerkte und fragte, ob ich vorhätte, sie zu kidnappen, war es schon lange zu spät. Fahrt mit Fischer nach Boberg (ohne sie vorher gefragt zu haben). Die große Wanderdüne. Der kleine Segelflugplatz. So (in etwa) mein Plan. Ich wollte sie mit dem Flugfeld überraschen, denn sie war auf Sportmaschinen wirklich versessen, und ich wusste (es stand im Netz), in Boberg flogen sie eine alte rote Cessna.

(Außerdem wollte ich mit ihr über Hollie sprechen.)

Wohin wir eigentlich fuhren, wollte zunächst sie wissen.

Ich sagte: »Ins Land der Ausflüchte.«

Und sie: »Da bin ich aufgewachsen!«

Ich: »Und ins Moor der Selbstbeschwichtigungen.«

»Da wohne ich!« Wir lachten.

Leider einsetzender Regen. Gummistiefel aber im Kofferraum! Stapfen die Düne hinauf. Fischer kannte Boberg wirklich nicht. Düne beeindruckt sie. Weiter durch Tannenwald, die Wanderdüne im Rücken, als liege dahinter das Meer. Der Waldrand und der Blick auf den Segelflugplatz. (Stichworte bei Bedarf auszuführen.)

Was würde sie dafür geben, hier fliegen, wenigstens mitfliegen zu dürfen, sagte sie. Ihr Gesicht strahlte vor Begeisterung. Bevor der Regen richtig losging, landeten im Fünfminutentakt die letzten Gleiter und wurden, sobald sie stehen blieben (und sofort auf eine Flügelspitze kippten), von der Cessna ins Schlepptau genommen.

»Eine Centurion! Aus den frühen Siebzigern!« Madame staunte. Die sei wie mein Rover, sagte sie, nur dass der keine Flügel habe! Aber auch die rote Cessna fuhr ja nur, denn natürlich hob sie nicht ab, wenn sie einen Gleiter zum Hangar zurückschleppte und dabei wie eine betagte Hornisse brummte.

»Es ist schön hier, Romik, danke! Aber noch schöner wäre es, könnte ich da mitfliegen!« Sie lacht, und der Regen rinnt ihr über die Stirn. Diese sehr dunkelbraunen Fischeraugen. (Die man keinesfalls erwähnen darf.) Plötzlich rennt sie los, den Waldrand entlang auf den Flugplatz zu, ruft nach mir (ohne sich umzudrehen), um sicherzustellen, dass ich ihr folge. Ich gebe mein Bestes, bin aber erschrocken, wie langsam ich vorankomme, bemühe mich, Erschrecken und Magenschmerz abzuschütteln, und ich bin froh, dass ich beides wenigstens verbergen kann, als ich unter dem Vordach des Vereinsheims Fischer endlich erreiche.

Freunde der Boberger Luftbrücke e. V.

(Die Brücken verfolgen mich.)

Der Regen prasselte jetzt vom Himmel, er ließ die Tropfen auf dem ausgedörrten Boden zerplatzen und kniehoch spritzen. Die Hangars wirkten wie umgekippte Gurkenfässer, aufgrund Riesenhaftigkeit allerdings zur Hälfte in die Erde gesunken. Gerade noch rechtzeitig schoben ein paar Luftbrückenfreunde die Flugzeuge in die Hallen und verschlossen vor dem Sommerunwetter die Tore.

Nur im Vereinsheim war noch Licht, und Fischer ging dort hinein, um tatsächlich nach einer Mitfluggelegenheit zu fragen, während ich draußen blieb und in dem Radau zum ersten Mal zwei Sesostron gleichzeitig schluckte. Ich verbinde mit diesem Augenblick, als ich allein, bei wolkenbruchartigem Regen, auf einem Segelflugplatz stand, eine bedeutsame Erkenntnis: Diese Tabletten, nein, sie dämmten die Krankheit nicht ein, sie dämpften bloß mein Empfinden dafür, in welchem Irrsinnstempo Benno Romik verblich.

Aber das wusste nur ich (und die beiden konspirativen Ärzte). Und es konnte doch wichtig sein, eine Mitteilung nicht zu machen. Nur so blieb ja ihre Bedeutung als eine Erfahrung erhalten, die andere erst machen würden. (Wusste Fischer, wie es um mich stand?)

Sie war sichtlich enttäuscht, als sie zurückkam unter das Vordach, dessen Moosschicht direkt über uns zerschreddert wurde von dem auf das Plexiglas klatschenden Regen.

»Heute startet sowieso keiner mehr«, sagte sie mit ungewohnt hörbar gerollten R's. »Und es gibt eine Warteliste von hier bis Sylt. Es gießt ja richtig, meine Güte! Ausflug ins Wasser gefallen, Romik.«

Meine Tage sind gezählt. Waren damit die hinter mir oder die vor mir liegenden gemeint, fragte ich mich (und rechnete: siebzigeinhalb Jahre mal dreihundertfünfundsechzig Tage), und weil ich ganz in Gedanken war, fragte ich auch Fischer, wie sie das geflügelte Wort verstand.

(Fünfundzwanzigtausendfünfhundertfünfzig Tage.)

»Wer kann wissen, wie viele Tage uns noch bleiben?«, lautete ihre postwendende Antwort. »Doch nur der Allmächtige – inschallah!«

Spätestens das wäre der Augenblick gewesen, um mich wissen zu lassen, dass sie es wusste (dass Schiller-Benz sie angerufen, sie aufgesucht, sie ins Vertrauen gezogen hatte). »Ich weiß doch, wie krank Sie sind, Romik.« Oder: »Artur hat mir erzählt, wie es um Sie steht.« Oder (auch dazu war sie durchaus imstande): »Sie brauchen sich gar nicht länger zu verstellen, Dr. Romik, ich bin im Bilde, verstanden?«

Aber Fischer sagte nichts dergleichen. »Auch heute geht die Welt nicht unter«, meinte sie stattdessen und blickte in den Regen, der nicht nachließ. »Das hat mein alter Herr oft zu mir gesagt, der ein guter Christ und ein guter Mechaniker bei Renault Beirut war. Die Frage ist, wie wir lebendig zu Ihrem Rover zurückkommen.«

Ab und zu ging ein Blitz nieder (gezackt wie acht Zs untereinander), kilometerweit entfernt, und genauso weit weg (auf der anderen Seite der Düne), parkte der 3500.

Ich stellte mir vor, wie es gewesen wäre: Fischer in einem der Segelflieger. Von der Cessna gezogen, hebt der Gleiter am Ende der Grasstartbahn ab. (Ausklinken noch in Sichtweite.) Dann halbstündiges Kreisen über Düne, Kiefernwäldchen und der Lichtung mit dem Flugplatz. Ich vor einem der Hangars. Und Fischer in der Luft, kreisend über mir. Dann der Sinkflug. (Die lange Schleife.) Plötzlich, dicht über den Wipfeln, kommt der Gleiter herein, landet, setzt auf, rollt aus, bleibt auf dem Gras stehen. Und die Cessna holt Cherin zu mir.

(Hier Abschweifung möglich: Augenblicke, die nicht stattgefunden haben.)

Auf meinen Vorschlag hin: Abendessen in dem Vereinsheim. Sie und ich die einzigen Gäste. (Koch unsretwegen geblieben.) Das einzige Gericht bei den Freunden der Boberger Luftbrücke: Sahnehering mit Pellkartoffeln. Dazu ein grüner Salat, der mich für alle Unbill an diesem Tag entschädigte, angemacht nur mit Zitrone und Zucker (der einzige Salat in meiner Kindheit, an den ich mich erinnere): »à la Lo«. Eine Kerze vor uns, mit im Luftzug schwankender Flamme, vorm Fenster das Unwetter, eine sibirische Dezemberabenddunkelheit Anfang August. Wann stand der Rover zuletzt in so einem Sturm? Seit Jahren dachte ich daran, ihn umrüsten zu lassen, ihm einen Hybridantrieb zu verpassen, und jetzt war es zu spät.

Bei einem üblen Grauburgunder sprachen wir über Hollie Magenta, die ich in ihrer Widersprüchlichkeit, ihrem Zorn und ihrem Suchen nach Lösungen eindringlich schilderte. Ich erzählte vom Besuch Andrea Baaders und Dusks und wie mich der Überfall erschreckt hatte. Und von meinem Ultimatum: Alle drei Gespenster hatten morgen Abend verschwunden zu sein.

Fischer sagte sehr ruhig (fast so, als ginge es um eine Brücke), ich hätte da womöglich eine große Chance vertan. Warum wohl habe Hollie die beiden zu sich geholt? Doch nicht, um neue Anschläge zu planen. Sie glaube das nicht. Sie habe sie in ihr neues Zuhause eingeladen.

»Sie wollte, dass Sie sie kennenlernen, Romik. Dass Sie sich ein Bild von den beiden machen und ihr mitteilen, was Sie von ihnen halten.«

Das mochte so sein. Am liebsten hätte ich erwidert, sie habe ja keine Vorstellung von der Gewaltbereitschaft dieser jungen Leute, ließ es aber dabei bewenden, weil ich merkte, das Thema (oder der Weißwein) schlug mir auf den Magen. Und der Regen, mitnichten schwächer, eher noch stärker. Hämmerndes Morsen unverständlicher Botschaften. Aprikosengroße Tropfen.

Fischer und ich wieder unter unserem Vordach. (Gefangen in Boberg.) Über den Abendhimmel brausten Wolken, und als würden sie ihnen zum Abschied winken, peitschte es die Kiefern hin und her. Ein vom Pfahl gerissener Windsack wehte über die Landebahn wie ein aus allen Zusammenhängen gefallener Vogel.

War Hollie mit den anderen mitgegangen oder war sie geblieben? Ich konnte mir nicht klar darüber werden, was ich lieber hätte. Entschlusslose Verwirrung. (Innerer Platzregen.) Das Klappbett auf dem Balkon fiel mir ein, jetzt war es durchnässt und zu nichts mehr zu gebrauchen.

Was tun? Fischers Vorschlag: hier biwakieren. Vielleicht gab es Monteurzimmer. Und sie hatte recht: Es gab zwei Sechsbettzimmer, beide frei, Dusche und WC auf dem Flur. Es gab Handtücher, Bettwäsche. (Zahnbürsten nicht, Shampoo nicht.) Kein Frühstück (da am Morgen niemand). Ich mietete die Zimmer (Rechnungsempfänger Brückenbauamt). Verabschiedung eher betreten, ich (maskiert) am nach Katze riechenden Vereinsheimtresen, sie (mit dunklen Augen) im Halblicht des Flurs zu den Zimmern. Überall an der Täfelung Fotos von Segelflugzeugen, die alle gleich aussahen.

(Treffpunkt Vordach, morgen früh acht Uhr.)

Sie war am Ende sehr müde, so hatte ich sie noch nicht erlebt.

17

Botschaften im Regen

Im Zimmer mit einer weiteren Flasche dieses erbarmungswürdigen Grauburgunders (noch dazu warm). Auf dem Handy las ich einen Artikel über das James-Webb-Weltraumteleskop und sah mir ein animiertes Dreiminutenvideo an: das sein Sonnensegel entfaltende Teleskop. Unter dem Segel erschien das »goldene Auge«, der größte Spiegel (Durchmesser sechseinhalb Meter), er bestand aus sechseckigen, mit Gold bedampften Berylliumkacheln, und auf das Vereinsheim prasselte ein alle Filmgeräusche übertönender Regen.

Nachdem ich zwei weitere Nachrichten der Defektpraxis ungelesen gelöscht hatte, scrollte ich durch alte Handyfotos. (Gedanke: Zwischen Scrollen und Löschen besteht ein wesentlicher Zusammenhang.) Beinahe alle Fotos zeigten entweder Brücken oder Vivi – oder (ältere) Rebekka mit Vivien. Oder (noch ältere) nur Rebekka. Und auf allen Aufnahmen von Mutter und Tochter es, das Auge, »das Päsecke'sche Auge«, leicht größer als das rechte, ein paar Millimeter tiefer. Pfarrer Päsecke hatte es (von wem?), Rebekka von ihm, Vivien von ihr.

Rebekka mit dem Generalinspekteur der Bundeswehr.

Vivien und ihr späterer Mann Tim auf Fehmarn.

Vivi in Südchile, im Sturm (Kap Hoorn).

Airbus, Toulouse: Vivien vor Triebwerk.

Rebekka und Vivien im Schmetterlingsgarten im Sachsenwald (ein großer blauer Falter auf Rebekkas Schulter).

Auf jedem Bild das Auge.

(Hatte es mein Enkel?)

Womöglich gab es das Auge bereits im frühen Mittelalter (als in Tyltow die Brücke noch stand).

Ich trank den Wein, lag auf dem Bett (selbst bezogen), zählte die Bretter des Lattenrosts über mir und hörte dem Regen zu. (Vierundzwanzig Bretter.) Ich dachte über Fischer nach und dachte an Hollie, und ich kam zu dem Ergebnis, dass offenbar erneut die beiden einzigen Menschen, denen ich mich nahe fühlte, nicht in mein Leben passten, weil es einfach grässlich eng darin war (wie in einem Toaster). Fischer redete mir ins Gewissen, das tat mir gut, doch was folgte daraus?

Nichts.

(Alle Brücken abgebrochen.)

»Die Tage mit Vivien sind gezählt.« Der Satz ging mir nicht aus dem Sinn. Waren damit die hinter uns oder die vor uns liegenden gemeint?

(Gab es Tage mit Vivi, die noch vor mir lagen?)

Die Flasche war leer, noch keine zehn Uhr. Es sprach einiges dafür, dass ich in dieser Monteurabsteige im Anbau eines Vereinsheims am Tiefpunkt meines Lebens angekommen war. Dieses Sechsbettzimmer, der perfekte Unterschlupf für die Zertrümmerfrauen, nach ihrem ersten Banküberfall etwa, während sie auf ihre falschen Papiere warteten, derentwegen sie die Bank überhaupt überfallen hatten. Getarnt vielleicht als Volleyballteam aus dem Ruhrpott, vollendet getarnt mit ihrer Jugend (wie diese weißen Pfeiler der Saseler Moorbrücken, die so birkenartig wirkten), und in dem Wäldchen bei der Wanderdüne parkten die beiden Fluchtwagen mit gestohlenen Kennzeichen. Hollie Magentas zweites Leben (das wirkliche, echte, authentische, aufrichtige, unverstellte, unverbrauchte) würde in nicht allzu ferner Zukunft mit so einem gefälschten Ausweis beginnen. (War es darum ein gefälschtes Leben?) Schon bald existierte Hanna-Lina von Mangthal (21) nicht mehr.

Als Fischers erste Nachricht kam, setzte ich mich mit einem Ruck auf und stieß mir am oberen Bett den Kopf.

»Wir dürfen uns nicht so nahe kommen wie heute Nachmittag im Wald, als der Regen kam.«

Ich war perplex, außerstande, ihr zu antworten oder nur einen klaren Gedanken zu fassen. (Welchen Augenblick am Nachmittag sie meinte, wusste ich immerhin sofort.) Ich sah das Regenwasser vor mir, das ihr übers Gesicht rann, und ihren Blick, der nicht erkennen ließ, was sie vorhatte.

(Was hatte sie empfunden?)

Es schüttete immer noch.

In einer Aufwallung von Gekränktheit schrieb ich zurück: »Wird nicht wieder vorkommen.« Dann legte ich mich aufs Bett und blickte nur in dem dunklen Zimmer umher. Erneut dieses unbändige Verlangen nach einer Zigarette. (Warum?) Wieder wurde das Handy blau.

»Schade«, schrieb sie, nur ein paar Meter entfernt (auf der anderen Seite der Wand), wahrscheinlich lag sie wie ich auf dem Bett (keine Stühle). Wundersame Momente, »Verheißung« (Wort meiner Mutter, wenn sie sich abends in Lo verwandelte, um in die Glocke oder ins Onkel Pö zu gehen). Seit zwölf Jahren (fast dreizehn) hatte ich mit keiner Frau geschlafen. Da war (Bamberg, Brückeninspektorentreffen 2015) diese Escort-Dame gewesen (Amanda), aber keine Lust, »Grad des Begehrens null« (Rebekka). Jetzt war ich siebzig (-einhalb), stand mit anderthalb Beinen im Jenseits, und alles was passierte, das passierte sehr weit entfernt.

Um den Trübsinn abzuschütteln, ging ich durch den finsteren Flur (Licht in Fischers Zimmer!) zu dem kleinen Tresen. Eingangsbereich. Dunkel. (Eingang ins Dunkel.) Ich machte Licht. Neben dem Rechner tatsächlich ein zerknittertes Päckchen Zigaretten (Camel!) und (Gott!) ein Feuerzeug.

Erneut Blitze. (Der Rollfeldrasen für Sekunden hell erleuchtet.) Weil das ganze Vereinsheim eh nach kaltem Rauch roch, steckte ich mir die Zigarette innen vor der Glastür an und blickte trocken hinaus in das zerflackerte Dunkel.

Um das in Ohlsdorf begonnene Gespräch nicht abreißen zu lassen, schrieb ich Fischer: »Wo Sie gestern gefragt haben: Meine Lieblingsbrücke gibt es schon seit hundert Jahren nicht mehr. Die Große Hängebrücke in Fribourg (Schweiz) wurde 1834 von Joseph Chaley errichtet und 1924 abgerissen. Die würde ich gern zusammen mit Ihnen besichtigen (auch wenn sie – leider – unsichtbar ist).«

Im Kühlschrank fand ich eine angebrochene Flasche Chardonnay und steckte zehn Euro in den Kassenschlitz. (Blitz.) Das Nikotin stieg mir zu Kopf. Der Alkohol stieg mir zu Kopf. Die Erregung stieg mir zu Kopf. Ich fühlte mich lebendig und doch nicht wirklich auf der Welt, ganz (oder annähernd) so, als würde ich mir selbst zusehen bei dem Versuch, wieder ich zu sein.

(Als wäre ich schon jemals jemand gewesen!)

Wenn ein Blitz aufleuchtete, sah ich auf dem Rollfeld im Regen ein paar Rehe stehen (Gras und Tiere asphaltgrau). Sie standen einfach da, äugten ins Finstere und wachten. (Die Blitze waren hell wie die nachts vorbeifahrende U-Bahn.)

»Um jede Brücke, die es nicht mehr gibt, ist es ebenso schade wie um Sie und mich«, schrieb mir Fischer und ließ mich die Stirn gegen die kalte Glastür lehnen.

Was, wenn ich am Ende des Flurs an ihre Tür klopfte, wenn sie aufmachte und ich vor ihr stand?

»Warum sind Sie heute Abend so endgültig?«

Ihre Antwort (keine halbe Minute später): »Weil ich weiß, dass wir bald Abschied nehmen müssen.«

Ich konnte das nur auf mein bevorstehendes Ableben beziehen (ihr Freund Artur hatte ihr also doch davon erzählt). Ich wusste in diesem Moment, wie recht Hollie hat, wenn sie meint, Vertrauen und Loyalität existieren nicht, sie sind Wunschträume.

»Wie bald« (Blitz) »wissen wir nicht«, schrieb ich (Blitz) knapp zurück.

Und Cherin: »Doch, ich leider schon. In zehn Tagen fliege ich in den Libanon und« (Blitz) »weiß nicht, ob ich zurückkomme.«

Das nächste Missverständnis in einem Leben, das selbst ein Missverständnis war, ein missverstandenes Leben voll missverstandener Brücken und missverständlicher Inspektionen. Eine missverstandene Ehe brachte drei unverstandene Menschen hervor (Frau, Mann und Tochter). Unmissverständlich war dieses kommissarische Leben nur darin, dass es zu Ende ging.

»Ich wollte Ihnen das morgen in Ruhe sagen.«

Ich antwortete (Blitz, und noch einer) möglichst knapp: »Dann bis morgen« und wünschte ihr eine gute Nacht. Sie hatte mir die Neuigkeit schonend beibringen wollen, weil sie natürlich wusste, dass ich an ihr hing. (Gelungen war es ihr nicht.) Und jetzt war sie ebenso verstört wie ich.

Fast Mitternacht. Ich trank den Wein leer, nahm zwei Tabletten und rauchte zwei Zigaretten. Auf einmal (hinter der Glaswand) das Reh. Es stand da, im Regen keinen Meter hinter der Scheibe, und blickte zu mir herein. (Konnte es mich sehen?) Ich hatte ein Reh noch nie so nah gesehen, ein freies Reh, nicht eingesperrt, nass wie der Regen selbst. Langsam ging es hinter der Scheibe vorüber, groß, hellbraun (es wirkte nicht wie ein Tier), und so, als wäre es vom Wind davongeweht worden, war es wieder verschwunden.

0:27 Uhr.

Nachricht Hollie Magenta: »Echt ein heavy rain, old bro, oder?«

(Ich schrieb nicht zurück.)

Unter Fischers Zimmertür hindurch fiel Licht in den Flur, und nach kurzem Zögern klopfte ich und fragte: »Cherin?«

»Benno.« Viel zu erledigt, um erstaunt zu sein, stand sie in der Tür. »Wie schön von Ihnen. Kommen Sie doch.«

In Stichworten (nicht ausführen!): ich, Trauergleiter, zu Boden gesunken, gekippt auf Flügelspitze. Tranken Schnaps (Handtaschenfund). Beidseitige Verweigerung von Tränen! Saßen auf Bett, Fischer in Leggins, barfuß (Nagellack). Zeigte mir Handybilder, Bischarri, Beirut, die Bucht (sehr blau). Cockpitfotos. Cherin Fischer mit Ehemann Peter-Joachim. (»Jockel«, sagte sie.)

Gegen zwei schickte sie mich (Fischer-streng) schlafen, und weil ich ansonsten auf eine der nicht bezogenen Monteurmatratzen in ihrem Zimmer gesunken wäre (zu weiß Gott wilden Träumen), ging ich. Aber sie legte mir im stockdunklen Flur noch die Hand aufs Herz. Und das war nicht wenig.

18

Am Lagrange-Punkt

Der Hochsommer war von einem zum anderen Tag zu Ende. Und was vom Sommer übrigblieb, fiel in sich zusammen und wurde wie üblich (nur schneller) Herbst. Ich schloss mich diesem einvernehmlichen Verfall an. Die Zeit der Abschiede, jetzt begann sie, und da war es gut, vorbereitet sein.

Die Begehung der zweiten Moorbrücke beendete ich nach der Prüfung zweier Pfeilerbäume und übertrug die Verantwortung für die restliche Inspektion »Lämmchen«, Thormählens früherer Assistentin (und jetziger Stellvertreterin) Lamberti. Fischer unternahm nicht viel, um mich zum Bleiben zu bewegen, sogar den Blickkontakt mied sie. (Ich hob die Hand, sie nicht. Sie lächelte nicht, ich ja.) Überraschend freundlich verabschiedete mich hingegen unser Tross, und so brach ich dennoch einigermaßen heiter auf und ging durch das glucksende Moor zurück zu dem zur Hälfte überschwemmten Parkplatz.

Als ich in den Rover stieg, schloss ich die Tür auch zu einem ad acta gelegten Dasein.

Die Sonne, ein Hohn. Das Unwetter hatte die halben Wälder entlaubt, aber der blaue Himmel wusste davon nichts. Es war noch Vormittag, als ich von Sasel zurück Richtung Innenstadt fuhr, in möglichst dicht besiedeltes Gebiet (unter die Lebenden), wo jede Menge Brücken inspiziert werden mussten, nur nicht mehr von mir.

Ich folgte den Flughafenschildern, dann dem Alsterlauf, und sobald ich auch in Wellingsbüttel umgeknickte Bäume, in den Kronen der stehen gebliebenen Bäume heißluftballonhüllenartige Markisen und unten den Bäumen zu einem Fahrradhaufen zusammengewehte Fahrräder bemerkte, dachte ich wieder an Hollies Nachricht von letzter Nacht und fragte mich, von wo sie geschrieben hatte. Meine Empfindungen für Frau Magenta: »die ganze range«. Ich war beleidigt, gekränkt, enttäuscht, wütend, traurig, aber (ja) ich war auch stolz auf sie, wobei das nicht das richtige Wort ist. Ich war froh für sie, weil sie sich nicht korrumpieren, von keinem bevormunden ließ (auch von mir nicht). »Echt ein heavy rain, old bro, oder?« Was hatte die Nachricht zu bedeuten? Waren Baader und die Dämmerung weg und sie geblieben? Oder war sie (nur noch leicht humpelnd) mit dem

Sprayer-bro und ihrer sis umgezogen in den neuen Unterschlupf (Kellerraum, Kranwagenhalle)? War die Nachricht ihre letzte?

So oder so war ich allein.

Der Rover und ich.

Die Wohnung und ich.

Die tausend Jahre alte Brücke im Flur und ich.

Das bisschen Zeit, das noch blieb, und ich.

(Immerhin ich!)

Fischer geht zurück nach Beirut. (Langsam dämmerte es mir.)

Wie gut es tat, als sie nach meiner Brücke fragte, der Brücke, die ich konstruiert hatte und die nie gebaut werden würde (fast so, als hätte ich sie fürs Nichtzustandekommen entworfen). Es gab nicht viele, die überhaupt von ihr wussten.

(»Fuck them«, hätte Hollie gesagt.)

»Sie wurde sehr wohl gebaut, Benno, von Ihnen!«, lachte Cherin, als wir am frühen Morgen in Boberg den Rover von Ästen und Gestrüpp befreit hatten.

Die »bridge« kannte sie nicht, ja sie wusste noch nicht mal von dem maßstabsgetreuen Monster in meinem Flur, geschweige denn davon, wie es zustande gekommen war.

(Fil 'anid.)

Ich hatte Fischer nie zu mir eingeladen.

Viviens Anschrift lautete stets Ohkampring 17. Und der Ohkampring liegt in Fuhlsbüttel. Ringförmig führt er durch eine akkurate Siedlung aus mehrgeschossigen Reihenbauten. Formgewächse auf Zugangsgrünflächen. Mülltonnengassen aus Waschbeton (moosbewachsen). Keine Graffitis. Ich fuhr drei Mal durch die Straße und vorbei an dem Haus, einem niedrigen Wohnturm mit hellblau verglasten Balkonen.

Nach ihrem Lehrjahr bei Airbus in Toulouse zog Vivi

hierher, obwohl sie die Lehre abgebrochen und kein Einkommen hatte. Als Grund für den Abbruch nannte sie stets, Technik sei nicht das Richtige für sie. Ihre Eltern verdienten da schon mehr als genug, wir griffen ihr unter die Arme (mit monatlich fünfzehnhundert Euro), bis sie von Air France genommen und Flugbegleiterin wurde. (Langstrecke. Der Traumjob.) Die große Fremde. Reisen! Menschen! Zwar liegt die Wohnung in Flughafennähe, aber der Lärm im Ohkampring hält sich in Grenzen.

(Keine Flugschneise).

Ich parkte.

Vivi hatte die Bleibe selbst dann nicht aufgegeben, als Tim in ihr Leben trat und sie zu ihm zog in sein neues Loft in der neuen Hafencity (einhundertachtundvierzig neue Brücken wurden dort gebaut), mit Tiefgarage für den grünen Alfa und in Fußnähe zur Praxislounge. Die Heuschrecke. Ich habe nie begriffen, was sie an ihm findet. Und auch in meiner Tochter schien es einen Rest Zweifel an diesem Zibritzki zu geben, denn in der eigenen Behausung, die sie sich schon bald auch ohne das Zutun ihrer Eltern leisten konnte, sah sie ihr Refugium. (Schneller als andere stieg sie von der Flugbegleiterin zur Purserin auf und verdiente sehr gut.) Wozu das Refugium, wovor floh sie?

Noch nach dem Unfalltod ihrer Mutter rief sie mich mitunter (immer seltener) spätabends aus Fuhlsbüttel an, war einsilbig, wirkte bedrückt, suchte offenbar nach Aufheiterung, Ablenkung oder Zerstreuung. Wir redeten – über ihre Flüge, den Zweistundenschlaf in ihrer »Couchette« an Bord, die wenigen wirklich netten Kolleginnen und Kollegen, die Städte, in denen sie nicht gewesen, zu denen sie nur geflogen war (meist höchstens für zwei Tage). Über die Hotels, alles beste Häuser, in bester Lage (und von Flug zu Flug einander ähnlicher). Manchmal trank sie dort (an Bord, seit 1999, strikt verboten), viel, sogar sehr viel. (Warum?) Und auch ich erzählte manchmal, von Brücken, Begehungen, Begegnungen im BBA. (Rasch langweilte ich sie.) Aber von den Gründen, wieso sie im Ohkampring und nicht zu Hause in der Hafencity war, sagte sie nichts, nicht, wie oft sie sich von Tim (und später auch dem Kind) zurückzog und wie lange sie dann allein blieb.

Nach der Fertigstellung der Flurbrücke hatten wir andere, ebenso jahrelange Rituale geteilt. Am Zielpunkt eines jeden Langstreckenflugs rief sie mich an oder schrieb mir eine Nachricht, und ein paar Jahre lang kam sie nach fast jeder Rückkehr aus San Francisco oder Bali oder Kairo in die Innenstadt gefahren und traf mich wenigstens auf einen Kaffee im Portugiesenviertel.

Erst hörten diese Treffen auf. Dann die Anrufe aus allen Winkeln der Welt, schließlich auch die während ihrer Ruhezeiten zu Hause. Fortan rief ich sie an (einmal die Woche), aber bald ging sie nicht mehr ans Telefon. Eine Zeit lang tauschten wir noch Nachrichten, ihre immer kürzer, immer spröder, anredelos, grußlos (nur noch Smileys, Herzchen oder anderer Unfug), ohne Zeichen von Mitteilungsbedürfnis oder Interesse. So verstummte es allmählich, unser dreißig Jahre dauerndes Gespräch, nur Enttäuschung und Gleichgültigkeit blieben übrig, und als ich Schiller-Benz von meinem Kummer darüber erzählte, riet er mir seinerzeit, mit meiner Tochter über den Tod ihrer Mutter zu sprechen. Als ich das in Angriff nahm und Vivi einen langen Brief (auf Papier) schrieb, in dem ich (aus meiner Sicht) zu erläutern versuchte, wieso ihre Eltern sich getrennt hatten, kappte sie auch die letzten Verbindungen.

Zur Tarnung setzte ich Maske und Sicherheitshelm auf und nahm einen Zollstock mit. Der Block hatte drei Hausnummern (13, 15, 17). Zuletzt hier gewesen war ich vor über fünf Jahren, die Nacht, in der ich mich sturzbetrunken ins

Taxi setzte und zu ihr fuhr, um diese Blockade zu beenden, sie herauszuklingeln, rauszubrüllen, wenn sie es denn so wollte. Sie hatte nicht geöffnet, war nicht dagewesen (alles dunkel), entweder auf Reisen oder bei Mann und Kind.

Das fehlende Klingelschild – Panik. Sofort brannte der Magen. Ich las alle Schilder fünf Mal, dann ging ich zum Nachbareingang (15), zum nächsten (13) und versuchte mir einzureden, manchmal würden Mietblocks die Hausnummern tauschen.

An meinem Namen auf dem Helm hätte sie mich sowieso sofort erkannt, aber das wurde mir erst bewusst, als ich Zollstock und Helm zurück in den Kofferraum warf. In dieser Ringsiedlung genauso wenig tarnen ließ sich der Rover. Wäre ich jung gewesen (unbändig um Abgrenzung bemüht), und wäre ich (wie Hollie) bereit gewesen, ein Fanal zu setzen, ich hätte den Päsecke-3500 angezündet und im Ohkampring sich selbst überlassen. Stattdessen schluckte ich auf dem Fahrersitz die nächsten Sesostron. (So und nicht anders lautete mein Name.)

In der Sakkotasche hatte ich noch die Zigaretten und das Feuerzeug. (Immer gibt es auch das Glück.) Waren die junge Frau und das Kind in der U-Bahn tatsächlich meine Tochter und mein Enkel gewesen? Zweifelsfrei erkannt hatte ich die beiden nicht. (Das Unglück überwiegt immer.)

Auf dem Heimweg im Radio das übliche Gedudel und Geschwafel. Jeder hielt es offenbar für zwingend notwendig, alles von sich mitzuteilen. Noch der kleinste Speiserest im Zahnzwischenraum war von galaktischer Bedeutsamkeit. Ich hämmerte auf das nichtsnutzige Gerät ein, aber erfuhr immer noch mehr und mehr von Menschen aus ihrem Leben, ihren Träumen und Hoffnungen und Abgründen. Bei jeder Sendung konnte man anrufen, wenn nötig aus dem fahrenden Auto. Und von jeder Sprecherin (die alle gleich klangen) wurde man unweigerlich nach exakt zwei Minuten Redezeit freundlich zum Verstummen gebracht und zum Schein verabschiedet, denn die Anrufer waren längst außer Gefecht gesetzt und konnten auf ihre erzwungene Ruhigstellung nichts mehr erwidern, nur enttäuscht von der Sendung und sich selbst zuhören. Wieder einmal war ich dankbar, keiner der vom Rundfunk instrumentalisierten Mitmachhörer zu sein, und jubelte erleichtert (erlöst), als ich auf der endlosen Alsterkrugchaussee zufällig in eine Sendung geriet, die sich »Jazz 'n' Science« nannte.

Angesagt wurde ein Beitrag über das James-Webb-Weltraumteleskop, das an diesem Tag seinen Zielpunkt im Sonnensystem erreicht hatte. (Zuvor allerdings Musik.) Es erklang (und sie erschien mir astral) eine Aufnahme des US-amerikanischen Pianisten Bill Evans, der Mitschnitt eines Konzerts vom 15. Dezember 1958 in New York.

Die Musik rührte und beruhigte mich zugleich. Die Melodie des Liedes entwickelte sich aus wenigen, stets gleichen Tönen und wurde dichter und bewegter. Doch ihre nachdenkliche Grundstimmung blieb, und noch ganz am Schluss (als das Lied fast aufgewühlt klang) erkannte ich deutlich die simple Tonfolge vom Anfang wieder. Am 15. Dezember 1958 war ich sechs Jahre alt. Ich ging in die erste Klasse (wahrscheinlich war es die letzte Schulwoche vor den Weihnachtsferien). Konnte mein Vater an dem Tag in New York gewesen sein? Ich erinnere mich nicht daran, dass er länger weg war (so wenig wie daran, dass er länger da war), weiß aber von meiner Mutter, dass er Ende der Fünfziger für zehn Tage in Amerika war, um (wie es immer hieß) »Auswandermöglichkeiten zu erkunden«. Für wen? (Uns?) Bis zu seinem Verschwinden (so wie seither ich) trug er von da an die Timex am Handgelenk.

Der Beitrag über das James-Webb-Teleskop begann, und weil Markt war (und die Garageneinfahrt wie üblich blockiert), kurvte ich auf Parkplatzsuche durchs Viertel und hörte zu. Es wurde nichts wirklich Neues berichtet, nur dass das Teleskop seinen Zielort planmäßig erreicht hatte. (Immerhin.) Deshalb erläuterte eine junge Astronomin diesen Lagrange-Punkt, und verblüfft lauschte ich, wie mir mit wenigen Sätzen und Bildern erklärt wurde, was bis soeben ein Böhmen in den Sternen für mich gewesen war.

Offenbar hatte dieser französische Mathematiker (Lagrange) schon vor zweihundert Jahren nachgewiesen, dass jedes Gravitationsverhältnis eines Planeten mit einer Sonne anziehungskraftfreie Punkte im Raum aufweist. An diesen Lagrange-Punkten könne auch ein viel kleinerer Himmelskörper um die Sonne kreisen, ohne dazu einen eigenen Antrieb zu benötigen. Vorstellen solle man sich (so die junge Astronomin lachend) eine Kreditkarte, die in einen Bach gefallen sei und dort um einen aus dem Wasser ragenden Stein getragen werde, immer im Kreis herum, ganz ungeachtet der Strömung um einen größeren Stein in der Nähe. (Ja. Dachte ich. Ja, und?) Dieser große Stein sei die Sonne, der kleine die Erde, und die Kreditkarte sei das Weltraumteleskop James Webb.

Was Menschen seit Jahrtausenden von Astronomie und Optik verstehen, versammelte dieses lieferwagengroße Ding, das da hinaufzuschießen (an exakt seinen anderthalb Millionen Kilometer entfernten Ruhepunkt) wahrscheinlich einfacher gewesen war, als in der Isadorastraße an Markttagen das eigene Auto abzustellen. Ein milchweißer Rolls-Royce wurde soeben abtransportiert. (Er wirkte auf dem Abschleppwagen wie ein Schuhkarton mit Rädern.) Parken konnte ich erst am Invalidengarten, unweit von Schiller-Benz' zweigeschossiger Wohnung, deren Terrassenmarkisen eingerollt und Rollos unten waren. Mit Frau und Kind erholte sich Ramses II. in Antibes. (Ferien auf Kosten von Todeskandidaten.) Unterwegs zum Viadukt und dem lärmigen Trubel darunter kam mir der Verdacht, dass auch mein Leben an seinem Lagrange-Punkt angelangt war. So weit draußen im All wie möglich kreiste ich um mein eigenes uraltes Leben und erstattete (bis ich verglühen würde) Meldung.

»Magensäure kann in sieben Sekunden ein Fahrrad auflösen«, sagte ein kleiner Junge zu mir, der auf dem Bordstein saß, vor sich den Markt, der für ihn jedoch unsichtbar zu sein schien.

Was war mit ihm? Hatte er sich übergeben? (Keine Spuren.) Ich war gut sechzig Jahre älter als er, und ausgerechnet mir teilte er seine Erkenntnis mit. (Sah ich aus wie einer, der sich gut mit Kindern versteht?) Er hätte mein Urenkel sein können, doch dazu war er zu blond und zu dürr.

Er war ein echtes Hemd.

(So wie ich ein echtes Hemd gewesen war.)

»Habe noch kein Fahrrad gegessen«, sagte ich zu ihm.

Sofort sprang er auf die Füße, nahm sein Rad und schob es wortlos davon. Ich blickte ihm nach, als sähe ich mir selbst dabei zu, wie ich von der Bildfläche verschwand. (Nein, mit den lieben Kleinen verstand ich mich wohl kaum, mit Erwachsenen allerdings auch nicht besser.) Der Junge war ein richtiger Hamburger Butscher, und auch das war ich genauso gewesen. Nachdem er offenbar Bekanntschaft mit der Verlassenheit gemacht hatte, fuhr er zurück in sein junges Leben. Ich blickte zurück auf meins und verwarf alles Verlangen nach Alleinsein als Trugschluss. Ich war er gewesen, und er würde ich sein. Er war mein Enkel und mein Sohn, ich seiner. Ich war sein Vater und er meiner.

19

Fiasko

Ho – Holterdiepolter!
Lie – Lieber nich!
Ma – Ma' sehen!
Gen – Genaugenommen nö!
Ta – Ta, ti, ta, ta!

Die Bullerei sei dagewesen, sagte sie als Allererstes (noch im Flur), aber (»Chill, Dreihundert!«) alles sei cool, die hätten nicht nach ihr gesucht. Einen Brief für mich hatten sie abgegeben (»behördlich angeordnete Zwangspost«), sie zeigte ihn mir: Er lag auf dem Tischchen in Türnähe, versehen mit rotem Aufdruck: »Dringende ärztliche Mitteilung!«, ein Umschlag der Praxis Goossens. Hollie lief vor mir her ins Wohnzimmer, wo sie ihr Lager aufgeschlagen hatte. (Sie humpelte nur noch sehr leicht.) Nicht mal ausweisen hatte sie sich müssen, sie (die »cops«) glaubten ihr, dass sie meine Nichte war.

Sie wirkte viel gesünder. (Als wäre sie zwei Tage lang an der frischen Luft gewesen.) Ihre Haare hatte sie kurz geschnitten, darüber trug sie die braune Echthaarperücke, die ihr ausnehmend gut stand: ein Bob mit lanzettartig über die Wangen nach vorn weisenden Spitzen (Mireille Darc). Schwarzes Top, rote Lederhose, schwarze Stiefel. Sie war aufgekratzt (schien mir nichts nachzutragen), offenbar wollte sie mir tatsächlich erklären, wieso sie immer noch da war.

»Es gibt da nur so ein bigger problem.«
Durchdringend (Gefahr) sah sie mich an.

Das bigger problem war nicht, dass sie sich zerstritten hatten, Hollie auf der einen, Dusk und Baader auf der anderen Seite. Das Problem bestand darin, dass Dusk für sich in Anspruch genommen hatte, die Ansicht der Kolonne zu vertreten: Sie hatte ein vom Rest der Gruppe unterschriebenes Statement auf dem Handy, und Hollie war nicht bereit gewesen, es ihrerseits zu unterzeichnen.

(»No way.«)

Auf meine Frage, was der Streitpunkt bei dem Ganzen sei, antwortete sie ausweichend. Noch war sie mit der Analyse der Gruppendynamik beschäftigt. (Ihr grässliches Kaderdenken manchmal.)

Der Streitpunkt war der »shot«, der große Anschlag, geplant seit G20. Alle Aktion seitdem: Test, Training. (Über das Ziel des shots hüllte sich meine Nichte in Schweigen.)

Es war sehr simpel. Andrea Baader hatte sich (wie nicht anders zu erwarten) auf Dusks Seite geschlagen und vielleicht nicht dabei mitgeholfen, die Wohnung auseinanderzunehmen, aber Baader (»die bitch-sis«) hatte Hollie in Schach gehalten, damit Dusk loslegen konnte (und ließ sich so zur Handlangerin machen).

»Loslegen? Gut«, sagte ich. »Euer Ding. Und?«

»Pfff«, lautete ihre Reaktion.

Mir waren bislang keine Zerstörungen aufgefallen, was Hollie damit erklärte, dass sie seit anderthalb Tagen die Bude »re-arranged« hatte. Wieder sah sie mich durchdringend an.

»Ich beschütz dich, old Schlurf«, sagte sie – was wohl bedeuten sollte, ich müsse jetzt sehr tapfer sein.

Es folgt die Auflistung der Gegenstände, die Dusk und ihr Helfer Andrea Baader aus meiner Wohnung entwendet beziehungsweise darin zerstört hatten, sortiert nach Zimmern (Hollies Liste von mir ergänzt und in alphabetische Reihenfolge gebracht).

Badezimmer:

1 Haartrockner, 1 Radio, 1 Rasierapparat, 1 Flasche Rasierwasser, 1 Schere

Küche:

1 Kaffeedose (voll), 1 Kaffeemaschine, 6 Küchenmesser

Schlafzimmer:

1 Digitalkamera, 1 DVD-Player, 3 Hemden, 4 Paar Socken

Speisekammer:

3 Flaschen Lagrein, 1 Glas Nutella, 4 Flaschen Sancerre

Wohnzimmer:

4 Flaschen Spirituosen (Gin, Obstler, Vermouth, Whiskey), 1 Stereoanlage (inklusive Lautsprecher)

Zimmer Hollie:

Diverse Kleidungsstücke (Vivien), 2 Leuchten, 4 Lippenstifte (2 Lipgloss), 2 Sporttaschen (Beutetransport)

Zerstört (versenkt in halb gefüllter Badewanne):

1 Computer (1998), 3 Fotos (Pepe, Rebekka, Vivien) in Rahmen (zertreten), 1 Plattenspieler (1983), 1 Schachcomputer (1994)

»Es lebe der Vandalismus« war eines Nachts an das Viadukt gesprüht worden, und ich hatte lange über den Wandspruch nachgedacht, der ja offenbar als Drohung verstanden werden wollte. Immerhin aber sollte da etwas leben (oder am Leben bleiben dürfen). Auch wenn es nur der Vandalismus war – er sollte leben (hoch). An meiner Wohnung hatte Dusk nur ihre ganze Zerstörungswut ausgelassen, da lebte nichts mehr.

(Wie gelähmt vor Konsternierung, Kummer und Zorn.)

Am meisten schmerzte mich, dass sie auch vor dem Brückenmodell nicht Halt gemacht hatten. Es fehlten zwei längere Teile, beide einen knappen Meter lang, die flach über das Plexiglasbord (den See) geführt hatten und von Dusk herausgerissen worden waren. In Mitleidenschaft gezogen war dadurch fast die ganze Brücke. (Deutlich sah ich Vivi vor mir, Vivien der Teenager, Vivis Glitzer-Make-up, das ab und zu plötzlich an dem Modell geklebt und kleine Glitzerstellen gebildet hatte, wodurch es beinahe lebendig wirkte.)

Auch die beiden Brückenteile lagen (zerbrochen, zerplatzt) in der Wanne.

Schlimmer war nur, dass sie außerdem einen Haus- und einen Wohnungsschlüssel mitgenommen hatten.

Hollie in Sack und Asche (fast betrübter als ich). Offenbar gab sie sich die alleinige Schuld an dem Fiasko. Was der shot sei, wollte ich (als Wiedergutmachung) von ihr wissen. Worüber waren sie zu dritt in so bitterbösen Streit geraten?

»Erklär es mir«, sagte ich sehr ruhig. »Du schuldest mir nichts, ich bin genauso schuld an dem Schlamassel, aber eine Erklärung will ich jetzt haben.«

In der Küche musste ich den Blutzucker messen. Wieder war mir so schwach zumute wie in den Boberger Dünen, als ich (ohne Knochen in den Beinen) Cherin nachzueilen versucht hatte.

(Apokalyptische Halluzinationen eines Zuckerkranken.)

63. Ich trank zwei Glas Orangensaft und sah im Schrank und im Geschirrspüler, dass nur wenige Trinkgläser (kein einziges Weinglas) das revolutionäre Gelage überdauert hatten. An die frische Luft! Vom Küchenbalkon blickte ich durch die frühe Augustabendsonne aufs Fleet und sah der Hamburgflotte aus Booten und neumodischen anderen Gefährten zu, die zwischen sommermüden Enten hindurch alle unter meinen Fenstern vorbeipaddeln mussten, als wäre das Isadorafleet eine flüssige Stadtautobahn. Tatsächlich sollte die Wasserstraße ja einmal einer Autobahntrasse weichen (lange bevor ich bei Rebekka auszog und hier einzog), sollte

trockengelegt, aufgefüllt und asphaltiert werden. War das kein Vandalismus? Die Pläne seinerzeit lagen dem Senat unterzeichnungsfertig vor, da regte sich in der Isadorastraße Widerstand, eine Bürgerinitiative gründete sich (auch Lo unterschrieb), und schließlich ließ man die Pläne fallen. Ich erinnere mich an die enervierenden Dispute im BBA über eine mögliche Vollstreckenüberbrückung des Fleets und an den jungen Inspektor, der ich war und der sich dafür ausgesprochen hatte, das Isadorafleet in einem Betonsarkophag zu bestatten.

Hollie gesellte sich schließlich zu mir in die Küche und suchte das Gespräch, auch das war anders. Erst ruhig, dann immer hitziger erzählte sie, Dusk habe sie (im Namen der ganzen Kolonne) vor die Wahl gestellt, entweder zurück in die Gruppe zu kommen (das heißt die Ingenieursprotzbude zusammen mit ihr und Baader zu verlassen), oder aber sie war raus und der shot fand ohne sie statt.

Sie hatte sich dagegen entschieden (nicht gegen den shot, nein), gegen die von Dusk im Handstreich vorgenommene Hierarchisierung.

»Du redest nicht für mich und nicht für anybody else, du shit, du shitbitch«, hatte sie zu Dusk gesagt.

Und daraufhin war sie zusammen mit Andrea Baader (der sie in Schach halten sollte) von Dusk in der Toilette eingesperrt worden.

Und um die Nachbarn nicht zu alarmieren, musste sie mitanhören, wie Dusk durch die Wohnung tobte, die Beute zusammenraffte, Wasser in die Wanne ließ und Teile aus der bridge herausbrach.

Und irgendwann war Baader, der in der Toilette kein Wort sagte (sich nur die Unterlippe blutig nagte) von Dusk herausgeholt worden. Während sie eingesperrt blieb. Und erst kurz bevor die beiden aus der Wohnung stürmten (es war schon Nacht, es goss), schoben sie den Kloschlüssel unter der Tür durch, eingewickelt in Klebestreifen, damit sie ihnen nicht nachlief.

Und sofort hatte sie mir da geschrieben (sie machte extra ihr Handy an und las vor): »Echt ein heavy rain, old bro, oder?«

Hollie nannte mich (je nach Stimmung oder Explosionspotenzial des Gesprächs) Benno Goodman, Dreihundert, das Fossil, Homo erectus, Homo Romik, Old Schlurf, Penno (oder Penno Komik), Ramses I., Sesostron oder einfach (und meistens) alter Mann. Old bro stellte fast eine Zärtlichkeitsbekundung dar, und Hollie, die zärtliche Gefühle für alles außer für Menschen hegte, nannte mich nur selten so (höchstens vier, fünf Mal die Woche).

Bro steht nicht für Bruder.

»Dem bro vertraust du«, sagte sie einmal und erzählte eine Anekdote von ihren Sprayer-bros. Eine Zeit lang lief sie nachts mit ihnen mit und half, die Hafencity zu verschönern (Graffiti). Einer von ihnen war Andrea Baader. (So hatten sie sich kennengelernt.) Und sie erläuterte mir: Ein bro belügt dich nicht. Ein bro hält zu dir. Ein bro hält umso fester zu dir, je darker es dir geht. Es gibt nicht viele bros und sis, aber es gibt sie, egal wie alt. Jeder kann deine sis oder dein bro sein. Ein bro muss nicht am Leben sein, er kann gestorben sein, dasselbe gilt für eine sis. Jesus (sie spricht den Namen englisch aus) ist genauso ein bro wie Che (Guevara). Rosa (Luxemburg) ist eine sis, Martin Luther King ein bro, und Oscar Wilde (von dem sie jedes Foto ausschneidet und sammelt) ist beides, ein bro und eine sis. Aber ihr Ottenser Gemüsehöker aus good old Kurdistan ist es auch, ein bro, genau wie ich (der Brückenpharao), Sesostron der dreihundertste.

Einen solchen Toten (den Ehren-bro) hatten die Sprayer auch, denn der älteste von ihnen, der fast immer allein durch die Stadt gezogen war und mit Abstand die meisten tags gesprüht hatte, war vor ein paar Jahren am Berliner Tor nachts von einer S-Bahn erfasst worden, als er sein Kürzel sprayte. An der Stelle, an der Oz getötet wurde, hatten ihm die bros eine Grabinschrift gesprayt (mitten auf die Bahngleise), die war immer noch zu sehen. Dick wie Senf sprühten sie mit knallgelbem Lack das große O und das kleine z auf die Schienen. Und Hollie hatte einen Extrapunkt dazugesprüht.

Oz wurde von Copschweinen (Hamburger S-Bahnwache) verprügelt und misshandelt. Zusammengerechnet acht Jahre lang saß er wegen seiner tags in Santa Fu. »Graffiti sind Kunst, aber ich mach nich Graffiti«, sagte Oz. (Zum Schluss lebte er in einer umgebauten Billstedter Ladenwohnung.) Ich kannte ja bestimmt alle Brücken in Hamburg, sagte sie im selben Ton wie am Tag meines Todesurteils der beflissene Schiller-Benz-Zögling Goossens. War mir Oz' Umgestaltung der S-Bahnbrücke an der Holstenstraße überhaupt aufgefallen? (Nein, war sie nicht.) Hatte sie Oz kennengelernt? (Nein, hatte sie nicht.) Als er umkam, war sie zwölf – »half alive in Maclaneburgh.« (Ein Ausspruch, dem ich keine Bedeutung beimaß.)

Vandalen waren Fremde, ja. Ja, und Vandalismus war der bürokratische Ausdruck fürs Kaschieren des eigenen Fremdenhasses, eigentlich aber des einen auch selbst befremdenden Hasses auf alles Eigene. Vandalen waren die, die ins Herz trafen, weil sie unverständlich vorgingen, weil sie die Norm sprengten, sich verständlich ausdrücken zu müssen. »Fuck! Ich will unverständlich sein können!«, brüllte sie. Oz hatte uns (wem?), uns allen gezeigt, wie es ging, auch ohne Wumme. (Wie was ging?) Nicht klein beizugeben. Oz war ihr bro, weil er sein Ding gemacht hatte und alle in Frieden ließ. Ein Schmierer! Er war kein Schmierer, er wollte es anders. (Was?) Alles. Weil es anders geht! Oz wollte (wie sie es wollte) eine bunte, irritierende, unverständliche aber lesbare, eine erstaunliche, überraschende, lebendige, immer neue Wunderbilderstadt und ein ebensolches Wunderbilderleben, verstand ich das? (Nein. Ja.) Am liebsten würde sie es an die Wand sprayen, mir zeigen! (Bitte nicht, o weise Hollie Magenta.)

Gesprayt hätte sie: Oz.

(Nur die zwei Buchstaben, einen Kreis und halben Blitz.)

Aber. Auf jedem tag von Oz sah man (war man nicht blind) auf dem unteren z-Strich einen Punkt. Ein i-Punkt! Denn das z in Oz war eigentlich ein L und ein i, Oz hatte das selbst so gesagt, und das verstand ich doch? (Ja. Doch. Irgendwie.)

»OLi«, sagte sie. »Ohne Liebe. OLi, Abkürzung?« (Ja, kapiert.) »Krass, oder? Das nämlich hat der Zauberer von Oz dreißig Jahre lang quer durch die Stadt gesprayt: Ohne Liebe.«

Ihr war sehr wohl klar, dass etwas geschehen musste, und diesmal nicht mit Miteinander und Moral, sondern ihrem eigenen Leben. Darüber dachte sie nach, seit Dusk sie nachts zusammen mit Baader eingesperrt hatte, und sie war (endlich) zu einem Entschluss gelangt. Einmal mehr verblüfften mich die Kompromisslosigkeit ihrer Analyse und die beinahe augenblickliche Umsetzung des Ergebnisses.

Sie hatte mit den Zertrümmerfrauen genauso gebrochen wie sie mit ihr. Sie glaubte Dusk nicht, dass sie für die anderen redete. Aber sie wusste, die bitches (sie kannte sie) würden so wenig wie Baader gegen Dusk aufmucken, sondern sich auf ihre Seite schlagen und damit ihren fucking Führungsanspruch akzeptieren. Zofen nannte Ulrike fucking Meinhof die anderen Raff-Frauen!

»Und der shot? Können wir darüber reden?«

Der shot war das Problem. Denn Hollie wusste, was der

shot war und wo er stattfinden sollte. Sie würde es mir verraten (weil ich ihr bro war), aber noch nicht jetzt. Dass sie die Schlüssel mitgenommen hatten, war eine Drohung – für den Fall, dass Hollie den shot verriet. Aber selbst wenn sie das nicht tat (und zu den Cops ginge sie no way), würden sie wiederkommen – dann wahrscheinlich zu fünft. Sie waren keine bad sis (die gab es auch, so wie bad bros), nur waren sie zu verkopft, zu bekifft. Sie wusste einfach zu viel, sie wusste, wo der shot stattfand, und sie kannte das Depot. (Das Depot?) Sie würde es mir erklären. (Nur wo die anderen untergekommen waren, wusste sie nicht). Dusk und Baader herzuholen – mighty error, und es tat ihr leid (»mega«). Um die Wohnung, um meine Sachen, um die Bilder von Vivien und vor allem um die zerstörte bridge.

Wir verabredeten, beide eine Nacht lang zu überlegen, wie es weitergehen konnte. Im Schlafzimmer zog ich endlich das Boberger Hemd aus und legte mich mit nacktem Oberkörper aufs Bett, um das Fiasko hautnah zu spüren. Ich fühlte mich so lebendig wie zuletzt mit Mitte zwanzig, voller abstruser Ideen und so voller Tatendrang, dass ich Mühe hatte, die Füße stillzuhalten. Ich vermisste Cherin.

Ich rief sie auf ihrer Festnetznummer an, aber sie nahm nicht ab. (Unterwegs.) Ich wollte mit ihr sprechen (eigentlich nur ihre Stimme hören), aber sie mit einem Handyanruf nicht kompromittieren (wo war sie?), darum schrieb ich ihr lieber eine Nachricht, doch merkte schon nach ein paar Wörtern, dass mir die nötige Leichtigkeit fehlte.

Ich schrieb: »Werden die Stadt eher verlassen als Sie, morgen schon wahrscheinlich. Man ist uns auf den Fersen! Bestimmt sind Sie beim Packen, Cherin. Ich hätte Sie davon nur abgehalten.« Ich unterschrieb mit Romik, löschte es und schrieb stattdessen Benno.

Es kam keine Antwort (und es wurde schon dunkel). Eine

Weile wartete ich noch ab, dann zog ich mir ein frisches Hemd über und ging auf die Suche nach Alkohol, den Dusk übersehen hatte. Und als ich geklopft hatte und eintreten durfte, fand ich in Viviens alter Minibar hinter ihren alten Schallplatten eine halbvolle Flasche Gin (die ich nach Entbietung eines Wegzolls unter Hollies Protest mitnahm). Im Flur lag auf dem Tischchen der Brief der Praxis.

Ich erwartete, etwa eine Kostenauflistung für den Privatpatienten in dem Umschlag zu finden, denn für einen ärztlichen Bericht war das Schreiben zu dünn. Es hatte keine Anrede, endete weder mit Gruß noch Unterschrift oder Name. Es bestand aus einem einzigen Satz, einer Internetadresse, einer Telefonnummer und einem (gummierten) kleinen schwarzen Rechteck.

Der Satz lautete: »Sie erfahren Ihre nach behördlichen Richtlinien errechnete Restlebenszeit (ReLeZe) online oder telefonisch, sobald Sie unten stehenden, nur für Sie bestimmten fünfstelligen Code freigerubbelt haben.«

»Hier ein Dokument für deine Akten!«, rief ich zu Hollie hinüber. »Ich halte den Beweis dafür in Händen, dass wir in einem absurden Hochsicherheitsgefängnis einsitzen, ohne zu merken, dass wir das nicht merken sollen.«

»Du bist mein bro«, rief sie zurück. »Lies mal!«

Ich rief ihr den Satz hinüber.

»What?«, kam es zurück, und schon stand sie in der Tür. »Und da steht echt eine Adresse und eine echte number?«

Als sie den Code (MYYYJ) freigerubbelt hatte und die Nummer anrief, meldete sich die Praxis, und sofort gab ich Hollie ein Zeichen, das Gespräch zu beenden.

Schon gestern, als die Cops die Zwangspost zugestellt hatten, habe sie »Sesostron« gegoogelt. (»Alter!«) Sie wisse Bescheid!

»Dying old man, dein Magen ist ein sniper und will dich

killen. Und du bestrafst jetzt erst mal alle Ärzte-Buddies dafür. Yo, man!«

Ich widersprach (riskant). Für mich gebe es keine Ärzte mehr, keine Medizin, nur mich und mich und mich. Und meinen Körper.

Und die Tabletten? Ich nahm doch die Tabletten!

Ich sagte, wenn sie aufgebraucht seien, würde ich mir keine neuen besorgen. Dann hielte ich den Schmerz aus oder ginge daran zugrunde. Mein Körper …

… er wisse, was auf ihn zukam. Er konnte sich entscheiden.

Hollie überzeugte das nicht (und wurde sauer). Sie schnappte sich den Brief und tippte die Netzadresse in ihr Smartphone.

»Läuft«, kicherte sie mit einem Mal. Dann gab sie den Code ein.

Aber sobald sich die Seite öffnete, reichte sie mir das Handy (ihr privates) und ließ mich allein. Das war die andere Hollie (die ich erst jetzt kennenlernte). Hanna-Lina war zurückhaltend, zugewandt und einfühlsam. (Rebekka würde sagen: Sie weiß, was sich gehört.) Sie ging in ihr Zimmer, und ich las, dass nach Analyse der zur Verfügung stehenden medizinischen und statistischen Daten siebzehn Tage Restlebenszeit für mich errechnet wurden. (Die Zahl stand in einem kleinen Kästchen mitten in diesem Satz, und nur die Ziffer war eingefügt.) Pünktlich begann oben der Trompeter Saxofon zu spielen, und wenig später hörte man unten das brüllende Kind im Sekundentakt etwas auf das Parkett schlagen (vermutlich eine Ukulele).

20

Flucht

Mein errechnetes Todesdatum: 23. August. (Siebzehn Tage Zukunft.)

Eine angenehme Gleichgültigkeit ergriff mich. Ich spürte den Unterschied gleich, als ich am nächsten Morgen aufstand, geweckt von einer unangenehmen Unterzuckerung. Bis in die aufgewühlten Träume hatte mich das Mangelgefühl verfolgt.

51.

Das Libellenglas. (Ich füllte es mit Orangensaft, trank es in einem Zug aus und warf es in den Müll.)

Die Ruine der Brücke im Flur interessierte mich nicht mehr. Ich behielt sie im Gedächtnis, wie sie gewesen war (fast zwanzig Jahre lang), seit Vivien und ich sie geplant, gezeichnet, Stück für Stück gebaut und im Flur zusammengesetzt hatten. Genauso erging es mir mit der ganzen Wohnung. Ich legte die Erinnerungen zu den Akten und konnte dadurch Unerledigtes in Angriff nehmen: In den Rollkoffer kamen bloß ärmellose Hemden, zwei dünnere Anzüge, die Slipper. (Herbstkleidung nicht nötig.) Als Hollie aufwachte, rief sie mir als Erstes zu: »Wir müssen abhauen, mein Pharao.«

Ich werde diese Seiten, die sich fortwährend mit Abschweifungen, Ausflüchten und unbeabsichtigten (ja ungewollten) Entdeckungen füllen, künftig nicht mehr als Bericht bezeichnen. Der Versuch einer exakten Schilderung ist fehlgeschlagen, mein Bericht vom Ende eines kommissarischen Lebens endet hier.

Ich schildere nicht länger (Befreiung), sondern ich zeichne auf und erzähle, mag die Zeit, die dazu bleibt, siebzehn Tage, Wochen oder Jahre dauern. Denn wer weiß: Womöglich lebt man überhaupt nur so lange, wie man erzählt, und verschwindet aus der Welt, sobald einem nichts mehr einfällt und Spiel und Erfinden aufhören.

Hier beginnen also meine Aufzeichnungen von den wiederentdeckten Augenblicken. Denn noch bin ich am Leben.

Mein Lebensbuch dürfte am Ende fünf Teile haben: Erstens meine Kindheit mit meinen beiden Eltern. Zweitens meine Jugend mit Lore und Lo (meiner zwiegespaltenen Mutter) und meine Studienjahre. Drittens die Zeit mit Rebekka und Vivien, meine kommissarischen Jahre. Viertens die Zeit nach Rebekka und Vivien (meine Jahre allein), und schließlich fünftens mein letzter Sommer, die Zeit mit Hollie Magenta, mein Aufbruch, mein Ende.

War dem so, dann fehlten mir aus meinem vorigen Lebensabschnitt nur Cherin und die Isadorastraße mit ihrem (meinem) Viadukt, ja, und das spürte ich sofort, als Hollie und ich am Mittag aufbrachen. Wir verließen die Wohnung, das Haus, die Straße, das Viertel (ohne es zu ahnen für immer), und die Hoheluft versank hinter mir in den Erinnerungen an lauter gezählte Tage.

Auf einem alten Briefblock von Vivien mit dem Aufdruck *Air France* in den Farben der Trikolore hinterließ ich Cherin eine Nachricht und steckte sie zusammen mit Haus- und Wohnungsschlüsseln in ein Kuvert. Ich lief zum Invalidengarten, holte den Rover, parkte ihn (kein Markttag) vor der Garage. Ich fuhr mit dem Lift meinen Koffer holen, dann den blutorangeroten »Outdoor-Backpack« (Viviens Alpenrucksack), Hollies Transportbehältnis für Klamotten, Stiefel und Bücher. Ich verstaute alles und ging sie holen. (Die acht Meter von der Haustür zum Rover waren ihre ersten in Freiheit seit über drei Wochen.) Nur an der Treppe zum Müllraum hielt sie kurz inne, ehe sie einstieg. Viadukt und Anschlagstelle beachtete sie nicht.

Auf der Fahrt durch die Stadt war sie einsilbig und wirkte regelrecht bestürzt. Die wiederhergestellte Sorglosigkeit auf den Straßen, in Cafés und Grünanlagen. Leute, die leben gehen. Alles, sagte sie, als wäre nichts geschehen, alles sei wieder wie vorher, vor dem Pandämonium. Man merke es nicht mal, dass hundertfünfzigtausend people fehlen. Crazy, krass unwirklich das alles, too much, um es begreifen zu können.

Stumm blickte sie aus dem Seitenfenster. Sie hatte Augen nur für draußen, als wäre sie umgeben von Bildschirmen, auf denen das Leben und der Tag abliefen.

(Wie aus der Zeit gefallen komme sie sich vor.)

Auf der Hudtwalckerstraße unweit Cherins Wohnung gerieten wir in einen zähen Stau. Ein Baugerüstlaster steckte in einer Innenhofdurchfahrt fest und blockierte die halbe Fahrbahn. Der Fahrer war hochrot vor Scham und vor Zorn. Ein Vorarbeiter trat immer wieder mit ganzer Kraft gegen die Fahrerkabine und schimpfte auf den rotgesichtigen Mann ein. Hollie saß erstarrt auf dem Beifahrersitz, aber schien die Szene (die ich als alltäglich und lästig empfand) unmittelbar mitzuerleben – ihre Augen füllten sich mit Tränen, und ich war erleichtert, als es weiterging.

Und sie sprach aus, was ihr durch den Kopf gegangen war. Kannte ich das Turiner Droschkenpferd? Weil es nicht das machte, was er wollte, peitschte sein Kutscher es aus, bis Nietzsche …

»Ist Nietzsche ein bro?«

… bis Nietzsche zu dem Tier trat, es umarmte und ihm ins Ohr flüsterte, damit es sich beruhigte und getröstet fühlte.

(Nichts von oder über Friedrich Nietzsche gelesen.)

»Ist er oder ist er kein bro?«

Und ob! Einer, der die Glaswand fast durchbrochen hatte. Nur ließ sich die Glaswand nun mal nicht mit Sätzen durchbrechen, und schon gar nicht mit fucking Argumenten.

Sondern?

Aktion.

Handeln. Zur Tat schreiten. Ja, schreiten musste man, nicht gehen, nicht bloß zugehen auf irgendwen und superfade Angebote machen. (Wer Bock darauf hatte, sollte das machen.) Nur wenn man siebzehn Mal abgewiesen wurde, war das Problem immer noch dasselbe. Manchmal klang sie fast so neutestamentarisch wie Rebekka.

Dass es Leute gab, die nicht wollten, sagte ich (Leute wie ich), Leute, die anderen Angst machten, weil sie komplett verschieden waren, Leute, von denen man in Wirklichkeit nichts wusste und auch gar nichts wissen wollte.

»Ja«, erwiderte Hollie (erstaunlich sanft), und tatsächlich fragte sie mich: »Warum hab ich dich lieb, Dreihundert, was meinste? Weil du mit Banane und O-Saft bewaffnet durch die Wohnung schlurfst?«

Fischer hatte meine Nachricht gelesen (blaue Häkchen), aber nicht geantwortet – das war bisher nicht vorkommen! Noch einigermaßen verwirrt von Hollies Innigkeitsbekundung parkte ich auf der Uhlenhorst und klingelte, in der Tasche das Kuvert mit den Schlüsseln für den Fall, dass sie nicht da war (oder nicht öffnete).

Aber sie meldete sich über die Gegensprechanlage, und ich bat sie, kurz herunterzukommen, ich wolle ihr meine Nichte Hanna-Lina aus Mecklenburg vorstellen und hätte außerdem eine Bitte.

(Es sei einigermaßen dringend.)

»Eigentlich bin ich sauer auf Sie, weil Sie geschrieben haben, Sie würden mich davon abhalten, meine Sachen zu packen«, sagte sie. »Ich sitze hier und grübele, wie Sie das gemeint haben, Romik. Jetzt halten Sie mich also tatsächlich ab!«

»Ich verlasse die Stadt, so wie Sie«, sagte ich in den verchromten Sprechkasten. »Nur viel eher, nämlich jetzt.«

»Warten Sie. Ich komme runter.«

So standen sich die beiden zum ersten Mal leibhaftig gegenüber – Hollie saß allerdings, sie kurbelte das Fenster herunter (»Die Kurbel, krass!«), als Cherin an den Rover kam.

Sie begrüßten einander, kamen mühelos ins Gespräch, während ich am Kotflügel lehnte, mir die Sonne aufs Gesicht scheinen ließ und staunte. Ihre Unterhaltung über den von Fischer besorgten orthopädischen Schuh amüsierte beide dermaßen, dass Hollie so laut lachte, wie ich es noch nicht von ihr gehört hatte.

»Gerechtigkeit für Elefanten!«, sagte Cherin noch, dann richtete sie sich auf und kam (endlich) zu mir.

»Gott, sie ist ja noch ein halbes Kind. Wohin fahren Sie jetzt mit ihr?«

Ich wusste es nicht. Ich berichtete von dem angeblichen Depot und dass Hanna-Lina es räumen oder unschädlich machen wolle.

»Und in diesem Depot«, sagte sie, »da lagert was?«

Ich stand nur da und breitete die leeren Hände aus zum Zeichen, dass ich überhaupt nichts wusste. (Ich war nur der Fahrer von Hollie Magentas Fluchtwagen.)

»Wie weit sind Sie mit den Abreisevorbereitungen?«, fragte ich Cherin und beobachtete dabei ihr Mienenspiel. Sie machte eine wegwischende Geste (über die ich lange nachdachte) und blickte dann in eine Ferne, die es auf der Uhlenhorst nicht gibt.

»Diese ewige Zerrissenheit muss aufhören«, sagte sie, »ich

will nicht mehr mein Leben hier vermissen, wenn ich im Libanon bin, und mein Leben im Libanon vermissen, wenn ich hier bin.« Sie sah mich an und hatte ihre libanesischen Augen bekommen, die größer sind (weißer), mit fast goldenbrauner Iris. »Alles was mir lieb ist, hält mich zurück und bläst meine Entscheidung um, wie ein Kartenhaus bei offenem Fenster.« Traurig lächelnd umfasste sie meinen Oberarm und drückte, sanft und zugleich kräftig.

»So wie ich Sie kenne, haben Sie alles wohl durchdacht«, sagte ich. »Und wer wüsste besser als Sie, wozu eine Brücke da ist.«

»Um auf die andere Seite zu kommen.«

»Ja, oder? Eine Brücke, die nicht trägt, ist keine.« Ich merkte, wie mich diese dahingesagte Lebensweisheit bekümmerte, statt mir Halt zu geben, und damit es Cherin nicht genauso ging, fügte ich an, dann sei doch alles gut so.

Die Zeit der Abschiede, jetzt war sie in vollem Gang. Ich spielte mit dem Gedanken, von den errechneten Tagen zu erzählen, vom Brief der Praxis und dem Code, davon, dass Hollie (wie sie es nannte) die Webseite des Todes gehackt hatte.

Aber ich ließ es bleiben. Stattdessen nutzte ich die Gelegenheit, mir Cherin Fischer einzuprägen, wie ich sie liebgewonnen hatte, auch wenn ich mir das (noch) nicht eingestand: Geblümtes Sommerkleid, schmale Träger, hellblau. Ohrringe (golden), erstaunlicherweise im Einklang mit ihren Füßen. Sie trug Sandalen, die wahrscheinlich keine drei Jahre alt waren, Ledersandalen (vom Basar in Beirut), wie sie Frauen schon vor dreitausend Jahren trugen. Aber was hieß das, wenn dieser Augenblick jetzt war.

»Es ist Zeit«, sagte ich.

Und sie: »Ja, natürlich.«

Ich gab ihr also den Umschlag mit den Schlüsseln und bat sie, möglichst umgehend in meiner Wohnung nach dem

Rechten zu sehen. (Es stand alles in einem kleinen Brief, hier drin.)

»Sie schreiben mir also weiter Nachrichten?«

»Nein. Doch. Sobald Sie mir geantwortet haben!«

»Habe ich das nicht?«

(Hatte sie das nicht?)

21

Grauschleier

Auf Hollies Geheiß fuhren wir über die Elbbrücken, weiter sollte es zum Harburger Bahnhof gehen. Wollten wir den Zug nehmen? Ihre Antwort denkbar knapp: »No.« Wir waren schon auf der Veddel, als sie hinzufügte: »Wir holen jemand ab.« Ich brauche nichts zu befürchten, es sei nobody aus der Kolonne.

Über Kopfhörer hörte sie so laut Musik, dass ich jede gesungene Zeile verstand: »Es liegt ein Grauschleier über der Stadt, den meine Mutter noch nicht weggewaschen hat.« Vor uns und hinter uns und überall rings sah ich genau das, was wir hörten: Es lag ein Grauschleier über der Stadt, so unabänderlich und alt, dass ihn auch Lo gekannt haben musste. Meine Mutter: eine große Wäscherin (sie säuberte meine Hemdkragen mit Radiergummi). Der Schleier hat mit dem Wetter nicht viel zu tun: Es gibt kein Wetter in Hamburg (dreihundert Tage im Jahr Regen, der Rest ein Traum). Es ist der alte Schleier aus Malochen und Monotonie, die Dunstglocke von Duvenstedt bis Stillhorn, von Bergedorf bis Rissen. Mittendrin liegt der Hafen, zu dem Hunderte Brücken führen. Aber durch den Nebel aus Verdienenmüssen und

Überlebenwollen führt nur eine einzige Brücke ins Freie, und die ist der Hafen selbst.

Als ich immer wieder zu ihr hinübersah, nahm sie irgendwann die weißen (knöchelähnlichen) Stöpsel aus den Ohren und sagte nur: »Fehlfarben, Monarchie und Alltag« – für mich drei Begriffe, die nichts miteinander zu tun hatten und zusammen keinerlei Sinn ergaben. Ich lenkte meine finstere Regentin durch Wilhelmsburg. Alltag, ja, kannte ich zur Genüge. Aber was hatte Monarchie damit zu tun? Ich dachte an monarchengleich auftretende Ärzte, obrigkeitsversessene Militärs (Bundeswehrkrankenhaus). Aber Fehlfarben? Den Begriff kannte ich nur von Zigarren. Fehlfarben wichen ab. Hollie hörte inzwischen Lieder einer Sängerin, die so langsam sang, als schliefe sie gleich ein, und deren Stimme dunkler war als die der Knef. Lana Del Rey sang »Born to die«.

Unerwartet Gespräch über: a) Fischer und b) die errechneten siebzehn Tage. (Dazu stellte sie sogar das Handy aus.) Beginn einer Ansprache, deren Text sie einstudiert zu haben und nur zu referieren schien:

»Sie ist nett. Sie ist schön. Und ziemlich smart.« (Stimmte alles.) »Und sie hat einen echt krassen Humor! Sie hat gesagt, du bist ein Elefant und hast mich mit dem orthopädischen Shitshoe zu einer Elefantin gemacht, und das nur, damit ich mit dir in deiner Elefantenwohnung wohne.« (So sah Cherin das also.) »Sind bloß jokes, Sesostron. Sie mag dich. Und du magst sie auch. Das ist schön. Echt romantic. Ich will zum fuck nicht, dass du wegfährst, wenn Neneh Cherin nur noch ein paar Tage in der Stadt ist. Ey, Alter, sie zieht um in den Libanon – hast du das schon gecheckt? Vor Dusk und den anderen Hirnamputierten muss ich mich selber in Sicherheit bringen, denn sie meinen es ernst. Die werden das Depot nicht riskieren. Kann gut sein, dass die bitches es schon geräumt haben.«

Was sie damit sagen wollte, war mir schleierhaft. War es möglich, dass uns an dem ominösen Depot zwei (oder fünf) Zertrümmerfrauen begegneten? (Niemand konnte es verhindern.) Sie war immer noch Hollie Magenta, auch ohne Baader und die Dämmerung, das musste ich hinnehmen. Offenbar verfolgte sie einen ausgeklügelten Plan, von dem sie (wenn huldvoll gestimmt) mich demnächst unterrichten würde. Allerdings dachte ich genauso strategisch (und hielt mir jede Fluchtmöglichkeit offen) – bis mir wieder einfiel, wie wenig ich noch zu verlieren hatte.

»Für mich ist der Brief kein Todesurteil, du sollst ja in siebzehn Tagen nicht enthauptet werden«, sagte sie (als könnte sie, obwohl ich kopflos war, in meinen Gedanken lesen). »Wie Störtebeker. Der durfte ja ohne Kopf noch mal an seinen bros vorbeilaufen, und jeder, an dem er vorbeikam, war frei.« (Ja, ich kannte die Legende.) »Du musst nicht das denken, was sie wollen. Du sollst denken, du stirbst in siebzehn Tagen« – »… in sechzehn.« – »Aber glaubst du das denn selber? Im Ernst, o weiser Sesostron! Denkst du, die balsamieren dich in zwei Wochen ein?«

Man stirbt wie eine Fruchtfliege unter einem Wasserstrahl, so einfach ist es, aber Hollie wusste das nicht, und es war gut und ein Zeichen ihrer unbändigen Jugend, dass sie vom Sterben nichts wissen wollte. Wir parkten vorm Harburger Bahnhof. (Hollie Magenta in lebhaftem Nachrichtenaustausch.) Ich war noch nicht mal mehr gespannt, auf wen wir warteten – nach der Bekanntschaft mit dem somnambulen Baader und der hektischen Miniaturabenddämmerung konnte mich nichts mehr umhauen. Was nicht stimmt. Fischers hellblaue Schulterträger und ihre gebräunte Haut (der Schimmer) gingen mir durch den Sinn, aber schon im nächsten Augenblick dachte ich: Mein Lebensfaden ist abgerissen. Ich lebe zwar gerade noch und fahre in der Weltgeschichte herum, nur nicht mehr lange, denn bald ist es aus mit mir!

Die Nachricht an Fischer im Umschlag mit den Schlüsseln lautete: »Man sagt mir, ich habe nur noch wenige Wochen zu leben. Dass ich hoffen kann, Hollie vor Schlimmerem zu bewahren, tröstet mich darüber hinweg. Die Kraft dazu gibt mir Ihre Freundschaft, Cherin. Ich wünsche Ihnen alles erdenklich Gute.«

Wie sollte sie das nicht missverstehen, und es konnte sie doch nur schockieren, wie kurz die Frist war, die uns noch blieb. Schreiben hätte ich sollen: »Die Kraft dazu gibt mir unsere Zuneigung füreinander, liebe Cherin. Bitte bleiben Sie.« Oder hätte ich ihr wenigstens Blumen mitgebracht (so viele wie auf ihrem Kleid), meine ganze geschäftsmäßige Unverbindlichkeit wäre nicht so zum Verzweifeln.

Unverändert die Vorstellung, sie könnte alles von mir begreifen (selbst jetzt noch) in diesem finalen Zustand auf Abruf, der wer weiß wie lange andauerte.

Keine Nachricht von ihr. Klug wie sie war, beließ sie es dabei.

»Rumble in the jungle«, sagte Hollie in diese Gedanken hinein. »Der Zug kommt! Ich hab meinem Bruder deinen Schlitten beschrieben: der unauffälligste rote Rover ever.«

22

Fabers Sand

Mit Lennard änderte sich alles. Mit ihrem Bruder Lenny kehrte Hollie in ihr Leben zurück. Was das aber zur Folge hatte, merkte ich erst später (als es zu spät war), und

Hollie ihrerseits gab sich alle Mühe, ihre Ausbruchspläne zu verschleiern.

Mit Lenny an Bord ging es weiter, diesmal nach Westen.

Der Rückspiegel! (Eine der bedeutendsten Erfindungen in der Menschheitsgeschichte.)

So gut es einem Hamburger Jung tut, die Stadt von Süden zu sehen – nicht wie aus dem Flieger, sondern praktisch auf Augenhöhe –, so betreten bin ich jedes Mal, wenn ich die Köhlbrandbrücke in ihrer ganzen Scheußlichkeit vor mir habe. Sie ist sehr lang (dreieinhalb Kilometer), sehr hoch (fünfundfünfzig Meter) und doch so erbärmlich wie erbarmungswürdig (würde Rebekka sagen). Wird sie seit fünfzig Jahren jeden Morgen neu auseinandergeklappt, damit sie den Hafen überspannt, weil keinem eine bessere Brücke einfällt? Noch hässlicher ist nur die Fehmarnsundbrücke, die die Fehmarner (oder Fehmaraner) vermeintlich liebevoll, in Wahrheit aber von Grauen und Abscheu erfüllt, den Kleiderbügel nennen. Natürlich wird so ein Ungetüm geprüft, gewartet, in Stand gehalten (halbjährlich), natürlich ist sie ausreichend belastbar (neun Mal mit meinem Kürzel bestätigt), aber schon immer sieht man auf der Fahrt durch Moorburg dort drüben nicht nur die riesige Brücke, sondern auch bereits die gigantische Köhlbrandbrückenruine. In zehn Jahren soll sie abgerissen werden (erzählte mir Fischer im Saseler Moor), ihre Tage seien gezählt.

(Beton: auch in brückenbaulicher Hinsicht ein gewaltiger Irrtum.)

Nördlich lagen der Hafen, seine Containergebirge, die chinesischen Frachtergiganten, die fahrbaren Kräne. Braun (wie meistens) wälzte sich der Elbstrom durch die Stadt. Hollie hatte Anweisung gegeben, an Finkenwerder vorbei ins Alte Land zu fahren. Also lenkte ich den 3500 über die Kattwykbrücke, dann kurz auf die A7, und in Waltershof fuhr ich raus.

Während die beiden ihre notwendige Geschwisterunterhaltung führten (Mama, Papa, Haus, Hund, Kanzlei, Praxis, Garten, Seniorenresidenz, Oma), trug ihr greiser Chauffeur Fakten über diesen angeblichen Lennard oder Lenny von Mangthal zusammen: Alter fünfundzwanzig. Abitur, freiwilliges soziales Jahr (Altenheim), nach Studienabbruch (»German Istik«) seit zwei Jahren Lehre zum Zimmermann, Berufsziel Kirchenrestaurator. Wohnte in Juristinnen-WG (»Göttinger Suburbs«). Hollies Bruder war dreifach geimpft, hatte sich zweimal infiziert, war zweimal genesen (»Fuck Corinna«). Gesundheit, Krankheit – und die Unterschiede – hielt er für wichtig (»basal«). Als Junge war er an Leukämie erkrankt und hatte den Blutkrebs besiegt.

(Irgendetwas störte mich gewaltig an dieser Intelligenzbestie.)

Die beiden verstanden sich ohne viele Worte. Hollie saß vorn, Lenny hinten, doch sie drehte sich selten zu ihm um. Er ist so groß wie sie (etwas kräftiger), mit blondem Lockenschopf und Zehntagebart. In ihren Gesichtern die Geschwister: Jede Regung des anderen ist ihnen einen zärtlich-ironischen Kommentar wert.

»Jetzt pack mal die Wahrheit aus, sister of mercy.«

Er wollte (wie ich) endlich ins Bild gesetzt werden, wusste also genauso wenig, wo sich das Depot befand, was darin war und zu welchem Zweck es die »Zertrümmerinnen« angelegt hatten. Alles das erfuhren wir jetzt von Hollie, und es machte ihren Bruder ebenso sprachlos wie mich – zumal wir nicht bloß hörten, was sie erzählte, sondern praktisch in ihre Erzählung hineinfuhren.

Wir waren unterwegs zu einem Elb-Eiland (»mini«): Fabers Sand. Auf der Insel (es fuhr keine Auto-, nur eine Personenfähre) ein verwunschener Zeltplatz, Wochenendhäuschen (»Datschen«), Wohnwagen (weit verteilt). Es gab frühere Keller, die Häuser Ruinen oder ganz weg.

In so einem Keller: das Depot.

Während sie aus dem Seitenfenster blickte, sagte Hollie Magenta (das war sie nun wieder ganz), sagte es angespannt und verwendete keine Silbe zu viel: »Da lagern zwanzig Kilo Chlorat, neunzig Prozent Kalium, zehn Paraffin. Die Zünder für drei Sprengladungen haben drei aus der Gruppe, wer, keine Ahnung, wir haben gelost. Die anderen drei – also ich auch – haben jede eine Fernsteuerung für die Drohnen. Es sind drei. Auch die sind im Depot. Eine ist nur Ersatz.«

So redete man auf dem Sprung in den Untergrund, war man anderthalb Jahre lang abgetaucht.

(Wie lange hatte sie Lenny nicht gesehen?)

Es war ein Sprengstoffdepot, zu dem ich unterwegs war, und die Drohnen hatten offenbar Kamikaze-Funktion. (Mittäterschaft und Fluchthilfe; Vertuschung eines Anschlags, womöglich eines Terroraktes; Beseitigung von Beweismitteln.)

»Erbarmen!« (Rebekka)

Sekündlich machte ich mich strafbarer. Fassungslos hörte ich hin, wenn Lenny einmal aus dem Grübeln auffuhr – er langte von hinten zwischen den Sitzen hindurch, rüttelte seine Schwester an der Schulter und rief »Ey, sag mal, Hannie!« oder »Ich glaube es ja nicht! Alter Falter! Seid ihr irre?«

Hollies Gesicht wurde dann zu einer Maske, deren Schöpferin noch nicht ganz schlüssig war, welche Gefühle sie darstellen sollte – ob Stolz, Ernst, Belustigung oder Kummer, oder von allem etwas? Ich habe sie nur dies eine Mal panisch erlebt (und es tat mir leid, sie so erleben zu müssen). Später, als alles ausgesprochen war, beruhigte sie sich und schämte sich nicht länger so entsetzlich, weil sie ihren bro Baader und die anderen hatte verraten müssen.

Finkenwerder. Wir kamen durch das den Elbauen abgetrotzte Deichland, die Polderflächen, auf die sich die Vögel und Wildtiere zurückzogen. Ich fuhr an den Airbus-Fertigungshallen vorbei, dann am einstigen Mündungsdelta der blockierten Alten Süderelbe, dem Mühlenberger Loch oder (wie Lo es nannte) Mölenbarger Luch, das für eine neue Start- und Landebahn zum Teil zugeschüttet worden war.

Lenny fragte, Hollie antwortete, ich hörte zu.

Weshalb lag das Depot so weit draußen?

Weil es vor Ort war, da, wo der shot hatte stattfinden sollen.

Hatten sie die pissige Insel in die Luft jagen wollen?

No, dazu reichte der Sprengstoff gar nicht.

Woher das ganze Chlorat, aus Syrien, aus Afghanistan?

In Winzigmengen anderthalb Jahre lang gesammelt.

Lenny sagte auf dem Rücksitz trocken, wenn Mohammed Atta und sein bro Ramzi mal in die Stadt fuhren zum Shoppen oder in die Moschee von St. Georg, dann vom selben Bahnhof aus, an dem wir uns gerade getroffen hatten.

Da wurde Hollie das einzige Mal biestig.

»Stopp, klar?« Ruckartig fuhr sie herum und fauchte (ich kannte es) ihren Bruder an: »Sagst du mir, ich bin eine Fotze, die sich einem Ehrbegriff unterordnet?«

Die meiste Zeit verstanden sie sich (»yo!«), und sobald wir der Enge des Wagens entflohen waren, blieben sie hinter mir zurück, rangelten auf dem Weg zum Fährboot, das hinter dem Deich am Anleger lag, dann wieder hielten sie sich im Arm, nur um auf einmal hitzig ein politisches oder poetisches Problem zu diskutieren. Zwei echt deepe Bücher hatte sie gerade gelesen, beide richtige Sendboten: *Kein Ort. Nirgends* von Christa Wolf und von Nicolas Born *Die Fälschung*.

(Beschaffer: Antiquariat Hoheluft. Kurier: ich.)

»Gute Bücher, solange who ever an die Wirkmacht von Literatur und Poesie geglaubt hat«, hörte ich Lenny sagen.

Und Hollie erwidern: »Beide Bücher sind von 1979. Da haben Papa und Mama sich kennengelernt.«

Ich stapfte vor ihnen her durch das ausgedörrte Röhricht und verstand kein Wort von dem, was sie sagten. Aber ich freute mich an Hollies Ausgelassenheit, merkte, wie sie auflebte und dass Lenny und ich dazu beitrugen.

»You okay, Benno Goodman?«, fragte sie nach vorn (mich).

Und zu Lenny sagte sie ernst, beide Bücher (Born wie Wolf) seien Versuche, die Glaswand zu durchbrechen. (Beide gescheitert.) Die Glaswand sei unverändert dieselbe, heute, hier, in Beirut genauso wie vor über zweihundert Jahren, als die Günderode lebte und Kleist lebte. (Und woran lag das?) Es lag daran, dass die Glaswand gar nicht aus Glas war. (Sondern?) Sondern aus Worten.

Wann bitte wollten wir anfangen, miteinander zu reden?

Hollie erklärte uns den shot, als wir auf dem Deich standen, sie und Lenny mit umgeschnallten Rucksäcken (ich wollte gar nicht wissen, was darin war.) Es war ein strahlend blauer Augusttag. In der Nachmittagssonne die beiden rot-weiß in Warnfarben gestrichenen riesigen Hochspannungsmasten der großen Stromtrasse, die hier über die Elbe führte. Um die Elbekreuzung ging es: die Stromtrasse. Zwei zu den Leitungen hinaufgelenkte Drohnen sollten mit Sprengladungen auf den Kabeln landen – bumm! Und idealerweise würde das abgebombte, in den Fluss gestürzte Kabel dann für einen mehrtägigen Blackout im Hamburger Westen sorgen, mindestens aber in allen Käffern der Umgebung. Ich sah zu den Mastspitzen hinauf und stellte mir vor, wie etwas tiefer die beiden Drohnen detonieren und ein armdickes Kabel zersprengt hundert Meter hinunter in den Fluss stürzt – Masten und Leitungen ähnelten einer Brücke. Wir blickten hinüber nach Fabers Sand (nie dort gewesen): Schmal, flach, nur von ein paar Bäumen bestanden, lag das Eiland im schon mächtig breit der Nordsee entgegenrollenden Strom. Kleinere und größere Frachter. Schlepper und ein Lotsenboot. Segelausflügler. Am anderen Ufer längst Holstein.

Der ganze Fleck hat etwas unheilvoll Idyllisches an sich – als könne die darunter verborgene Wildnis sprunghaft jeden Augenblick zum Vorschein kommen. Das Fährboot pendelt, vom Alten Land bis Fabers Sand benötigt es keine fünf Minuten, und kaum waren wir an Bord (mit neun anderen), bildete sich am Landungssteg die nächste Warteschlange. (Der Fährmann ohne Maske sehr bärtig.)

Im Boot prüfte ich (wie alle anderen) meine Nachrichten: keine Antwort von Cherin. Wasser rings. Das Ufer hinter mir, vor mir das Inselchen. Warum gab es keine Brücke? Mühelos hätte sich hier eine hundertfünfzig Meter lange Holzkonstruktion hinstellen lassen, komplett ohne Nägel, alles Holz auf Holz verkantet, im Fall eines Angriffs von Land aus in gut einer Stunde (Schätzwert) abzubauen.

Fabers Sand war zweihundertfünfzig Jahre lang Eigentum der Familie Faber, bis die Insel durch ein Dekret des damaligen preußischen Ministerpräsidenten Hermann Göring enteignet und dem Staat zugeschlagen wurde. Aber Fabers Gasthof (»das Herz der Insel«), der unter den einzigen größeren Bäumen steht (dem »Sommereichenhain«), gehört Fabers unverändert seit 1695. In Frankreich regiert Ludwig IX. Friedrich IV. wird Herzog von Schleswig-Holstein-Gottorf. So berichtet es eine Tafel auf der Caféterrasse von Fabers Gasthof auf Fabers Sand (Text auch in der Speisekarte).

Lenny und ich lasen die Tafel gleichzeitig (quasi unter vier Augen), während Hollie die Nachrichten checkte. Ihr Telefon war unsere mobile Kommandozentrale.

Zum ersten Mal seit seiner Abholung (Stunden her) richtete der junge Mangthal das Wort an mich und schien mir eine exorbitant bedeutsame Überlegung mitteilen zu müssen. Die Terrasse war voller Leute. Kinder tobten zwischen Plastikstühlen umher. Die blondierten Kellnerinnen trugen keine Schürze, keinen Dress, sie hatten Jogginghosen, Jeans oder irgendein Kleid an. Ich fühlte mich unwohl (unsicher, ungesichert), und sie brachten Kuchen, Kaffee und Eisbecher und waren froh (und plapperten los) bei jeder persönlichen Geste.

Lenny (unvermittelt): »Habe ja Literatur studiert, mache aber jetzt diese Lehre. Zimmermann. Aber lese natürlich weiter. Und merke, was man so als Zufälle bezeichnet, sind eigentlich Verknüpfungen und haben so was wie einen verborgenen Sinn, meine ich, oder täusch ich mich da?«

Er drehte sich eine Zigarette. (Ständig drehte er sich eine Zigarette. Offenbar konnte er die Hände nicht stillhalten.)

Darauf hatte ich so schnell keine Antwort parat, und Hollie war mit Tippen und Wischen beschäftigt (während sie ein Stück Käsekuchen verdrückte), sodass ich mir die Altersfreiheit zu einer Ausflucht nahm.

»Immerhin hat uns der Zufall ja zusammengeführt«, sagte ich. »Schön, Sie kennenzulernen!«

Er Wasser, ich Tee. (Hollie Bier.) Jetzt mussten wir die Betretenheit überwinden, und das machten wir (blickten uns an), als Lenny fragte, ob ich gesehen hätte – 1695?

»Ja«, sagte ich, »eine ziemlich lange Zeit her.«

»Oder? Oder?«

In Lenny loderte wie in seiner Schwester der Furor, jedoch erschien er mir verträumter. Er zog ein zerlesenes Büchlein aus der Tasche (Taschenbuch), blätterte lächelnd darin und zeigte mir (mit Kippe im Mundwinkel) die gesuchte Stelle, offenbar eine Anmerkung. Das Buch hieß *Der arme Heinrich*, offenbar ein Epos von einem Ritter (der mit Aussatz geschlagen ist) und einer Jungfrau (die an seiner Stelle sterben will), entstanden vor über achthundert Jahren (wie es auf der Rückseite hieß), und ich dachte dabei: Vor achthundert Jahren (lieber Junge), da war die Tyltower Brücke schon seit zwei Jahrhunderten Geschichte.

Aber um Ritter oder Jungfrau ging es Lenny nicht. Die Anmerkung betraf Verse, die nachträglich in die Dichtung eingefügt wurden, da man sie erst 1965 entdeckte und Hartmann (von Aue) zuordnen konnte. Entziffert hatte man die Zeilen auf Papierstreifen, die 1695 in einer oberbayrischen Kirche als Dämmstoff für Orgelpfeifen Verwendung fanden.

»1695!« Begeistert strahlte mich Lenny aus rotblond bewimperten Augen an. Er blies den blauen Qualm in die noch blauere Luft.

(Erwartete er eine Antwort, womöglich einen Kommentar?)

Ich dachte an ein anderes Jahr, eines, das zwar dieselben Ziffern hatte, die aber eine andere Zahl ergaben: 1965 war ich dreizehn und mein Vater Delf drei Jahre lang noch da. Meine Mutter hieß noch Lore, noch rauchte sie nicht und trank nicht mehr als die Frauen in der Nachbarschaft, und sie hatte eine elektrische Heimfrisierhaube, eine *Sabine*, für ihren (täglich von mir bestaunten) Haarturm.

Im selben Jahr, in dem man in der Klosterkirche von Benediktbeuern ein halbes Jahrtausend alte Verse als Dämmmaterial zwischen Orgelpfeifen klebte, hatte hier auf Fabers Sand Fabers Gasthof eröffnet. Erst am Morgen im Zug hatte Lenny die Anmerkung in dem Buch gelesen – er konnte den Zufall nicht fassen.

Ein seltsamer Vogel, zugleich nachdenklich und neugierig, leise und laut, voll Witz, voll Kummer. (In seinen Augen lag lauter Zorn.) Ob er mich auf den Arm nahm oder mir (und seiner Schwester) gar etwas vorspielte? Irgendetwas war falsch an ihm und lag dabei nicht (wie bei Hollie) offen geflunkert oder erfunden zutage. Hatte man als Kind Leukämie, dann dachte man bestimmt anders über Vergänglichkeit, dann war die Sinnleere kein Angstgespenst, sondern eine jahrelang körperlich empfundene Erfahrung.

Hollie setzte die Vermummungssonnenbrille auf. (Das Auftauchen aus den Tiefen ihres Handys stand unmittelbar bevor.)

Ich fragte Lennard nach seiner Meinung: Waren mit gezählten Tagen vergangene gemeint oder die einem zugemessenen, die noch verbleibenden?

(»Fünfzehneinhalb!«, lachte Hollie.)

Er lehnte sich in seinen Plastikstuhl zurück und musterte mich. Was er sagen würde, tief durchdrungen würde es sein. Und so wenig er sagte, mich verdutzte, wie scharfsinnig es war.

»Zugemessen? Von wem?« Und ohne auf eine Erwiderung zu warten, fügte er an: »Wenn es gezählte Tage gibt, muss es auch ungezählte geben, oder?«

Ich zuckte die Achseln, spürte das Dunkel der Kenntnislosigkeit – es saß im Zentrum des Magenbrennens. Hollie antwortete an meiner Stelle, auch wenn sie dabei nur weiter auf ihr Telefon sah.

»Nach Brückencommissario Bennos Ansicht hat das Verhängnis verhängt, dass er in gut zwei Wochen sterben muss. Er kriegt sogar Briefe, da steht es drin. Mama würde sagen, in einem letzten verzweifelten Akt begehrt das empfindsame Ich des Benno R. gegen sein übermächtiges Doktor-Über-Ich auf.«

»Plausibel«, sagte ich. (Sie hasste es.) »Fühlt sich nur nicht so an.«

Und Lenny sagte: »Der Tod bringt uns nur um, weil wir lieben, dazu ist er nämlich nicht imstande.«

Und Hollie (fast hätte sie ihr Handy hingelegt): »Du bist mein Bruder-bro. Genau das sage ich ihm die ganze Zeit: Du stirbst nicht, never, solange du die love hast, solange du liebst.«

Wen liebst, was? Anders als sie hatte ihr Bruder einen lebensentscheidenden, womöglich sogar rettenden Umbruch bereits vollzogen. Er erzählte von dem Dichter Heinrich von Kleist: Der habe mal einen Stuhl gesehen und bei dessen Anblick begriffen, was ein Stuhl wirklich sei – und daraufhin den Plan gefasst, Tischler zu werden.

»Was ein Stuhl wirklich ist?«, fragte ich ihn. »Ein Stuhl ist ein Stuhl. Hoffe ich zumindest!«

Deshalb wollte Lenny Zimmermann werden – um von Nutzen zu sein, um etwas zu verfertigen, aus Natürlichem etwas zu bauen.

»Das Literaturseminar schaltet jetzt mal bitte auf lautlos«, sagte Hollie. »Ich erklär euch, meine bros, wie wir das Depot leerräumen.«

Vor mir auf dem Tisch Lennys glatte Hände mit langen schmalen Fingern (»Pianistenfingern«, hätte Rebekka gesagt) – das waren nie und nimmer die Hände eines Zimmermannslehrlings.

Anders als erwartet hatte sie alles minutiös vorbereitet – ihr Bruder und ich staunten nur so, und wir setzten gleichfalls (und simultan) die Sonnenbrillen auf (schwesterliche Bestellung, brüderliche Lieferung) und senkten die Stimme.

Hollie Magentas Plan. (Erster Teil.)

Weil auf der Insel viel zu viel los ist, werden wir das Depot erst morgen früh räumen. (Also Übernachtung.) Der Platz für das Zelt ist auf den Namen Vivien Romik gebucht, das Zimmer im Gasthof (das letzte und kleinste, aber immerhin) auf meinen. Sie bauen das Zelt auf, ich zeige am Kneipentresen Vivis Ausweis und meinen und erhalte den Schlüssel. Dann (zu dritt) Depotinspektion. Daraufhin Einschätzung, was wir in den Rucksäcken von der Insel geschafft bekommen. Wir haben drei. In Lennys sind das Zelt, ein altes Zweimannzelt (»echt kackbraun«), zwei Decken, der Rucksack für mich, drei Zahnbürsten und drei Tuben Zahnpasta. Lenny und ich tragen jeder zehn Kilo Chlorat, Hollie die drei Drohnen. Wir nehmen morgen früh das erste Boot: 6:30 Uhr. Dann haben wir spätestens um sieben alles im Rover. Dann die große Fliege.

Das Zimmer unterm Dach winzig, dunkel, aber nicht ungemütlich: meine seit dreihundertfünfundzwanzig Jahren unveränderte Mansarde. Ich legte Tube und Bürste ins Bad, prüfte den Zucker, schluckte die nachmittäglichen Sesostron. Der Schmerz nahm langsam (aber stetig) zu. Er breitete sich im Oberbauch aus, stundenlang links, dann meist ebenso lang rechts. Ein schummriges Gefühl verbinde ich mit meiner Sesostron-Zeit – als stünde ich neben mir, und wenn ich das Gesicht verzog (vor Magenbrennen), sah ich auch ohne Spiegel, wie ich meinen Mund zusammenkniff. Zehn Tabletten hatte ich auf Fabers Sand noch, und wohin mich mein fünfzehntletzter Tag führen würde, wusste ich nicht, ich wusste nur, er war der letzte unter Schmerzlinderung.

(Und mit dem Schmerz – kam was?)

Ich machte das jahrhundertealte Fenster auf und hatte auf einmal den Elbwind im Raum, das Singen von Zilpzalpen und Grasmücken, das mein Vater so mochte. Von Fabers Zeltplatz drang Musik und Gelächter herauf, und wenn ich mich auf die Zehenspitzen stellte, sah ich über die Baumwipfel hinweg den Fluss. In der noch warmen Spätnachmittagssonne war mein Strom (denn die Elbe gehört mir) ganz blau.

23

Willkommen im Untergrund

Als das tatsächlich echt exkrementbraune Zelt endlich stand und es doch nicht größer werden wollte als zwei zusammengerückte Stühle (mit Dach), verstauten wir die Rucksäcke darin und machten uns auf den Depotspaziergang. Wir liefen stromabwärts, in westlicher Richtung unter den Hochspannungsleitungen hindurch, die hundertfünfzig Meter über uns die Elbe querten. Hollie wies hinauf und zeigte uns die Mastgabelung, die Crow und Fcku (die Drohnenpilotinnen) hatten ansteuern sollen.

Die Leute grillten vor ihren Wohnwagen oder Bauwagen, Kinder durchkämmten in Trupps sommerliche Pfade durchs Brombeergestrüpp, und Hunde tollten umher (als hätte es Zwinger und Leinen nie gegeben). Von Osten her breitete sich über der Stadt das seltene rosige Licht aus, in dem mir immer schon wohl wurde.

Wir folgten Hollie ins leicht hügelige Inselinnere, wo die Camperparzellen aufhören. Erste verschüttete Unterkellerungen von lange verschwundenen Häusern fielen mir auf, und als sie mich einmal stützte, weil ich schwankte (zu wanken schien), fragte ich sie, wie oft sie hier gewesen war.

»Acht, neun Mal?« (Sie hatte es nicht gezählt.)

Ganz in der Nähe hatte sie zu Anfang des Sommers (keine drei Monate her) mit Dusk im Gras gelegen, einen geilen Roten Afghanen hatten sie zum Kiffen und jede eine Flasche Johnnie Walker. (Die beste Nacht ever.) Sie hatten Schnuppensterne gezählt.

Sternschnuppen.

(Dusk hatte acht zu eins gewonnen.)

Nein, sie glaubte nicht nur keinesfalls, dass die anderen auch auf der Insel waren, Hollie Magenta wusste, dass sie woanders waren – sie hatte Infos.

Das Depot galt als sicher, da nur die Zertrümmerfrauen wussten, wo es lag, und weil das Kellerschloss mit einem Code entriegelt wurde, der (auf einer gehackten Seite) online zu lesen war. Der Code wurde alle zwei Tage geändert. Hollies Passwort für die Code-Seite funktionierte nicht mehr – man (Dusk und die anderen) hatte sie rausgekickt.

Aber seit dem roast in der Isadorastraße war das vorauszusehen gewesen. In den Wochen bei mir (den Elefantenfußwochen) hatte sie jeden zweiten Tag den Code gecheckt und sich alle Ziffernfolgen notiert, und ihr war aufgefallen (sie war ein pro), dass es nur acht verschiedene Codes gab: Nach sechzehn Tagen war wieder der erste an der Reihe, nach achtzehn der zweite, and so on.

(Indem ich diese Zeilen schreibe, wird mir bewusst, wie sehr sie mir vertraut haben muss, einerseits.)

Ich muss diese Aufzeichnungen zu Ende bringen. Ich muss diese unfreiwillige Lebensbeichte und damit dieses Leben zu Ende führen, denn in meinem Fall ist beides ein- und dasselbe. »Ich muss das hier zu Ende bringen!« (Das sagte ich mir schon auf Fabers Sand immer wieder.) Bring das Ganze zu Ende und dann lass los. Hilf Hollie aus ihrem Dilemma, hilf ihr, diesen Irrweg zu beenden, so wie sie dir geholfen hat, deine eigenen Verirrungen wenigstens zu erkennen. Und dann lass sie ziehen.

Beklemmung, die mir die Luft nahm, als Hollie mit der Handylampe in den schon lange stromlosen Keller leuchtete. Solange darüber noch ein Haus stand, musste er eine Werkstatt gewesen sein. Sie ging hinein, Lenny folgte ihr, ich folgte den beiden. Nur gebückt ließ sich in dem bunkerartigen Raum stehen. Ein glühbirnenloses Kabel hing von der unregelmäßig eingesunkenen Decke. (Schluss mit Geometrie.) Es roch muffig, scharf, wie in einem verschütteten Pissoir.

(Willkommen im Untergrund.)

Sie stieg (noch immer leicht humpelnd) über Trümmer und Unrat auf dem Boden und begann, schwarze Plastikfolie von den Wänden zu reißen. Zu meinem Erstaunen kamen dahinter Regale zum Vorschein, alte, notdürftig zusammengezimmerte Holzgestelle, früher vielleicht für Werkzeug, Lackdosen, Nägelkisten, jetzt aber lagerten auf den Brettern (dutzendweise) lange weiße Röllchen, die wie auf einem Marktstand ausgelegter Spargel oder Nosferatus Finger aussahen. Daneben, eingeschweißt und akkurat gestapelt, Banknotenbündel (viele Hunderter, doppelt so viele Fünfziger), und auf einem eigenen Bord (neben etlichen eingeschweißten schwarzen FFP2-Masken) die drei Drohnen (mittelgroße Biester), grau, mit je vier Propellern, spinnenartigen Kamera-Augen und am Bauch angebrachter Transportvorrichtung.

Ein warmer Abend. Lind hätte ihn Lore genannt (und Lo nichts davon bemerkt). Kein Wind. Im Sterngefunkel zirpten die Grillen. Auf dem Zeltplatz hörte ich eine Frau lachen. Haha, hahaha. Immer wieder: haha, hahaha. Hollie warf Lenny und mir Geldbündel zu, die wir einstecken sollten, nur wo? (Ich trug ein dünnes Hemd, eine Leinenhose.) Haha, hahaha.

Haha, hahaha. Mein Zimmer in Fabers Gasthof war kaum größer als die Sprengstoffgruft von Hollies Kolonne. Im Dunkeln lag ich auf dem Bett, im Magen ein Käsebrot, einen Gurkensalat und drei Sesostron, und erinnerte mich (schwach) an Christian Klars Verhaftung 1982 im Sachsenwald, als ich dreißig war und im BBA nach oben zu klettern anfing, während der Terrorist (der genauso alt war wie ich) ein Erddepot ausheben wollte und dabei in die Falle ging. (Was hoffte er zu finden, wer hatte ihn verraten?) Ich fragte mich, wer im Depot der Zertrümmerfrauen wohl zuletzt gewerkelt hatte, ehe das Haus aufgegeben oder womöglich in der großen Sturmflut verwüstet und weggeschwemmt wurde. Vielleicht hausten die Bewohner im Frühling und Sommer 1962 ja stattdessen noch ein paar letzte Wochen lang da unten im Loch, bevor sie Fabers Sand für immer verließen.

Mit solchen (zu nichts führenden) Überlegungen wollte ich den ersten Tag meines restlichen Lebens nicht beschließen. Hollie hatte sich mit ihrem Bruder nach dem Abendessen in ihr Zelt verkrümelt (beide »erschossen«), beide natürlich erpicht darauf, dem anderen alles Mögliche zu erzählen. Mir fehlte die Hollie aus der Isadorastraße (daran musste ich mich gewöhnen), ja die ganze Isadorastraße fehlte mir, vor allem die vertraute Umgebung (meine »hood«), mein Fleet, mein Markt und mein Viadukt.

(Denn wie die Elbe gehört das Isadorastraßenviadukt mir, seit ich vier war und mein Vater es mir geschenkt hat.)

Mir fehlte die Hoffnung, Vivien könnte jede Sekunde klingeln.

Mir fehlte das Licht der nächtlichen U-Bahnen, das die Bäume vorm Fenster zerhackt ins Zimmer und im Flur auf die Tyltower Brücke warfen, »wie ein Mühlrad seinen Schleuderregen« (Lo).

Mir fehlte eine Flasche Lagrein mit einem Hauch von Himbeernote, und mir fehlte eine Nachricht (ein warmes Wort). Da war etwas noch nicht abschließend geklärt zwischen Cherin Fischer und mir.

Hollie hatte es am Nachmittag zu Lenny gesagt: Die Glaswand war dieselbe in Beirut. (Ja, wann wollten wir anfangen, miteinander zu reden?)

Cherins Antwort ließ lange auf sich warten. Ich stand am offenen Fenster, unschlüssig, ob ich mich hinlegen oder noch mal hinuntergehen sollte. (Haha, hahaha.) Die Frau lachte so hell und durchdringend wie beim ersten Mal und würde unverdrossen weiter lachen, bis man sie endlich in den Fluss warf oder einer sich erbarmte und sie küsste. Endlich vibrierte meine Hosentasche und durfte ich erfahren, was Frau Fischer seit Stunden hin und her überlegt hatte. Ihre Nachricht bestand aus einem einzigen Satz: »Gut, ich bleibe, Romik, wenn Sie mir versprechen, weiterzuleben.«

Konnte ich das, weiterleben, weiterzuleben versprechen?

Cherin, ich versuche es, ich möchte es ja!

(Also raffte ich mich noch mal auf und ging hinunter.)

Zelte, Hunde, Lagerfeuer. Sterne, Kinder und Musik. Mit einer Flasche Montepulciano (Schraubverschluss) aus dem Gasthofkühlschrank spazierte ich zum Strand und fand einen einladenden Fleck in Ufernähe. Dort war ich allein und streckte mich im Gras aus. Eine leichte Brise strich über mich hin (als wäre ich aus Schilf), während ich hinaufblickte zu der Stromtrasse, die mittlerweile beleuchtet war.

(Ein wie an einer Schnur aufgereihtes rotes Siebengestirn.)

Ich dachte über diesen Lenny und seine Entscheidung nach, das Literaturstudium aufzugeben. Dass Jesus Zimmermann gewesen war und bestimmt so manches von Brücken verstand, hätte ich ihm zur Ermutigung gern mitgegeben. (Doch das hatte er gar nicht nötig.) Ich sah Leuten und ihren Kindern zu, die an diesem Augustabend das Leben genossen, alle Sorgen vergaßen und nicht daran dachten, wie flüchtig der Moment gewesen sein würde, als sie (kreischend und splitterfasernackt) über den Sand ins Wasser hinunterrannten. Seit einiger Zeit konnte man in der Elbe wieder baden – für Jahrzehnte war das undenkbar gewesen, und alle hatten wir das genauso lange zwar bedauert, aber nichts unternommen. Viviens ganze Kindheit lang saßen Rebekka und ich (und später Rebekka oder ich) an Sommersonntagen am Falkensteiner Ufer und verboten der Kleinen, das Wasser auch bloß zu berühren. Dreißig Jahre früher war ich mit meinen Eltern im Mühlenberger Loch geschwommen. Wenn ich tauchte, konnte ich an Stellen, auf die das Sonnenlicht fiel, die Fische und Krebse am Grund sehen.

Hat ein schöner Zufall etwas zu bedeuten, abgesehen davon, dass er einem auffällt? (Muss er mehr bedeuten?) Das Glück der Koinzidenz: ausgerechnet ich ausgerechnet jetzt ausgerechnet hier.

Um mich nicht länger von Frau Elbe mitreißen zu lassen, legte ich den Kopf auf die verschränkten Arme und blickte in die Lichtglocke über der Stadt. Jenseits davon lag das Nachtdunkel, dort kreiste das James-Webb-Weltraumteleskop um seinen Lagrange-Punkt und fotografierte Sternentstehungsgebiete.

Für fünf Minuten gesellte sich Hollie zu mir. (Setzte sich ins Gras und lehnte den Rücken an meine angewinkelten Knie.)

Wir führten unser Mondlandungsgespräch.

»Wieso die Wahrheit anzweifeln?«

»Weil es keine Wahrheit gibt, old bro?«

Liste: die fünf schönsten Sternbilder.

1. Orion (mit Pferdekopfnebel und Schwertgehänge).
2. Die Plejaden (Alcyone, Atlas, Electra, Maia, Merope, Pleione, Taygeta).
3. Der Große Hund (nie mit eigenen Augen gesehen).
4. Kassiopeia (für mich ein W, kein M).
5. Der Stier (mit dem hellsten Stern Aldebaran und dem Sternhaufen der Hyaden, dem Regengestirn).

Hollie und Lenny tanzten: Gitarrenmusik im Licht eines Lagerfeuers. Ich sah, der Knöchel tat ihr noch weh, aber wusste auch, davon ließ sie sich die Wonne nicht trüben. (Sie winkten herüber.) Ich hob mein Glas und prostete beiden zu.

Dann schrieb ich Cherin: »Reisen Sie. Wir werden eine Brücke bauen (uns wiedersehen), denn zu sterben habe ich nicht vor!«

Ich wusste ungefähr, was ich tat und was ich vorhatte, aber wer oder was ich war, davon hatte ich keine Ahnung mehr. Ich dachte nicht ans Sterben, dachte immer nur an den Tod, ganz so, als schriebe ich ihm einen Brief: Lieber Tod, ich habe doch noch gar nicht gelebt.

24

Die Entzweiung

Das graue Gras. Der Nebel sackte auf Röhricht und Büsche und wurde Raureif, wurde nichts. Überm Hafen ging die Sonne auf, und überall waren Vögel, große, kleine, laute und ganz leise.

Das Zelt ließen wir stehen.

(Zimmerschlüssel und fünfzig Euro lagen auf dem Gasthoftresen.)

Auf zum Depot. Ich schlief noch halb und träumte vor mich hin, Hollie und ihr Bruder dagegen schienen hellwach zu sein – darum ich ihnen nach. Sonst keine Menschenseele. Der Fluss, die Vögel, die hereinkamen aus der Nacht, die hinausflogen in den Morgen. Eiland, Nebel, Raureif, nichts. Hollie Magenta. Und wir ihr nach.

6:00 Uhr. Im Depot. Packen ein. Zwei Rucksäcke voll

Sprengstoff, in einen die Drohnen. Weil sie zu groß sind, bricht Hollie die Propeller ab. In die Lücken zwischen die zerstörten Fluggeräte stopft sie Geldbündel und Masken.

Die einzigen Fährgäste wir. Der Fährmann derselbe wie tags zuvor (noch bärtiger). »Was schleppen Sie denn da, Feuerholz?«, fragt er, und ich erwidere: »Dynamit und Banknoten«, woraufhin er lacht.

Wie glatt das Wasser ist. (Als schliefe der Fluss noch.)

Jeder von uns trägt an die fünfzehn Kilo über die Deichkrone und weiter zum Anlegerparkplatz. (Noch immer alles in tiefem Frieden.) Verstauen Drohnen und Chloratfinger im Kofferraum und breiten die geleerten Rucksäcke darüber. Dann Warten im Wagen, bis der Imbiss aufmacht. Lenny geht belegte Brötchen und Kaffee kaufen. Erst als wir abfahren (7:12 Uhr), erläutert uns Hollie, wie es weitergehen soll.

Ihr Plan (der zweite Teil) betraf mich, das heißt den Rover (und somit doch mich). Wir würden den 3500 stehen lassen, er war zu auffällig und nicht schnell genug. In den nächsten Tagen (vielleicht heute schon) würden Dusk und der Rest der Kolonne das Depot checken und uns bei den Cops melden.

»Ich weiß, wie sehr du an dem Schlitten hängst, Benno«, sagte sie, »aber er geht ja nicht verloren. Du kriegst ihn wieder, okay?«

»Im Jenseits, meinst du?«

»Wenn ihn die Bullen gefunden haben. Wir stellen den Rovereto am Harburger Bahnhof ins Parkhaus. Lenny nimmt den Zug zurück nach Göttingen, und du und ich tauchen für ein paar Tage ab auf dem Land, nur Kleopatra und Ramses.«

(Was unmöglich war.)

Ramses I. lebte tausendzweihundertfünfzig Jahre vor Kleopatra. (Nebensache.) Sie habe, sagte Hollie wie nebenbei, einen vorsintflutlichen, aber immer noch schnellen

Mitsubishi gekauft, auf den Namen Vivien Romik, den würden wir als Nächstes abholen. Lenny würde den Reiskocher hinter uns her nach Harburg fahren.

»Oder, mein bro, mein real bro?«

»So machen wir das, sister, meine kleine, größenwahnsinnige, irre gewordene Schwester.«

Wofür wurde ich derart gestraft? Ich musste Hiob sein, kein Pharao, sondern ein von göttlicher (überirdischer) Allmacht Geschlagener. Mein Leben diente anscheinend nur dazu, dass ich alles mir Wichtige und Unersetzbare zu gegebener Zeit verloren zu geben hatte: a) meinen Vater, b) meinen Traum von Beruf (meine Brücke), c) meine Vorstellung von Familie, d) meine Vorstellung von Ehe, e) meine Vorstellung von Liebe, f) meine Mutter, wie ich sie gekannt hatte, g) meine Mutter, wie ich sie lieber nie gekannt hätte, h) Rebekkas Glauben, »es« irgendwie zu schaffen, i) meine Lebensfreude (Vivien), j) meine Berufstauglichkeit. Und nun auch k) meine Wohnung. Und schließlich l) meinen Wagen, einen Rover P6 3500!

Es gab noch dreihunderteinundvierzig Rover P6 3500 weltweit (acht davon in Deutschland, zwei davon in Hamburg, und einer der beiden war meiner).

Gut. Das Leben ging weiter. (Fraglich bloß, wie lange.) Vielleicht für fünfzehn Tage, vielleicht für ein halbes Jahr oder womöglich noch fünfzehn Jahre lang. Wittgensteins Axiom aus dem *Tractatus logico-philosophicus* fiel mir wieder ein, während ich durchs Alte Land zurück Richtung Stadt fuhr (den Kofferraum voll Sprengstoff): Dass die Sonne morgen aufgehen wird, ist Hypothese. Wir wissen nicht, ob sie aufgeht. Allerdings konnte ich annehmen, dass das Leben weiterging, ob meine Tage gezählt waren oder nicht. Das weitere Leben fand auch ohne mich statt.

Es hat mir nie Schwierigkeiten bereitet, mich von Äußerlichkeiten zu trennen. Rebekka zu verlassen fiel mir schwer (dreizehn Jahre lang), doch aus der Wohnung am Martyniuk-Park auszuziehen, empfand ich als Erlösung. Als meine Mutter starb, war ich bestürzt von der Leere, die Lo hinterließ. Ihr Lachen und ihr komisches Tänzeln, wenn sie frühabends anfing zu trinken, fehlten mir so sehr, dass ich anfing zu lachen wie sie und abends in der Küche Musik anstellte, wenn ich mir ein Glas eingoss. Aber ihre Wohnung auszuräumen, den ganzen Schrott und Klimbim wegzugeben, tat nur gut und gab mir das Gefühl, dadurch auch Lo von einer Last zu befreien.

Ich hatte nichts einzuwenden gegen eine Woche mit Hollie auf dem Land. Danach würden mir laut Berechnung noch acht Tage auf einer Welt voller Nebel bleiben, vielleicht aber auch acht Jahre. Seit dem Abend auf Fabers Sand ging es mir besser (Zuversicht!), und ich hatte sogar das Gefühl, dass die Schmerzen wenn nicht nachließen, so doch nicht mehr zunahmen. Wo immer Hollie und ich die kommende Nacht verbringen würden – am nächsten Morgen war mein Sesostron-Vorrat aufgebraucht, dann würde sich zeigen, ob der Schmerz es ernst meinte.

(Ich war auf alles gefasst.)

Das sagte ich mir: Dich wirft nichts mehr um.

(Hier Liste einzufügen möglich: »Meine krassesten Irrtümer«.)

Lenny schien sich mit seiner Schwester bereits abgestimmt zu haben. Denn wie fast immer gab er außer ein paar hingeschmetterten Kommentaren nicht viel von sich – bis es dann mit einem Mal aus ihm heraussprudelte wie das Wasser aus den dreihundertachtzig Fontänen der Banpo-Brücke in Seoul.

(Für Hollie und mich gab es dann nur Zuhören.)

Anscheinend waren sie unterschiedlicher Ansicht in der Frage, wo sich Hollie verstecken sollte. Lenny legte ihr wortreich ans Herz, fürs Erste in Mecklenburg, bei ihren Eltern (oder Freunden der Eltern) unterzutauchen, und bekniete sie (und damit mich), nicht irgendwohin zu fahren, womöglich gar ins Ausland.

Da dachte ich zum ersten Mal daran: Hollie nach Tyltow zu bringen, ihr Tyltow und den See zu zeigen, wäre für mich ein gutes, würdiges letztes Wagnis, und sie könnte dort wieder zu Hanna-Lina werden und Abstand nehmen von den innen und außen angerichteten Zertrümmerungen. (Und mit einem Mal erschien mir Tyltow als das eine mögliche, das einzig denkbare Ziel.)

»Genügend Euronen haste ja jetzt«, spottete Lenny auf seiner roten Rückbank. »Aber dein Problem ist ein ganz anderes, Hannie.« (Honey?) »Du verbaust dir das Leben, wenn du jetzt alles hinwirfst, und das tust du, wenn du wieder abtauchst. Untergrund heißt, du kappst alle Perspektiven. Und das kannst du mit noch so viel Dollar nicht wieder wettmachen. Überleg dir lieber, ob du dich von deinen Trendamazonen echt losgeeist hast. Und hast du's, dann steh dazu, dass du dich in Dusk und Baader und den anderen einfach krass getäuscht hast. Aber deine Ansichten, deine Träume ...«

»Ey, come on, stop it, fuck«, unterbrach sie ihn.

»... die darfst du nicht aufgeben, niemals«, sprudelte es weiter aus Lennard heraus (wie aus dreihundertachtzig südkoreanischen Wasserfontänen), »sie sind dein Eigentum – nicht dein Besitz, sondern dein Eigentum im hölderlinschen Sinn, geht das bei dir rein?«

»Nein, shit, tut es nicht, du Hippie«, maulte Hollie. »Du hast die Literatur verraten, also hör mir auf mit Dichterzitaten.«

(Der Reim fiel sogar mir auf.)

»Deine Ansichten und deine Träume, sie sind das dir Eigene – das ist kein fucking Unfug und das ist nicht unsolidarisch –, sie sind so echt, wie du echt bist.«

»Tischler!«

»Zimmermann«, gab er ruhig zurück.

»So what, Jesus!«

»Überleg's dir. Und frag mal deinen Fahrer. Wie ich Benno einschätze, sieht er die Sache wie ich.«

»Ah ja, son of a bitch?«

»Oh yes, babe!«

»Ist das so, old bro?« (Sie fragte, ohne mich vom Beifahrersitz anzusehen.) »Glaubst du, das stimmt? Sag. Ich will das wissen, bevor ich irgendwie weitermache, und du weißt, ich trau dir, und ich denke über alles nach, was du sagst. Abtauchen oder auftauchen, Dr. Romik?«

(So hatte sie mich lange nicht genannt.)

Andererseits wollte ich nicht nach Tyltow fliehen und mich in Tyltow nicht versteckt halten müssen. (Ich wollte dort ankommen und bleiben.) Was finge ich mit Hollie an, wenn doch in Tyltow für mich alles aufhören sollte?

Wir kamen zu der Neubausiedlung hinterm Elbdeich, in der sie mit dem Verkäufer des Mitsubishi verabredet waren. (7:55 Uhr.) Ich hatte mir mein Insulin zu spritzen, und ich musste Hollie eine Frage beantworten, die nicht so simpel war, wie es schien. Meine Antwort, das spürte ich (im Oberbauch), würde womöglich über ihr weiteres Leben entscheiden, zumindest auf absehbare Zeit. Was ihr sagen? »Du begleitest mich nach Tyltow – von da ist es zu deinen Eltern nicht weit«? Es war eine gravierende Frage: In Freiheit leben oder klein beigeben, sich fügen oder immer wieder von Neuem alles versuchen? Die eingedeichte Siedlung, durch die wir fuhren, war eine mögliche Konsequenz: Trott, Abstumpfung, das vorgefertigte Dasein, abgesichert (wogegen, wofür?), ein Leben, das gutgehen konnte, solange man vielleicht liebte und vielleicht sogar geliebt wurde. Die Alternative war nur eine scheinbare: ein vertanes Leben wie meins: Strebsamkeit, nutznießerisches, allzeit kompromissbereites, normgerechtes Verdrängen. (Was gab es anderes?) War es denn erreichbar (überhaupt denkbar), das Andere?

(War nicht schon alles schwierig genug?)

Ich sagte Hollie die Wahrheit, die Goossens mir gesagt hatte: die Wahrheit, die es nicht gibt. »Ich brauche mehr Zeit. Ich« (ich, ich, ich) »muss überlegen. Ich kann dir darauf jetzt keine angemessene Antwort geben.«

»Wieso kommst du nicht mit nach Tyltow«, hätte ich sagen sollen. »Nur für ein paar Tage. Dann kannst du weitersehen.«

(Aber ich sagte es nicht, weil ich es nicht konnte.)

Sie sah mich an – entgeistert, bestürzt. (Und ich verstand es nicht.) Ihr Gesicht (dieses neben Cherins andere liebgewonnene Gesicht), das mit einem Mal wieder so fremd wurde. Und ich sagte in dieses Gesicht, sie müsse lernen, das wirklich Wichtige eigenständig zu entscheiden.

Sie wandte sich nur ab.

Und ich spürte vielleicht die Wucht der Geste (aber wusste nicht, wie damit umgehen).

Anstatt anzuhalten und ihr und mir Zeit zum Überlegen zu geben, fuhr ich weiter, bis ich die Straße fand. Und als wir an dem Haus vorbeikamen, das wie alle aussah (weiß, würfelförmig, der Vorgarten winzig), stand in dem obligatorischen Carport der schwarze Mitsubishi, ein tiefergelegter, mit Beulen und Schrammen übersäter Lancer Kombi aus dem vorigen Jahrhundert. Am Kühler lehnte rauchend ein Vollbartträger in Jogginghose und T-Shirt.

(Auf seiner Brust stand in goldenen Zierlettern *Supertramp*.)

Hollie kommandierte, tonlos sagte sie zu mir: »Weiter, der Typ soll den Rovereto nicht sehen. Hier. Stopp! Ich und mein Verräterbruder steigen aus.«

(Ihre kehlige Stimme, da war sie wieder, dieselbe wie drei Wochen zuvor.)

Ich tat wie mir geheißen. Und die beiden stiegen aus. Draußen besprachen sie sich kurz, dann öffnete Hollie den Kofferraum (ich sah sie ein Bündel Banknoten einstecken) und Lenny die Beifahrertür, um an mich weiterzugeben, sie würden mit dem Reiskocher in spätestens einer Viertelstunde zu mir stoßen: Treffpunkt Parkplatz Südtor am Airbus-Gelände. Ich solle auf sie warten.

»Wir brauchen den Ausweis«, raunte er. »Ohne geht nicht.«

Was dachte ich? Nicht, dass sie mich täuschen wollten, nicht, dass sie mich linken würden, nicht, dass dieser unscheinbare Moment (unscheinbar wie alle Momente) fester Bestandteil ihres Plans sein könnte. Ich war viel zu beschäftigt mit meiner Anspannung, meiner Angst und meinen Selbstvorwürfen. (Mit mir.) Schon auf Fabers Sand hätte ich ihn nach der Leukämie fragen können (sollen, müssen), unumwunden fragen, ob er gar keine Angst habe, dass sie zurückkommen, irgendwann wieder ausbrechen könnte.

(Aber wer macht so etwas.)

Ich dachte nicht daran. Ich gab Lenny den Ausweis.

»Gib ihn mir aber auf dem Parkplatz gleich wieder.«

Und er sagte: »Merci. Man sieht sich, Sire!«

(Und schlug die Tür zu.)

Eine Weile wartete ich darauf, dass auch Hanna mir noch etwas mitteilte, und das tat sie schließlich (auf ihre Weise). Bevor sie davongingen, legte sie die flache Hand an die Seitenscheibe, zog sie aber sofort zurück und ballte sie zu Hollie Magentas Faust.

25

Unter Möwen

Wann hatte ich mir je Gedanken über das Jenseits gemacht? Zuletzt jedenfalls, als meine Mutter starb. Denn Lo fragte mich nur ein paar Stunden vor ihrem Tod, ob es im Himmel wohl Scotch und Zartbitterschokolade gebe. Wenn ich mir selber das Jenseits vorstellte, dann als aufwändig abgeschirmtes Areal, eine gesicherte Anlage, ein Resort für die Ewigkeit. Das Jenseits umgab ein unüberwindlicher Zaun, dahinter lag es, und davor saß ich in meinem Auto und wartete.

Mein Rover stand als einziger Wagen auf dem sich ins Endlose ausdehnenden Parkplatz vor dem Südtor zum Airbus-Gelände in Hamburg-Finkenwerder. (Offenbar war Sonntag.) Es war noch immer früh am Morgen. (8:20 Uhr.) Feiner Nebel waberte über den markierten Asphalt, Zeichen, dass der Herbst noch nicht gestorben war, sondern sich anschickte, auch diesem Hochsommer den Garaus zu machen. Aus dem sich träge auflösenden Dunst ragten nur mein 3500 und (etwa dreihundert Meter entfernt) das verschlossene, stacheldrahtbewehrte Tor mit einem Glashäuschen, in dem ein Pförtner oder eine Pförtnerin den Dienst versah (wahrscheinlich seit 6 Uhr). Torwache am Himmelseingang. (Einen Ausgang gab es nicht.)

Bestimmt wunderte sich diese Wache, dass ich nicht zum Tor kam und um Auskunft oder Einlass bat.

(Was, wenn ich tatsächlich hineinwollte?)

Was, wenn ich sagte: »Ins Jenseits, bitte.«

Wahrscheinlich würde ich meinen Ausweis vorzeigen müssen, oder nach dem ReLeZe-Code gefragt werden, mit dem ich Kenntnis von meinem errechneten Todesdatum erlangt hatte.

Nach Überprüfung des Codes würde ich (aller Logik nach) abgewiesen werden: »Sie sind viel zu früh, Dr. Romik. Kommen Sie bitte in fünfzehn Tagen wieder.«

(Das Jenseits lag jenseits aller Logik.)

Nur waren hier ja nun mal dieser Wachposten und ich, diesseits davon, sehr diesseitig.

Natürlich, den gläsernen Kasten konnte man nicht sich selbst überlassen, um über den Parkplatz (leer bis auf mich) gestiefelt zu kommen und mich nach meinen Absichten, Plänen, Zielen zu fragen. Und da ich keine Anstalten machte, mich dem Portal zu nähern, sondern meinerseits ausharrte (in meinem mobilen Unterschlupf), musste ein Rätsel bleiben, worauf ich (komischer alter Vogel) wartete.

Zunächst hatte ich darauf gewartet, dass die verabredete Viertelstunde verstrich, doch das war (wie vorauszusehen) nach einer Viertelstunde der Fall gewesen, und seither wartete ich auf das unvermittelte Auftauchen des apokalyptischen Mitsubishi aus dem Nebel über den früheren Inselauen.

Der Dunst lichtete sich minütlich. Erstmals (in siebzig Jahren!) wurde mir klar: Auch Vögel scheuen Nebel, denn ebenso minütlich durchkurvten mehr und mehr die Schwaden: Schwalben, Meisen und kleinere und sehr große Möwen, nur keine Goldammern, keine Grünfinken. Je größer die Art, umso länger warteten sie auf die Himmelsbläue, die Möwen wie üblich geschäftig am Kreisen und Fahnden nach Beute und Beifang, nur um alles entweder noch im Flug hinunterzuwürgen (damit es ja kein anderer bekam) oder aber kreischend und zeternd davonzutragen, womöglich zu einer

Möwengottheit, die sie befreien würde von ihrer Schmutzengelgestalt.

Ich kannte keinen Vogel persönlich. Aber von den Möwen war ich mir doch ziemlich sicher, dass sie darauf aus waren, Menschen zu werden (noch gieriger, habgieriger, rücksichtsloser und selbstversessener zu sein). Zum Glück nur drei landeten auf dem Parkplatz in unmittelbarer Nähe und staksten im Kreis um mich herum, zweifellos um festzustellen, inwieweit ich noch lebte (und mich wehren würde) oder wie sie zu mir hineingelangen, Teile von mir heraushacken und zu ihrem horusartigen Möwengott davontragen konnten.

Hin und wieder startete ich auch deshalb den Motor (ehe er abkühlte), registrierte, dass sie zwar eigenen, Menschenlärm jedoch nicht leiden können, und stellte eine Weile die Heizung an. (Das entrüstete die Biester.) Sie hoben ab, umkreisten mich, fixierten mich abschätzig und nahmen kreischend Reißaus. Die Morgenkälte, noch feiner als der Mühlenberger Dunst, kroch mir trotz des warmen Gebläses in die Glieder. Als immer mehr Goldammern und Finken herumschwirrten, dachte ich an meinen Vater Delf, den Vogel-, nicht Möwen-, den Singvogelfreund.

Nach einer Dreiviertelstunde stieg ich zum ersten Mal aus, um mir die Beine zu vertreten. Kurz der Gedanke, tatsächlich zu dem Wachhäuschen hinüberzugehen. Ich ließ es aber, spazierte lieber in weitem Bogen zum Ufer, in Rufweite vom Glashaus und indem ich einmal kurz winkte. Der Nebeldunst löste sich auf, und mir kam es vor, als gäbe ich dem Tod ein Zeichen.

(Wie erwartet kam nichts zurück.)

Er war hier überall. Der Tod gründete auf Zerstörung, und hier, vor dem Zaun des Airbus-Jenseits und dahinter, war alles (alles) zerstört. Nichts lebte mehr (nichts), außer in der Erinnerung.

Mit jedem Schritt ging ich tiefer in die Erinnerung hinein und ließ die aufgeschüttete, planierte und geteerte Zergliederung hinter mir. Ich ließ mir Zeit – mir die Zeit nicht länger nehmen. Ich schlenderte erst über den Asphalt, dann hinein ins Ufergrasland und auf einem Schlängelpfad die Böschung hinunter, wo der Nebel noch immer dicht war. (Und sofort flogen weniger Vögel.) Ab und zu sah ich auf dem Handy nach, ob sich Hollie oder Cherin gemeldet hatten, doch ich blieb allein (für mich), ohne Nachricht. Und kurz darauf stand ich wirklich am Mühlenberger Loch, an seinem Ufersaum aus Hunderten, Tausenden schwarzen Befestigungssteinen, mit denen die künstliche Halbinsel vorm Elbstrom und seinem stürmischen Temperament geschützt wird.

Ich blickte über die Wasserfläche, die trotz Zuschüttung eines Fünftels noch immer groß ist (wie ein gar nicht mal kleiner See), und rief Hollie an. Doch sie ging nicht ran, und deshalb schrieb ich ihr, nur die eine Frage aus drei Wörtern: »Wann kommt ihr?«

Meine Nachricht blieb ungelesen. (8:57 Uhr.)

Die Lebendigkeit wurde Erinnerung, aber umgekehrt wurden Erinnerungen nie wieder lebendig. Wo war die Grenze, der Übergang (»der Kipppunkt«), an dem das unwiederbringlich passierte? Was Hollie »die Unwirklichkeit« nannte, hatte ich vor Augen: alles zerfallen in ein nicht mehr zusammenzustückelndes Mosaik aus Gewesenem (Erinnerungen, Vorstellungen, Erfindungen), aus Einfällen, die Brücken spielen sollten, aber das nicht konnten oder wollten. Sie fragte sich, was sie (und uns alle) davon abhielt, sich wirklich zu fühlen, hier und jetzt wirklich auf der Welt, und ich kannte die Antwort (ohne sie ihr mitteilen zu können), weil ich mich anders als Hollie an eine erfülltere, lebendigere und sehnsuchtsvollere, erst langsam Wirklichkeit werdende Zeit noch erinnerte. Jeden von Grashalmen wiedergegebenen Windhauch, jede umherschwirrende Libelle, das Lachen meiner Mutter, das Feixen meines Vaters (der mehr zur Stadt, zu ihrem Fluss und sogar zu den Wolken zu gehören schien als zu uns), alles hatte ich auf mich bezogen, alles hatte mir bestätigt, dass ich da war und daran teilnahm (es zumindest versuchte). 1965, mit dreizehn, gehörte ich der Welt, wie mir die Welt gehörte. Und alles schien erst gestern passiert zu sein. (Das erschütterte mich am meisten.)

26

Instandsetzung eines Lochs

Alles, alles, alles hier hätte ich Hollie gern gezeigt. Jeder Schritt vertiefte mein Gefühl.

(Ich konnte gar nichts sehen, ohne traurig zu werden.)

Hollie! Mein Vater war mittelgroß und sehr schmal, seine Brust unbehaart, und er trug eine silbergraue Tolle, die er (morgens übers Waschbecken gebeugt) über den Scheitel zurückkämmte. Am Mühlenberger Loch hatte er seine Stoffbadehose an, die mit bunten Fischen verziert war und die er mit einer weißen Kordel am Bund verschnürte. Hollie! Meine Timex, seine Timex aus New York, nahm er tagsüber nie ab, auch beim Schwimmen nicht, sie war wasserdicht (»waterproof«, sagte er, mit langem a und noch längerem o).

Und der Spund, der ich war, sagte zu Lo noch Mutti. Sie war eine schöne, noch immer junge Frau mit französischem Haarschnitt, hatte ein winziges Transistorradio (batteriebetrieben) neben sich im Ufergras stehen, aus dem näselte Schlagermusik. Bevor sie ins Wasser ging, legte sie Lippenstift auf, und mein Vater sagte (rief): »Für die Hechte!«

Unsere Badestelle gab es nicht mehr. Die großen Sommereichen, unter denen wir im Schatten saßen und picknickten, die unzähligen Vögel überall, Haubentaucher, Bachstelzen, Blässhühner und Wildgänse, das Blockhaus mit dem Kiosk (wo es Fritten gab, Fischbrötchen und Liebesäpfel), der Steg, über den ich rannte bis zur Kante, von der ich mich abstieß und sprang, und draußen im Fluss, vielleicht vierzig Meter entfernt (ohne zu kraulen nicht zu schaffen), das Floß, auf dem ich mit japsendem Herzen in der Brust in der Sonne lag, alles verschwunden, so wie ein Fünftel des Mühlenberger Lochs, als man es zuschüttete vor zwanzig Jahren, für alle Zeit.

Aus dem Loch wurde der Sand, der Mühlenberger Sand. Auf ihm stand ich, auf ihm stand mein Rover und erhoben sich das Pförtnerhaus, das Tor und der Zaun, hinter dem die notwendigen neuen Fertigungshallen lagen und die Landebahn im Jenseits. (Eine Startbahn gab es nicht.) Der Parkplatz bedeckte den Sand. Und mein Gedächtnis bedeckte den Parkplatz, schwemmte, spülte alles davon, stromabwärts und an der Elbmündung in die Nordsee. (Nordsee ist Mordsee, als Hamburger Jung weiß man das, Hollie.)

Kein Mitsubishi kam, und keine Nachrichten kamen. (Wie lange sollte ich warten?) Was war den Geschwistern von Mangthal dazwischengekommen? (9:12 Uhr.) Ich beschloss, nach Ablauf von genau zwei Stunden zurück zu der Siedlung zu fahren und bei dem Bärtigen mit dem Supertramp-T-Shirt zu klingeln. (Eine knappe Stunde noch.) Es wurde Zeit, dass ich die Dinge in die Hand nahm, Zeit, dass ich den Wagen und den Kofferrauminhalt loswurde, es wurde Zeit, dass ich mich aus dem Staub, Zeit, dass ich mich auf den Weg machte. Nach Tyltow.

(Die Abschweifungen, nicht länger einzudämmen.)

Am anderen Elbufer lagen Blankenese und der Mölenbarg, der dem Luch den Namen gibt: Eine Doppelradwindmühle soll einmal auf dem Berg (dem Hügel) gestanden haben, verschwunden auch sie.

Und östlich, gut anderthalb Kilometer entfernt, Finkenwerder, heute Hamburger Stadtteil, früher teils preußisches Fischerstädtchen auf der gleichnamigen einstigen Insel, Backsteinhäuser in Reihe, ein kleines Zentrum mit zwei Bäckern, zwei Friseuren, einem Hallen- und Freibad am Ufer, mit dem Gorch-Fock-Park und den Anlegern der Fähren nach Teufelsbrück und nach St. Pauli-Landungsbrücken.

Mit der Fähre waren wir am Vormittag gekommen seinerzeit, und so sollte es auch wieder zurückgehen, allerdings erst nach dem Lagerfeuerabendbrot. (Stockbrot, süße Gurken, kalter roter Tee.) Satt folgten wir dem Uferweg durchs Dunkel, durch Grillen- und Krötenkolonien. Es gab Nachtvögel (unsichtbar), wie Geister huschten sie von Baum zu Baum, und meine Mutter lachte (»Delf! Lass! Delf!«), wenn mein Vater sie kitzelte oder kniff, obwohl wir uns sputen mussten, um die letzte Fähre nicht zu verpassen.

Am Fuß der Böschung folgte ich der Krümmung des künstlichen Halbinselsaums. Hier stapfte ich den grasüberwachsenen Rand einer riesigen in den Strom gewalzten Sandfläche entlang, aber wie anders in meiner Erinnerung und Vorstellung! Die Bilder, die mir durch den Kopf gingen, setzten sich vielleicht nicht real, aber ebenso wirklich zur Brücke zusammen und überspannten den ganzen Mühlenberger Schutt. Ich erkannte alles (»elbstromab«, sagte, mit scharfem S, mein Vater), auch wenn es nicht mehr existierte.

Immer schon waren sie mein Orientierungsdreieck, und alle drei Punkte (A, B, C) gab es wie ihren Betrachter (mich) bis heute: A – Airbuswerder (früher Finkenwerder), B – Blankenese, und C – Cranz an der unverrückt gebliebenen (wenn auch begradigten, einbetonierten) Estemündung.

Cranz, früher Elbfischerhafen, dann namhafte Elbwerft,

mittlerweile Elbschrottplatz. Die Kräne verrosten im dreihunderttägigen Regen, die Dächer der Trockendocks für Kümos (die nicht mehr gebaut werden) zerbrochen und halb eingesunken, die an den Piers vertäuten Schiffe Wracks (mit Glück Hulke). Und am anderen Elbufer das schicke, noble, schaurige Blankenese, verlassen von Kapitänen, verhökert von Maklern und Maklerinnen, die die Gunst der Stunde genutzt haben (wie sie alles nutzen) und längst selbst Blankeneser und Blankeneserinnen sind, an der Elbchaussee oder in der Isadorastraße hausen. Hollie: »Who the fuck kann leben in Blank 'n' easy?«, und Dusk keifte in der Küche: »Blankenese gehört zerstört, ihr Zicken!«

9:40 Uhr. (Kein Mitsubishi, kein Auto außer mein 3500 voller Chlorat.) Noch immer war ich mir sicher, Hollie und Lenny würden jede Sekunde auftauchen. Wann entdeckten die Zertrümmerfrauen das leergeräumte Depot? Was hatte das zur Folge? Logisch betrachtet die Anzeige (anonym) – meine Wohnung war Unterschlupf, der Rover Fluchtwagen, flüchtig Hollie, flüchtig ich.

Merklich breitete sich die Vormittagswärme des angebrochenen Augusttages aus. Es zog mich südwärts, auf den keinen Kilometer entfernten Damm, der die Alte Süderelbe von ihrem Hauptstrom trennt und über den meine Eltern, mich im Schlepp, johlend und lachend, singend und sich im Arm haltend, durch das Dunkel der siebenundfünfzig Jahre zurückliegenden Sommernacht hinübereilten nach Finkenwerder – was keiner von beiden so sagte (nur ich, weil es so auf der Fähre stand).

Meine Mutter, die zweite Silbe betont, mit langem ä: »Finkwärder!« Mein Vater, mit Betonung auf der ersten Silbe, das Namensende klanglicher Stummelschwanz: »Finkenwarder!«

Ich wollte gehen (nicht fahren), die Strecke wie seinerzeit

(in der endlosen Nacht) in den Beinen und Füßen spüren. Also stieg ich (9:47 Uhr) die Böschung zum Parkplatz hinauf, überquerte, vorbei an meinem Rover, die asphaltierte Fläche, warf einen Blick hinüber zu dem Glashaus (in dem sich nichts regte) und verschwand kurz darauf im Gras und Gestrüpp zwischen dem abgetrennten Flussarm und der hingeschütteten Halbinsel, ungefähr (ziemlich exakt) dort, wo mir mein Vater in einer von Schilfrohr gesäumten kleinen Bucht in jener Nacht zurief: »Benni! Jetzt zeigt dir dein alter Herr mal, wieso man ihn Delfin nennt, aufgepasst!«

Und ich passte auf, weil ich mich fürchtete. Angst vor der Dunkelheit hatte ich, vor dem Wasser, dem Strom, einem urplötzlich aufziehenden Sturm, einem Sommerwind, der sich auswuchs zum Sommertosen, Angst um die Sterne, deren Funkeln das einzige Licht war, um Mutter, den Leitstern meiner Vorstellungen, und auch um ihn, Vater, den alles lachend bezweifelnden, zunichtemachenden, nach seinen Wünschen zurechtzimmernden Bauherrn meiner Befürchtungen.

In Windeseile. So hieß er eigentlich mit Vornamen: In Windeseile Romik. In Windeseile zog mein Vater sich aus, beschwichtigte lachend meine Mutter und mich und stieg, nackt bis auf die Unterhose, in die Elbe, die auf ihn zu warten schien. Er hob die Hände, um uns zum Schweigen zu bringen (wie einer von den Zirkusakrobaten auf dem Heiligengeistfeld, die er glühend verehrte), und als seine Frau und sein Sohn es aufgaben, ihn bremsen zu wollen, und das wie die Nachthimmelzwischenräume finstere Wasser ihn fast zur Hälfte verschluckt hatte, breitete er die Arme aus, reckte sie in das Gefunkel und »jumpte«, wie er sagte – sprang.

Unbeobachtet (wie ich mich glaubte) lief ich, rannte die Parkplatzböschung hinab, schneller (und schneller und schneller), und breitete die Arme aus wie mein Vater Delf, Delf-Dieter Romik der Delfin.

Unzählige im Morgenlicht silberne Grillen flogen vor meinen Schritten summend aus dem Gras auf, taten das aber bloß in meiner Erinnerung. Und genauso sichtlich unsichtbar waren die Grünfinken, die in Schwärmen (breitgefächert) vom Boden aufstoben, um in wellenförmigem Schwirrflug Land zu gewinnen. Grüne Wogen flogen sie in die Luft, ob sie einzeln oder im Geschwader unterwegs waren, ob sie zwischen Uferästen umherflatterten oder anscheinend flohen aus dem Schilfgras dorthin, wo sie sich vor meinen staunenden Blicken in Sicherheit glaubten.

»Grüne Angeber!«, rief ihnen mein Vater nach, weil die Finkenwarder Vögel in seinen Augen nichts anderes (»anners«) im Sinn hatten, als wunderschön zu sein wie meine Mutter. Herrliche Gespenster waren die Grünfinken für ihn, und was sollte da ich sagen, der sie nicht mal mehr sah?

(Es waren keine mehr da.)

Mich bestürzte die Leere fast mehr als die Verheerung. Diese Insel, die keine mehr war, hatte noch vor wenigen Jahrzehnten von unzähligen Finken nur so gewimmelt, wie aufspritzendes, singendes Gras waren die grünen, ungestüm tschilpenden Schwärme mir vorgekommen. Nach dem Nachtbadeausflug meines Vaters war nicht mehr daran zu denken gewesen, dass wir die Fähre nach St. Pauli noch erreichten, und so blieb uns nichts anderes übrig als im Finkenwerder Ufergras zu übernachten (so gut es ging). Ich weiß noch, wie bang ich einzuschlafen versuchte zwischen meinen Eltern, wie ich fror, wenn ich aufwachte in der Nacht (weil ich im Traum genauso gefroren hatte), das Wasser dann hörte, den Zischelwind, das Krötenglucksen und Gekecker von auch schon wachen Möwen oder Rallen. Ich schlief wieder ein. Und als ich das nächste Mal aufschrak, war bereits Morgen und wusch sich meine Mutter dort, wo ich jetzt stand (genau hier, ich erinnerte mich genau), umschwärmt von den Finken, im Uferwasser Gesicht,

Hals und Achseln, während mein Vater, ihr hellblaues Jäckchen über den Kopf gebreitet, noch immer tief und fest schlief.

27

Der abgetrennte Arm

Ich lasse die Blicke über den Erdboden wandern (sie finden nirgends Halt). Da verrotten nur Brocken, Ziegelecken, Fliesensplitter und Kachelscherben, bloß rundgewaschenes Bruchglas liegt im Gras, zwischen den Halmen, die mir nichts sagen.

Überall entdecke ich Spuren, aber wovon? Jeder Fleck dem Erdboden gleichgemacht, doch stimmt nicht mal das: Erdboden gibt es hier keinen, nur Schutt, Schrott, das, was meine Mutter (mit der Stimme ihrer Mutter und Großmutter) Schmodder nannte, das Unbestimmbare, nicht mehr Verwendbare: Kabelreste, Röhren, Plastikfetzen, Becher ohne Boden und Rand, zerfräste Schraubenköpfe, zerkloppte, zerborstene Latten, halbe Räder, löchrige Tüten, Gummiknäuel, Sperrholzplattenbrocken, Flocken von Styropor, alles halb eingesunken in ein sonnengehärtetes Allesfressererdreich, überwuchert von falschem Grün, von vergiftetem Gras.

So weit das Auge reicht.

Es reicht nicht weit. Nicht mal das Auge erholt sich in diesem Erholungsgebiet. Schon vor seiner Verwüstung war das Mühlenberger Loch zwar auf dem Papier Naturschutzgebiet, aber de facto ein Nutzraum wie jeder andere (ob städtisch, ob ländlich), wo weder Natur noch Gebiet unter

Schutz stehen, sondern einzig die potenzielle Verwendung gewahrt bleiben soll. Auf den ersten Blick wirkt alles intakt, das Wasser, die Ufer, das alles überziehende Erlen-und-Brombeergestrüpp. Doch alles seltsam leer, verstörend (unwirklich), wie ausgehöhlt (entkernt), zugebrettert (vorläufig), eine Scheinlandschaft (ein Naturscheingebiet), verwertbar zu gegebener Zeit.

Denn auch hier lebt kaum noch etwas, es hat nur den Anschein oder ist der Rest einer Lebhaftigkeit, die sich gegen die komplette Ausmerzung verwahrt. Vom endlosen Parkplatz vorm Jenseits bin ich durch plattgebügeltes Grasland bis zu dem Damm gestapft, der die Alte Süderelbe von seinem Strom abtrennt. Sie ist (seit sechzig Jahren) stehendes Gewässer, verschlickt, vermoort, schmaler, kilometerlanger Tümpel, der sich nur scheinbar noch ins Landesinnere schlängelt. Hier stehe ich. Und erinnere mich an die großen, im Elbwind rauschenden Eichen. Landschaft gibt es keine ohne Schatten (Schatten als Brücke) zwischen Dunkel und Licht, als sicheres Ufer, an das man sich legt. Von einem fast verwunschen stillen Fluss erzählten meine Eltern, immer wenn sie sich an die Alte Süderelbe erinnerten, an der sie in den zwei Septembern nach Kriegsende angeln gingen, Brennholz sammelten und barfuß Zwetschgen (nicht Pflaumen) von den Bäumen schüttelten. Eine Art binnen dreißig Minuten erreichbare Sommerfrische (wichtiges Wort) war sie, »uns olle Tante Söderelw«, die eine staunenswerte Wasserumgehungsstraße um den lärmigen und verpesteten Hafen, ja überhaupt um die sich in ihr Umland hineinwälzende Hansestadt bot und heute reglos nur ein abgetrennter, liegen gelassener alter Arm ist, den niemand außer den alles (Ufer, Wasser, Gräser und Sträucher) zukackenden Möwen noch braucht und der mit Sicherheit als Erstes zugeschüttet werden wird, sobald zwischen den Jahr um Jahr näher heran gebauten Zubringerstraßen und Lieferverkehrtrassen durch

Leute wie mich die Notwendigkeit zu neuen Gewerbemischgebieten festgestellt wird.

Abgesehen von meinen Kindheitserinnerungen, was habe ich zu schaffen mit der Zerstörung dieses Lochs?

(Viel, Dr. Romik, mehr, als Ihnen lieb sein kann.)

Mit einem Mal, inmitten dieses Unlands oder Nichtmehrlands (verheert wie von einem Krieg) Erinnerungen, die zum Teil nur meine sind, der Rest Erinnerungen an Erinnerungen, an Erzählungen.

An die Sturmflut 1962 kann ich mich nicht mehr erinnern, an kein Tosen, keinen Regen und nicht an diesen »Wasserwind« (wie Lo sagte, wenn ihr die Nacht in den Sinn kam). Doch ich entsinne mich an die Gesichter meiner Eltern, als es in der Zeitung stand: Die Alte Süderelbe werde abgetrennt von ihrem Strom, sie werde stillgelegt, und nie mehr wieder werde sie wie in der Nacht der Flut den Tod nach Harburg bringen.

So modelte man einen Fluss zu einem See um, dessen Wasser man benötigt für das funktionalisierte Land als Obstplantagefläche hinter regelmäßig aufgestockten Deichen (flurbereinigt, flussbegradigt), Sandland, Kiesland, Schotterland und Industrieland und Ruinenland, Gewerbeland und Wrackland, Bauland, Baustellland und Grillplatzland, ein Schrottland, Parkplatzland, ein Kriegslärmland.

Der Radau der wahnwitzig gigantomanisch riesenhaften Airbuswerfttransportflugzeuge hat sie alle längst vertrieben, Reiher, Habichte und die lästigen Kormorane. Das Düsendröhnen der Maschinen überm Mühlenberger Loch bei Start und Landung hat ein unabschätzbar ausgedehnteres Gebiet vernichtet.

Ich lenke ab.

Hier stehe ich und muss es jetzt gestehen.

(Worin bestünde sonst der Sinn von solchen Aufzeichnungen?)

Hier haben Leute, die ich alle kenne, alles registriert, vermessen, abgesteckt. Das Vogel-, Fisch- und Schmetterlingsvorkommen haben sie geschätzt. Und abgewogen haben andere die Auswirkungen der Verwüstung und den Zugewinn, den benefit.

(Nicht abschweifen!)

Ich habe teilgenommen. Teilgenommen damals. (1998, 1999.) Teilgenommen nicht als leitender doch immerhin stellvertretender Hamburger Brückenkommissar. Nahm teil an Konferenzen über Mühlenberger Loch und Mühlenberger Sand. Ich stimmte der Zerstückelung des unliebsamen Landschaftsschutzgebietes zu.

(Ja.)

Ich stimmte zu (mit meiner Unterschrift) der Ausgliederung aus dem Schutzgebiet. Ich stimmte zu der Zuschüttung von einem Fünftel meines Kindheitslands, da eine kurze Zeit lang (für zwei Wochen) eine Autobrücke übers Mühlenberger Loch geplant war, die die Fahrtdauer (für Airbus-Angestellte) vom neuen Werftareal ins Alte Land (wo eigens dafür angelegte Siedlungen entstanden) um acht Minuten hätte reduzieren können.

(Ja.)

Und zuständig für Brücken war das BBA, das Brückenbauamt, dessen Leiter (in den Mühlenberger Konferenzen) niemand war als ein gewisser (unverbesserlicher) Dr. Benno Romik.

(Ja. Acht Minuten.)

Jetzt habe ich es wenigstens gesagt.

(Wenigstens mir.)

Der Sand, das Erdreich hier, sie sind kein Erdreich, kein Sand von hier. Die Jademündung südlich von Wilhelmshaven und der Jadebusen, in den (absurd genug) die Jade mündet, sie wurden zwischen 1957 (als ich fünf war) und 1973 (als ich einundzwanzig wurde) durch Eimerketten- und durch Schleppkopfsaugbaggerkähne für den Schiffsverkehr vertieft, ein gewaltiger, die nordwestdeutsche Küstenlandschaft für alle Zeiten umgrabender Aushub, den Güterzüge und Kipplasterkolonnen fünfzehn Jahre lang nach Finkenwerder transportierten, um eine Insel ans Binnenland anzuschließen und einen überflüssigen Fluss zum Versiegen zu bringen.

Es gibt ein Lied, das hat mein Vater ersonnen und das sang er immer im Sommer (aufgeschrieben hat er es nie), und nur er, Lo und ich kannten es:

»Ewer, Tjalk und Kuff,
Bojer, Schmack und Moote,
Torfkahn und die Flusssteinfischerboote,
keines schwarz beflaggt für Tote,
alle haben – jo! – bunte Segel,
gelbe, blaue, rote!«

Oder habe ich vielleicht Vivien (als sie noch ein Kind war), den Shanty ihres verschollenen Opas beigebracht, das Lied ihr sogar vorgesungen?

(Und falls sie es kannte, kennt sie es noch?)

Tjalk und Kuff, Bojer, Schmack und Moote! Frachtkahngattungen mit breitem Rumpf und wenig Tiefgang, die täglich aus den Niederlanden den Strom heraufgesegelt kamen, mit Kurs auf Hamburger oder Harburger Hafen abbogen in die Süderelbe und vor der alten Holzbrücke über den Köhlbrand den Mast umlegten (damit sie darunter passten). Ewer waren kiellose Lastensegler, die nach Delf Romiks Ansicht »abstehende Ohren« hatten: platte, hölzerne, die Abdrift mindernde Seitenschwerter. Ein Torfkahn brachte entlang der Ufer der Este gestochenen Torf nach Altona oder segelte gen Osten weiter (nach Lauenburg, nach Wittenberge). Und die schwer im Wasser liegenden Steinfischerschuten (keine je gesehen) liebte mein Vater besonders – nicht weil sie Findlinge aus dem Elbstrom hievten und an

Land beförderten, sondern weil die Steinfischer Abenteurer für ihn waren, wenn sie sich mit Tauchanzug und Taucherhelm ins braune Wasser ließen, abwärts, immer tiefer sanken, festgeklammert an der Zange, die so groß wie sie war, rostig, kalt, verbogen, bis zum dunklen Grund, wo sie bis zu den Knien im »Schlemm« versanken, eingesunken in den Schlamm ganz wie der Stein, um den sie dann die Zangenscheren legten, alles tief im Düstern, alles nur ertastend, bis der Beutestein umlegt war und sie drei Mal an der Kordel zogen, um zusammen mit dem Stein (»mit dem vermaleideten Fels«), zu Luft und Licht zurückzukehren.

So einer, sagte Lo einmal (»angeschickert« – sternhagelvoll) am Tresen in der Glocke (»Taucherglocke«), so einer, ja, ja, ja, so ein Herr Held wär mein Herr Vater wohl sehr gern gewesen.

Ich halte inne. Blick nach Süden, wo die Eindeichstraßen schon verlaufen (ohne die Gewerbemischgebiete Finkenwerders noch), und sehe auf dem plattgemachten Land, wo keine Bäume sind, nur Gräben, Gras und Gras und Gras und in der Ferne Silhouetten von Plantagen (Äpfel, Kirschen, Kirschen, Äpfel), keinen schwarzen, tiefgelegten Wagen, keinen Mitsubishi. Niemand kommt. (Und ich zu niemandem, zu niemandem zurück.) Das Leben hier, und ich mit ihm, scheint sich in einem stationären Stadium des Erlöschens zu vollziehen. (Ich fühl nicht mal mehr meinen Schmerz!) Mein Puls, er ist der Puls von allem hier, ein träger, lahmer, langsam, lahm gemachter Puls, der leise nur so vor sich hin pocht und auf keine Pause zielt.

Er stockt nicht, braucht anscheinend bloß nicht so viel Schläge – nur wofür, zu welchem Ende?

Dauern, überdauern. Überleben.

(Innehalten.)

Ich hielt inne, und ich bückte mich. Und ich hob auf: ein Püppchen aus dem Jadesand, in der Mitte zerbrochen der Körper (die andere Hälfte verschwunden), das Gesicht verkrustet, grauschwarz verbacken, die Augenhöhlen voll Schmutz, Dreck (Erde), aber das Lächeln des kleinen Fantasiegeschöpfs noch immer vorstellbar. Es war aus Kunststoff, nicht aus Holz oder Keramik, älter also nicht als …

… als höchstens achtzehntausendzweihundert Tage.

(Fünfzig Jahre.)

Ich drehte das Gesichtchen zwischen meinen Fingerkuppen hin und her, sah nach, ob da noch Ohren waren, ob der Kopf auch Haare hatte. Krass (würde Hollie sagen) – als staunte ich, bestaunte ein kaputtes Spielzeug, das ganz rätselhaft erscheint. Mit einem Fingernagel kratzte ich den Steinchenpuder von den winzigen Pupillen und … blickte in die Augen meiner Tochter.

28

Todesanzeigen

Als ich wieder zu mir kam, musterte mich meinerseits ein fremdes Gesicht. Es trug eine hellblaue Maske (wie ich selbst offenbar auch) und war so nah, dass ich zusammenzuckte.

Ich ruhte (anscheinend lebendig) auf einer höhenverstellbaren Bahre in dem Pförtnerhäuschen. Zwei Betriebssanitäter (Airbus-Emblem) machten sich an mir zu schaffen. Also befand ich mich tatsächlich im Jenseits, wenn auch nur wenige Meter hinter der Grenze …

Als ich das nächste Mal aufwachte, hörte ich den älteren, ruhigeren der beiden Krankenpfleger sagen: »Da ist er ja wieder, na also«, woraufhin mir der jüngere mit einer kugelschreiberähnlichen Stablampe so lange ins Auge leuchtete (das er mit einem Fingerklammergriff offenhielt), bis es tränte und ich den Kopf (meiner!) wegzog.

»Jetzt bleiben Sie aber bitte friedlich!«

(Immerhin ließ er von mir ab.)

Vor der Glasfassade erstreckte sich der Parkplatz, mit dem die Welt begann. Weit (zu weit) entfernt sah ich meinen Rover in der Mittagssonne rot funkeln, und etwa brusthoch erhöht, wie ich lag, konnte ich über den verwilderten Schuttdamm, auf dem ich zuletzt gegangen und wo ich offensichtlich zusammengebrochen war, weit in das platte Land sehen, fast bis Bremen (schien mir), wenn nicht beinahe bis Hoek van Holland, so flach waren die gräbendurchsetzten Ebenen voller windgebückter Plantagenpflanzlinge, die sich (ohne eine Wahl gehabt zu haben) an das Airbus-Areal anschlossen.

Dazwischen verliefen Straßen, Wege (Feldwege und Fluchtwege) durch die Setzlingzeilen. Auf den letzten Kilometern vorm Jenseits besaß alles wohlgeordnete Funktion. Der Verkehr war minutenlang sichtbar, ehe der beobachtete Wagen endlich größer wurde und auf den Parkplatz zuzuhalten schien, im letzten Moment aber abbog und vorüberkachelte. Es war schon nach zwölf, und bereits vor meinem Blackout hatte ich mehrere Stunden lang vergeblich auf Hollie und ihren angeblichen Bruder gewartet. Der schwarze Mitsubishi-Kombi war nicht aufgetaucht (so wenig wie ein Leichenwagen), und ich hatte nicht vor, bis ans Ende meiner fünfzehn noch verbleibenden Tage tatenlos hier herumzuliegen.

Die Enttäuschung durchfuhr mich mit voller Wucht (wodurch ich mich überraschend lebendig fühlte). Mit einem Ruck setzte ich mich auf, nur um sogleich niedergehalten zu werden von den beiden Flughafensanis.

»Pfoten weg!«, rief ich erbost. »Lassen Sie mich! Ich will zu meinem Auto, zum Henker! Sie haben kein …«

Nirgendwohin würde ich gehen, geschweige denn fahren. Ich hatte ohnmächtig in der prallen Sonne gelegen, sei vollkommen dehydriert gewesen, hatte Herzflimmern, mein Kreislauf war am Boden, mein Blutzuckerspiegel durch die Notinjektion außer Rand und Band. Ich würde hier so lange liegen bleiben, bis jemand kam und mich einsammelte, um mich in die Obhut eines Arztes zu befördern.

Ob ich das verstand?

(Nein!)

»Bitte machen Sie sich und uns keine Schwierigkeiten«, sagte eine dritte, eine weibliche Stimme, die ich bislang nicht gehört hatte. »Dr. Romik«, sagte die Frau, die die Pförtnerin am Tor zum Jenseits sein musste (denn sie kannte meinen Namen), »nennen Sie mir eine Nummer, die ich anrufen kann, damit man Sie abholt, oder ich muss Sie ruhigstellen und ins Krankenhaus bringen lassen.«

Die junge Frau in blauer Uniform trat an meine Bahre. Wir waren zu viert in dem zwar klimatisierten, jedoch kaum garagengroßen Raum, weshalb auch sie die Maske trug, die einem plötzlich wieder fast befremdlich erschien. Sie legte ihre Hand auf meine. Gutmütig (vertrauenswürdig), freundlich wirkte sie und sagte sanft, sie habe mich da draußen gefunden (mit einem Mal sei ich verschwunden gewesen) und in meiner Brieftasche den Diabetikerausweis entdeckt.

(Ich blickte in ihre, sie in meine Augen.)

»Bitte, machen Sie mir doch nicht das gute Gefühl kaputt, jemanden gerettet zu haben.«

Sie streichelte mich.

(Die Hand gehörte mir.)

Ich ergab mich nicht (niemals), doch war bereit, es vorerst gut sein zu lassen. (Atem schöpfen. Zur Ruhe kommen!) Vater und Sohn Sanitäter verabschiedeten sich, würden aber (Drohung) in der Nähe bleiben. Sobald ich die Lider zuklappte und mich meinen aufgewühlten Gedanken überließ, sah ich erneut Vivis Augen vor mir.

Zweieinhalb Wände des Pförtnerhäuschens waren verglast, die restlichen anderthalb gemauert: Vor einer stand meine Ruheliege, an der anderen hing eine Pinnwand voller Pläne, Listen und Postkarten, und auch eine Traueranzeige sah ich dort hängen, schwarz umrahmt und (leider) zu weit entfernt, um sie lesen zu können.

Die Zeit verstrich so langsam wie nach Mitternacht tief unter der Erde. In den folgenden vierzig wortlosen Minuten bis zu meinem Abtransport fühlte ich mich in diesem Glassarkophag tatsächlich wie Pharao Sesostron kurz vor der Einbalsamierung und Verwandlung in seine Mumie. Ich horchte in mich hinein; ich hörte mein Herz müde flimmern; ich spürte, wie das durch die Zuckerinjektion in Wallung geratene Blut durch Adern und Venen strömte; und ich konnte über das ganze Tamtam, das mein Körper hier für mich veranstaltete, innerlich bloß den Kopf schütteln.

Mein Zorn war mindestens so mächtig wie die Hitze, die mich von innen zu versengen drohte. Ich bewegte mich nicht, öffnete die Augen keinen Spaltbreit. Nur in mich hinein, tief hinab blickte ich, dorthin, wo Abgrund und Dunkel (weil sie vollkommen sind) vollkommen aufhören.

(Oh ja, ich kannte dieses Schwindelgefühl.)

Genau so hatte es mir den Boden unter den Füßen weggezogen, als Rebekka und ich einmal auf Durchreise (in den Schwarzwald) den Bau der von meinem Nachfolger Thormählen konstruierten Autobahnhochbrücke über den Neckar besichtigten. Thormählen und seine einundzwanzigjährige Assistentin Lamberti, die auf einer Seite eine grazil geformte und auf der anderen eine verkümmerte Ohrmuschel hatte und die nur er, Lutz Thormählen, »Lämmchen« nannte, ja. Die beiden zeigten uns die kolossale Baustelle (sieben Kräne) nach Feierabend. Auf der bereits zur Hälfte das Flusstal überspannenden Fahrbahn liefen wir bis zur Kante des über hundert Meter aufragenden Mittelpfeilers ganz aus Beton und mit einem brunnenartig anmutenden Hohlraum. Zu viert standen wir dort oben im Juliwind, hielten uns (lachend) aneinander fest und spähten über den Rand in dieses schauderhafte Loch, in das ich Thormählen, das blökende Schaf an seiner Seite und die halbfertige Brücke am liebsten hineingestoßen hätte.

Eine unbändige Pharaonenwut auf dieser Mumifizierungsbahre! Abserviert wie einen Anfänger hatte mich Hollie. Den Depotinhalt war sie los, vor allem aber war sie mich los, den überflüssigen Moralpatriarchen, dessen Unterschlupf sie nicht mehr benötigte. Denn sie war wieder frei und hatte einen besseren (wirklichen!) bro.

War da nicht ein unerklärlicher Draht zwischen uns gewesen (allem zum Trotz), hatten wir nicht trotz aller eklatanten Unterschiede Brücken geschlagen und Vertrauen zueinander gefasst? (Offenbar nicht.) Ich verstand ja, dass sie sich mir nicht erklärte. Sie hatte lebenswichtige Entscheidungen zu treffen, zu viel stand auf dem Spiel für sie, und wahrscheinlich hätte sie ein Abschied mit allem dazugehörigen Brimborium überfordert. Doch rasend machte mich, dass sie überhaupt keine Nachricht schrieb (nichts von Bedauern), nicht mal ein flapsiges »Take care, old Schlurf«. Und war das nicht die Absicht? Hollie wusste (sie kannte mich), ich würde mich durch ihr Schweigen unweigerlich an Vivi erinnert fühlen.

(Was für ein absurder, selbstgerechter Unfug.)

Was warf sie mir vor?
Worin bestand mein Versagen?
Und der Atem ging mir schwer.
Und mein Puls jagte auf der Jenseitsgrenze dahin.
Und in meiner Tasche das Püppchen (mit diesen Augen).
Und. Und, und, und. (Das zweitwichtigste Wort auf der Welt.)
Und kein Zweifel mehr: Alles von Anfang an so geplant.
Und eine abgekartete Sache.

Dr. Benno Romik
1952 – 2022

In Trauer (und Freude) vereint
die vermissten Lebenden und Toten:
seine Eltern, seine Frau, seine Tochter,
sein Schwiegersohn und sein Enkel,
das ganze Brückenbauamt (BBA – hurra!),
sein Hausarzt samt Nachfolgerpraxis
(wenn möglich bitte dringend melden),
Nachbarn und Zertrümmerfrauen,
Freunde der Boberger Luftbrücke e. V.
und Ludwig Wittgenstein

Gälte die Traueranzeige an dieser Pinnwand mir (unwahrscheinlich, jedoch möglich), so stünde darüber als Motto ein Heisenberg'sches Axiom (über das ich seit Jahrzehnten nachdenke):

Der Abgrund, der verschiedene Bereiche trennt,
kann nicht durch logisches Schließen oder folgerichtiges
Weiterentwickeln der Sprache überbrückt werden.

(Dann eben nicht.)

13:17 Uhr.

Die Pförtnerin (große Wächterin) vermeldet ein Taxi und fragt, ob ich imstande sei, aufzustehen.

(Ich stehe auf.)

Mein erster Gedanke bei Cherins Anblick vorm Fenster: Wie gut, sie noch mal zu sehen. Mein zweiter: Wie gut, dass das Leben weitergeht. Und mein dritter Gedanke: Fischer wird mich zurückbringen ins Diesseits, und in einer knappen Stunde werde ich mich auf den Weg machen.

Nach Tyltow.

13:20 Uhr.

Mit Maske betritt sie meine gläserne Grabkammer. (Taxi wartet.) Ich stehe (schwanke leicht), sie begrüßt die Pförtnerin und wartet keine Erläuterungen ab, sondern kommt zu mir, unverzüglich, und umarmt mich (das allererste Mal).

Wann hat mich zuletzt ein Mensch umarmt?

Meine Wächterin berichtet (aus ihrer Sicht), Cherin (ganz Fischer) nickt, dankt, behält sich sichtlich den eigenen Blickwinkel vor.

Das Herz schlägt mir von innen gegen die Haut.

(Panik.)

Fluchtgedanken.

»Kommen Sie, Benno, kommen Sie, ich fahre Sie nach Hause und kümmere mich um Sie«, höre ich Cherin Fischer sagen und halte mich fest an ihrem Anblick. Scheinbar ungerührt von meiner misslichen Lage steht sie da, aufrecht, freundlich, warm (ja), auf gütige Weise unnachgiebig. Sie hat ein schmuckloses dunkelblaues T-Shirt, eine hellblaue, weite Stoffhose und erneut diese ägyptischen Sandalen an. Auch die Pförtnerin ist merklich von ihr beeindruckt.

(Noch habe ich kein Wort gesagt.)

Mir steht bevor: die kürzeste Taxifahrt meines Lebens. Diese Taxe soll uns einmal über den Parkplatz bis zu meinem Auto fahren.

»Ich kann laufen!«, sage ich empört (siebzigjähriges Kind), und weiß: Nein, zumindest in diesem Moment stimmt das nicht.

»Wir nehmen das Taxi«, bestimmt Fischer.

13:26 Uhr.

Trotzig vor der Pinnwand im Pförtnerhaus des Airbus-Südportals. Als ich die Todesanzeige endlich lesen kann, kommen mir trotz (oder wegen) ihres Zynismus die Tränen:

Wir trauern
um das Mühlenberger Loch.
Entstanden vor Urzeiten,
zugeschüttet 2001–04.
Die Airbus-Belegschaft

Die Möwen! Sie hatten mich die ganze Zeit nicht aus den Augen gelassen. Noch immer schienen drei dazu abgestellt zu sein, mich zu verfolgen (herauszufinden, weshalb ich plötzlich wieder da war), indessen ein vierter Vogel pfeilartig davonflog, als wir in den 3500 stiegen, mutmaßlich die Botin (Kuriermöwe), die Rücksprache zu halten hatte. Mein Vater hat es immer gesagt: Die fliegenden Biester (sagte er), sie kommunizieren ohne Zweifel.

Cherin kam mit dem Rover gut zurecht, er lasse sich steuern »wie eine alte Piper«. Wir machten uns aus dem Staub (hinunter von dem endlosen Parkplatz), fuhren davon aus dem Magnetfeld des Jenseits und zurück auf die Straßen der Menschen mit ihren Ampelphasen, Baustellen und plattgefahrenen Fasanen. Ich konnte Fischer beruhigen (was mir guttat): Es ging mir gut. (Seit sie da war, herrschte Stille in mir.) Mein Herz tat das, weshalb man ein Herz hat: Es schlug ohne großes Aufhebens, es schlug, ohne dass ich merkte, dass es schlug. Ich sagte Cherin, wie ich es seit neunzehn Jahren sah: War sie in der Nähe, wurde ich ruhig. (Sie lächelte am Steuer.) Nein, im Ernst. (Es war ein Wunder.) Ich müsse meinen Körper besser einbeziehen in alle Abenteuer, die noch auf ihn warten, sagte sie. Und dass sie froh sei, mir zur Seite stehen zu können, so unerwartet! Wie sehr sie an mich gedacht habe!

An unsere ganzen Jahre.

(Wie war das gemeint?)

Die hinter uns oder die vor uns lagen?

Es gebe Tage, die seien wie ein Leben, sage man im Libanon.

Während der Fahrt ums Mühlenberger Loch setzten wir einander ins Bild. Sie fragte nach Hollie, und ich erzählte von der Nacht auf Fabers Sand, von Lenny und wie trickreich mich die beiden ausgebootet hatten. Ich erzählte (endlich) alles, ohne Vorbehalte. Ich erzählte von dem Depot, den Drohnen, Rucksäcken, Geldbündeln, den wie Vampirklauen langen, bleichen Sprengstoffröllchen ohne Zünder. Ich erzählte von dem Anschlagsplan, dem shot, den Hochspannungsmasten. (Cherin kannte Fabers Sand, sie erzählte, mit ihrem Mann sei sie einmal dort gewesen.) Ich erzählte, wo der Depotinhalt jetzt war.

»Im Kofferraum, Romik?« Mit tief (sehr tief) in die Stirn gezogenen Brauen schüttelte sie den Kopf.

Der Rover falle auf wie ein rotes Flugzeug auf der Landstraße.

Nur dass er keine Flügel und keinen Propeller habe, ja!

Sie stimmte mir aber zu: Wir mussten ihn loswerden, ehe unser Gefährt auch einer Streife oder Kamera auffiel.

Zum Harburger Bahnhof gelangten wir, ohne behelligt zu werden (Nebenstraßen), und als wir uns durch das Parkhaus in die oberen Stockwerke schoben, bewahrheitete sich meine Mutmaßung (ich kannte Hollie). Dort stand der schwarze Mitsubishi (unverschlossen), die Kennzeichen abgeändert (mit Hollies im Netz bestelltem schwarzen Nagellack), und der Schlüssel steckte.

(Es gab keinerlei Spuren im Wagen.)

Entscheidungen (notgedrungen).

Wohin?

Meine Wohnung kam nicht infrage, hatte Cherin in der Isadorastraße auch alles gesäubert, alle Spuren von Hollie, Dusk und Baader beseitigt und das Türschloss auswechseln lassen (sechshundert Euro). Sie war sehr gerührt gewesen von der Brücke im Flur, ihrer Pracht, den liebevollen Details. Sie gab mir die zwei neuen Schlüssel (die fremd wirkten, fast unerfindlich, wozu sie dienten), und ich hatte Post: erneut der rote Aufdruck: »Dringende ärztliche Mitteilung!«

(Und zu ihr?)

Ich wollte weg, Cherin ebenso, nur leider ich nach Mecklenburg und sie in den Nahen Osten.

(Wie passte das zusammen?)

14:15 Uhr.

Mein fünfzehntletzter Tag. Kamen überein, die Autos auszutauschen. (Immerhin.) Aber wohin fahren? Und mit oder ohne den Depotinhalt? Unser dreistestes Argument: ohne Beweise kein Vergehen (weder durch Hollie noch mich oder Cherin).

14:32 Uhr.

Kofferrauminhalt umgeladen! 3500 parkt, Kennzeichen abmontiert (Nagelfeile), der ganze Rover verschwunden unter einem Wetterschutz, den Cherin ein Stockwerk tiefer von einem Opel Commodore abgestreift hat (Leihgabe).

Und der Lancer startklar.

(Man sitzt darin wie in einer schwarzen Badewanne.)

Wohin?

Ich entscheide mich: Mein Weg führt nach Tyltow. Wolle

sie mit? Cherin unentschlossen. Den See, über den die alte Holzbrücke führte (so riesig!), den sähe sie schon gern. (Aber.) Sie müsse jetzt an sich denken ... an sich und ihren Bruder in Bischarri ... an sich, ihren Bruder und an seinen Flugplatz ... an sich, ihren Bruder, seinen Flugplatz und die Familie in Beirut, die fast alle am Sāhat an-Nadschma wohnen, dem Platz des Sterns ... (Aber.) Ihr gefalle der Lancer. Man sitze so schön tief! Trotz seines Alters habe er »Wumms«.

(Sie boxt mich auf den Oberarm!)

15:07 Uhr.

Noch immer Parkhaus. Mit einem Mal dreht sie sich zu mir, um es zu gestehen.

»Es?«

Dass zu ihr zu fahren unmöglich sei. Dass sie ihre Wohnung aufgegeben und geräumt habe. Dass ihr ganzer Besitz seit gestern unterwegs sei nach Beirut (mit einem Frachtschiff). Dass sie die vorletzte Nacht im Hotel geschlafen habe.

»Und die letzte?«

»Bei dir.«

»Mir?«

»Bei dir in der Isadorastraße.«

»Du hast in meinem Bett geschlafen?«

»Nein, in Hollies. Der Trompeter war zu laut.«

Ihr Flieger nach Beirut geht morgen.

(Sie fliegt über Paris.)

Wir kamen überein, erst einmal zu fahren. Der verhüllte Rover in seiner halbdunklen Parkhausnische (Sinnbild meines zum Stillstand gekommenen Daseins). So sehr er mein halbes Leben lang ein Teil von mir war, so gut war es jetzt, den 3500 von Pfarrer Päsecke hinter mir zu lassen. Wen hatte er nicht alles befördert! – den Säugling Vivien, die glückliche

Rebekka, meine Mami Hannelore, die Einserschülerin Vivien, meine Mutti Lore, den Generalinspekteur der Bundeswehr (GenInspBw) Bagger in voller Montur, den hochtrabenden Thormählen, meine Mutter Lo, den Teenie Vivi, die Braut Vivi, die unter Rohypnol halluzinierende Rebekka, Hollie und Lenny und Fischer als Fischer und Fischer als Cherin und immer und immer und immer wieder mich. Die Elbbrücken! Noch einmal sehe ich meine Stadt (Hamburg gehört mir, mein Vater hat es mir geschenkt). Die Elbe graublau, unbeteiligt wie stets.

Cherin war plötzlich sehr aufgebracht. (Weshalb?) Sie fuhr. Ich solle mich ausruhen (die Ramponiertheit abschütteln), bis sie mir guten Gewissens das Steuer überlassen könne. In Bergedorf würde sie die S-Bahn zurück in die Stadt nehmen, allerdings erst, sobald ich wieder bei Sinnen und versorgt war!

(Sie war wieder ganz Fischer.)

Versorgt: Ich bräuchte Notfallproviant (gegen Unterzuckerungen), eine Straßenkarte (der Lancer hatte kein Navi), und ich müsse endlich (sonst würde sie es machen), endlich diesen Brief öffnen!

(Widerworte zwecklos, zum Glück konnten Blicke nicht töten.)

»Schluss mit dem Elefantenzirkus! Oder ich fahre Sie – dich – auf kürzestem Weg nach Hause, Romik – Benno – und rufe von unterwegs die Polizei zu deinem Kofferraum voller Sprengstoff.«

Sie hatte ja recht. Der Diabetes hieß so, weil er diabolisch war. Ich hatte den Todfeind im eigenen Leib, und der kannte keine Diplomatie, machte keine Konzessionen. Jetzt, da die Botox-Pillen aufgebraucht waren, würde sich rasch herausstellen, ob es zwischen meinen Insulinen und den Sesostron-Tabletten möglicherweise eine fatale Wechselwirkung gab.

(Ich würde es erleben.)

Ja, sie hatte recht. Selbst in meinem Alter mochten sich Menschen noch auf Abenteuer einlassen und das Fremde erkunden können, indem sie alles auf sich zukommen ließen, Ägypten meinetwegen (wohin ich für mein Leben gern gereist wäre), den Libanon oder nur die Mecklenburgische Schweiz. Aber so ein Mensch war ich nicht (keinen Tag lang), seit ich ihn mit siebzehn bekam: »den fünfmal täglich verfluchten Zucker« (Lo).

Gegen ihn hilft nur die Tugend des Mannes mit dem Pilznamen, nur Champollions Beharrlichkeit in der Entzifferung der Hieroglyphen, nur Sorgfalt, Regelmäßigkeit und Rückversicherung (bah), dann lässt er einen in Ruhe, schläft (oder tut so), wochen-, monatelang. Aber nichts ändert etwas daran: Als Zuckerkranker ist man kein Mensch, den andere gern um sich haben. (Und recht haben sie.) Jawohl! Wie sollte es anders sein, wenn man sich auch selbst nur ungern um sich hat.

Wir fuhren an Billstedts und Mümmelmannsbergs Wohnblockgebirgen vorbei, als ich (Cherin zuliebe) den Umschlag aufriss.

Der Brief war (wie nicht anders zu erwarten) ein Vordruck der Praxis für Todeskunde Goossens, diesmal allerdings mit handschriftlich eingefügter Ziffer. Ich las (laut), die errechneten (17) Tage der mir verbleibenden Lebenserwartung seien abgelaufen, da der Berechnungsbeginn zurückgehe auf das Gespräch mit dem Hausarzt. (Eine Irrtumskulanz von zehn Tagen eingerechnet.) Das Schreiben schloss: »Sollten Sie entgegen der Berechnung Ihrer Restlebenszeit (ReLeZe) noch immer am Leben sein, melden Sie sich bitte unverzüglich bei Ihrem behandelnden Arzt, um zu Ihrem Wohl und dem der Allgemeinheit die näheren Umstände analysieren zu helfen.«

Cherin riss mir das Blatt aus der Hand, betätigte den Fensterheber und warf es hinaus.

Über dem Boberger Flugplatz kreiste ein großer hellblauer Segelflieger.

Die gezählten Tage, sie waren gezählt.

(Jetzt begannen die ungezählten.)

29

Tyltow

So landete ich am Ende doch noch dort, wohin ich so lange schon wollte.

Aber ich konnte nicht umhin, mit dem ersten Wegweiser, auf dem der Name und eine Entfernungsangabe standen (27 km), mir selber reinen Wein einzuschenken (so das möglich war): Ich kannte den Ort. Ich kannte Tyltow nicht nur aus Beschreibungen in Büchern und im Netz, die Vivien und mir dabei geholfen hatten, das Brückenmodell zu bauen. Ich kannte Tyltow, weil ich (wenn auch nur für Stunden) schon einmal dort gewesen war.

Es war lange her, vielleicht zwanzig, oder auch nur neunzehn Jahre, ich erinnerte mich kaum (ich erinnerte mich an jede Einzelheit). Und bestimmt hatte sich vieles stark verändert. (Es war alles noch wie damals.) Ich kam durch Altmannprignitz und durch Svenlow-Tresskow (Tyltow 8 km), schon sah ich jenseits des Waldgebiets (das bis ans Seeufer reicht) erst den Backsteinkirchturm, dann den halb abgetragenen, schmutzig weißen Kalkhügel mit der Ruine des spätmittelalterlichen Jagdschlosses aufragen. Und der Anblick schien mir so vertraut, als wäre ich erst gestern hier gewesen und nicht (um meine jugendliche Tochter zu finden und heimzubringen) in einem früheren Leben.

Nein, das stimmt doch nicht, dachte ich hinterm Steuer, indem ich fortwährend in einen niedrigen Gang schaltete. Langsam, immer langsamer hielt ich auf Tyltow zu, und schnell, immer schneller nahm Tyltow währenddessen vor meinen Augen und in meinem verschütteten Gedächtnis Gestalt an.

Nein, in Wirklichkeit (in Wahrheit) hatte ich Bilder von Tyltow und den Überresten der alten Brücke nicht in historischen Darstellungen zuerst gesehen, sondern auf seltsam blassen, zum Teil noch aus DDR-Zeiten stammenden Postkarten (VEB Buntpapierfabrik Flöha), die mir Vivi von hier schickte: das winzige Stadtzentrum mit seinem quadratischen, kopfsteinbepflasterten (»schulhofgroßen«) Marktplatz, den nirgendwo höher als zweigeschossigen Häuserreihen, die sternförmig davon abzweigen, dem Tor zum See. Ich erinnerte mich wieder, wie mich die blassen Reproduktionen von Zeichnungen auf einer der letzten Ansichtskarten verblüfften, denn für Brücken aus dem Mittelalter hatte ich mich nie interessiert (römische schon) und deshalb von der slawischen, angeblich ganz aus Holz gebauten in Tyltow nie gehört.

(Mag also sein, dass die Brücke dazu beitrug.)

Doch der eigentliche Grund für mich, im BBA damals alles stehen und liegen zu lassen (und es Thormählen in die Hände zu legen), um kurzentschlossen in die Mecklenburgische Schweiz zu fahren –, nein der Grund dafür war vor allem die Sorge um mein Kind.

Sicher, es war ein Fehler seinerzeit, Thormählen zu bitten, mir seinen riesigen goldenen Audi zu leihen (der viel schneller war als mein Rover), und sicher (es war vorauszusehen), nach meiner Rückkehr hatte Thormählen unversehens Weichen zu stellen gewusst und war seither (und blieb) mein einziger (abwartender) Stellvertreter.

(»Good car, good fellow, hm, Benno?«)

Nur stimmte es ja auch (»war was dran«), dass mich Lutz

Thormählens mit Panoramaglasdach ausgerüstete Schüssel in Windeseile nach Tyltow getragen hatte. Denn wer wusste nicht (ich schon), dass alles Wertvolle im Leben seinen Preis hat, wenn auch zumeist einen überteuerten.

Gewerbemischgebiet. Spaßbad und Gebrauchtwagenhändler. Outlet Store, Discounter. Parkplatz, Parkplatz, Parkplatz. (Parkplatz, Parkplatz, Parkplatz, Parkplatz, Parkplatz, Parkplatz.)

Sie war damals fünfzehn (oder knapp sechzehn). Das Jahr, an das ich mich erinnerte, als ich jetzt zum zweiten Mal nach Tyltow hineinfuhr, war demnach Hollies (Hanna-Linas) Geburtsjahr 2001. Vivien lebte bei ihrer Mutter. Sie ging aufs Gymnasium, und jedes zweite Wochenende (Freitagnachmittag bis Montagmorgen) verbrachte sie bei mir. Wir unternahmen, was ein älterer Wochenendvater (Ende vierzig) mit einem Teenager unternimmt: gingen ins Kino, shoppen, essen, wir kochten, sahen fern, spielten im Duo Schach gegen meinen (unbesiegbaren) Computer, machten Ausflüge (Finkenwerder, Fehmarn) und in den Ferien eine Reise, keine ausgedehnte, immerhin aber stets eine ins Ausland (Breslau, die bulgarische Goldküste). Vivis Wunschziel war Paris. Dorthin fuhr ich mit ihr (im Nachtzug), als sie dreizehn war – der Sommer, als Rebekka die dritte Entziehungskur machte (vergebliche Wochen in der Rhön). Vivien durfte davon nicht wissen, darüber verständigten wir uns.

(Ein Wir – gab es das da noch?)

Paris: öde (»boring«) – überall stank es. Vorm Eingang zu den Katakomben (dem Einzigen, was sie sehen wollte) kilometerlange Touristenschlangen. Die Mona Lisa im Louvre: »Wie winzig! So grau!«

Wie ihre Mutter war ich in diesen schwierigen, so kummervollen Jahren (Vivis dreizehntes bis sechzehntes) in großer Sorge um unser (mein) Kind. Vivi hatte es schwer in der Schule, wurde gemieden, kam nicht gut mit, verlor den einzigen Gefährten, als der mit seinen Eltern wegzog; mehrfach erwischte man sie beim Klauen in Supermärkten; sie schnitt sich (hinter einem Vorhang, mitten am Tag) die blonde Mähne ab, verkroch sich immer öfter (auch wenn sie bei mir war) in ihrem »Bau«; an manchen Wochenenden schlief sie vierzehn, sechzehn Stunden lang.

Wenn ich an Vivis (Hollies) Zimmer in der Isadorastraße dachte, sah ich sofort den (mit Kaugummi) an die Tür gepappten Zettel vor mir, auf dem (mit Filzer geschrieben) »Denk waste willst!« stand. Das tat ich! So wie sie. Sie sei (schrie sie) gar kein Mädchen, sei auch kein Junge, sie wisse das! Sie sei nämlich (und weinte vor Wut) ein Neutrum.

Keine Brücke damals möglich.

(Höchstens die Brücke zu einer Brücke.)

Dann fuhr sie auf Klassenreise nach Mecklenburg.

(Parkplatz, Parkplatz. Parkplatz, Parkplatz.)

»Papi«, »Papa«, »Pappe«, »Pappsel«, »Papp«, »Pa«, »P« – an den sich in Windeseile erst der Verunsicherung und schließlich Gleichgültigkeit überlassenden Anreden auf ihren Karten aus der Tyltower Jugendherberge glaubte ich, unsere unaufhaltsame Entfremdung ablesen zu können.

Zum zweiten Mal fand ich an Tyltow zuerst so überhaupt nichts besonders. Hinter mir drei Stunden Fahrt an einem Tag, der mir endlos vorkam, war ich aufgewühlt von den Gedankenschleifen am Steuer, dem seltsamen Empfinden, durch die Zeit zurückzureisen an einen Ort, den ich mir jetzt schon so lange ausgemalt hatte. Ich sehnte mich nach etwas Wirklichem: einem Abendbrot, einer Zigarette und einem Obstbrand, ein paar stillen, mir selbst überlassenen Minuten auf einem Balkon mit Blick auf einen See, über den (vor über tausend Jahren!) eine Brücke geführt hatte, und einem Bett.

Eigentlich sehnte ich mich nach mir selbst auf diesem Balkon oder in diesem Bett. In Tyltow schien nichts so zu sein, wie ich es mir vorgestellt hatte. (War es so nicht immer?) Ich hatte es ja geahnt. Doch so sehr ich mich vor dem Humbug der Mutmaßungen hüte – immer ist meine Einbildungskraft stärker.

Ja, natürlich, das Leben, oder was man darunter versteht (Lebensfülle, Lebensintensität, Lebendigkeit), muss einen an so einem Ort, der doppelt existiert (wenngleich nur für einen wie mich), wie ein Blitz aus blauem Himmel treffen. Vielleicht fand ich ja hier Freude (echte), immerhin lief ich durch Tyltow, wo die Tyltower Brücke einmal stand, und konnte, was davon übrig war, wenigstens mit eigenen Augen sehen.

Fischer hatte alles in die Wege geleitet (online, binnen vierzig Minuten), sie hielt es für nötig: das Gasthofzimmer mit Seeblick, den Tiefgaragenstellplatz für den mit seinen falschen Kennzeichen riskanten Mitsubishi, den Tisch im Restaurant Forelle. Das Zimmer freundlich (tatsächlich mit Balkon), das Bad groß (mit Wanne), nur die Forelle in der Forelle zu fettig. Cherin schrieb (aus meiner Wohnung), in der Apotheke am Markt lägen für mich bereit (»für den Fall der Fälle«) eine Sechzigerpackung Sesostron, meine Insulin-Ampullen, meine Teststreifen, zwei Ersatzpens und ein neues Messgerät, außerdem (»ferner«) habe sie bei der Buchhandlung (auch die am Markt) zwei Bücher für mich bestellt, da ja Lektüre vor Verlassenheit schütze: *Die Entstehung der Sterne* und Egon Friedells *Kulturgeschichte Ägyptens*. (Beide Bücher kannte ich leider.) Verblüfft war ich, als sie mir schrieb, sie habe in Erfahrung gebracht, dass die Jugendherberge in Tyltow vor rund fünfzehn Jahren geschlossen, abgerissen und nicht wieder aufgebaut worden sei. (Es gebe mehrere im Umkreis, jedoch keine mehr in Tyltow.) Und noch erstaunter war ich darüber, wie einfach sie die Anschriften der Anwaltskanzlei von Hollies Vater und der psychotherapeutischen Praxis ihrer Mutter ausfindig gemacht hatte, beide Adressen in Güstrow (32 km) unter dem Namen von Mangthal.

Der Vorabend ihres Abschieds. (Sie klang verstörend euphorisch.) Die letzte Nacht vor dem Flug in den Libanon werde sie noch einmal in der Isadorastraße verbringen! Alles sei ruhig in meiner so großen, so schönen Wohnung.

(»Ach, du!«, schrieb sie.)

Es warte alles auf meine Rückkehr.

(Nur sich selbst meinte sie damit offensichtlich nicht.)

Ich blickte auf den Tyltower See, in dem sich nichts spiegelte (keine Sterne), der bloß grau war wie das graue Universum darüber. Ich las Fischers Zeilen, die mir ebenso zugewandt erschienen, wie sie Cherin von mir entfernten. Aus lauter Verdrossenheit trank ich eine Flasche eines gar nicht üblen Verdicchio, dann (ohne zu merken, dass ich längst der letzte Gast in der Forelle war) noch ein letztes Glas und (als der bulgarische Kellner schon das Licht löschte) schließlich noch ein halbes, bevor ich zusammen mit der Rechnung einen Sliwowitz bestellte. (In dem Seniorendomizil gegenüber meinem Gasthof ging das Licht aus.) Der Kellner geleitete mich zur Tür, wo ich ihm zu seiner Verwunderung auf Bulgarisch eine gute Nacht wünschte. Der Obstbrand entzündete Sommererinnerungen an Vivi (die in meinem Oberbauch in Flammen aufgingen), während ich in das hineinhorchte, was ich für mich hielt.

In meiner Körpermitte (unterhalb des Sonnengeflechts) schien sich akute Ratlosigkeit breitzumachen. Denn ich lebte, war immer noch da (unverändert nicht gestorben). Und hatte keinerlei Schmerzen (keine). Was erwartete mich am nächsten Morgen, dem ersten nicht nur nach meinem prognostizierten Ableben, auch dem nach über dreiwöchiger

Sesostron-Zufuhr? Ich war ja völlig frei! Für ein paar Minuten stand ich wankend am Seeufer (das weiß ich noch), und auf dieser unsichtbaren Insel da draußen in dem Nebel musste eine Möwenstadt liegen, von der ein Höllenlärm herüberschallte.

In diesen Minuten wünschte ich mir nichts sehnlicher, als Cherin zu schreiben (nein mehr als das), ihr etwas Wichtiges mitzuteilen (nein), ihr zu versichern, dass ich sie gern hatte (nein, nein), sie nicht verlieren wollte (ja), mich ohne sie nur zur Hälfte auf der Welt fühlte.

Nur war alles, die Augen, die Finger, alles viel zu müde (zu betrunken vor Müdigkeit), um einen lesbaren Satz zustande zu bringen.

Keine Stunde, und ich wäre dort. (Güstrow 32 km.) Aber wollte ich das denn? War ich auch deshalb nach Tyltow zurückgekehrt, weil Güstrow praktisch um die Ecke lag? War die Sache mit Hollie Magenta denn nicht zu Ende, so unbefriedigend sie für mich geendet hatte? Doch. (Aber.) War denn die Sache mit Vivi nicht ebenso zu Ende, so unbefriedigend sie für mich geendet hatte? Doch. (Aber.) War denn die Sache mit meinem Leben nicht ganz genauso zu Ende, so unbefriedigend sie für mich geendet hatte?

Doch!

(Aber.)

Drei fieberhaft erfüllte Tage, drei von diesen Tagen mit Unruhe erfüllte Nächte – so fing die Zeit in Tyltow für mich an. Und so wie vor Wochen (Wochen!), als ich in jener Nacht Hollie bei mir aufgenommen hatte, begann nicht allmählich (langsam), vielmehr sprunghaft, ja wie mit einem alles ringsum erfassenden Ruck, eine andere Jahreszeit.

Wie man in einem Buch eine Seite umblättert, war es mit einem Mal Herbst. (So folgerichtig und zugleich so unvermittelt.)

In diesem Zimmer mit Blick auf den See, der fast fortwährend unter einer dicken, scheinbar unbeweglich brettartigen Nebelschicht lag, sodass der abendliche Dunst noch immer der vom Morgen, vom Vormittag und Nachmittag war, in diesem fremden grauen Raum fühlte ich mich verlassen und allein, alleingelassen (ja!), so wie als Kind oft nach der Schule, wenn meine Eltern beide noch arbeiteten, meine Mutter in einer der ersten Konditoreien hinterm Tresen und mein Vater für täglich zehn Stunden im Waltershofer Hafen.

30

Blau wie See und Himmel

Ob ich tags in die Schwaden starrte oder nachts schlaflos zur Decke, zahllose, wie unbändige Erinnerungen machten sich unentwegt über mich her ähnlich einem Krähenschwarm, wie ich ihn noch am Abend meiner Ankunft in eine uralte (und hilflose) Kastanie im Schatten der Tyltower Kirche einfallen sah.

(Unentwegt, was hieß das?)

Ich dachte unentwegt an Cherin.

Unentwegt dachte ich an die Isadorastraße.

Unentwegt Gedanken an Vivi, an Hollie.

Und unentwegt dachte ich auch an die Brücke, die irgendwo zwischen meinem Gasthof und dem unmittelbar am Ufer gelegenen Bungalow des Seniorendomizils über den See geführt hatte. Doch da es sie nur noch in meiner Vorstellung gab und weil das Eiland, das sie mit Tyltow verbunden hatte, unsichtbar blieb (bei Tage im Dunst, abends im Grau, aus dem Nachtschwärze wurde), irrten meine Überlegungen unentwegt ab und schafften so Platz für immer vergrübeltere Tiefenbohrungen.

Es war mir absolut unerfindlich, wieso mich Erinnerungen an lauter Kleinigkeiten stundenlang und ohne Pause derart in Schach hielten: an Rebekkas verlorenen Ring, den sie tagelang auf dem Gelände des Bundeswehrkrankenhauses suchte (schließlich sogar unterstützt von drei eigens dafür abgestellten Rekruten), ohne ihn je zu finden; an das verkümmerte Ohr von Thormählens Assistentin Evelyn Lamberti (das verglichen mit ihrem anderen so klein war, als hätte es lange vor dem übrigen Körper zu wachsen aufgehört); oder an mein Unbehagen, das mir noch immer (aber so war es schon, als ich klein war) zu nahe kommende Augen verursachten – und immer wieder an Vivi in Tyltow, wie ich sie damals vorgefunden hatte, in sich gekehrt, bleich (fahl), stumm, von einem ihr unerklärlichen, nicht zu artikulierenden Zorn zum Schatten ihrer selbst gemacht: kaputt (»kaputt gegangen«), wie sie es nannte.

Es war eine solche Flut aus vergangenen, halb vergessenen und halb verdrängten Eindrücken, als würde mein Fühlen und Denken die Erleichterung, dass ich allen Berechnungen zum Trotz einfach weiterlebte, bis zur bitteren Neige auskosten wollen.

Der Kran meines Vaters fiel mir wieder ein, mit dem er Sägemehl, Reis oder Kies heraushob aus den Bäuchen der nach Hamburg gekommenen Schiffe. Dunkelblau war der Kran. Denn mein Vater musste morgens die Leiter zu der Kabine hinaufsteigen, in der er den ganzen Tag saß, und sie abends wieder hinunterklettern, wobei Lacksplitterchen an seinem Pullover haften blieben, die er mitbrachte nach Hause. Dort rieselten sie auf den Boden. Dort zertraten sie die Absätze meiner Mutter. Der Küchenboden bekam lauter dunkelblaue Flecken, die wie eine astrale Konstellation, ein Sternbild des Krans aussahen.

(Noch nie hatte ich mit Schlaflosigkeit zu kämpfen!)

Um dieser rastlosen Gedankenbrandung zu entrinnen, wanderte ich (schlafwandelte) tagelang durch eine Kleinstadt irgendwo im Reich des Nebels, die binnen zwanzig Minuten in jeder Richtung abzuschreiten war. Sieben Mal schritt ich durch das prunkvoll verzierte Tor hinunter zum See und starrte in die Brühe. Und ein Mal (nicht wieder) spazierte ich entnervt um den ganzen Ort herum. Nach anderthalb Stunden trat ich aus dem Wald, sah den See und stand wieder am selben Fleck (unterhalb des Tors), wo ich losgelaufen war, um den alten Bahnhof aufzuspüren (die überwucherten Gleise), das Waldstück, in dem er gelegen hatte (mit einer hellblauen Diesellok im Nieselregen) und wo ich an einem Tag vor zwanzig Jahren auf Vivien gestoßen war.

Wenn ich in der Isadorastraße in die »Taucherglocke« gerufen wurde (fester Wochenendtermin) und Lo bei mir untergehakt, wankend (wie ein Baum im Sturm) ins Taxi und nach Hause eskortierte, lallte sie an meinem Arm: »Schlaflosigkeit, mein Hase, Schlaflosigkeit und Groll, mein Liebling, weißt du, was das, weißt du, was das zusammen ergibt, Schätzelchen?« (»Nein. Sag es mir, Lo.«) »Suff, mein Hase, Suff.«

Die Vogelscheuchen auf den Stoppelfeldern. Das weiße Wrack eines ausrangierten Busses. Krähengeschwader. Die Alte im verkehrsberuhigten Tyltower Zentrum, über ein Baugerüst gestürzt, die weiße Perücke zu Boden gefallen, entsetzt vor Scham. Kaum jemand nicht im Joggingstrampler. Billigboutiquen. Nagelstudios. Imbisse. Abends auf einen Schlag die Einkehr der Leere und des Dunkels, das Wandern der Schatten an gelb ausgeleuchteten Mauern. In Fenstern die flimmernden Bildschirme, flackernden Kriegsspiele. Möwengeschrei. Jugendliches Gegröle morgens gegen halb fünf.

Gegen halb sieben die riesigen Traktoren und Mähdrescher wie vom Mars gekommen und mitten durch die Stadt preschend. Die Müdigkeit der Bäckereiangestellten. Das pausenlose Rotlicht der Sparkasse. Das Tor zum See wie aus der Zeit gefallen. Die verwaiste russische Teestube. Das leise Windgerassel im Uferschilf, das mir zu sagen schien: »Vergiss es, vergiss es.« Waldstück, Waldbahnhof, die Gleise, die alte Diesellok, unauffindbar. Keine Spur mehr, Vivi. So wenig wie von der Brücke. »Da müssen Sie selbst sehen.« »Weiß man nichts von.« »Na, da fragen Sie wen.« Gibt es ein Gespräch zwischen den Menschen, oder ist das ein Wunschtraum? (An wen richten sich diese Aufzeichnungen? Wen erreichen sie? Wen kann ich damit überhaupt erreichen?) Unheimlich die Stille über dem See. Ratlos umherstaksend ein Fischreiher. Im weißen Kosmonautenanzug der junge Lulatsch vor dem Corona-Testzentrumzelt, das nie irgendwer betritt. Parkplätze. Supermärkte. Baumärkte. Fitness-Center. Spaßbad. Gewerbemischgebiet. Stadtgrenze. Stadtrand. Letzte Häuser. Ausgeschlachtete Autos im Vorgarten, Puff, Kläranlage, Hundezwinger, aufgegebene Forellenteiche, Wohnwagenwracks mitten auf einer endlosen Wiese.

Wie einsam war ich doch in Tyltow. (Ach.) Es gab kaum etwas Gutes zu sehen, nur unentwegt Gedanken zu denken und nichts zu lesen. Bis ich eines Abends in der Gasthoflobby auf ein Buch mit Sternen im Titel stieß (*Das Sternenkind*) und das Märchen des von Hollie verehrten Oscar Wilde zusammen mit einer Flasche Wein auf mein Zimmer mitnahm.

Holzfäller sehen im winterlichen Wald eine Sternschnuppe niedergehen und entdecken (in einem mit Sternen bestickten Tuch) ein Kind. Im Dorf wächst das hübsche Sternenkind auf und wird, trotz der Güte seiner Pflegeeltern, ein Scheusal, das Kinder und Tiere genauso verspottet, wie es ein Bettelweib verhöhnt, das drei Jahre lang nach ihm gesucht haben will und behauptet, seine leibliche Mutter zu sein. Erst als es ein Aussatz befällt (vermutlich die Pocken), erkennt das Kind seine Irrtümer und folgt seinerseits drei Jahre lang (»quer durch die ganze Welt«) vergebens der von ihm verstoßenen Mutter.

(Es findet sie nirgends.)

Ich las nur das erste Drittel des Märchens, so verstört war ich, und ich schrieb Cherin davon, doch war nun mal (trotz Zeitverschiebung) auch in Beirut noch Nacht.

Gegen die Schlaflosigkeit hilft nur die schlafwandlerische Erkenntnis, dass der Schlaf nicht verlieren kann: Irgendwann wird man (weil man muss) einschlafen. In der Reinigung (mit Änderungsschneiderei) am Marktplatz hat der kurdische Schneider eine Decke unter der elektrischen Kleiderstange ausgebreitet. (Im Schatten auf dem weißen Kachelfußboden hält er seinen Mittagsschlaf.)

Nächtlicher Einfall auf dem Gasthofbalkon (unter den unsichtbaren Sternen): Liste das Beste in deinem vertanen Leben auf!

Ich tippte ins Handy:

1. Vivi (Sternenkind).
2. Habe eigene Brücke konzipiert.
3. Hatte nie Zweifel am Prinzip der Güte!
4. Hollie Magenta?
5. Fischer (Cherin).

Die aufgelisteten Punkte erschienen mir richtig, ihre Reihenfolge dagegen nicht. (War mein Leben wirklich vertan?)

Ich tippte ins Handy:

1. Hatte nie Zweifel am Prinzip der Güte!
2. Cherin (Fischer).
3. Mein Sternenkind Vivi.
4. Habe eigene Brücke konzipiert (bislang ungebaut).
5. Hollie Magenta?

Ich war nirgends mehr zu Hause. (Richtete mich in dem Zimmer ein.) Ich versuchte, Fischer zu vergessen. (Cherin begleitete jeden meiner Schritte.) Ich erwartete Alarmsignale meines Körpers. (Keinerlei Auffälligkeiten.) Sobald ich hinausging: nichts als Nebel, man sah die eigene Hand nicht. (Das Wetter würde bestimmt aufklaren.)

Und so war es. Am vierten Tag in Tyltow wachte ich auf und spürte (sah) sofort den Unterschied: Der Herbst hatte sich noch einmal zurückgezogen und einer Wärme Raum gegeben, die auch den Nebel vertrieb. Als ich zum Ufer hinunterging, lag mit einem Mal der See vor mir (sogar der Schilfrand der Insel und die überraschend hohen Bäume darauf waren gut zu erkennen). Man überblickte plötzlich die gesamte Wasserfläche, die die Slawen damals überbrückt hatten, und zumindest ich war von der Strecke beinahe ebenso verblüfft wie davon, dass von der Brücke nicht das kleinste sichtbare Detail überlebt hatte.

(Aber wie sollte es auch anders sein?)

In meinen Mecklenburger Wochen kam mir die verschwundene Brücke oft wie eine durch die Zeit vor. (Und sogleich meldete sich dann der nicht tot zu kriegende Logiker in mir und lachte mich aus.)

Ich habe viel darüber nachgedacht, aber nie begriffen, wieso mir Vivi schon bald nach unserer Rückkehr seinerzeit vorschlug, ausgerechnet die alte Holzbrücke neu zu bauen, wenigstens als Woche für Woche wachsende Rekonstruktion. Und das obwohl sie mit Tyltow grauenvolle Erlebnisse verband. (Immer schon hatte sie diese unbändige

Kraft.) Sie fragte mich einmal, ob wir das Modell nicht blau lackieren sollten. In Viviens Augen war es (allein schon aus Tarngründen) wahrscheinlich, dass die Brücke in Wirklichkeit blau wie See und Himmel gewesen war.

31

Sternenkinder

Würde Tyltow der letzte Ort sein, den ich sah?

Mit dieser Vorstellung machte ich mich vertraut. (Besuchte sogar den auf allen Wegweisern ausgewiesenen Waldfriedhof.) Es ging mir gut. Ich war schmerzfrei, ich gewöhnte mich ein, und nach zehn (oder elf) Tagen in ihrem Städtchen kam es mir so vor, als begännen die Tyltower, nicht mehr ausschließlich den Fremden in mir zu sehen.

Kaum einer der wenigen Leute, die man überhaupt zu Gesicht bekam, nickte, wenn er an mir vorbeiging, doch jeder, der es tat, gab mir dadurch das Gefühl, dass ich sein Mitmensch war (ja überhaupt erst anwesend). Den verschollenen Bahnhof, den ich suchte, fand ich jedoch wohl vor allem deshalb nicht, weil ich niemanden danach fragen konnte, und von der alten Brücke war nicht nur nichts mehr übrig (kaum verwunderlich), es gab weder im Ort ein Museum oder zumindest eine Touristeninformation noch am Seeufer eine verwitterte Schautafel, einen Lehrpfad oder ein gusseisernes, an markanteren Stellen über die Jahre blank geriebenes Modell.

Sechs Tage lang (oder sogar sieben) hielt ich das für aller Logik zuwiderlaufend und wollte und konnte es nicht glauben.

Ich hätte es gern jemandem (allen) erzählt: Die Brücke zu Tyltow war eine der drei längsten slawischen Holzbrücken! Zwei Mal in den anderthalb Jahrhunderten nach ihrer Errichtung (um 830 n. Chr.) hatte man sie komplett neu konstruiert! Und beide Male noch länger ausgeführt als den Vorgängerbau! Erst als die Siedlung am Ufer und die hölzerne Burg auf der Seeinsel Anfang des elften Jahrhunderts aufgegeben wurden, zerstörte man auch die Brücke. Zum größten Teil versank sie, nur leichteres Holz fand anderswo Verwendung. Die aus dem See ragenden Überreste gingen (laut Archäologen) in Flammen auf. Der steinerne Pont Saint-Bénézet (Brücke von Avignon), im zwölften Jahrhundert die längste Brücke Europas, entstand erst dreihundert Jahre nach der ersten Tyltower! Sie war nur unbedeutend länger, und abtragen (binnen Stunden) ließ sich die zum Papstpalast an der Rhône führende nicht. (Mitnichten.) Die Tyltower dagegen war schon deshalb ein brückenbauliches Meisterwerk, weil sie von Beginn an auch dazu vorgesehen war, im Notfall verschwinden zu können!

(Aber mich fragte ja keiner.)

Seit fast zwei Wochen lebte ich losgelöst von einem abgelegten Dasein. Ich war gefangen im selben Körper mit dessen selbem Defekt, alles sonst aber war anders. (Nur dass es keinem Menschen auffiel.)

Was sollte ich mit mir anfangen? Einen Waldbahnhof gab es anscheinend nur in meiner Erinnerung (im Wald ganz aus Erinnerungen), und das einzig Unterhaltsame in Tyltow war das örtliche Spaßbad, doch das war (Asbest) seit Jahren geschlossen.

Mit den abgesetzten Tabletten war das Magenfeuer vollständig verschwunden, so als hätte ich nur davon geträumt (oder es mir vorgestellt). Ich schlief. Ich wachte auf. Ich las ein paar Seiten. Ich aß in der Forelle und dachte nach über das Märchen. Dabei lief ich kreuz und quer durch den Ort, nur um am Ende doch wieder am See entlangzuschlendern (und an seinem knispelnden Schilfgürtel). Ab und zu schrieb Cherin, es sei noch immer furchtbar heiß im Libanon, und zwischen ihren Zeilen las ich heraus, dass ihre Familie wie die meisten Leute in wachsender Angst vor einem Bankenkollaps lebte.

Dieses wilde Sternenkind ging mir nicht aus dem Sinn. Denn seinen oft ungerechten Zorn (wenn nicht Hass) kannte ich von Vivien wie von Hollie. Auf meinen Wanderungen standen mir die beiden oft vor Augen, und Frau Magenta und meine Tochter erschienen mir dann wie ein und derselbe Mensch, war Vivi auch zwanzig Jahre älter. Insgeheim fing ich sogar an (und erschrak jedes Mal), die beiden zu verwechseln.

Mit den Fotos, die Fischer aus Beirut oder Bischarri schickte, wollte sie mich teilhaben lassen an dem, was sie entdeckte oder wiederentdeckte (sie lebte sich ein), doch mir blieb das alles fern, ja es rückte mit jedem Bild ferner. Ich steckte fest, in meinem Alter, meinem Körper, in Erinnerungen, in die ich noch nicht mal hineinpöbeln konnte. (Ich versuchte es ein paar Mal.) Aschrafiyya. Diese fremden gelben Straßen, diese riesigen rostigen Brücken, »das hohe helle Licht«. Historische Villen. »Restaurants am Sassine-Platz«. Cherin und ihr Bruder Tariq. Dessen drei Sportflugzeuge (grün, gelb, rot) wirkten vor ihrem Wellblechhangar wie Geburtstagstorten mit Propellern. Immer eiliger löschte ich jede Aufnahme. Nur so stellte sich für einen kurzen Moment ein Vermissen, fast eine Sehnsucht ein.

Am Marktplatz baute man das verwaiste Zelt des Corona-Testzentrums ab, und gelb, täglich gelber wurden die von der Minierraupe befallenen Rosskastanien der Uferstraße. Ich löschte das Licht, die Gedanken kreisten, dann lauschte ich in mich hinein (nichts), horchte, was draußen vor sich ging (dito). Nach reglosen Stunden, ohne eindämmern zu können, las ich weiter.

Ich las von der wundersamen Wandlung des verbitterten Kindes. In der offenen Balkontür stehend rauchte ich in die laternenlichtgelbe Nacht hinaus, hörte, wie vergnügt (auf ihre Weise) die Seefrösche sangen, und las, auf der Suche nach seiner Mutter kommt das Kind ans Tor einer großen Wüstenstadt, wo Wächter es aufhalten.

Mein Zucker verhielt sich ruhig, sogar über Nacht. Mich plagte kein Schmerz (in keinem noch so entlegenen Körperwinkel). Nur als einmal frühmorgens vom Nachbarbalkon lautes Lachen und unvermittelt Rebekkas Lieblingslied erklang, kamen mir die Tränen (und ließen sich nicht aufhalten). Für die Tyltower und mich sang Elton John noch einmal »Rocket Man«. Alle Dämonen des Unlogischen kamen mich besuchen, teilten mit mir eine Camel, legten sich zu mir und flüsterten mir Hollies Fanfare ins Ohr:

Horror!
Liebe Göttin!
Mag ich das etwa?
Genauestens!
Ta, ta! Tatsache?

32

Wiedersehen mit einem Unbekannten

In diesem Protokoll (von einer inneren Überschwemmung) muss nun mein Gang um den Tyltower See geschildert werden, bei dem ich einen Landzugang zur Burginsel entdeckte.

(Wer braucht noch Brücken?)

Noch nicht sieben Uhr morgens. Es war zu früh für Frühstück. (Offenbar Sonntag.) Ein paar Krähen bellten wie Zwingerhunde, und entfernt (doch da konnte ich mich täuschen) war ein Außenborder auf dem von sich selbst verschluckten See zu hören. Logisch betrachtet war der Nebel nichts anderes als der verdunstende See.

Nur im Seniorenheim vis-à-vis brannte schon Licht. Alle übrigen Tyltower schienen die Stadt über Nacht verlassen und aufgegeben zu haben. Kein Mensch weit und breit (nur ich). Zuweilen tauchten große Kopfweiden aus dem Grau, stumm saßen Geier darin (und taten, als wären sie Krähen). Weder Zeit noch Raum ein Kontinuum, nur innen dieses Frösteln. So hatte es sich angefühlt, als mein Vater nicht wiederkam. So hatte es sich angefühlt, als Lo gestorben war. Und genauso war es gewesen, als Vivien mich nicht mehr zurückrief – ein unablässig fortgesetztes Studierenmüssen des Umstands, dass die Menschen einem verlorengehen.

Aber ich ging weiter, und immer tiefer zurück in die Welt. (Aus jeder Richtung kam Knarren, Knarzen, Plätschern.) Als wären meine Schuhe alt wie der See und alles Sterbenmüssen bloß Traum.

Als schliefe ich noch. Als würde das Märchen wahr. Die Welt im Nebel war voller Brombeersträucher (voll dicker schwarzer Beeren), und wie Fremde wuchsen Erlen vor mir in die Höhe, und mein Weg war ganz aus Blättern, mit roten Flecken übersätem Laub.

Cherins Füße fielen mir ein (in ihren Sandalen), wie sie beim Gehen kurz unterm Kleidsaum hervorguckten und wieder verschwanden, und ich blieb stehen und hob eines der unzähligen Blätter auf.

Es war herzförmig, lief nur etwas spitzer zu.

Es war verblüffend weich und beflaumt.

Mit den Farben der drei Flugzeuge von Cherins Bruder Tariq lag das Blatt auf meiner Hand und hatte anders als ich jede Berechtigung, hier zu sein. (Was sollte ich damit anfangen?) Hätte ich drei Wünsche frei gehabt, ich hätte das Blatt zurück an seinen Zweig gewünscht. Lange nicht mehr hatte mich ein kleines Ding so bezaubert und gerührt. Ich steckte es ein, und das schien mir (auch für mich) ein guter Anfang zu sein.

Wie dicht am Ufer die Burginsel lag, wie nah! Ich staunte, als ich sah (mich vergewisserte), wie verlandet der See offenbar und wie seicht das vom Dunst überwaberte Wasser war. Ich zog Schuhe und Strümpfe aus, dann (zur Sicherheit) auch die Hose und stakste hinüber. Es gab Protest (Stare, Amseln und Finken), aber der hielt mich nicht auf.

Ich ging über das Wasser.

Blätter fielen darauf und gingen unter.

Sie versanken wie die Münze in meinem Traum auf dem Balkon in der Isadorastraße.

Ich sah bis auf den Grund. Aber da waren nur meine Füße (so furchtbar vertraut), keine Münze steckte im Sand zwischen den Kieseln so wie der Silberdenar, den man irgendwo hier ausgrub und anhand dessen man die einstige Slawenbrücke hatte datieren können.

Und auch auf der Insel bloß Graswälle, Formen der Rundungen einer ins Nirgendwo verschwundenen Rundburg. Kein Stück eines von Menschenhand gefertigten Holzes (kein Pfahl, kein Pfosten), geschweige denn ein Tor oder eine Rampe. Nur Sand, nur Gras, nur Schilf und Wasser und der allergrößte Dichter. Dichter Nebel.

Völlig durchfroren bin ich drei Stunden später.

Soeben habe ich in einem Fachgeschäft für Lodenware einen Kapuzenmantel erstanden (für fünfhundertneunundfünfzig Euro aus Hollies Depotbeute, »Summer Sale«), da werde ich Zeuge einer bizarren Szene auf der anderen Straßenseite.

Eine Alte im Rollstuhl wehrt sich (wie ein Kind, wie ich), aus einem Transporter gehievt und in das Seniorendomizil gegenüber gerollt zu werden. Wodurch auch immer, ist sie sehr erbost, reißt sich die Maske ab und pfeffert sie in den Matsch. Mit einem handtaschenartigen Utensil schlägt sie nach dem Fahrer (und trifft ihn einige Male auch), bis offenkundig ein Pfleger aus dem Haus gerannt kommt, die zwei jungen Männer die alte Frau beruhigen (oder ruhigstellen) und der Pfleger sie hineinschiebt in den grell erleuchtet aus den Schwaden stechenden Bungalow.

Ich sehe über dem See, dass die Insel, wo ich vor einer Stunde noch stand, nicht zu sehen ist (so wenig wie ich dort drüben). Alles weiter Entfernte ist entweder unsichtbar oder Erinnerung. Doch ich sehe, wie die Alte in dem Rollstuhl jeden Widerstand aufgibt, wie sie von dem Fahrer eine neue Maske aufgesetzt bekommt (und wie der Pfleger sie in das Heim schiebt). Ich sehe an seinem lindgrünen Transporter den Fahrer die eigene Maske abnehmen, sich durchs Haar streichen, eine Zigarette drehen und anzünden und das Smartphone zücken.

(Und erst da erkenne ich ihn wieder.)

Und ich weiß für ein paar Minuten gar nicht: Bin ich noch auf der Insel? Stehe ich noch immer dort drüben, umsponnen von Nebel, und sehe, was ich zu sehen glaube, nur vorm geistigen Auge? Träume ich oder sehe ich keine zwanzig Schritte entfernt Lenny vor mir, angeblich Hollies Bruder, angeblich Zimmermannslehrling, angeblich in Göttingen, Lenny, den angeblichen Lenny, wie er da die Selbstgedrehte austritt, einsteigt, den Motor startet und davonfährt? Er blickt ein paar Mal sogar herüber. Doch sehe ich mit meinem Kapuzenmantel auch aus wie der Sensenmann (ohne Sense), erkennen kann mich der junge von Mangthal nicht.

(Und schon ist er wieder weg.)

Er ist auch gar nicht der junge von Mangthal, und Lennard oder Lenny heißt er genauso wenig. Ich erfahre das zwar erst vier Tage später (meine Zeit ist endlos), aber befürchtet (nein), geahnt (nein), gewusst habe ich es auf der Stelle. In meinem Zimmer ziehe ich mich aus, lege mich in das mit einem Mal wundersam bequeme Bett meiner nächtelangen Marter und schlafe bis zum nächsten Morgen.

Als ich die Augen aufmache, ist nichts mehr, wie es war. Ich bin ausgeruht, voller Tatendrang und fühle mich kräftig, frei und gesund. Mit Oscar Wilde und einer Thermoskanne Kaffee beziehe ich meinen Balkonausguck und notiere alles, was sich bewegt vor dem Seniorenbungalow, der Domizil Eden am See heißt und somit eine weitere Spielart von Jenseits darstellt.

Nach zwei Tagen kenne ich Schichtzeiten und Schichtwechsel an der Rezeption des Heims. Vier Pflegerinnen und Pfleger und zwei Empfangsdamen versehen von morgens bis nachmittags und nachmittags bis abends ihren Dienst. (Es gibt bloß eine Nachtschwester.)

Die Empfangsdame am Nachmittag ist älter und weniger mobil (die vormittags hinterm Tresen sitzt, hat einen Motorroller), sie geht zu Fuß zum »Iss was«-Bäcker am Marktplatz oder »Frittenpalast« unweit vom Seetor, wo sie sich offenbar alle drei Stunden »eine Latte« holt, so klingt es (hinter ihr in der Schlange), wenn sie einen Latte macchiato bestellt (immer den großen Becher), immer bestreut »mit einem Schuss« Schokopulver.

Radka heißt sie, so steht es (auf einem Plastikschildchen) am Revers ihres lindgrünen Domizil Eden-Kittels. Sie ist auffallend klein, hat rotes Haar, raucht (höchstens drei, vier Zigaretten je Schicht) vor dem Heimeingang und trägt Tennisschuhe mit Silberpailletten.

Am dritten Abend folge ich ihr nach Schichtende durch die sich eindunkelnden Straßen. In einem kleinen Supermarkt gehen wir einkaufen (Radka und ich), und einmal nehme ich keine drei Meter entfernt von ihr etwas aus dem Regal und lege es in meinen Korb. Als ihr Handy klingelt, höre ich, dass Radka Tschechisch (oder Slowakisch) spricht. (Im ganzen Geschäft hört man ihr Lachen.)

Sie wohnt in einem dreigeschossigen Plattenbau (am Innenstadtrand), auf dem Klingelschild steht *Radmila Dubcová.*

Nur zwei Mal in den drei Tagen fährt unvermittelt der Transporter vor dem Domizil vor und holt einen Bewohner ab oder bringt eine alte Dame zurück. (Doch beide Male ist der Fahrer ein anderer.)

Der vierte Tag. (Es ist so weit.) Betrete das Eden. Am Rezeptionstresen. Schilderung meines Anliegens. Auf Anhieb aus der Bahn geworfen von Radkas verweinten Augen.

(Oder täusche ich mich?)

Was mag ihr zugestoßen sein?

Dennoch ist sie äußerst freundlich.

Nicht für mich (oh nein) würde ich eine schöne und bequeme Unterkunft suchen (Vollverpflegung, Fahrdienst und Seeblick), vielmehr für meinen hundertzweijährigen Vater Delf und meine dreiundneunzigjährige Mutter Hannelore, genannt Lore, eigentlich aber Lo.

Meine Eltern seien (gottlob) beide zwar rüstig (meine Mutter mitunter sehr rüstig sogar), doch in ihrem Güstrower Stadthäuschen mangele es ihnen an sozialem Miteinander, und da ihnen Tyltow und der Tyltower See in jahrzehntelangen Faltbootsommern ans Herz gewachsen sei, würden wir alle (meine Frau, unsere Tochter, mein kleiner Enkel und ich), allen voran aber natürlich die zwei alten Rumtreiber selbst, würden wir alle uns glücklich schätzen, im Hause Eden eine dauerhafte Bleibe für die beiden zu finden.

Es ist mir unerfindlich, weswegen die Frau noch vor wenigen Augenblicken geweint hat. (Sie ist zweifellos traurig.) Sie macht keinen Hehl daraus, doch ebenso wenig viel Aufhebens davon.

»Vollverpflegung, na, Fahrdienst, na, Seeblick, na«, sagt (mit schönem Lächeln) hinter der sogleich leicht beschlagenden Anti-Viren-Trennwand Radka, die trotz ihrer nackten (sehr kräftigen) Oberarme nicht im Entferntesten zu frieren scheint.

»Ist alles machbar, nur sind wir da sehr hurtig bei monatlich –«

(Sie rechnet.)

Sie tippt auf der Tastatur, und dabei wogt ihr Busen, zu dem vom Kehlkopf abwärts (hinein in den Ausschnitt) dunkel eine Narbe verläuft. (Eine Herz- oder Lungen-OP, allerdings lange her.)

Über die Kosten seien wir uns im Klaren, sage ich schnell.

Und sie, ebenso schnell: »Drei-fünf, na, roundabout.«

Und ich (zu ihr gebeugt): »Sie kennen meine Eltern nicht! Noch nicht! Manchmal denke ich, die wollen nicht nur ewig leben, die wissen auch, wie das geht: unter allen Umständen quicklebendig bleiben! Erst vor einer Stunde war ich Wanderstiefel kaufen mit meinem Vater. Hundertzwei! Darum: Der Fahrdienst ist der Knackpunkt. Lo, meine Mutter, schärfte mir vorm Besuch bei Ihnen regelrecht ein, der Fahrer müsse ›vernünftig‹ sein – ›ohne Fahrdienst, ohne mich‹.«

Da lacht sie. (Hört gar nicht mehr auf.) Wie gestern Abend in dem Supermarkt.

»Natürlich ist das Ganze von Ihrer Warte aus auch eine Frage der Restlebenszeit«, sage ich (probehalber) ernst.

Und sofort verstummt ihr Lachen und erscheinen die geröteten Augen wieder: »Wie meinen Sie das?«

»Na, die alte Dame im Rollstuhl zum Beispiel, die vor ein paar Tagen hier abgeliefert wurde –«

»Die Ingeborg, meinen Sie, na, die Frau Sommer?«

»Ja, die alte Frau Sommer, genau. Deren ReLeZe dürfte Ihnen ja mitgeteilt worden sein. Von Amtswegen, denke ich.«

»Ich habe keinen Schimmer, wovon Sie reden, mein Lieber!«

Ich lache. »Nur ein Spaß«, lache ich, »war nur ein Spaß!«

Und auch Radka lacht wieder: Ein jeder solle so lange leben wie möglich, lacht sie dermaßen ungehemmt, dass ihre Narbe zittert, die zum Fürchten aussieht, sie aber in keiner Weise von ihrer offenbar unzerstörbaren Zugewandtheit abhält.

Ich möchte ihr sagen, was ich empfinde (es kommt mir vor, als wäre es das allererste Mal) – aber ich sage es am Ende doch nicht: »Was sind Sie nur für eine wundervolle Person!«, hätte ich zu ihr gesagt. Und dass ich sie (im nächsten Leben) gern aus ihrem Plattenbau herausholen und mit ihr essen gehen würde (jeden Abend), meinetwegen im Frittenpalast, ja sogar in der Forelle.

Da sagt sie lachend: »Na! Sie sind mir mal ein netter Mensch. Wie sehen Sie wohl aus, unter Ihrer Maske?«

Und ich zeige es ihr: mein Gesicht.

Und sie sagt: »Na, gut. Ein reifer Herr, schön. Nur, wissen Sie, wenn wir so weiter plaudern, schießt mich mein Freund noch heute Nacht zum Mond und, na, zu allen Sternen. Wollen Sie das?«

»Auf keinen Fall«, sage ich sofort.

Und wieder sie: »Jetzt gucken Sie bitte nicht so traurig!«

Traurig, ich? War nicht in Wahrheit sie traurig?

(Nein, keiner von uns beiden war es, nicht mehr.)

Halt! Ich müsse unbedingt das Formular ausfüllen. (Radka wurde mit einem Mal bestimmt.) Dann wisse sie immerhin, mit wem sie es zu tun habe, und, na, kenne sogar meine Telefonnummer.

»Ihre Eltern können froh sein, so einen Sohn zu haben. Richten Sie ihnen das aus? Von Radka?«

So erfuhr ich, wie Lenny in Wirklichkeit hieß. Stjan sei zwar noch ein Hüpfer, aber seit Jahren schon beliebtester Fahrer im Domizil Eden, ein pünktlicher, zuverlässiger und »na, sanfter«. Den ganzen Tag lang sei er unterwegs zwischen Güstrow und Tyltow, zwischen dem Flugplatz von Rostock-Laage und Krakow am See. Sie rief ihn an (während ich dabeistand), vereinbarte mit Stjan dem Lügner ein Info-Meeting mit … »Moment … Herrn …?«

»Goossens«, sagte ich tonlos, »mit Doppel-o und Doppel-s, Dr. Goossens.«

»Morgen, 14 Uhr?«

(Ich hob den Daumen.)

»An unserem Stjan«, sagte sie zum Abschied, »na, an dem soll es nicht liegen.«

Natürlich nicht. (Einem wie ihm glaubte man alles.) Einem wie Stjan glaubte sogar Radka.

Von Cherin hatte ich seit meiner unheimlichen Begegnung mit Lenny alias Stjan nichts gehört. Ich wusste, sie flog viel, hatte viele Leute zu treffen, musste in Beirut eine Wohnung für sich finden. (Im Libanon sei man nie allein, hatte sie einmal gesagt.)

Ich wusste aber auch so, was sie dachte, und fühlte mich ihr näher, als ich es für gut für mich hielt, musste ich doch davon ausgehen, Frau Fischer nicht wiederzusehen.

Den Plan, wie ich mit »Lenny« verfahren wollte, hätte sie unter keinen Umständen geduldet. Was in mich gefahren sei, hätte sie von mir wissen wollen (moralisch zerpflückt worden wäre ich), und triumphiert hätten am Ende:

a) die Vernunft,

b) der gesunde Menschenverstand,

c) das Recht,

d) die Nächstenliebe sowie

e) Cherin Fischer.

Wohingegen Radka (wie ich sie einschätzte) mein Ansinnen aus ganz anderen Gründen nicht gebilligt hätte. (»Na, Stjan hin, na, Stjan her.«) Denn waren Rache, Vergeltung und Wiedergutmachung letztendlich nicht Jacke wie Hose?

Oh ja, Radka! Sie hätte nicht an meine Moral, sondern viel tiefer, an mein Herz und (noch einmal tiefer) an die unüberwindliche Logik in meinem Denken appelliert.

(Aber das alles führte zu nichts.)

Unser Stjan! Die Kanaille.

War das eine Kurzform (eine skandinavische) von Christian?

Fast klingt der Name wie Stern, dachte ich, als ich am späten Abend im Bett lag und endlich einsah, dass es besser war, das Buch wegzulegen. Viel zu aufgewühlt war ich, um mich auf Oscar Wildes Märchen zu konzentrieren. Ich wusste, es gab unten am Seetor, nicht weit vom Frittenpalast, Toms Späti (Nachtkiosk mit Falafel-Imbiss), dorthin lief ich gegen Mitternacht, eingemummt in meine Lodenkluft, um mir eine Flasche Nachtorangensaft gegen den Zucker und eine Flasche Nebelgrauburgunder gegen die Überspanntheit zu holen.

Doch wie magnetisch angezogen vom Unbegreiflichen, ging ich trotz Nachtkälte und Schlappheit zuvor erneut zum Seeufer hinunter und starrte dort in die gräulich auf und ab wogende Substanz wie an dem Morgen auf der Insel (die keine mehr war). Wieso hatten sie ihre Brücke nicht auf kürzestem Weg über den See gebaut, sondern in eine Schilfbucht, die gut ein Drittel weiter entfernt war?

Wahrscheinlich hatten die Slawen pragmatische Gründe.

(Gab es überhaupt andere?)

Auf dem Weg zu Toms Späti dachte ich frierend über das

Wesen des Zufälligen nach, von dem Lenny auf Fabers Sand gemeint hatte, es habe »so was wie einen verborgenen Sinn«. Das mochte so sein. (Doch wenn, war es dann nicht Zufall?) Mich interessierten der Zufall und seine vermeintliche Wirkmacht nicht. (Sie waren nicht berechenbar und ich keine x-beliebige Größe.) Lieber ließ ich die Tage Revue passieren, die so vieles verändert hatten. Den Morgen, als ich mit eigenen Augen sah, dass von der Brücke nichts übrig war (und mit ihr abschließen konnte). Die drei Tage meines Lebens als Radkas Schatten. An Stjan verschwendete ich keinen Gedanken. Er war nur ein Baustein in diesem Spiel, und mochte er sich für noch so bedeutend halten. Er war meine Brücke zu Hollie, so wie Hollie die Brücke zu Vivien war.

Zurück im Zimmer, schrieb ich Cherin (meinem Stern) nach Bischarri die Neuigkeiten der letzten Tage, und sie antwortete prompt, ich solle vorsichtig sein, an Rache oder gar eine Duellforderung nicht denken (sie kannte mich), dieser Lenny oder Stjan sei womöglich so etwas wie der heimliche Kopf der Zertrümmerfrauen.

(Ja, Frau Stern, gut möglich.)

Es war mir völlig egal, was er war.

Drei Fotos schickte sie mir: eins von ihrer Mutter Nour (im Schleier, über ihr der Himmel), eins von ihrer kleinen Nichte Aylin (Kind auf einem Spielplatz an der Levante) und eins von der grünen Aquila A 210 ihres Bruders, dem libellenartigen Einpropellerflugzeug, mit dem sie vorgestern bis »südlicher als Nabatäa« (also beinahe bis zum Golan) geflogen sei.

Es gehe ihr gut, schrieb sie, dann aber »WYWH«, eine Abkürzung, die ich nicht verstand, bis sie mich aufklärte.

»Wish You Were Here, Romik? Pink Floyd? Die beiden Fische, die Jahr für Jahr umeinander herum durchs selbe Fischglas schwimmen?«

»Wie, Jahr für Jahr?«

»Oh ja. Neunzehn Jahre lang.«

Rache, Vergeltung oder Wiedergutmachung (dreimal ja!), das war, was mich wirklich interessierte. (Selbst Radka Dubcovás Freundlichkeit änderte daran nichts.)

Ein paar Seiten las ich noch und war gerührt (wenn nicht erschüttert) von der Sanftmut der sprechenden Tiere und Bäume. Am Tor der großen Stadt fällt das für seine Hässlichkeit verspottete Kind einem Alten in die Hände, der es in sein Haus ganz aus Granatäpfeln mitnimmt. Der Alte ist ein Zauberer und grausamer als alle, die das Sternenkind auf seiner jahrelangen Suche kennenlernte. (Erst an seiner Grausamkeit erkennt es, wie grausam es selbst gewesen war.)

Mich verwirrte an dem Märchen vor allem, wie beständig sich Landschaft und Jahreszeit verwandelten. Auf endlose Wälder folgten (abrupt) ebensolche Wüsten, der Sommer ging (nahtlos) über in den bittersten Winter. Lange noch lag ich in der lautlosen Nacht wach und erinnerte mich daran, dass Hollie jedes Foto von Oscar Wilde ausgeschnitten und gesammelt hatte. Während er für mich nur der Inbegriff des Dandys war, hatte sie gesagt, er sei ein bro und zugleich eine sis.

Zumindest in Hollies Augen konnte ein einzelner Mensch mehr nicht sein – Mann und zugleich Frau, wenn nicht von gar keinem Geschlecht (weil es darauf nicht ankam). Vielmehr galt es, unabhängig von allen Gegebenheiten nach Kräften gütig zu sein (so gut, so zugewandt wie Radka). Auf ihre radikale Weise hatte mir Hollie das vor Augen geführt, und noch immer brachte ich es nicht in Einklang damit, wie sie mich benutzt, betrogen und fallengelassen hatte.

(War es das, was mir so wehtat?)

Das war, was mir so furchtbar wehtat.

33

Im Wald ganz aus Erinnerungen

Mein Vater Delf der Große pflegte zu sagen, wenn er zornig war (»im Brass«), man sehe sich im Leben immer mindestens zwei Mal. Er war kein sehr gebildeter Herr. (Man lernte nichts aus Büchern.) Doch wie das Leben läuft und dass man im Leben nichts geschenkt bekommt (gar nichts), das wusste er genau.

»Nimm dir das, was du brauchst, solange du es keinem wegnimmst«, sagte er zu mir (da war ich sieben), und einmal, als er mich und meine Mutter mitnahm, sonntags auf die Horner Trabrennbahn, und ich dort einen Faustkampf miterlebte (mitten im Gewimmel auf der Haupttribüne), nahm er mich zur Seite, setzte sich zu mir und sagte, während sich die beiden Männer an den Pressholzsessellehnen blutig schlugen und kein Schutzmann einen Weg zu ihnen fand: »Manchmal, Benny, weißt du, ist es besser, man vergisst, dass alle Menschen Menschen sind. Da geht es um ich oder der. Da musst du nicht lang überlegen. Wer denkt, der hat verloren. Du gibst ihm mit der Linken eine auf sein Maul, dann weiß er, wo die Uhr hängt, dann kannst du mit ihm diskutieren.«

(Ja.)

Ging es mir denn nicht eher um so etwas wie Verständigung, Versöhnung, wenn schon nicht um Wiedergutmachung?

Nein. (Ehrlich gesagt nicht.) Oder kaum.

Und meine Mutter sagte höchstens: »Delf! Nun lass ihn doch. Was soll der Jung denn?«

(Das war ich, der Jung.)

Ja. (Ja, genau.) Was sollte ich?

»Verstehen soll der Rotz was!« Da klang er fast böse.

Die Stunden zwischen Frühstück und Wiedersehen mit Lenny nutzte ich für einige notwendige Vorbereitungen und Besorgungen.

Im Buchladen am Marktplatz bestellte ich eine Oscar-Wilde-Bildbiografie, und bei einem unscheinbaren Ausrüster für Wanderer, Ruderer und (eher seltene) Fernreisende erstand ich (binnen sieben Minuten) ein elektronisches Stabfeuerzeug, zwei Rollen Gewebeklebeband und einen großen Rucksack, ferner einen ultraleichten (dunkelgrünen) Allwetterdress, Wanderstiefel (leicht wie aus Balsaholz) und ein Paar schwarzer Stoffhandschuhe. In einer engen, baumlosen Nebenstraße stieß ich auf ein Geschäft für Heimwerkerbedarf. (Hatte ich.) Dort fand ich zwei ausreichende Flachbatterien, einen Teleskop-Taschenschraubendreher, ein Teppichmesser (»permascharf«) sowie ein Set Schrauben.

Für die Bluetooth-Verbindung schließlich kaufte ich in einem Kellergeschäft mit dem schönen Namen »For Your Ears Only« einen Miniaturlautsprecher, den mir der mit unzähligen Segelschiffen auf den Ober- und Unterarmen (als wären es Flüsse) tätowierte Verkäufer als ausreichend anpries, obwohl er gar nicht wusste (wie auch), was ich im Schilde führte, und keine Ahnung davon hatte, dass seine mikroskopisch kleine Box den Nachmittag nicht überleben würde.

Mit dem Rucksack ging ich in die Tiefgarage, wo immer noch (seit Wochen) der Mitsubishi parkte. Er sprang problemlos an (guter Kauf, Stjan), und ich ließ den Motor laufen, damit die alte Lichtmaschine die alte Batterie mit Saft versorgte, während ich mir die Handschuhe überstreifte und dann gut die Hälfte von Nosferatus Fingern aus dem Kofferraum in mein tragbares Behältnis verlud. Ich zählte die Geldscheine, die von der Depotbeute übrig waren, und staunte über die Summe, die da in meinen schwarzen Händen wuchs und weiterwuchs. (Mein neuer Anorak hatte zwölf aufgenähte Taschen, und in jede stopfte ich Geldnoten.) Unaufhörlich fragte ich mich dabei, ob Hollie Magenta wohl in meine Falle tappen würde. Ihr angeblicher Bruder kannte den Namen des Arztes nicht, der Leuten den Tod voraussagte (und sich in meinem Fall gehörig verrechnet hatte), nur sie wusste, dass er Goossens hieß. Ich ging zur Sparkasse und zahlte die Restbeute auf mein Konto ein. Die junge Kassiererin war stämmig, hatte müde Augen und vollführte jede Bewegung in Zeitlupe und bedächtig wie der Nachtwächter eines Einkaufszentrums. Kein Mal entglitt ihr die gusseiserne Miene, mit der sie nicht nur die Scheine, sondern auch meine Anoraktaschen zählte.

Zwei Stunden lang setzte ich im Zimmer den in der Nacht ersonnenen Mechanismus zusammen (und war erstaunt, wie reibungslos er funktionierte). Der Zertrümmerplan wies nur zwei Schwachstellen auf: a) das Hineinkommen in den Transporter. Wenn das gelang, war der Weg für mich frei und für meinen Zimmermannslehrling jeder Ausweg versperrt; er würde Hilfe benötigen und (wenn er klug genug war) schon deshalb Hollie um Unterstützung bitten. Doch wenn Stjan b) nicht klug genug war und Frau Magenta nicht dazu bringen konnte, ihm aus der Sache herauszuhelfen, was sollte ich dann mit ihm (dem Klotz am Bein) anfangen?

War ich nervös? (Ich achtete nicht darauf.) Ich verließ mich auf meine Routine. (Alles minutiös geplant.)

So gerüstet und ausgerüstet, wartete ich auf ihn in der kleinen Grünanlage (mit Sichtschutzhecke) vor Radkas Domizil, neben mir den präparierten (ziemlich prall gefüllten) Racherucksack.

Als der lindgrüne Transporter kam, wartete ich, bis Monsieur ausstieg und im Eden verschwand.

Und ich war noch nicht bei dem Seniorentaxi, da sah ich einen kleinen blassroten Wagen (ein alter Fiat oder Simca) nicht weit entfernt anhalten unter den Bäumen und den Fahrer (oder die Fahrerin) am Steuer sitzen bleiben.

(War sie das?)

So sicher wie der Sonnenuntergang.

Er erkannte mich auf Anhieb, ja, behauptete sogar, sofort als Radka mich beschrieb, habe er gewusst, dass dieser Dr. Goossens ich sei. Denn er (der Schlauberger) habe damit gerechnet, dass ich aufkreuzen würde, seit (na, Stjan, seit wann?) ein paar Leute in dem Harburger Parkhaus nicht den Mitsubishi, dafür aber einen vorsintflutlichen Rover entdeckt hätten.

Ein paar Leute?

(Zusammengestammelter Mumpitz.)

Die wundersame Macht des Zufalls sei nun mal nicht zu unterschätzen, war das Erste, was ich zu ihm sagte.

Da allerdings saß ich bereits in seinem Transporter, auf dessen grünen Flanken in unübersehbaren Lettern EDEN stand und den er (achtloserweise) nicht abgeschlossen hatte. Der Nissan Primastar war (hätte Hollie gesagt) ziemlich runtergerockt. Er parkte unter den kränkelnden Kastanien der Seeuferstraße, und gerade war ich dabei, mich mit dem Gewebeband am Haltegriff meiner Beifahrertür festzukleben (damit ich nicht einfach zu entfernen sein würde), da stieg er ein, der Lügner, der Seniorenfahrer, der Bruder und bro.

»Okay«, sagt er. (Auf Anhieb diskreditiert.)

Und als Nächstes: »Ey, Alter.« (Dito.)

Und dann: »Come on. Da ist wer really sauer, oder?« (Ich sehe ihn nicht an, blicke, von meinem Sitz aus, stur geradeaus.)

Kaum sitzt er, schlägt er die Tür zu. »Ey, Benno.« (Er erinnert sich an mich!) »Ja, yes, wir, ich … fuck.«

(Ich blicke stur geradeaus. Und in den Seitenspiegel.)

Langes (sehr langes) Schweigen.

(Der Fiat oder Simca unverändert.)

Der entscheidende Moment (für ihn).

Der Augenblick, in dem er mir hätte erklären können, wie ein Mensch (er) einen anderen (mich) so hinters Licht führen, hintergehen, ausnutzen, lächerlich machen und sich selbst überlassen konnte. (Verpasst.) Der Moment, in dem er seine (oder Hollies) meinetwegen diametral entgegengesetzte Sichtweise hätte erläutern können. (Verpasst.) In dem er mir (von Mensch zu Mensch) hätte verdeutlichen können, woher er das Recht nahm, mich (wen auch immer) Repressionen (unverschuldeten) auszusetzen. (Verpasst.) In dem er mir wenigstens hätte näherzubringen versuchen können, wieso es keinen Unterschied machte, ob ich mich wochenlang um seine Kumpanin und angebliche Schwester gekümmert, sie gepflegt, sie aufgeheitert, ihr ein zumindest ersatzweises Zuhause geboten, ihr mein Vertrauen geschenkt und sie (durch Gegenwehr) zu stärken, wieder aufzurichten versucht hatte. (Verpasst.)

Dass er bedauerte (gar sich dafür entschuldigte), mir unter einem Vorwand den Ausweis meiner Tochter entwendet zu haben, erwartete ich ja gar nicht.

Dieses Schweigen, dachte ich (festgeklebt), was hatte es zu bedeuten, dass er sich nicht rechtfertigte? Ich sah in seinem Gesicht, dass er überlegte, aus dem Wagen zu stürzen und Reißaus zu nehmen. Aber er blieb sitzen (dieser grüne Kleinbus war zwar nicht seiner, doch ihm hatte man ihn anvertraut), und so fehlte nur noch ein klitzekleiner Moment (auch der entscheidend), bis mein Plan durch nichts mehr aufzuhalten war: Unser Stjan musste den Motor anlassen und losfahren.

(Der kleine rote Wagen unverändert.)

Deshalb sagte ich: Die wundersame Macht des Zufalls sei nun mal nicht zu unterschätzen. Zufällig sei ich nicht im Geringsten verärgert, ihn hier so unerwartet zu treffen, nein wirklich, ich sei sogar froh.

(Und das war noch keine Lüge.)

»Fahren wir erst mal los«, sagte ich.

Und er sagte: »Und wohin?«

Und wieder ich: »Es geht ja um meine alten Eltern. Sie sind im Wald spazieren, da sollen wir sie aufgabeln.«

(Erst das war eine Lüge.)

Und wieder er: »Wald? In welchem denn?«

Und ich: »Im Wald ganz aus Erinnerungen.«

Und da lachte er mich aus.

Dann fahren wir (ich sehe, der kleine rote Wagen – es ist ein Fiat – fährt auch), und ich schneide mich los von der Tür, und wieder lacht Stjan, aber nur so lange, wie er sich noch frei wähnt. Es ist ein formidables Klebeband (Viskosenetzfaser), dreilagig, für einen Menschen unzerreißbar.

Ich klebe seinen Gurt fest. (In drei Sekunden.)

Ich klebe Stjan in seinem Sitz fest. (In zehn Sekunden.)

Er wütet und flucht. (Und hört gar nicht mehr auf.)

Zwecklos. (Er wird umwickelt, zwei Mal, drei Mal.) Fertig.

(Der rote Fiat, in einiger Entfernung, doch, er fährt uns nach.)

Es ist das erste Mal für mich (soweit mir bekannt), dass ich jemanden gefangen halte, nein, es ist kein gutes Gefühl, aber um Gutes (oder gar Güte) geht es hier nicht mehr.

(Es geht ums genaue Gegenteil.)

Natürlich hätte Stjan unter normalen Umständen einfach nicht weiterfahren, anhalten und sich der Klebebandumwicklung entledigen können (wenn auch unter erheblichen Schwierigkeiten), doch fuhren er und ich nicht unter normalen Umständen Richtung Wald, ob dort nun meine toten Eltern auf uns warteten oder nicht.

(Ob dieser rote Fiat uns nun nachfuhr oder nicht, war unerfindlich – doch, er war da.)

Er realisierte seine Lage schlagartig aufgrund einer zwar winzigen, aber eminent ausdrucksstarken Veränderung.

»Was du von mir willst, Gerippe, kriegst du nicht«, sagte er. »Von mir erfährt keiner, wo sie ist, geht das rein in deinen alten Schädel?«

»Nein, geht es nicht. Sie machen, was ich Ihnen sage, Stjan, Len oder wie auch immer Sie sich gerade nennen«, sagte ich sehr ruhig zu ihm, während er uns aus Tyltow hinausfuhr. (Ich sah es in seinem Blick: Dass ich ihn nicht mehr duzte, empfand er als erschütternd.) »Sie fahren Richtung Wald östlich des Sees. Unter der ersten Rückbank steht mein Rucksack, randvoll mit dem, was Sie und ich einträchtig von Fabers Sand heruntergeschmuggelt haben, erinnern Sie sich? Und er ist scharf, nehmen Sie Gift drauf. Nur brauchen Sie das ja gar nicht! Sie werden es erleben.«

Er fragte nach dem Zünder. (Keine Antwort.)

Er fragte nach dem Geld aus dem Depot. (Keine Antwort.)

Er fragte, ob ich gar nicht wissen wolle, wo Hollie sei.

(Ich sah im Seitenspiegel, der rote Fiat war verschwunden.)

»Sie werden es mir sagen, wenn ich danach frage.«

Er fragte, wie es mir gehe, gesundheitlich.

(Da lachte ich ihn aus.)

Am Mittag hatte es beinahe aufgeklart, doch jetzt, da es fast schon wieder Abend wurde (obwohl es kaum vier war), kam der Nebel so rasch zurück, dass ich mich fragte, wo in den mit wenigen Waldinseln bestückten Hügeln zwischen den Seen er sich verborgen gehalten hatte. Wir fuhren auf den Tyltower Forst zu, Stjan rauchte zum Seitenfenster hinaus, bis ich meine Erlaubnis dazu zurückzog und er die Kippe hinauswarf.

»Ach, Benno«, sagte er.

Ich fragte nach der alten Jugendherberge, ob er wisse, wo sie vor dem Abriss gestanden hatte. (Ganz in der Nähe, mitten im Wald, sei ein kleiner Güterbahnhof gewesen.)

»Und da sind deine Eltern?«

»Da ist meine Tochter. Wie gesagt, es ist der Wald ganz aus Erinnerungen.«

Er schüttelte nur den Kopf mit der blonden Lockenmähne und dem Zehn- oder Dreißigtagebart.

Aber wie ich es gehofft hatte (oder geahnt, oder auch befürchtet), kannte er den Waldbahnhof. Es war (was Vivi vergessen haben musste) ein alter Panzerbahnhof der Roten Armee gewesen, aufgegeben bald nach dem Mauerfall, so wie unweit der Truppenübungsplatz und die Kasernen, von denen eine nach der Wende eine Zeit lang als Jugendherberge gedient hatte.

Ja!

Nach zwei Wochen Suche!

(Endlich gefunden.)

Stjan (das musste man ihm zugutehalten) hatte sich Lennys Humor bewahrt, wenigstens sein Sinn für Heiterkeit also war keine Lüge. Er fragte, wann ich geruhen würde, ihn von seinen klebrigen Fesseln zu befreien, aber auch darauf antwortete ich nicht.

Stattdessen fragte ich ihn, ob er auf seinem Handy (so wie alle jungen Leute heute) eine App habe, mit der man jedes gewünschte Lied sofort abspielen könne, und kaum dass ich ihm verraten hatte, um welchen Song es ging, ertönte er auch schon.

(»Rocket Man« von Elton John.)

»Ziemlich old stuff, Dr. Skeleton«, sagte er. »Aber nicht übel.«

Da lag das Handy, Rebekkas Lieblingslied erklang und (in gewisser Weise) auch Rebekka selbst.

»Als man das im Radio rauf und runter spielte, da waren meine Frau und ich jünger, als Sie es jetzt sind«, sagte ich.

Und er höhnte: »Im Radio?«

Also hatte ich mich wohl doch getäuscht. (Im Spiegel sah ich keinen Wagen mehr.)

Im Schritttempo auf einem Waldweg in den Tyltower Forst. Der Weg wurde schmaler. (Ich erkannte nichts wieder.) Noch hochsommerlich grünes, von Regen und Dunst nasses Laub schabte über die Seitenfenster. Die Sommerabenddämmerung dauerte in Tyltow mehrere Stunden lang, auch Stjan schien das zu wissen (er schaltete die Scheinwerfer ein), denn mit seinem Galgenhumor (der nicht komisch war), sagte er, ich hätte mir keinen besseren Ort und keine bessere Stunde für eine standrechtliche Sprengung aussuchen können.

Mit einem Mal das Areal, auf dem Kaserne und Jugendherberge früher gestanden hatten (Stjan zeigte hinüber) und wo jetzt nichts mehr war außer einer umzäunten, verlassenen Baumschule.

Dann die Lichtung. (Die Gleise!) Und dann das Ziel: Das verfallene, mit Brettern und Pressholzplatten verrammelte Bahnhofsgebäude, seine Anbauten, der eingestürzte Lokschuppen und die auffällig breite, geziegelte Rampe (für Panzer, ja, natürlich) – ich erkannte alles auf Anhieb wieder.

Wir kamen bis fast an die Gleise heran. Überall Gras, gebeugt von seiner Regenlast und doch kniehoch. Stjan trug Turnschuhe und Jeans. (Er würde den Heimweg nie vergessen.)

»Hier also lebt deine Tochter«, sagte er trocken.

Der Nissan stoppte. Ich warf noch einen Blick in den Rückspiegel. (Nichts.) Und war schneller: Ohne die Provokation zu beachten, griff ich zum Zündschloss. Der Motor ging aus, und der Schlüssel ging an mich.

Ich nahm sein Handy, seinen Tabakbeutel und sein Feuerzeug vom Armaturenbrett und steckte alles ein.

Ich sah sein Entsetzen. (Erst jetzt war er getroffen.)

Ich zog mir die Kapuze über den Kopf.

Ich nahm mein eigenes Handy.

Ich behielt ihn bei jedem Handgriff im Blick.

Ich sah, er erkannte den Ernst seiner Lage.

Ich sah seinen Bart zittern.

Ich betrachtete das Ganze mit der alle Unwägbarkeit auf ein Minimum beschränkenden Vernunft des Brückenkommissars, der ich gewesen war oder gewesen zu sein geglaubt hatte.

(Ich hatte meine Restlebenszeit hinter mir.)

Ich spürte furchtbare Kälte in mir aufsteigen (ein kalt ablaufendes Uhrwerk, durch nichts anzuhalten außer durch Zertrümmerung.)

Ich spürte die Wucht maßloser Anmaßung.

Ich spürte die Erinnerungen erwachen und lebendig werden.

(Im Radio? Ja, Mensch, im Radio!)

Ich sah Stjan in Tränen ausbrechen.

Ich sah im Rückspiegel nichts, keinen Wagen, keine Hilfe für ihn, keine Hollie oder Hanna-Lina.

»Wie haben Sie ihr Zeichen gegeben?«, fragte ich ihn.

Er verstand nicht (oder tat so).

Ich sagte: »Sie war hinter uns, in dem roten Kleinwagen.«

Ich fühlte weder Hohn noch Verachtung, genauso wenig aber das geringste Mitleid.

Und ich spürte die ganze Macht dieses Ortes.

(Und wie übel mir davon wurde.)

So saßen wir nebeneinander vorn in dem Primastar. Vor der Schnauze des Nissan lagen die überwucherten Gleise, und keine zwanzig Meter entfernt ragte die Ruine auf. Es nieselte, und der Nebel kam zurück.

Wir schwiegen, saßen reglos da … bis ich zu Stjan sagte, dass es so weit sei. Alles Weitere liege an ihm. Ich würde jetzt aussteigen und er hier sitzen bleiben und warten, bis ich zurück sei. Ich erklärte es ihm: Sollte er ins Freie zu kommen versuchen, würde ich mit einem einfachen Anruf den Bluetooth-Zünder aktivieren und den Wagen sprengen. Sollte er sitzen bleiben und warten, würde ich den Wagen ebenso sprengen, allerdings erst, sobald er und ich in Sicherheit seien.

Ich sagte: »Überlegen Sie sich Ihre nächsten Worte genau, Sie ausgemachter Strolch. Sie haben zehn Sekunden.«

(Ich blickte auf mein Handy.)

»Wir machen es, wie Sie wollen, Benno«, sagte er (nach vier Sekunden).

Und ich (als die zehn abgelaufen waren): »Richtig, Lenny. Nur sprechen Sie hier nicht für uns, nur für sich. Wie also wollen Sie sich verhalten?«

(Ich tippte die Nummer ein.)

Ich stieg aus. (Die Tür war offen.)

»Ich«, sagte Stjan, »ich«, sagte er, »ich warte auf Sie«, sagte er.

Und ich sagte: »Man sieht sich, Sire!« Und schlug die Tür zu.

34

Ein Sternenkind kehrt zurück

Ich verklebe die Fahrertür mit der Dachreling, verklebe alle fünf Einstiege. Ich sehe Stjan drinnen sitzen, auf seinem Sitz hinterm Steuer. (Reglos blickt er geradeaus.) Ich lege die flache Hand an die Seitenscheibe, ziehe sie aber sofort zurück und balle sie zu Hollie Magentas Faust.

(Kein Mitleid.)

Hat irgendjemand je Mitgefühl für mich aufgebracht, außer ich selbst (Selbstmitleid), irgendwer außer Cherin?

(Sie war es in dem roten Auto, es war Hollie.)

Dass sie sich davongemacht hat, erfüllt mich mit grenzenloser Enttäuschung.

(Keine Scheinwerfer im Hohlweg.)

Der Ort noch weniger Ort als seinerzeit. Ich suche nach dem Ort (Spuren), bleibe wachsam (behalte den Wagen im Blick), spüre den Nieselregen auf dem Gesicht (damals war Sommer, ein heißer Spätsommer), stakse voran durch kniehohes Gras, das mir zeitlos erscheint (Gras) und hier immer schon wuchs.

Keine hundert Meter entfernt der Zaun, hinter dem das Areal der Baumschule beginnt. Nichts (kein Stein, kein Pfosten) weist noch auf den enormen Komplex aus Backsteinbauten hin (die alte sowjetische Kaserne), der sich dort einmal bis in die Baumwipfel erhob.

Vor zwanzig Jahren parkte ich den Audi vorm Haupteingang der Jugendherberge.

Ich fragte am Empfang nach meinem Kind, sprach mit

dem Hauswart, zwei Lehrern, drei glotzenden Jugendlichen.

»Wird irgendwo rumschwirren«, hieß es. Ich solle mal am alten Sowjetbahnhof gucken gehen, dahin würden die meisten zum Rauchen und Rummachen rennen, im Wald sei ein Weg, ich solle lieber fahren (Gras hoch und voll Zecken), drei Minuten, Maximum.

Und über dieses Gras hinweg sah ich sie.

Da war sie. (Da bist du.) Und auf einmal schien eine Brücke möglich. (Durch die Zeit.) Von ihr zu mir. (Von mir zu dir.) Eine Brücke, die vielleicht nicht trug. (Aber sie ließ sich inspizieren.)

Vivi, da bist du.

Sie kauerte in einer Nische hinter Backsteinpfeilern, als ich sie entdeckte. Sie erkannte mich (von Weitem) und verbarg Gesicht und Hände. Ich rief sie, sie fuhr zusammen, duckte sich weg (als könnten meine Blicke verletzen). Dadurch zog sie mich nur näher zu sich. Vivien! (Was ist mit dir?) »So lass dir doch bitte … Vivi!«

»Weg, nicht!«, schien sie zu schreien (in sich hinein), »Papa, lass mich!« (unhörbar), als ich bei ihr war und sie zu mir zu drehen versuchte, um wenigstens in ihren Augen zu lesen, was mit ihr war.

Aber ich sah, das ging nicht, ich sah, sie war geknebelt.

(Vivi, dein Mund ist ja zugeklebt.)

Zwanzig Jahre sind keine lange Zeit für Erinnerungen. (Ich erinnere mich an die Hände, die Augen meines Vaters, als ich vier oder fünf war.) Doch es ist eine immens lange Zeit fürs Zuschütten und Verwinden (Vergraben) von Erinnerungen.

Der Schrecken ist es, der das fertigbringt, das Grauen. (Hollie würde sagen »der Horror«.)

Dieser Ort war nicht bloß Unort. Der Tyltower Panzerbahnhof war der Eingang zu meiner Unterwelt und zur Unwelt meiner Tochter.

Dieselbe Mauernische (unverändert), nur zwanzig Jahre später. Derselbe Fleck aus Stein. (Zement.) Ich wartete wie damals, weil nichts an den Geschehnissen sich ändern ließ. (Zement.) Nicht nur ihr Mund war zugeklebt. Ihre Hände umwickelt mit Klebeband und festgeklebt an ihrem Gürtel. Sie hatte sich eingenässt. Hier stand ich wieder, und wieder war ich (unfassbar) grenzenlos erstarrt. (Zement.) Unverändert. (Derselbe Fleck.) Abgetrennt von ihrer Traurigkeit, die ich doch deutlicher als alles andere vor Augen hatte, als schliefe ich wie ihre Mutter im Betäubungsrausch.

Ich ließ sie (und ließ damit mich), ließ sie sich wimmernd krümmen und sich winden in ihrer Panzernische. Ich setzte mich auf diese Stufe, auf der ich jetzt noch einmal saß. Beschützte sie. (Nur sah nicht hin.) Ich achtete in meinem Rücken auf alles, was sie von sich gab. (Doch gab mich unsichtbar.) Ich sah Thormählens goldenen Audi auf der Lichtung stehen, so wie ich jetzt dort Stjans Transporter sah.

Ich rauchte zwei, drei Zigaretten damals, und darum zündete ich mir auch jetzt (zum letzten Mal vor Vivis Nische) eine Camel aus dem Forelle-Automaten an. Stjan saß auf seinem Platz, denn es beschlug sein Seitenfenster.

Dann hatte sie sich irgendwann so weit beruhigt (war so erschöpft), dass ich mich nähern durfte, und endlich nahm ich sie (und kam sie auch) in meine Arme.

»Mein Liebling«, sagte ich, »was ist dir denn passiert, wer hat das denn mit dir gemacht?«

Sie konnte gar nichts sagen. (Das Klebeband war viel zu fest um ihren Kopf.)

Ich lotste sie zu dem Audi.

Ich setzte sie auf den Beifahrersitz.

Ich öffnete das Panoramaglasdach.

Zerreißen ließ sich das Band nicht.

Ich brannte es auf (mit einem Feuerzeug), zuerst die Fesselung der Hände, dann die Knebelung (da wurde sie ohnmächtig), wodurch am Nacken ihr Haar versengte, ihr Kragen (und meine Finger), bis das Band endlich entfernt war.

Aber immer noch hielt sie den Mund fest verschlossen (sagte kein Wort), blickte nur aus ihren Augen.

Auf einmal spuckte sie etwas aus und in die Hände, wo sie es in einer Faust behielt. (Was war es?) Was es war, ließ sie mich nicht sehen. Ihr Kopf kippte seitlich ans Fenster (wieder ohnmächtig), und sie zitterte am ganzen Körper. Im Kofferraum fand ich eine Wolldecke, die ich über sie breitete. Ununterbrochen sprach ich mit ihr, erzählte ihr, was ich sah, was ich tat, was ich vorhatte. (Keine Regung.)

Ich fuhr. Linder Wind kam zum Dachfenster herein und schien ihr gut zu tun. Ohne an der Jugendherberge Halt zu machen, ohne einer Aufsichtsperson oder ihren Mitschülern Bescheid zu geben, beschloss ich, heimzufahren. (Raus aus Tyltow!) Nur einmal (spät am Abend) stoppte ich an einer Raststätte, um zu tanken und meinen Zucker zu messen. Vivi schlief (sie hatte noch immer kein Wort gesprochen), und in ihrer offenen Faust lag etwas (ein unförmiger Klumpen), ein Knebel aus Speichel und graurotem Kleister, ein Brei (halb zersetzt) aus Essensresten oder Pappmaché.

Als sie auf der nächtlichen Autobahn zu sich kam, reichte ich ihr den Karton Tissuepapier von Thormählens Mittelkonsole und sagte, was sie da in der Faust hielt, solle sie aus dem Fenster werfen: »Wirf es raus, mein Herz, ich will gar nichts wissen.«

Und zwanzig Minuten später (wortlos, stumm) machte sie es.

(Ein heißes Glücksgefühl durchlief mich.)

Der Fensterheber summte, und Vivi streckte erst den Kopf in den Fahrtwind hinaus, dann die Faust, die sie öffnete und schloss, öffnete und schloss und so trocknen ließ in der Nachtwärme irgendwo zwischen Wismar und Ratzeburger See.

(Sagen konnte sie nichts.)

Nur um das Schweigen zu verscheuchen und sie abzulenken, erzählte ich von dem, was wir vor uns und über uns sahen.

Dass die alten Griechen viertausend sichtbare Sterne zählten und annahmen, das seien alle.

Dass viertausend ziemlich genau die Anzahl der Sterne sei, die man von den dunkelsten Punkten der Erde aus ohne Hilfsmittel am Himmel erkennen könne.

Dass man vom Balkon in einer nachts so beleuchteten Straße wie der Isadorastraße nur maximal hundert Sterne sieht.

Dass die wahre oder wirkliche oder korrekte Anzahl der Sterne zu berechnen zwar unmöglich ist, aber dass es neue Schätzungen gibt, die Richtung Unendlichkeit gehen.

Ich sah Viviens Blicke, wie sie über den Sternenhimmel wanderten. (Sie hörte mir zu.) Unerfindlich, was sie dachte.

»Siebzig Trilliarden Sterne«, sagte ich, »so viele hat man inzwischen errechnet. Aber wie viele es wirklich sind (Himmel!), weiß niemand. (Irre, oder?) Und es ist ja auch gar nicht wichtig. Denn wüsste man, wie viele Sterne da sind (da oben oder da draußen), guck, was würde das ändern, für dich, mich, irgendwen?«

In der Woche darauf polizeiliche Untersuchungen an der Schule, die nichts ergaben. Niemand in der Klasse (oder Parallelklasse) hatte etwas bemerkt, und den beiden Betreuungslehrerinnen war nichts aufgefallen.

(Vivien schwieg.)

Nach acht Tagen sprach sie langsam wieder, nicht aber über Tyltow oder was dort geschehen war (zumindest nicht mit mir).

Rebekka hatte ihre Entziehungskur frühzeitig beendet.

Die Fesselung, die Knebelung (das Klebeband) – zwei

separate Gutachten vertraten einhellig die Auffassung, es sei unwahrscheinlich, dass Vivien sich selbst in ihre hilflose Lage versetzt hatte.

Fremdeinwirkung (»durch wen immer«) sei (»mit an Sicherheit grenzender Wahrscheinlichkeit«) vorauszusetzen.

(Neurologe; Psychiater; Psychologin; Psychotherapeutin.)

Ihre Eltern (Rebekka, ich) wurden einzeln erst postalisch informiert, dann (unter sechs Augen) zu einer psychologischen Unterrichtung geladen.

Ein sexueller Übergriff habe ausgeschlossen werden können. Die Gespräche mit unserer Tochter hätten ergeben: Ein möglicherweise noch lebendiges Vogelküken sei Vivien in den Mund gesteckt und ihr Mund ihr daraufhin zugeklebt worden. (»Von wem immer.«)

»Wer macht so etwas?«, kreischte Rebekka (noch in der Praxis, dann auf der Straße, schließlich wochenlang am Telefon), immer wieder: »Wer macht so etwas?«

(Vivi verweigerte jeden Hinweis.)

Als ich die Ansicht äußerte, es sollte nicht im Vordergrund stehen, wer Vivien misshandelt hatte (sondern wie sie damit weiterleben könne), brach Rebekka den Kontakt zu mir ab.

Wie hatte Vivi damit weitergelebt? (Ich weiß es nicht.) Wusste es ihre Mutter? Hat sie später ihrem Mann davon erzählt? Tyltow erwähnte sie erst ein gutes Jahr später wieder, als sie sich für die verschwundene Brücke zu interessieren begann und mir vorschlug, gemeinsam ein möglichst großes Modell davon zu bauen, »mindestens so groß« (sie lachte) »dass selbstbemalte Figuren mit Augen, Mund und Händen darauf stehen können!«

35

Hinterm Licht

Auch die größten Denkfehler in meinem verfahrenen Leben lassen sich zusammenfassen in einer anschaulichen Liste, so a) den über ein halbes Jahrhundert hinweg von mir aufrechterhaltenen Glauben, mein Vater würde zurückkehren zu meiner Mutter und somit (irgendwie) auch mir; oder b) die Überzeugung, allein durch Zuwendung, Geduld oder Liebe (wie immer man es nennt) wäre es möglich gewesen, Rebekka herauszulösen aus ihrer Beruhigungsmittelabhängigkeit; c) anzunehmen, Vivi benötige einfach nur Zeit, den Tod ihrer Mutter zu verwinden, ehe sie zu realisieren imstande wäre, dass nicht ihr Vater verantwortlich für ihr Unglück war, Tochter einer unglücklichen Mutter zu sein; und auch d), mein Festhalten trotz allem an einer zutiefst bürgerlichen, jede Widerständigkeit absorbierenden Überzeugtheit, in Vorankommen und Erreichen selbstgesteckter Ziele (niemals ernsthaft hinterfragt) liege (verborgen vielleicht) ein Sinn für dieses ganze absurde, zermürbende, nervtötende, alle Freude zunichtemachende, alle Freunde verprellende, jeden ruhigeren Augenblick einäschernde Hetzen durch Kalender (Agenda), Termine (Meetings), zweckdienliche Anschaffungen und zweckorientierte Unterhaltungen (alles, was Hollie als »bullshit« verwarf), den ganzen innovativen Schrott.

(Ja.)

Nein, das Entscheidende (einem alles Verleidende) ist doch e), dass man sich selber fortwährend etwas vormacht, dass Selbstkenntnis oder gar Selbsterkenntnis Chimäre ist (wenn nicht Illusion), da einen nichts (gar nichts) abbringt vom Trugschluss, es würde alles schon hinlangen, besser werden, man sich selber bessern, und so würde es beständig einfacher werden, Kraft, Muße, Zeit (was auch immer) für die Belange anderer aufzubringen, Belange, die (irgendwie) sowieso die eigenen sind.

(Im Wald ganz aus Erinnerungen erschien mir mein Leben wie eine ununterbrochene Kette aus Denkfehlern.)

Immerhin nehmen Denkfehler und Trugschlüsse kein Ende.

(Wäre nicht auch das ein Trugschluss.)

Es war ein Denkfehler, anzunehmen, Lenny hätte nur ein einziges Handy. Es war ein Trugschluss, zu glauben, Stjan durch meine Vergeltungsmaßnahmen zum Umdenken bewegt zu haben. Es war ein Denkfehler, überzeugt zu sein, Hollie würde mich nicht länger hinters Licht führen können.

Als wäre ich nicht allein, sondern hätte meine junge Tochter im Arm (im Herzen), ging ich zurück zu dem Primastar und entfernte die Verklebung am Fahrereinstieg. Ich öffnete die Tür und sagte zu Stjan, er solle aussteigen.

»Und, deine Tochter«, fragte er, als ich ihn losschnitt (mit dem Teppichmesser), »alles klar mit ihr?«

(Er lächelte mich an.)

Nebelschwaden breiteten sich aus im Wald und um die Ruine, aber es regnete nicht mehr, und der Himmel hatte aufgeklart und zeigte vereinzelt sogar Sterne. Es wurde kühl, ich spürte, wie sich der Frost am Erdboden zusammenzog, und schätzte, dass es bis ins Tyltower Zentrum mindestens eine halbe Stunde Fußmarsch waren.

»Los, kommen Sie«, rief ich ihm zu und setzte mich in Bewegung auf das Gehölz zu, durch das wir gekommen waren, im Rücken die Lichtung mit ihrer Betonrampe für T-64- und T-80-Panzer, die jetzt in der Ukraine Cherson und Mariupol zu Klump schossen. Im Halbdunkel vor dem verfallenen Bahnhof parkte hellgrün (unwirklich, gespenstisch) der Transporter.

Ohne Schlüssel blieb Stjan keine Wahl. Ich wandte mich nicht nach ihm um, aber hörte, wie er mir nachgetrottet kam, wortlos, ab und zu schniefend. Nirgends war ein Licht, nur am sich eindunkelnden Himmel stand ein letztes (blassvioletes) Leuchten.

Stumm schritten wir durch den tropfnassen Hohlweg (ich voran, er mir nach), und beide wussten wir, dass noch etwas ausstand, etwas die geisterhafte Szene abzuschließen hatte, denn warum sollten er und ich zurücklaufen nach Tyltow, wenn wir doch einen Wagen hatten? (Ja.) Ja, dieser seltsame Umstand schrie geradezu nach Aufklärung.

»Du verstehst überhaupt nichts, Benno Goodman«, rief er unvermittelt von hinten. »Du hast keine Ahnung, was du anrichtest und dass du alles nur noch schlimmer machst! Weißt du, wie sehr es ihr zugesetzt hat, dich so abservieren zu müssen? Wahrscheinlich interessiert es dich nicht mal! Stört doch nur beim Moralisieren! Du musst mehr Zauberer werden, Herr Brückenkommissar.«

Ich blieb stehen, zog sein Handy und seinen Tabakbeutel aus der Tasche und hielt beides hoch.

»Ihr Handy, Stjan, Lenny oder wie auch immer!«, rief ich. »Wird weggezaubert.« (Ich warf das Handy zwischen die dunklen Bäume.)

»Tabak! Weggezaubert!« Ich schleuderte den Beutel (wie einen Ball) ins Dunkel, drehte mich um und wartete, dass er zu mir aufschloss, aber er ging einfach an mir vorbei und war nach wenigen Schritten eine in dem Hohlweg kaum noch sichtbare Silhouette.

»He, hiergeblieben!«, rief ich ihm nach. »Wir sind noch nicht fertig miteinander, Sie und ich. Und über ihre Freundin Hollie Magenta reden wir, wenn ich es Ihnen sage!«

(Aus dem Dunkel schallendes Gelächter.)

»Red du von Hollie, wann immer es dir passt, uralter Häuptling vom Stamm der Ahnungslosen«, brüllte er. »Ich rede nicht von Hollie, kapiert? Ich spreche von Hanna, das ist ein Unterschied, ein mighty, mighty Unterschied, und nur um den geht es hier, Penno Komik!«

Nein (dachte ich), nein, Stjan, mit meiner Tochter ist nicht alles klar. Was hätte ich dafür gegeben, durch diesen Wald mit ihr (nicht ihm) zurück nach Tyltow zu laufen.

(Alles.)

»Ey, Alter, was soll das Ganze eigentlich?«, rief er. (Das fragte ich mich allerdings auch.) »Raffst du noch, was Sache ist, nein, du bist schon ganz jenseits, oder?«

(Schallendes Gelächter aus dem Dunkel.)

Ich zog mein Handy aus der Tasche.

Ich tippte die Zertrümmernummer ein.

Ich war mir sicher (hundertprozentig), dass wir den Bluetooth-Sendekreis bereits verlassen hatten – da hob es (und ich schrak zusammen) den Nissan auf der Lichtung als hellgrünen Feuerwürfel in die Nachtluft. Ein böser Knall trieb zwei, drei Blechdetonationen auseinander. Flammen fraßen sich durch Gummi, sprengten eine Seitenscheibe ab, und alles platzte auf und war kaputt, und Funken flogen (Aschefetzen, auf der Stelle schwarz), die alles, was einmal ein Primastar gewesen war, in die Vergangenheit hinüberrissen.

Stjan brüllte (wenig überraschend): »No! No!« Schon hörte ich ihn angerannt kommen – seine Schuhe klatschten in die Pfützen.

Ich sagte nichts (starr vor Staunen), zwei, drei Sekunden vielleicht blieben mir, in denen ich bloß auf das Feuer blickte und (als würde ich im Innern brennen) noch einmal dieses heiße, rieselnde Gefühl von einem unbändigen Glück verspürte, zwei Sekunden, drei Sekunden, in denen aller Unmut (aller Schmerz um Vivien), zwanzig Jahre lang fast Tag für Tag durchlebt, in Flammen stand, verrauchte und verging.

Zum ersten Mal im Leben hatte ich etwas zerstört, das größer, fester, eine Art von Gegenüber war. (Ich dachte nicht an Polizei, an Feuerwehr.) Ich dachte bloß, wie gut, es hinter mir zu haben, und wünschte mir nichts sehnlicher, als dass nicht nur der Wagen in die Luft flog, sondern alles hier, Ruine, Rampe, Lichtung und der ganze elendige Fleck.

Der ausradierte Panzerbahnhof.

(Der Wald ganz aus Vergessen.)

Einen Kopf kleiner als ich, rannte Stjan aus vollem Lauf in mich hinein und sprang mir auf den Rücken. Dabei schrie er mir ins Ohr (Obszönitäten, austauschbar), und ich kippte: Eine Achtzigkilolast auf den Schultern, warf es mich nach vorn, mit ausgestreckten Armen, abgespreizten Händen, landete ich auf den Knien und sackte vornüber in das nasse Gras am Wegrand und den Matsch, aus dem es grün und triefend (selig) in die Höhe wuchs.

Bäuchlings lag ich da und sah: dass auf der dunklen Lichtung immer noch der Nissan brannte, auch wenn da nicht mehr so orange und hellblau Flammen in den Himmel loderten. Rampe und Ruine schien das Feuer (leider) nicht erreicht zu haben. Meine rechte Wange im Schlamm. Und auf mir (Steiß und Kreuzbein) hockte Stjan und presste mir den rechten Arm im Polizeigriff auf den Rücken. Ich roch: das Erdreich, lauter Grünzeug, und aus dem Wald (wie unsichtbarer Nebel) kamen Schwaden, die nach Ruß, Benzin und nach verbranntem Gummi stanken.

Auf mir sitzend keuchte Stjan: »So, Alter, jetzt bist du hoffentlich glücklich. Du fesselst mich, ja? Du legst den Wagen eines Altenheims in Schutt und Asche, ja? Und wirfst mein Handy weg? Du Irrer. Ich hab zwei, hast du dir das nicht denken können, du völlig bekloppter Alter?« Er hielt mir sein zweites Handy vors Gesicht. »Siehst du das? Siehst du?«

Mit einem Knie drückte er mir den Arm noch fester an den Rücken. (So hatte er beide Hände frei.) Dann wählte er eine Nummer, und in der Stille hörte ich das Knistern der Flammen auf der Lichtung, und plötzlich (aus seinem Handy) zum ersten Mal seit Wochen Hollie, zumindest ihre Stimme.

»Wo zum Geier bist du?«

(Wie schön, sie zu hören!)

Er beschreibt den Weg zu dem alten russischen Verladebahnhof und sagt dann tonlos: »Benno kann zaubern. Hat den Transporter vom Eden verschwinden lassen … nein, mit deinem Sprengstoff.«

»Hinter mir ist schon überall Blaulicht«, höre ich sie sagen, »ich weiß nicht, ob ich es rechtzeitig schaffe.«

Und Stjan sagt: »Keine Bullen zu sehen. Beeil dich. Wir kommen dir entgegen durch den fucking Märchenwald.«

Und Hollie, ehe es wieder still wird: »Du tust ihm nicht weh, ja? Hörst du, Christian?« (Klar und deutlich höre ich sie den Namen sagen.) »Chris«, sagt sie, »erzähl ihm alles. Ich komme. Zehn Minuten!«

In diesen zehn Minuten band mir Stjan (mit meinem Klebeband) die Hände auf dem Rücken zusammen und verklebte mir den Mund – »nur zur Vorsicht, du Brückenmagier.« In diesen zehn Minuten (bevor ich Hollie wiedersah) half er mir im inzwischen fast kompletten Dunkel auf die Beine und zurück auf den Hohlweg. (Er wischte mir sogar den Schlamm von meinem Schlammanzug.) In diesen zehn Minuten, die wir durch die Finsternis des Tyltower Forstes stolperten, gehörte die Zeit ganz ihm, denn nur Stjan konnte reden (erzählen und berichten), und ich musste tun, was er sagte: »Du läufst und hörst zu. Oder ich kleb dich an einen Baum, damit dich die Eichhörnchen und die Schnecken fressen.« Er lachte böse (und unvergesslich).

In diesen zehn (neun, acht, sieben) verbleibenden Minuten sahen er und ich mit vier in die Dunkelheit starrenden Augen, wie sich, erst langsam und stockend, dann schneller und immer rascher (wie ein Zwillingskomet), ein Scheinwerferpaar durch den Wald auf uns zu bewegte, gefolgt von einem blauen Schweif rotierender Lichter.

Stjan berichtete nur widerwillig, denn so wie er es sah, hatte ich jeden Anspruch verwirkt, von ihm ins Bild gesetzt zu werden. Und stimmte das nicht? Während er mir erzählte (»in aller Kürze, Gefangener«), wie lange er Hollie (Hanna) kannte (schon immer), sagte ich mir, dass ich es durchaus verdient hatte, nun meinerseits gefesselt und geknebelt durch diesen Gespensterwald bugsiert zu werden. Oder hätte etwa Vivi etwas dagegen einzuwenden? Es gab nicht viele Menschen, mit deren Verständnis ich noch rechnen konnte, zwei vielleicht oder (höchstens) drei. Dr. Schiller-Benz hätte angeregt, mir auch die Füße zu fesseln und mich im Tyltower Forst liegen zu lassen, bis Ordnungshüter mich fanden und die Ordnung wiederherstellten. Cherin hätte mich in Schutz genommen (ja, nur war sie dreitausend Kilometer weit weg). Aus dem Domizil Eden wäre mir Radka beigesprungen – bis sie erfahren hätte, was ich (na) gesprengt hatte. Und auch Mr. Wilde hätte die Stimme für mich erhoben, weil er wusste, dass man alles, was man anderen antat, sich selbst antat. (Aber er war leider seit hundertzweiundzwanzig Jahren schon tot.)

»Seit wir kleine Kinder waren, haben wir aufeinander aufgepasst und uns beschützt«, sagte Stjan. »Kapiert einer wie du, dass wir mehr sind als Geschwister und trotzdem nie was hatten miteinander, zusammen oder ein Paar waren? Ach Fucksprache. Du checkst ja eh nicht, dass ich Hanna um jeden Scheißpreis rausholen musste aus der Sackgasse, in der sie in Hamburg festklemmte. Aber wie soll das auch reingehen bei dir. Ey, Alter, wieso hast du meinen Tabak weggeschmissen?! Schon allein dafür gehörst du erwürgt, weißt du das?«

Er rüttelte an mir (knuffte, boxte mich), aber antworten konnte ich trotzdem nicht.

»Mhmm, mhmm, mhmmm«, machte er. »Gehaltvoll, oder, die Sprache der Waschmaschinen?«

Jede halbe Minute schaltete er für wenige Augenblicke seine Handyleuchte ein, dann sahen wir die nächsten Mulden, in denen wir stolpern würden, Wurzeln, Steine, Äste, das Grüne (Graue) links und rechts des Wegs, der so völlig geradeaus verlief wie mit einer Schere aus dem Wald herausgeschnitten. (Gab er damit Hollie Zeichen?) Ich sah in diesem grellen Schlaglicht auf einmal eine Eule in einer Astgabelung sitzen, geweitet ihre großen Augen (golden wie Cherins), und sie flog nicht auf, nicht davon ins Dunkel. Im selben Moment bog ein paar hundert Meter weit weg das Scheinwerferpaar in die Schneise und näherte sich von da an rasch und auf geradem Weg.

(Hollie!)

»Okay, sie will es so, dann soll es so sein«, sagte Stjan, blieb stehen und hielt mich fest. »Ich mache Licht, damit ich dein verdattertes Doktorgesicht sehen kann.« Seine Handyleuchte ging an, und mit einer einzigen, flinken Bewegung griff er in mein Doktorgesicht (ich habe kein anderes) und riss mir das Klebeband vom Mund.

Und wieder im Dunkel, sagte er, sie sei krank, so sehr (»so übel«), wie ich es nie gewesen sei.

»Krank? Wer?«, fragte ich.

Und er sagte: »Hanna. Hanna, Mensch!«

Und ich: »Hollie? Krank – was hat sie?«

»Frag sie selbst, Alter, gleich kriegst du die Chance dazu«, sagte er höhnisch. »Du musst dich mal sehen! Da fallen so einem wie dir auf einen Schlag alle Fenster aus der Visage, und der ganze Putz deiner Beletage-Fassade platzt weg und runter aufs Trottoir.«

(Er gähnte.)

Am liebsten hätte ich ihm …

So schnell ich realisieren konnte, dass ich noch immer gefesselt war, sah ich jedoch, die Scheinwerfer waren schon ganz nah, und wollte (mochte) nicht glauben, was Stjan gesagt hatte. Aber das durch den Wald fallende Licht ließ mich jetzt auch sein Gesicht und darin einen Ausdruck sehen, der mir sagte, dass es stimmte. Ich sah noch, der Wagen, der da auf uns zukam, war der kleine rote Fiat (tatsächlich), dann aber nichts mehr, weil Hollie die Scheinwerfer löschte, gerade rechtzeitig, bevor am Ende der Schneise die Blaulichter in den Hohlweg einbogen und schnell näherkamen.

36

Schuppenstunden

In dem Flackern und Kreisen, das durch die Schneise fällt, steht sie vor mir, und selbst in diesem schwachen (sich verstärkenden) blauen Widerschein auf ihren Zügen erkenne ich, wie sehr sie sich verändert hat. Schmal ist sie, bestimmt fünf Kilo hat sie abgenommen, kurzgeraspelt, schwarz (gefärbt) ist ihr Haar, und mit dieser Rekrutenfrisur über dem auf einmal so markanten Gesicht wirkt sie momentlang wie ein junger Kerl Ende zwanzig.

Als sie auf mich zukommt, sagt sie (grußlos) als Erstes: »Also du lebst noch.« Und fragt (ohne Luft zu holen), wann ich zuletzt meinen Zucker gemessen hätte.

»Lange her, zu lange.«

(Vor über vier Stunden.)

Ganz dicht stellt sie sich vor mich hin, hält mir einen Mars-Riegel vor die Nase und fragt (mit Hollie Magentas unverändert dunkler Stimme): »Du willst mich nicht umarmen, liebes Benno-Ungeheuer, oder?«

Doch, dass ich das gern würde, leider aber nicht könne, gebe ich zur Antwort und drehe mich so, dass Hanna sehen kann, wie ihr Freund (der mit den vielen Namen) mich kampfunfähig gemacht hat.

»Fuck!«, faucht sie ihn auf der Stelle an und versetzt ihm einen Stoß gegen die Brust. (Er taumelt, taumelt zurück.) Aus dem Dunkel im Hohlweg schimpft er, bezichtigt mich, mit dem Verkleben von Händen und anderen Körperteilen doch angefangen zu haben.

»Lächerlich, würde ich nie tun, Milchgesicht!«

»Bitte? Du hast mich in meinem Transporter auf dem Fahrersitz nicht festgeklebt? Bevor du den Wagen gesprengt hast, alter Bekloppter?«

»Ich weiß nicht, wovon er redet.«

»Haben wir Zeit für euren Mist?« Hanna ist jetzt richtig böse (auf ihn und mich). »Mach ihm das Scheißband irgendwie ab! Dann in die Karre, los jetzt!« Sie stopft mir den Riegel in die Brusttasche.

Noch dringt das Licht der sich nähernden Scheinwerfer nicht bis zu uns (aber viel fehlt nicht mehr). Bei jedem blassen Leuchten, das auf ihr Gesicht fällt, kann ich nicht anders, als sie anzustaunen, und sofort suche ich nach Anzeichen, nach Spuren.

(Müde wirkt sie und sehr ernst.)

Stjan greift mir in den Anorak und holt das Teppichmesser hervor. Damit hätte ich ihn losgeschnitten! Und damit schneide er jetzt mich los, aber nur unter massivem Druck, nicht freiwillig!

»Der Sack hat meinen Tabak in den Wald geworfen! Ey, da waren mindestens noch drei Blüten drin!«

»Eine milde Gabe für die Eichhörnchen, Herr von Kleist.«

»In den Wagen! Chris fährt. Du nach hinten, Benno, mach dich auf der Rückbank so klein wie möglich.«

Hanna hat den Durchblick und offenbar einen Plan. (Sie ist noch einmal Hollie.) Als ich endlich die Hände wieder bewegen kann und mich zusammenkrümme auf der winzigen Rückbank, sehe ich sie mit einem Knüppel hinter den Fiat treten und höre (spüre), wie sie die Rückleuchten zerdeppert. Chris startet den Motor, Hanna steigt ein (»Nur Standlicht!«), und dann verschwinden wir langsam durch die Dunkelheit zwischen den immer noch triefenden Büschen und Bäumen, hinter uns die Lichter (die uns nicht erreichen dürfen) und vor uns die Lichtung mit der Ruine und dem Wrack des Transporters (das nicht mehr brennt, aber noch qualmt) – »der einzige Ort hier, an dem wir es vielleicht hinkriegen, uns invisible zu machen«, sagt Hanna mit der Stimme der noch nicht ganz gestorbenen Hollie.

Drei Stunden lang saßen wir bei völliger Dunkelheit in dem schuhkartongroßen Fiat, den Chris (schnaubend aufs Lenkrad einhämmernd) vorbei an den verkokelten Überbleibseln seines Primastar manövriert und um die Bahnhofsruine herum in einen halb zusammengebrochenen Schuppen am Rand der Lichtung gefahren hatte. (Einen Steinwurf entfernt von dem Backsteinbau, wo ich auf Vivi gestoßen war.) Der Garagenschuppen besaß eine hölzerne Schiebetür, die auf einer verrosteten Schiene lief und sich nur noch zur Hälfte schließen ließ. An den mit Graffiti beschmierten Wänden wuchs Moos und waren Gerümpelstapel, Reifen und Plastiksäcke voll mit irgendwelchen lange vergessenen Sachen oder Resten von Sachen aufgetürmt, und von allem etwas rutschte auf Motorhaube, Dach und Kofferraumklappe, als Chris unseren fahrbaren Unterschlupf hier hinein bugsierte, »womöglich ein bisschen zu forsch«, meinte ich, und das fand auch Hanna.

(Von vorn zeigte er mir den Mittelfinger.)

»War Absicht«, sagte er trocken (und hätte ich wahrscheinlich genauso gesagt), »sieht echter aus.«

»Ein echter Michael Kohlhaas für Senioren«, sagte ich ebenso trocken. »Soll ich ihn festkleben?«

(Zwei Mittelfinger.)

Hanna drehte sich zu mir um. »Hör auf, Dreihundert«, sagte sie warm (fast zärtlich), aber auch unmissverständlich.

Von einem unangenehmen Gruselgefühl erfüllt blickte ich zum hinteren Seitenfenster hinaus. (Der feuchte Staub und Dreck, der auf allem lag, war fast körperlich spürbar.)

Also waren wir erst einmal untergekrochen, und als die beiden die Schiebetür so weit wie möglich zugezogen hatten, trat Stille ein (wenn auch bloß für zwei, drei Minuten). Ich blieb sitzen auf meinem gepolsterten Turiner Rückbänkchen, lange genug hatten mich meine ohnehin zu langen Beine durch den Tag getragen. Endlich prüfte ich meinen Zucker (76), war froh, Hannas Schokoriegel zu haben (den ich genüsslich verdrückte), und störte mich nicht weiter an dem wilden Schwall aus Verwünschungen, die Chris gegen mich ausstieß, weil auch seine beste Freundin (von der er alles wusste) keine Zigaretten hatte. Die Kanaille. Der Schnorrer! Chris konnte nicht wissen, dass in meinem Anorak ein noch halbvolles Päckchen Camel steckte, und ich beließ es dabei, denn ich mochte ihn einfach nicht, ja hatte ihn schon bei seinem Lenny-Auftritt nicht leiden können. Einer wie ich würde von einem wie ihm nie erfahren, was er dachte (geschweige denn wusste), und selbst wenn er es erzählte, wäre es nicht die Wahrheit (die es in seinen Augen gar nicht gibt), bestenfalls die verzerrte Erinnerung an einen Haufen Wahrheiten (ein wahres Gerümpel), aufgestapelt und nichts wert. Der Junge, der die Leukämie besiegt hatte. Zum Totlachen! Der ganze Haufen aus Lügen war nicht mehr wert als der Schrott und Plunder in diesem Russenschuppen.

Wenn Chris ein Gammler war (wie Lo gesagt hätte), ein Blender (»wie dein Herr Vater«), so musste er doch etwas an sich haben, damit jemand wie Hanna an ihm festhielt. Was konnte es sein? Dieser Gedanke beschäftigte mich vor allem zu Anfang dieser Stunden, die wir uns als ins Leben zurückgerufenes Trio verborgen hielten in dem halb zusammengestürzten Verhau aus Gegenständen (und Widerständen), während in Rufweite (wir hörten alles) mindestens drei Löschzüge und vier Streifenwagen den Wald in ein nächtliches Spektakel aus blauem Licht und blauen Schatten verwandelten.

Nur dieses abwechselnd gleißende und gräuliche Blau sahen wir rotierend über die Wipfel streichen. Keinen Löschmeister, keinen Feuerwehrmann, keine Polizistin und keine Ermittlerin bekamen wir zu Gesicht (darum ging es schließlich), denn alle drei drückten wir uns in die Sitze (flüsterten), warteten nur ab (hofften), dass der Spuk vorbeiging, ohne dass die Lichtkegel zweier Taschenlampen sich näherten, um den Schuppen unter die Lupe zu nehmen.

»Seniorentransportspezialfahrzeug des Domizils Eden am See im Tyltower Forst in die Luft gesprengt. Der Tat überführt wurde pensionierter Brückenkommissar aus Hamburg Dr. Benno Benito R. (95), sein Motiv liegt im Dunkeln.« Chris kicherte kalt (böse und leise).

Es gab heftige Dispute in diesen drei Stunden.

Es gab lange (sehr lange) Minuten des Schweigens in diesen drei bangen (sehr bangen) Stunden.

(War mein Vater – wie dieses Bürschchen Chris – wirklich ein Blender?)

Hanna jedenfalls war es leid, unsere Scharmützel noch

länger zu kommentieren oder gar zu schlichten. (Sie schien auf etwas ganz Anderes zu warten.)

Das über die Panzerbahnhofruine in unser Dunkel herüberflackernde Blaulicht versetzte uns in permanente fiebrige Unruhe. (Unser leiser Jubel, als zwei Löschzüge über die Lichtung kurvten, kehrtmachten und abdampften.) Eine seltsame Art Sympathie entwickelte ich für die bärtige Pissnelke. Je länger ich ihn beobachtete (Silhouette im blauen Widerschein) und seinen gekränkt verkniffenen Späßchen zuhörte, umso mehr verblüfften mich das Einverständnis und die innige Wärme, die er Hanna entgegenbrachte. Wären sie tatsächlich Bruder und Schwester gewesen (hätten es nur raffiniert kaschiert), es hätte mich nicht verwundert. Ruhig, zärtlich und dringlich sprach sie mit ihm (selbst wenn sie ihn zurechtwies), wie mit einem anderen, inneren jungen Mann (den ich nicht kannte), und diese offenbar unverbrüchliche Zugewandtheit war es wahrscheinlich, mit der Hanna dafür sorgte, dass mich Chris irgendwann nicht mehr sofort mit Spott überzog und mir ins Wort fiel, sobald ich etwas sagte, und das wiederum stimmte auch mich milde (zögernd milde, wenn es das gibt), sodass ich kurz vor Ende unserer konspirativen Schuppenstunden (0:27 Uhr) zu ihm sagte (und er mich einfach nur reden ließ):

»Als ich Sie kennengelernt habe und als Sie für mich noch der gute Mensch Lenny waren, haben Sie praktisch nur in langen Sätzen mit vielen Kommas geredet und kamen mir deswegen vor wie eine Figur aus einem schwierigen Roman. Aber so allmählich, Chris, klingen Sie, fast zumindest, wie ein normaler, lebendiger Mensch, einer, der auch mal echt sauer wird, aber dem man genauso anmerkt, dass er froh ist, weder allein auf der Welt noch der König von allen zu sein, und der keinen literarischen oder politischen Besserwisserbalkon braucht …« (da lachte er) »… von dem herab er auf die Menschheit einredet, damit die ihn überhaupt wahrnimmt.«

»Please, keine Gemeinheiten, o großer Sesostron«, sagte vorn auf ihrem finsteren Beifahrersitz Hanna und schien sich bei diesem Kosenamen (ihre Erfindung) zu erinnern. Jedenfalls fragte sie, wie es eigentlich sei, hatte ich das alte Brechmittel abgesetzt? Das Feuer im Magen, war es noch da oder erloschen?

»Wenn ich das Wort Magen höre, denke ich an dich«, gab ich zurück. »Überhaupt bin ich innen drin magentarot, glaube ich.«

»Hollie Magenta gibt es nicht mehr«, sagte Chris. »Und das ist auch gut so. Ja, shit, das ist es nämlich! Ich fand eh, dass der Anfang von Magentablette nicht wirklich ein guter Name ist.«

»Ach ja, Verräter?« (Sie boxte ihn.) »Das sagst du mir jetzt?«

»Von Namen verstehen Sie ja was«, frotzelte ich noch mal (und er ließ sich auch das gefallen). »Ich erzähle dir, wie es um mich steht, wenn du mir erzählst, wie es um dich steht«, sagte ich zu Hanna (sanft, um sie nicht zu kränken, gar zu verschrecken), »vielleicht ergibt sich ja eine Gelegenheit.«

»Morgen«, sagte sie. »Haste Zeit? Seit drei Wochen schon will ich dir das Schloss zeigen. Any chance, old bro?«

(Ich konnte gar nichts antworten, so erstaunt war ich.)

»Jedenfalls will ich Ihnen etwas vorschlagen, Chris, dir auch, Hanna, dann kannst du dir ja überlegen, ob du immer noch mit mir reden willst, in deinem Schloss oder sonstwo. Ich komme überall hin, solange ich willkommen bin. Also, was ich euch beiden anbiete, ist zweierlei ...«

Alle Veränderung, die im Freien vor sich ging, verfolgten wir aufmerksam: Das blaue Licht wurde blasser, schwächer mit jedem Einsatzfahrzeug, das die Lichtung verließ, um durch den Hohlweg (den einzigen Ausgang) langsam nach Tyltow zurückzukehren, und ich hatte meine Vorschläge noch gar nicht ganz ausgeführt, da verstummten wir alle drei für eine halbe Minute (die sich wie fünf anfühlte), weil die Stille und die Schwärze draußen mit einem Mal komplett waren.

Aber Chris' Entrüstung legte sich dadurch nicht, unvermindert flammte sie neu auf. (Hanna konnte ihn kaum beruhigen.) Und ich verstand ihn ja und wäre ebenso empört gewesen.

»Nehmen Sie es hin, wie es ist, und denken Sie darüber nach«, sagte ich ruhig. »Mit Ihrem Transporter in die Luft geflogen ist ausschließlich der Sprengstoff, den ich von der Insel getragen habe. Ihrer, mit Ihren Fingerabdrücken drauf, liegt gut verstaut an einem sicheren Ort. Glauben Sie wirklich, Radka, die Polizei oder irgendwer würde auch nur auf den Gedanken kommen, ich hätte etwas mit diesem Brandanschlag auf Putins alten Panzerverladebahnhof zu tun?«

»Putin! Brandanschlag!«, presste er hervor. »Dass ich nicht lache, Gerippe. Hast du gehört? Auch Radka kennt er schon. Er ist von der Gestapo, er ist ein Gestapo-Zombie.«

Und Hanna sagte ziemlich verdrossen (sie klang furchtbar erschöpft): »Hörst du ihm vielleicht bitte mal zu.«

»Nennen Sie es, wie Sie wollen. Gestapo! Sie völlig irrer Polit-Freak. Ich bin nicht nach Tyltow gekommen, um Sie oder um Hanna aufzustöbern, ich wollte mir nur Orte ansehen, noch einmal Orte, die ich mit meiner Tochter verbinde. Ich sagte Ihnen das, und Sie haben sich darüber nur lustig gemacht, Chris. Oder etwa nicht? Wissen Sie, was meine Tochter und ich hier durchgemacht haben, keine zwanzig Meter von hier? Sie dummer Idiot. Gestapo! Dass Sie und ich uns in Tyltow wiedergesehen haben, beruht auf reinem Zufall – und auf Ihrer Unvorsichtigkeit. Ich habe überhaupt kein Interesse daran, Sie bei der Polizei anzuschwärzen, obwohl ich es könnte, weiß Gott, Sie verfluchter Arsch. Sie rücksichtsloser Lügner und Betrüger!«

Mit einem gequälten Lachen machte er mich nach: »Uh! Rücksichtsloser Lügner und Betrüger!«

»Sind Sie das nicht?«

»Nein, ist er nicht«, sagte Hanna. »Er mag nur nicht gemaßregelt werden, und da bin ich, echt, mit ihm d'accord.«

(»Juhuu«, rief Chris.)

Okay, sagte ich. Und dass ich am Mittag bei der Bank gewesen sei und dort etwas mehr als neunzehntausend Euro auf mein Konto eingezahlt hätte, das Geld, das er, Hanna und ich zusammen von Fabers Sand geschafft hatten, damit es nicht dieser Verrückten und ihren Zerstörerfreundinnen in die Hände fiel.

»Er meint Dusk«, flüsterte Hanna heiser.

Und Chris sagte bloß: »Neunzehntausend?«

»Ja, die meine ich. Frau Dämmerung hat meine Wohnung verwüstet und mich beraubt, und das nur, weil ich eine gewisse Hollie Magenta – die es nicht mehr gibt – bei mir aufgenommen habe. Wissen Sie, wieso, Chris-Lenny-Stjan? Ich denke, Sie wissen, wieso ich dieser Hollie geholfen habe, und ich denke, es waren nur lautere Motive – falls Sie eine Ahnung haben, was lauter bedeutet, abgesehen von noch größeren Lärm veranstalten.«

»Lautere Motive, oh, uh«, äffte er mich nach. »Heul doch, du Bonze. Du bist nicht ihr Opi. Und was haben wir mit den Fuckkröten zu tun, die ein Wessiwicht wie du sich unter den Nagel reißt, Pfeffersackgesicht!«

»Oh, du nervst vielleicht!«, zischte Hanna plötzlich mit zusammengebissenen Zähnen. (Zu meinem großen Erstaunen meinte sie nicht mich damit, sondern ihn.) »Hör endlich auf, ihn zu beschimpfen! Stopp, Chris, sofort stopp! Seit drei Wochen denke ich jede Stunde darüber nach, wie ich aus diesem ganzen shit wieder rauskomme. Du hörst dir jetzt an, was Benno Goodman zu sagen hat, oder du holst heute Nacht noch deinen stuff aus dem Schloss und bist gestorben für mich, mein bro, dead for ever, das muss dir jetzt echt klar sein. Mach die Karre an, Mensch, der Blaulichtverein ist doch schon weiter weg als der Pferdekopfnebel. Hauen wir endlich ab von hier! Und du hältst jetzt die Luft an, Christian Nitzer, oder zum ersten und letzten Mal raste ich so richtig aus, so richtig richtig, klar?«

37

Das Silberpapier

Nitzer also (Christian Nitzer), so hieß Lenny, so hieß Stjan, so hieß Chris (wahrscheinlich) wirklich. Lenny und Stjan gab es nicht mehr, und wie lange Chris noch unter den Menschen weilen würde, war ungewiss. Eine Zeit lang herrschte endlich Stille. Chris war erledigt, Hollie (denn das war Hanna noch einmal gewesen) hatte ihn zur Strecke gebracht. Irgendwo am nahen Waldrand schrie ein großer Nachtvogel und beklagte die unfassbar ungerechte Misere des Lebens. Womöglich war es dieselbe Waldohreule, die ich im Hohlweg gesehen hatte. Ziemlich unwahrscheinlich. (Dass Chris und ich noch Freunde wurden, war wahrscheinlicher.) Die Eule schrie alle paar Augenblicke den gleichen Ton (»Huh!« … »Huh!«), und auf der Lichtung und in unserem Schuppenversteck war es inzwischen so still, dass man weit entfernt eine Antwort hören konnte, eine zweite Waldohreule, mit einer leicht helleren Stimme, ein Weibchen vielleicht, oder ein Waldohreulenkind. Vögel rufen nicht einfach zum Spaß (oder aus Kummer) in die Welt hinein (oder hinaus), das wusste ich, weil mein Vater es mir beigebracht hatte und es nicht viel gab, was Delf-Dieter Romik mir beibrachte

Chris startet den Fiat, und die Scheinwerfer flammen auf. So wie vor drei Stunden gibt Hanna das Kommando, nur mit Standlicht zu fahren, dann steigt sie aus, zerrt die Säcke voller Gerümpel (und zwei alte Reifen, die nirgendwo mehr hinfahren werden) vom Wagen und schiebt das Tor auf. Zum ersten Mal sehe ich Hanna bei Licht, sehe, sie trägt die Fallschirmspringerstiefel (alte Bekannte), sehe, was sie anhat (Kapuzenjacke, Jeans, beide schwarz), sehe, sie humpelt nicht mehr, sehe, wie erschreckend dünn sie ist. (»Dürr wie ein Draht« war Vivi für Lo.) Wir setzen zurück.

Noch immer ist es stockfinster über der Lichtung, dem Bahnhof und der Baumschule. (1:13 Uhr am Armaturenbrett, 1:17 Uhr auf meiner Timex.) Hanna gibt Chris ein Zeichen, vor dem Schuppen zu halten und die Scheinwerfer auszuschalten. Dann geht sie langsam, leicht gebückt (ihr eigener Schatten), hinüber zu der Ruine, um nachzusehen, ob außer uns wirklich niemand mehr da ist.

Chris schweigt. Er ignoriert mich, wie man einen Laternenpfahl ignoriert oder die eigenen Knie (bis sie schmerzen), ja er scheint zu glauben (oder sogar zu hoffen), meine Existenz beenden zu können, indem er mich wie Luft behandelt. Was will man zu so jemandem sagen? Man will den Triumph, ihn niedergerungen zu haben, auskosten, will sich aber nicht damit brüsten oder darin sonnen (das würde die Euphorie allzu schnell beenden). »Kommen Sie, Chris, seien Sie nicht gleich so eingeschnappt«, ... nein, das zu sagen, fiele auf einen selbst zurück, und im Grunde will man doch nur in Frieden leben, unbestritten, unbehelligt, mit allem (vor allem mit sich selbst) im Reinen.

»Willst du?«

Er sitzt schräg vor mir am Steuer, und als er über die Schulter blickt und dort im Dunkel den Umriss der Zigarette sieht (die ich ihm mit dieser Frage hinhalte), kann er nicht anders, als den Kopf in den Nacken zu werfen. Einen merkwürdigen

Ton gibt er von sich, eine Art stummen (oder fast stummen) Schrei, ein leises, gekeuchtes Ausatmen, aus dem nur noch Erleichterung spricht (dreifache): über mein offensichtliches Friedensangebot, über unsere Rückkehr zum Du und (hauptsächlich) über das vollkommen unerwartete Ende der dreieinhalbstündigen Qual, nichts zu qualmen zu haben.

»Du hast hoffentlich auch Feuer?«, fragt er und nimmt die erlösende Camel.

»Nein«, sage ich (Lüge), »aber dieser fahrende Turnschuh von einem Fiat ist bestimmt dreißig Jahre alt.« Und damit lange ich nach vorn und betätige auf der Mittelkonsole den Zigarettenanzünder.

(Klack.)

Wir warten.

Hanna kommt zurück, nimmt Platz auf dem Beifahrersitz und hebt wortlos den Daumen.

(Klack.)

Der Anzünder glimmt.

Und ich zünde Chris seine und zünde mir meine Camel an.

Wir kurbeln die alten Fiatfenster runter und rauchen. (Hanna nimmt mal einen Zug von Chris, mal einen von mir.)

Wortlos rauchen wir hinaus in die Nacht.

Genauso wortlos ruft die Waldohreule.

Und ich frage Christian Nitzer, ob er sie vorhin (im Hohlweg), in der Dunkelheit gesehen hat, die Eule.

Sehr langsam (bei Standlicht) fuhren wir zurück über die dunkle Lichtung mit Wrack (dick eingeschäumt), durch die Schneise des Hohlwegs (über der die Pracht der Sterne stand) und dann endlich hinaus aus dem Wald ganz aus Erinnerungen.

Noch einmal (nur diesmal vollkommen anders) nahm ich

von meiner verlorengegangenen Tochter Abschied. Es war gut, an diesen Ort zurückgekommen zu sein, denn es gab keine Brücke nach Tyltow (so wenig, wie es die alte Tyltower Holzbrücke noch gab), und Abschiede sagen einem immer etwas Unerwartetes, nicht nur über einen selbst, sondern darüber, dass ebenso wichtig ist, wie die anderen sind, wie sie »ticken« (hätte Hollie gesagt), so als wären wir Menschen Uhrwerke.

Aber das sind wir nicht. Allzu leicht vergisst man, dass es noch keine Uhr gab, die nicht erfunden worden wäre.

Sie war es (Hanna), die mich an meinen Vorschlag erinnerte, sobald wir aus dem Erinnerungsdickicht heraus waren und uns der noch in tiefem Schlummer liegenden Stadt näherten. (Es hatte aufgeklart.) Man sah den See in seinem Dunkelblau schwimmen und darauf ein Gefunkel wie auf der Decke, in die das Sternenkind gehüllt gewesen war, als die beiden Holzfäller es fanden. Es war noch tiefe Nacht (fast drei Uhr), die Stunden, in der die scheuesten Geschöpfe (die Eulen, Füchse und Rehe) unterwegs sind in den Menschengefilden. Weswegen tun sie das? Sollten sie nicht so allmählich begriffen haben, wozu meine Zeitgenossen und ich (wir) imstande sind? Über den verwaisten Parkplatz einer Autowaschanlage sah ich einen großen Dachs (oder Waschbären) rennen.

»Was immer da zwischen euch im Wald vorhin passiert ist«, sagte sie, »wie, hast du dir vorgestellt, kommt Chris aus diesem amazing shit wieder raus? Du hast doch was geplant, Dreihundert, ich kenn dich, also?«

Chris steuerte den Fiat durch abseitige (absolute) Nebenstraßen (wir hatten schließlich zerdepperte Rücklichter), er sagte nichts, rauchte nur (eine nach der anderen) zum Seitenfenster hinaus

Ich hielt es für besser (reine Menschenfreundlichkeit), mich direkt an ihn zu wenden. Sagte also: »Wenn du sofort heute früh den Transporter gestohlen meldest, wird der Verdacht nicht auf dich fallen. Und du hast ja mich als Zeugen. Du hast mich zu meinen Eltern gefahren, meine toten Eltern und du, ihr habt euch gut unterhalten. Aber die beiden sturen alten Leute wollten sich nicht von dir für den Rest ihres Lebens durch die Gegend kutschieren lassen. Also hast du mich zurückgefahren, und du und ich, wir waren uns einig, als wir uns zur Verabschiedung innig umarmt und geküsst haben. Irgendwer muss ihn dann nachts vor deiner Bude aufgebrochen, kurzgeschlossen, in den Wald gefahren und angesteckt haben. Die Leute sind einfach irre. Der Primastar ist doch wohl versichert?«

Bürgerlicher Müll. (Er hatte keine Ahnung.)

»Versichert gegen eine Sprengung im Wald, durch einen Hooligan wie dich?«, sagte er kichernd. (Glaube er nicht.)

Und Hanna sagte, wir könnten das Depotgeld dazu verwenden, einen Ersatztransporter zu beschaffen – eine Spende (anonym) für das Domizil.

Und ich sagte, genau das sei mein Vorschlag: an Radka vorbei dem Eden am See eine nicht unerhebliche Summe zukommen zu lassen.

Bis fast vor den Gasthof brachten sie mich. Doch der See war einfach zu schön in dieser Nacht (meiner letzten), und so bat ich sie, mich aussteigen zu lassen, damit ich mir die Beine vertreten, die Augen aufmachen und die Müdigkeit abschütteln konnte.

Ohnehin musste ich mir für den Mitsubishi noch ein anderes Kennzeichen beschaffen (Teleskopdreher und Schraubenset beulten die elfte Anoraktasche aus), und drei Stellplätze neben dem Lancer hatte ich in der Tiefgarage unter einer alten Bootspersenning ein türkisblaues Taunus-Cabrio entdeckt (Sommerkutsche irgendeines Arztes oder Architekten), das noch nicht abgemeldet war.

Also Abschied am Seeufer (im Dunkel unter den großen

alten Minierkastanien). Chris ließ meinen Vorschlag unkommentiert. Ich hielt ihm das zerknitterte Päckchen nach vorn und zeigte auf den Zigarettenanzünder. (Er nickte.) Dann stieg ich grußlos aus, und Hanna zögerte nur einen Sekundenbruchteil, ehe sie mir auf die Straße folgte.

Ich wusste, wie sie wusste, auch wenn sie fünfzig Jahre weniger Abschiedserfahrung hatte als ich, dass die wichtigsten Dinge einer Begegnung immer ganz zum Schluss gesagt werden. (Und das muss ja auch so sein, schon weil die Erinnerung nicht zum Erinnern da ist, sondern um einen zu täuschen.) Den Blick, mit dem sie mich in der einsetzenden Dämmerung ansah (und zugleich nicht ansah), kannte ich aus den letzten gemeinsamen Tagen in der Isadorastraße, er war traurig (und zugleich eisig), war abweisend (und genauso offen), sie blickte mich an (und dabei durch mich hindurch) mit Hollies Augen, die auch Hannas waren.

Ihre erste Frage erstaunte mich: Ob ich mit Vivi hatte abschließen können, wollte sie wissen.

»Ja und nein«, gab ich zurück. »So gut, wie man einseitig etwas zu Ende bringen kann, oder? Jedenfalls fahre ich morgen in besserer Verfassung ab als bei meiner Ankunft.«

»Morgen schon?«

»Zwei Wochen Nebel! Und jetzt sieht man sogar Sterne. Dich habe ich auch noch mal gesehen, also.«

»Ich danke dir, Benno«, flüsterte sie, und augenblicklich stieg mir ein Kloß in den Hals (bitter und mindestens fünfzig Jahre alt). Offenbar wollte sie es also doch dabei bewenden lassen.

Sie wandte sich zurück zur Beifahrertür. Auf der anderen Seite begann durchs Fenster Qualm aufzusteigen.

»Wofür denn«, presste ich heraus. »Es waren doch alles nur alberne Zufälle, unsere Begegnung, unsere Wiederbegegnung, alles, alles Zufall, Miss Golightly.«

Da lächelte sie (zum ersten Mal) und schüttelte den Kopf. »Du baust deine Brücken, mein bro, und deine längste und schönste, die hast du bis zu mir gebaut, mitten rein in den Nebel, und auf der stehe ich hier und kann sie bewundern. Aber du siehst es nicht. Vor lauter Sturheit oder Kummer oder whatever siehst du nicht, was du baust, und nicht die, die dich dafür gern haben.«

Sie öffnete die Tür, stieg ein und schlug die Tür zu, eine einzige, fließende (schwarze) Bewegung.

Und ich stand da auf der dunkelvioletten Tyltower Seeuferstraße und fühlte mich, als hätte ich drei Nächte lang kein Auge zugetan oder als wäre mir ein Hochbahnviadukt auf den Kopf gefallen. Alles in mir stammelte, rief und schrie (in wildem Aufruhr), aber ich war außerstande, nur den Mund aufzumachen oder eine Hand zu heben.

Überm See stand der blinde Orion, den Kopf in einem Astralnebel, der Gürtel eine wie mit dem Lineal gezogene gerade Linie aus drei Sternen, die perfekte Beleuchtung meines Debakels.

Doch der kleine rote Wagen fuhr einfach nicht weg. Nichts bewegte sich, nur die Lichter auf dem See und in mir die stummen Bilder aus Kummer, aus Groll, aus Zorn auf mich selbst und Furcht vor mir selbst. Und auf einmal stand Chris vor mir. (Wie aus dem Nichts materialisiert.) Er rauchte und betrachtete mich ausdruckslos, kaum anders als vor Stunden in dem Hohlweg.

»Es ist spät, Alter.« Vollkommen gleichmütig sagte er das. »Das Sprengkommando geht schlafen. Morgen – neuer Tag.« (Er drückte meinen Arm.) »Oki? Komm am Nachmittag zum Schloss. Findest du. Das ganze Nest heißt so. Und der Name steht hier.«

Damit gab er mir einen kaum daumengroßen Papierfetzen.

Ein Stück Silberpapier. (Mit dem Aufdruck »Camel«.)

Auf der Rückseite war etwas gekritzelt, schwarz stand da ein einziges, in dem Halblicht unlesbares Wort.

»Und den nimm auch wieder.«

Chris gab mir eine Chipkarte, und ohne dass ich näher hinsehen musste, wusste ich, es war Viviens alter Ausweis.

38

Zschendlow

Völlig zerstoßen wachte ich am nächsten Mittag auf. Als ich das Radio anstellte, sagte gerade jemand: »... wie Nordkorea im Winter.« Alles tat mir weh (nur nicht der Magen), und als ich mich nackt, dürr und weiß vor den Schrankspiegel stellte, sah ich aus wie ein Dalmatiner. Ich zählte die blauen Flecke an meinen Beinen, Hüften, Armen, Händen, Schultern. Und den am Kinn.

(Einunddreißig.)

Dieses endlose Umfallenmüssen, Hinfallenmüssen und Zubodenstürzenmüssen von allem, diese ganze unfreiwillig komische Liebedienerei um die Gunst der Schwerkraft.

Ich erinnerte mich nur noch schwach an den Sturz im Treppenhaus der Tiefgarage, nachdem ich kurz vor vier Uhr morgens die Kennzeichen vom Taunus abgeschraubt und sie in meinem Kofferraum verstaut hatte. (Ich war ausgerutscht, mehr nicht!) Wie war ich in mein Zimmer gekommen? (Auf allen vieren?) Genauso wenig erinnerte ich mich daran, noch etwas getrunken zu haben.

(Gefangen in meinem Körper.)

Dann fiel mir der Silberpapierschnipsel ein, und ich suchte die Anoraktaschen danach ab (von oben nach unten und unten nach oben), fand ihn aber erst unter Flüchen im Badezimmer auf der Spiegelablage, und da entsann ich mich wieder meiner nächtlichen Verwunderung über den Namen, den Hanna (mit ihrem Kajalstift offenbar) darauf gekritzelt hatte (in Hollies Handschrift). Auch jetzt kam mir der Name so merkwürdig vor, dass ich ihn mir laut vorzusagen versuchte: »Zsch ... Zschend ... Zschendlow.« Dabei beobachtete ich meinen Mund, die Lippen, die Zunge, die Zähne, mein ganzes siebzigjähriges Gesicht.

Ich ging in die Forelle und aß ein Spiegelei auf Brot und einen Salat. Lange blickte ich auf den See unter dem Regenhimmel und nahm in Gedanken Abschied. Ich sah den Möwen und Krähen dabei zu, wie sie einander abwechselnd jagten und vertrieben, trank einen Kaffee und dann einen zweiten und sah auf dem Handy nach, wann Cherin sich zuletzt gemeldet hatte. (Es war vier Tage her.) Sie wusste nicht, wie sich die Dinge entwickelt hatten, sie wusste weder von Radka Dubcová noch von meiner Vergeltungssprengung und auch nicht von meinem Wiedersehen mit Hollie. Ebenso wenig konnte sie wissen, wie das alles mit einem früheren Panzerverladebahnhof der Roten Armee und mit meiner Tochter zusammenhing. Auf meine letzte Frage (ob sie mich vermisse) hatte sie nicht geantwortet. Aus den Augen, aus dem Sinn. Bei mir musste es anders heißen: Aus den Augen, in den Sinn. Erst wenn ich einen Menschen aus den Augen verlor, fing ich offenbar an, mir über ihn Gedanken zu machen.

Ich ging zum letzten Mal durch Tyltow, und dass mir dabei jeder Schritt wehtat, empfand ich nur als gerecht. Ich ließ mich treiben (aber wusste, wohin ich treiben wollte). In einer Apotheke kaufte ich eine Salbe (Großpackung) für (oder gegen) blaue Flecke, und wenige Häuser weiter trat ich in die Buchhandlung, in der es Bücher nur noch vereinzelt gab (stattdessen Ansichtskarten, Becher, Papierwaren, Plüschtiere, Spiele und eine Kaffeebar). Oh ja, die bestellte Bildbiografie war eine echte Pracht! Oscar Wildes sechsundvierzig Jahre dauerndes Leben erzählte sie in Hunderten von Bildern, Faksimiles und Reproduktionen nach. (Ich ließ sie als Geschenk verpacken.)

Die Sparkassenkassiererin mit dem gusseisernen Gesicht erkannte mich auf Anhieb wieder. (Kein Lächeln.) Mit kaum merklichen Zuckungen zerstreute sie die Irritation angesichts meines Wunsches, stellte aber wortlos, lustlos und teilnahmslos die anonyme Spendenbescheinigung über die am Vortag eingezahlte Summe aus. Jeder Tag ein und derselbe Tag. Jeder Mensch ein und derselbe Mensch.

»Großzügig, alle Achtung.« Ihre Stimme war so trocken wie ein Grünstreifen nach einem Jahrhundertsommer. Man hätte sie auch verdorrt nennen können.

»Sie sind ein Schatz«, sagte ich.

Und sie versuchte immerhin, mich anzublicken mit diesen erloschenen Augen, nur gelang es ihr nicht. (Sie sah mich nicht.)

Wie erfrischend war es da, im Domizil Eden am See noch einmal vor Radka zu stehen.

»Na, Dr. Goossens!«, rief sie so erfreut wie erstaunt.

Und ich sagte, wie schön es sei, dass hier bei ihr kein Lächelverbot bestehe. Sie war entsetzt über den Ursprung des üblen blauen Flecks, den ich am Kinn trug, genauso entsetzt, wie ich es war, als sie von den Ereignissen der vergangenen Nacht erzählte. Autodiebe! Sie hatten Stjan den Seniorentransporter gestohlen und ihn im Tyltower Forst in Brand gesteckt, dasselbe Fahrzeug, mit dem Stjan gestern Abend meine Eltern und mich nach Haus gebracht hatte, ja, es war nur noch verkohltes, na, Gelumpe.

(»Gelumpe«, das hätte auch Lo so gesagt.)

»Da trifft es sich doch gut, Radka ...«

So begann ich von meinen Eltern zu erzählen: dass sie

Stjan als sehr angenehm empfanden, dass jedoch andere Gründe (familiäre) sie dazu bewogen, nicht ins Eden überzusiedeln. (Es tat Lo und Delf sehr leid.) Und weil dem so war, wollten sie (und ich) das Domizil mit einer Spende unterstützen. Ich nannte die im Namen meiner Eltern überwiesene Summe, und Radka blickte mich fassungslos an, ehe sie hinter ihrer Plexiglasabschirmung hervorkam und sich in der Lobby des Eden vor mich hinstellte. Sie sagte kein Wort (nahm bloß meine Hände in ihre), und anders als sie rettete ich mich auch diesmal vor den Tränen, indem ich mir weismachte, dass eine Erfindung keine Lüge sein kann.

Zum letzten Mal am Seeufer, dort, wo die verschwundene Brücke einst geendet oder begonnen hatte (je nachdem, wohin man unterwegs gewesen war). Auch drüben die Insel verduftete jetzt in lauter herbstlichen Farben, und die großen Tyltower Krähen und noch größeren Möwen, die abends gen Süden abschwirren zur Müritz (zu ihren Möwenmietblocks), rangelten noch immer um die Lufthoheit. An einer der Glasfronten des Eden sah ich Radka stehen und winken, aber hob nur die Hand (um meine Wehmut auszukosten) und winkte nicht zurück. Ich ging. Ich ging am Ufer entlang und dann zum Gasthof. Ich ging auf mein Zimmer und packte alle (neunundzwanzig) Sachen zusammen, die mitzunehmen nötig war. Ich setzte mich aufs Bett, las *Das Sternenkind* zu Ende, dann ging ich mit meinem Gepäck hinunter und stellte Wildes Märchen zurück in die Bibliothek. Ich checkte aus und bezahlte mit drei Goldstücken (einem weißen, einem gelben und einem roten), die ich im Wald gefunden hatte. Ich setzte mich in die Lobby, prüfte den Zucker und trank am Büffet des Frühstücksraums einen Saft. (Ich dachte an nichts im Besonderen.) Ich war König geworden (Pharao) und buchte am Handy für den Folgetag einen Flug von Berlin über Paris nach Beirut. Ich buchte zehn Minuten später noch einmal denselben Flug (auf den Namen Vivien

Romik). Ich herrschte nicht lange. Allzu verzehrend war das Feuer meiner Prüfung gewesen. Ich blickte aus dem Fenster, zum Domizil, zur Forelle, auf die Uferstraße und den See, über dem es schon regnete.

Ich holte den Wagen aus der Tiefgarage. (In mein Handy gab ich Zschendlow als Fahrtziel ein.) Und eine Viertelstunde später fuhr ich noch einmal durch den Hohlweg im Wald ganz aus Erinnerungen. Etwa dort, wo mich Chris zu Boden gerissen hatte, hielt ich, tauschte die Kennzeichen aus und warf die alten, Werkzeug und Schrauben in den Wald. Ich fuhr um die Lichtung, die völlig leer geräumt war (stieg nicht aus), betrachtete vom Wagen aus das schwarze Oval aus verkohltem Gras und dachte an Vivi. Der Ort gab nicht preis, was hier vorgefallen war, so wenig, wie sie es je erzählt hatte. (Nur, war es letztlich nicht immer so?) Was wusste man von jemandem, und was erst von Menschen, die nichts fragten und nichts antworteten. Als ich an dem Schuppen vorbeifuhr, war er unverändert, und als ich Richtung Tyltow der Schneise folgte, machten meine Augen endlich, wonach sie sich schon seit fünf Jahren sehnten.

Das Dorf erschien mir verwunschen. Weitab von jeder größeren Straße, lag es auf halbem Weg zwischen Tyltow und Güstrow in einem kleinen Seengebiet, und bevor ich es überhaupt fand (verborgen hinter einem Wall oder Wald aus Sommereichen), hatte ich zuerst eine schmale, gepflasterte Kastanienallee und (davon abzweigend) einen Holperweg aus grabdeckelartigen Zementplatten hinter mich zu bringen, der querfeldein führte (hügelan und hügelab), mitten durch Felder voller Mais oder Raps oder was immer da Anfang September unterm Spätsommerhimmel vor sich hin wuchs.

Nicht einmal zwanzig Häuser oder Höfe, kein Bürgersteig, Verkehrsschild, Strommast, Telefonmast, Briefkasten,

Supermarkt, keine Tankstelle oder Schule oder Feuerwehr oder Landmaschinenreparaturwerkstatt oder Schuhfabrik. (Und nirgends eine Brücke.) Es gab in Zschendlow eine einzige Straße, halb Sand, halb Schotter führte sie vorbei an acht Gebäuden links und zehn rechts den Hügel hinan, hindurch unter so uralt anmutenden Kopfweiden, dass sie der Knecht eines Gärtners im Dienste eines kurfürstlichen Landverwaltervasallen gepflanzt haben musste, und deren knotige Gestrünke Gesichter zu haben und Grimassen zu schneiden schienen (um mich zu verscheuchen). Offenbar ritt man in Zschendlow (durch Zschendlow hindurch und aus Zschendlow hinaus), denn auf einer tief dunkelgrünen Weide in einer Senke am Waldrand standen Pferde. Doch weder die Reiter oder Reiterinnen noch überhaupt irgendwelche Menschen waren zu sehen. (Einheimische?) Wie viele Zschendlower gab es wohl, und wo waren sie? In einigen Obstgärten verrosteten zwischen Haus und Schuppen Wolga-Wracks und sogar ein Ural-Tanklastwagen (Ungetüm in Tarnfarben). Mitten auf der Dorfstraße schlief ein Hund.

So wenig wie von den Bewohnern erblickte ich irgendwo etwas Schlossähnliches, und auf Hannas Silberpapierschnipsel stand nur der Name dieses Nests im Nirgendwo. Ich folgte der Straße, und ich sah es kommen, da passierte es auch schon, das Dorf hörte auf, sang- und klanglos, einfach so. (Gelbes Schild, durchgestrichen.)

Ich wollte nicht wahrhaben, dass Hanna mich erneut hinters Licht geführt hatte (weigerte mich), denn das anzunehmen war weder logisch, noch ergab es einen Sinn. Wieso hätte sie mir *Zschendlow* auf ein Stück Papier kritzeln sollen, wenn sie genauso gut einfach hätte verschwinden können? Ich stoppte, las den Namen auf meinem Silberpapierstreifen, wendete und fuhr zurück und noch einmal durch Zschendlow. Mitten im Dorf (wo noch immer der Köter auf der Straße schlief) hielt ich an, stellte den Motor aus und tat das einzig Richtige (einzig Mögliche). Ich stieg aus und wartete, dass jemand sich blicken ließ.

Aber es tauchte niemand auf, kein Erwachsener und kein Kind. Das Dorf wie ausgestorben, mitten im Leben, mitten am Nachmittag. Ich lehnte an meinem auskühlenden Mitsubishi, blickte die Straße entlang, lauschte und hörte und sah nichts und niemanden. (Die Bäume rasselten. Weit weg krächzten Krähen. Das war alles.) Eine Viertelstunde lang stand ich so da, versuchte mich von dem Gedanken abzulenken, dass mich Hanna und Chris noch dreister getäuscht haben könnten als vor Wochen Hollie und Lenny auf Finkenwerder, lief mal ein paar Meter nach rechts auf der Dorfstraße, mal nach links, aber überall nur in stumpfes graues Licht.

Eine Schaukel (oder Tür) quietschte. Ein Pferd schnaubte (ein anderes antwortete). Es ist alles Sprache, dachte ich, aber wer versteht sie? In einer Sommereiche ein Knistern, ein Knacken, und über die Felder weht der Wind (mit leisem oder lauteren Gebraus). Gras zischelt. Hühnergackern. Und im Gestrüpp irgendetwas, Amsel oder Ratte. Was will sie mir sagen, diese Welt, etwas über mich, über sie, und (falls ja) ist es von Belang? Oft (auch jetzt) dachte ich nach über Hollies Ausspruch (»rausgehauen« beim Backen, Packen, Schminken oder Trinken), dass man sich eh nicht mitteilen kann, keinem anderen und nicht mal sich selbst.

(Na, herzlichen Glückwunsch.)

Der auf der Straße schlafende Hund war mittelgroß, mit langer Rute, schmaler Schnauze, war schlank und weiß (oder braun), hatte braune Flecken (oder weiße), etwa so viele wie ich blaue. Er lag auf der Seite, alle viere von sich gestreckt, lag einfach da (in einem unveränderlichen Sonnenviereck), schlief. Oder döste. Denn ab und zu ging sein Augenlid auf, dann blickte er mich an.

Er sah aus wie eine Mischung aus Wüsten- und Schneefuchs, als wäre er aus einer Fuchslackierwerkstatt getürmt.

»Bist ein Guter«, sagte ich freundlich zu ihm. »Hier rumliegen, rumträumen, ja, das machst du gut. Ist deine Straße, oder?«

(Sein Schwanz schlug ein paarmal bekräftigend seine Straße.)

»Ja, dachte ich mir schon. Ich will dich auch gar nicht stören. Na, ich werd mal sehen. Du weißt wohl nicht zufällig was von einem Schloss hier, ich meine – in Zschendlow?«

Der Hund stand auf und streckte sich. (Er sah mich an.) Dann ging er langsam von der Straße und hielt auf einen Pfad zu zwischen zwei Zäunen (zwei Gärten voller Gerümpel). Dort blieb er stehen. Er strullte genüsslich (ziemlich lange) gegen einen Zaun, anscheinend sein Strullzaun. Dann stand er einfach nur da und blickte mich an.

»Was wird das?«, rief ich ihm zu.

(Keine Regung.)

»Willst du mir was sagen? Tja, reden kannst du leider nicht – denke ich, aber vielleicht irre ich mich ja.«

Ich ging einen Schritt auf ihn zu, denn genau genommen war dieser komische Racker das einzige lebendige Geschöpf in Zschendlow, das Notiz von mir nahm.

Und schon lief er los. (Ab in den Wald.) Aber nur so weit, dass er sehen konnte, ob ich ihm folgte.

Ich schloss den Wagen ab (man weiß ja nie), und der einzige Laut, der aus Zschendlow kam, war das Rufen eines sehr weit entfernten Kuckucks.

An jeder Biegung hügelaufwärts durch das Gestrüpp blieb er (mein Hund) stehen und wartete, dass ich nachkam. Sobald er mich sah – weiter. Den Hügel hinauf. Ich folgte ihm, wie man einer Erscheinung folgt (im Traum), wie einem Vater (den man nicht verlieren will) oder einer Vorstellung (die viel zu lange schon Ziel war). Es ging beständig bergauf.

Der Pfad schmal, gesäumt von Waldgesträuch, das viel zu kräftig duftete. Oben das Licht, der Himmel (die Wolken zwischen den Wipfeln), die Kuppe. Warum ging ich dem Köter nach? Er wartete, schnüffelte, schnüffelte und wartete, bis er mich sah und weitertrottete, um die nächste Kurve.

»He, du, langsam!«, rief ich ihm zu. »Ich bin siebenmal älter als du, mindestens, und ich weiß nicht, wohin du rennst und ob du weißt, wohin ich will!«

Mit einem Mal war da Musik (je höher wir kamen, umso deutlicher zu hören), und für meinen gefleckten Begleiter schien sie das Ziel zu sein und er geradewegs in die Musik hineinlaufen zu wollen.

Am Kopf des Hangs wartete er noch einmal auf mich. Wo er stand und zu mir herabsah, endeten die Bäume, der Wald hörte auf, ein Feld oder eine größere Lichtung musste dort liegen (so hell wurde es). Der Hund hatte die ganzen zwanzig Minuten, die ich ihm gefolgt war, keinen Laut von sich gegeben, erst als ich nur noch wenige Schritte entfernt war, stemmte er unvermittelt die Vorderpfoten in den Waldboden, nahm mich aufs Korn (überaus angsteinflößend), wedelte mit der braunweiß-weißbraunen Rute und bellte ausgiebig.

(Es klang eher begeistert als bedrohlich.)

»Bist ein echter Wolf«, rief ich. »Ist dein Wald, schon klar.«

Zweimal, dreimal wirbelte er im Kreis um sich selbst (Freudentanz des Latte-macchiato-Wolfs), wie es schien zu der schnarrenden Popmusik, die jenseits des Waldrands aus irgendwelchen Lautsprechern schallen musste (zu welchem Zweck auch immer). Mit einem Mal aber wetzte er los. Und schneller, als mir das Staunen aufs Gesicht trat, war er oben (zwischen den letzten Bäumen) verschwunden und weg.

Als ich aus dem Wald auf die Lichtung trete, steht dort das Schloss. Es ist kein Schloss, eher ein früheres Gut (oder Herrenhaus), drei Stockwerke hoch, das Dach halb verfallen, mit vielen blinden Fenstern, das Mauerwerk seit Langem ohne Anstrich und fleckig dunkelgelb. Der Bau ist groß wie ein Hauptstadtbahnhof (den man wundersamerweise auf einem bewaldeten Hügel errichtet hat), und die freie Fläche, auf der er steht und über die ich blicke, ist ausgedehnt genug für einen päpstlichen Segen, voller Strandflieder, voller Schleierkraut, voller parkender Wagen und voller Zschendlower. (Hier also stecken sie alle.) Weit weg wie im Land eines Tagtraums komme ich mir vor, und um sicherzugehen, dass mir mein brüchiges Bewusstsein nach dem anstrengenden Aufstieg durch den Wald hier nichts vorgaukelt, breite ich mein Mess-Set auf eine Motorhaube (noch warm) und prüfe den Zucker.

»Hier sind auch Kinder!«, ruft mir ein maskierter weiblicher Drache (im Jogginganzug) zu, der vorbeigeht zu seinem erbärmlich verbeulten Wagen.

Offenbar hält sie mich für einen Heroin-, Kokain- oder womöglich Sesostron-Junkie.

»Danke!« Ich hebe die Hand.

(Vorerst ist mein Bedarf an Streitereien gedeckt.)

117.

(Brav. Erstaunlich stabil.)

Die Musik (das Gedudel) stammt von einem der Stände aus Tapeziertischen, die in fünf, sechs gestaffelten Reihen vor der Portaltreppe der kolossalen Ruine aufgestellt sind. Ein Floh- oder Trödel- oder Antikmarkt. Hilfe. (Ich besuche so etwas nicht.) Bestimmt zweihundert Leute, die mit Kindern oder ohne zwischen den Ständen und mehreren bunten Buden oder Wagen für Wurst, Fritten und Getränke schlendern und hier und da stehen bleiben, um irgendetwas auf einem Verkaufstisch zu begutachten. Harmlos, alltäglich (sonntäglich) wirkt das alles, und deshalb gehe ich (wenn auch unwillig) hinüber.

Aber unter die Leute mische ich mich nicht. Am Rand des Gewimmels bleibe ich stehen und halte Ausschau nach meinen drei Bekannten hier: Hanna, Chris und dem kleinen namenlosen Kerl, dem ich es verdanke, jetzt nicht bereits unterwegs nach Berlin zu sein. Es sind nicht wenige junge Leute da (und nicht wenige ältere und alte), und viele Hunde gibt es ebenso (und Katzen, und Hühner), aber von meinen dreien sehe ich keinen.

Siebenundzwanzig Fenster zähle ich in der Fassade des gelb, fast ockerbraun schmutzigen Gebäudes (neun in jeder Etage), und aus den mittleren neun hängen weiße Tücher (Tischdecken vielleicht oder Bettlaken), jedes (bis auf das fünfte, ganz weiße) schwarz mit einem einzelnen Buchstaben oder Ausrufezeichen bemalt. Es ist dieses eine Wort (aus vier Buchstaben, versehen mit vier Ausrufezeichen), das den ganzen Anblick so unwirklich erscheinen lässt.

F I R E ! ! ! !

Das an diesem aberwitzigen Bau zu lesen (vor dem geköpfte Statuen stehen), irritiert mich mehr als die ganze Szenerie. Ein paar Minuten lang (bis ich es nicht mehr aushalte), lasse ich mich doch hin- und herschieben zwischen Ständen, auf denen man Kostüme und Staffage eines im Sozialismus versunkenen mecklenburgischen Blaublütergeschlechts verscherbelt. Kerzenständer und Statuetten. Uniformen und Orden. Spielzeug. Perücken. Pantöffelchen. Schmuck. Lauter Tinnef, Talmi und Plunder fürs Proletariat. (Was habe ich damit zu tun?) Gemälde, Bildnisse, Medaillons. Keines zeigt Lo (oder eine ähnlich zerrüttete Frau), keines Delf den Delfin (oder einen ebenso Zerrütteten), so wenig wie mich oder wenigstens einen wie mich. (Gab es je einen wie mich? Sehr wahrscheinlich.)

Hilfe! Hanna! (Hollie!) Was suche ich hier?

(Nur dich.)
Zwischen zahllosen Beinen wuseln Hunde umher.
Aber keiner ist meiner.

39

Das besetzte Schloss

Eine halbe Stunde lang ging ich zwischen den Ständen auf und ab, ohne Hanna oder Chris zu entdecken, und schon als ich die rechte Bogentreppe hinaufstieg (die Trümmer der linken lagen im Gras herum), sah ich, die Doppelflügeltür des Portals dort oben war verrammelt und schon seit Langem kein Eingang mehr.

Ein schmaler Trampelpfad verlief seitlich an der Ruine entlang und führte zur Gebäuderückseite (hindurch zwischen zuletzt zu Breschnews Zeiten gestutzten Hecken und Formgehölzen). Das Raunen und Lachen, das Säuglingsgeplärre und die immer gleich klingende Musik, alles verstummte, als ich mich in einem Park wiederfand, wo es kühl, schattig und still war (wie an einem unmerklich hereingebrochenen Abend). Die Rasenfläche fiel leicht ab aufs Ufer eines Weihers zu. Sie war ungepflegt, an zahllosen Stellen durchbrochen von Unkraut und Silberdisteln, und weiter unten (kurz bevor das Loch voller hellgrüner, falber Entengrütze begann) lag ein Obstgarten mit kurfürstlichen Kirschbäumen, eine knorrige, wenig einladende Gruppe, in der reglos ein paar gelangweilte Krähen oder Dohlen saßen.

Ich blieb stehen und fragte mich, wieso mich der Anblick dieses grünen Flecks (der schon lange kein Park mehr war) so rührte, so ergriff. In einer leicht geschwungenen Linie schien eine Reihe hoher Trauerweiden auf mich zuzukommen. Jenseits des Tümpels sah ich eine umzäunte Weide (und war mir fast sicher, darauf die Pferde im Dorf wiederzuerkennen), ein halb eingestürzter Stall verdeckte das Erdgeschoss und den ersten Stock der rückwärtigen Schlossfassade. Der zusammengesunkene Bretterverhau hatte ein ausgeschlachtetes Wohnmobil unter sich begraben und wirkte so erbärmlich, dass mich schauderte.

Der ganze Verfall, das eitergelbe Gemäuer, das Moos überall (an Ästen, Balken, Wänden, auf dem Boden, selbst den Disteln) erschienen mir wie ein Sinnbild. Wofür? Wie am Tyltower Panzerbahnhof waren Tristesse und Verlassenheit auch hier zum Weinen, so bestürzend, dass mir schlecht wurde, ehe mich ein grässlicher Zorn angesichts solcher abstrusen (lachhaften!) Zurschaustellung umfassender Vergänglichkeit packte. Aber ich begriff, was ich vor mir sah. (Es war kein Sinnbild.) Alles ergab Sinn in diesem Bild, weil ich in es hineingehen konnte und ein Teil davon war. Worin ich selbstvergessen umhertrottete, war der vollkommene Ausdruck meiner Befürchtung, Hanna könnte ernster erkrankt sein, als ich es war oder mir hatte weismachen lassen. Alt, fremd, frustriert und unfähig ließ mich der unwirkliche Fleck erscheinen, und er hatte recht (so recht). Ich stand in diesem abgewrackten Park in meiner Zerrüttung, und die Angst vor dem Weiterleben (ohne Vivi, ohne Hanna, ohne Cherin) fühlte sich wie dieses dunkelgrüne Trümmerfeld an. In die hüfthohen Disteln fiel der blaue Lichtschein meines Handys. Der Libanon ließ nichts mehr von sich hören.

Verdrossen ging ich um den Stallsarg herum, und unvermittelt stand ich vor den Stufen zur einstigen Terrasse des Schlosses, Guts oder Herrenhauses. Eine letzte Trauerweide (ausladend wie ein Kettenkarussell) wuchs so dicht an dem Gemäuer, dass ihr Laubwerk über die Brüstung herabhing, und unter diesem flaschengrünen Chlorophyllschirm war ein Zirkuswagen abgestellt, der irgendwann einmal (zwischen den Kriegen) blau gewesen sein musste, jetzt aber über und über mit Graffiti besprüht war. Und da (endlich), auf der Terrasse war eine Handvoll bärtiger Burschen dabei, Krempel aus dem früheren Gartenzimmer (dem Parksalon) ins Freie zu schaffen, Kronleuchter, Kandelaber, Wandteppiche, Wandspiegel (was man so braucht), und einer dieser Umzugshelfer war mein Freund, der umtriebige junge Herr Nitzer. Als er mich kommen sah, winkte er, zog sich die Mütze vom Kopf und wischte sich damit den Schweiß von der Stirn.

Sie hatten das Gut (oder was davon übrig war) besetzt, wer jedoch »sie« waren, wurde mir nicht ganz klar, auch wenn Chris vergleichsweise bemüht schien, es mir zu erläutern. Wir standen im sich eindunkelnden Unlicht des Parks auf der besetzten Terrasse, tranken aus Miniaturtassen Kaffee (vier Tässchen er, drei ich) und sahen eine Viertelstunde lang fleißigeren Kommunarden dabei zu, wie sie Gut Zschendlow Stück für Stück ausweideten und seine Biedermeierinnereien abtransportierten. Ein wasserpfützengrauer Kirowez-Traktor kam um die Ecke (wie die Abenddämmerung persönlich) und nagelte so laut, dass die letzten Placken Putz vom Gutshaus platzten. Sein Motorgehäuse und Kühlergrill ließen an Stalins Schnurrbartgesicht denken, und im Schlepp hatte er einen leeren, nicht tot zu kriegenden Pritschenanhänger (tümpelbraun), der ungefähr so viele Sommer auf endlosen Stoppelfeldern erlebt haben musste, wie er noch erleben würde.

Diesen Uropa von einem Anhänger würden sie als Nächstes mit dem Krempel aus dem Gut beladen, schrie mir Chris ins Ohr. Wir sahen zu, wie rasch das ging, und rauchten jeder eine Zigarette, solange der Lärm des russischen Radschleppers den Park auffraß. (Als ein Alter mit Latzhose und grauem Pferdeschwanz endlich den Motor abstellte, wurde es still, dass man das Knispeln der aneinanderschabenden Weidenblätter hörte.) Ich fragte Chris nach Hanna und erfuhr, dass sie mit ein paar anderen die Obergeschosse räumte, aber bald fertig war. Schweres könne sie sowieso nicht tragen.

»Kann dich sonst auch raufbringen«, sagte er und kam mir wie ausgewechselt vor (sein zugewandter Zwillingsbruder). »Sie wird dir das Schloss eh zeigen wollen.« Ob ich über Nacht bliebe, wollte er wissen. (Ich wusste es nicht.) Und der Reiskocher sei wo?

»Mitten im Dorf, das völlig ausgestorben ist«, sagte ich. »Frag mich nicht, wie ich von da hierhergekommen bin. Ein Hund hat mich ... ja, irgendwie hat mich die kleine Töle aufgegabelt und mitgenommen.«

Chris sah mich an und lachte.

(Ja. Jetzt war er wieder Lenny.)

»Das war Bosie. So nennt sie ihn. Oder Lord Alfred. Oder Douglas. Er hat drei Namen, so wie ich. Hanna hat ihn losgeschickt, damit er unten im Dorf auf dich wartet. Was? Glaubst du nicht? Er ist mindestens so vernarrt in sie wie du, und er gehorcht ihr mindestens so gut wie ich.«

Chris ihr Hund? Nee. Eher Zufallsbekanntschaft. Er gehörte nicht nach Zschendlow, aber seit Hanna hier war im Schloss, war er das meistens auch, wegen Hanna. Sie wohnte hier? Sie hatte zumindest ein Zimmer. Die Tochter von Freunden ihrer Eltern hatte die Ruine mit besetzt, als während des Pandämoniums die Sanierung gestoppt wurde und sie dann Monate lang leer stand. Mit Nancy verstand sich Hanna gut. Und sie tat ihr gut. Ein Glück! Nancy? Nancy brachte sie auf andere Gedanken, auf handfeste, handwerkliche, ich wusste ja, wie er darüber dachte. Ja. Kamen die Eltern denn ab und zu? Na ja. So konnte man es kaum nennen! Sie achteten auf ihren Ruf, Renommeeshit und so. Was die Leute sagten, was die Zombies zernagten. Wie man hier so lebte, das gefiel so Sicherheitsverfechtern wie Hannas Eltern nicht, da fühlten sie sich nicht sicher und nicht wohl. Uh, tut uns das aber leid! Klar, sie gaben ihrem Schätzelchen Kanzlei- und Praxisdollars, klar waren sie superfroh, dass Hanna nicht mehr Hollie war und dass sie wussten, wo Schätzelchen sich rumtrieb. Aber mehr, Alter, nee. No.

Als er so vor mir stand (die Tasse für Zwerge in der Hand), erschien er mir größer als in meiner Erinnerung und auch so kräftig (ja fast füllig), dass ich mich fragte, wie ich ihn für Hollies Bruder hatte halten können. Die blonde Lockenmähne aus Haarschopf und Bart stand ihm ringsum vom Schädel ab und ließ ihn wie einen jungen Löwen wirken, besonders wenn er vor einer Lichtquelle stand wie jetzt vor einem Standscheinwerfer (der drinnen im Terrassensalon auf lauter Krimskrams und Nippes fiel). Mich wunderte, dass er die anderen einfach so arbeiten ließ und dass diese vier oder fünf Gestalten im Blaumann, die eine Kette gebildet hatten, um kleineren Trödel ruckzuck auf dem Anhänger anzuhäufen, ihn nicht anblafften.

Chris rauchte eine zweite Zigarette und musterte mich durch den Qualm hindurch mit einem ruhigen, wachen, unbewegten Blick seiner leicht vorstehenden, blassblauen Augen (die so anders waren als Hannas). Diesen Blick kannte ich von Lenny, er schien auch zu Chris zu gehören. Ich lächelte ihm zu (und er lächelte zurück), und ich erinnerte mich, als wie unbarmherzig und verstockt ich diese Augen im Tyltower Forst empfunden hatte.

Und er (fragte ich ihn) lebte nicht hier? Nope, tat er nicht. Die Frage schien ihn auf eine Idee zu bringen. Er seufzte, blickte zu Boden und bewegte mit einem Turnschuh das Zeitungspapier, das dort lag, hin und her. (Es war noch immer so still, dass man das Knistern hörte.) Nein, er fuhr für das

Domizil Eden alte Leute zwischen Tyltow und Güstrow und Waren und manchmal Rostock hin und her, zu Ärzten, Schwimmbädern, Anwendungen, Angehörigen. Er mochte den Job. Er hielt ihn für sinnvoll. Er lernte viel von den Alten über das Leben und das Sterben. Er hatte mit Radka gesprochen. Er rechnete es mir hoch an, was ich getan hatte. Das viele Geld! Der Transporter war sowieso fast schrottreif gewesen. Er lachte, und dann setzte er sich die Mütze wieder auf (graubraunes Eichhörnchenfell), nahm mir mein blau geblümtes Tässchen ab und strahlte mich an.

Er war hier, wenn Hanna ihn brauchte. Wenn sie ihn brauchte, stand er neben ihr, so plötzlich (wie aus dem Erdboden gewachsen), dass sie manchmal erschrak. So war das von Anfang an, und solange es sie gab und ihn gab, würde es so bleiben. Aber auch das wusste ich ja (hatte es ja schon erlebt). Ja. Ja, das war so. Yes.

Nach Viviens Ausweis wollte ich Chris noch fragen, wissen, ob sie ihn gebraucht hatten in den letzten drei Wochen, ihn benutzt hatten irgendwo (ob er funktionierte), nur um sicherzugehen.

(Aber dazu kam es nicht mehr.)

Zumindest unter der Trauerweide, wo der Zirkuswagen stand, der zu ihr zu gehören schien wie ihr leise knisternder Blätterschirm, war es inzwischen fast dunkel geworden, und ich sah es zwar nicht, aber merkte (unerfindlich, woran), der rote Blaumanntrupp hatte alles ins Freie geschleppt und auf den Hänger geladen, also behielt ich meine Frage für mich und war froh darüber, als kurz darauf (erst bellend, dann hämmernd) die Dieselmaschine des Kirowez ansprang. Chris' Antwort hätte ich gar nicht verstehen können. Er brüllte mir ins Ohr, er müsse flitzen, mit anpacken vorne – vorne? – vorne auf dem Markt, da könne man den Nachschub kaum erwarten.

Was glaubte ich? Dass sie hier zum Vergnügen einen Palast

leerräumten? (Ja.) Nichts da, Alter. Hier ging es knallhart um Kohle.

»Der Fire Sale geht bis Mitternacht!« Er strahlte. (Und hob einen Zeigefinger unmittelbar vor meine Augen.) »Bullenerlaubnis! Ja, da wundert er sich! Don't worry, für dich ist gesorgt. Guck, wer da steht! Dein Abholer!«

Im Licht der offenen Tür zum Terrassensalon stand Hannas Hund. Er sah mich an. Als er sah, dass ich ihn sah, wirbelte er herum und sauste davon. (Ich wusste, dass er irgendwo in dem Salon auf mich wartete.) Ich sog den Gruftatem des beginnenden Abends ein und schloss die Augen. Aber die Luft in dem kaputten Park war reglos und schaurig und tot. Darauf, dass jemand das erkannte, schienen die Krähen (es waren Krähen) in den Schrumpelkirschbäumen unten an dem Tümpel gewartet zu haben. Sie krächzten.

40

Kleine Nachtwanderung mit Bosie

Ich kenne das Spiel. Er rennt weg, ich versuche ihm zu folgen. Er wartet, ich komme. Er rennt weg. Ich ihm nach. Da steht er und wartet. Rennt weg. Um die Ecke, ich ihm nach. Da. Steht da und hechelt. Hat diese Augen wieder wie in dem Wald (dunkel, fast schwarz, aber glänzend, wie Murmeln so glänzend). Hunde schwitzen nur über ihre Pfoten und Zunge, habe ich gelesen (irgendwo … irgendwann), aber was bedeutet das? Binnen Sekunden scheint sich das Biest zu regenerieren, und munter wie zuvor (wenn nicht munterer) geht es weiter (immer weiter) durch diese kahlen Säle, Zimmer und Gemächer.

»Ich komme«, sage ich zu ihm, »ich komme ja. Ah. Das bist du. Überraschung.« Und er freut sich. (Jedes Mal.) »So, da bin ich schon. Was jetzt?« Weiter. Er rennt weg. Ich ihm nach. Durch Zimmer, Flure, Gänge, über Stufen hinauf auf Korridore, in Zimmer, Säle, Zimmer, Gemächer und Flure. Müde (nein) scheint er nicht zu werden. Seinetwegen scheint es endlos so weitergehen zu können, und ich bin mir nicht sicher, wofür er sich hält: wirklich für einen Kurier? Nicht wenige Hunde (habe ich irgendwo, irgendwann gelesen) halten sich für Menschen und verstehen nicht, wieso man sie behandelt wie Hunde. »Bosie!«, rufe ich ihm zu, »Bosie, mein Herzchen, könntest du bitte etwas langsamer machen, ich bin ja nun wirklich nicht mehr so verdammt fit wie du! Wo ist Hanna, na? Wie viele Zimmer gibt es hier eigentlich, fünfhundertachtzehn?«

(Keine Antwort. Warten. Hecheln. Weiter.)

Jeder Raum, durch den wir kommen, ist leer, so ratzekahl leer gefressen wie von den Heuschrecken des Rokoko. Die Wände kahl, das Mauerwerk (ohne Tapeten) fleckig, voller Löcher im Verputz, voller Freskenüberreste, die falbe, farblose Fehlfarbenvögel mit überdimensionierten Augen, Vogelfänger, Mädchen, Jünglinge, Zofen, Kinder und (wie bizarre Zwergrehe anmutende) Jagdhunde zeigen, alles vor einem verblasst grünblauen Hintergrund mit Bäumen, einem See, darüber Wolken. Ich brauche eine Weile (sieben Zimmer), bis ich den wässrig grünen Hintergrund, der an jeder furchtbar leeren ockergelben Wand wiederkehrt, erkenne. Es ist der kaputte Park. Hier geht er weiter und setzt sich fort in der Erinnerung und der Erfindung.

Sobald ich kurz verschnaufe und näher an einen Wandbildrest trete (an die Kirschbäume, die Krähen darin), legt sich der Hund hechelnd in einen Türrahmen. Bosie behält mich im Auge. (Es gibt kein Entrinnen.) Ein Schritt in seine Richtung reicht, schon springt er auf und rennt weiter, zieht mich (wie an einem unsichtbaren Band) weiter (an einer Leine aus Luft), als wäre hier er der Brückenkommissar und ich sein Hund.

»Warte!«, sage ich zu ihm. »Waren wir hier nicht schon mal? Du hast dich verlaufen, kleiner Nichtsnutz. Du bist gefeuert! Nein, nur ein Spaß.« (Schon wetzt er hinaus.) »Halt! Gib mir fünf Minuten, Mensch!« Er kommt zurück. Er hat diesen Tunnelblick, zwei Augen wie Tunnel, in die keiner hineinkann.

Ich messe meinen Zucker.

102.

Das Alter meines Vaters (falls er noch lebt).

Sind wir schon im dritten Stock oder noch im zweiten? Ich bin so viele Stufen hinaufgestiegen (einem weißbraunen Schwanz hinterher) und durch so viele Zimmer gegangen, dass ich mir wie in einem Traum oder zurückversetzt in die Säle und Flure des Papstpalastes in Avignon vorkomme – als liefen Rebekka und ich für alle Zeit durch dieses nackte (wüstensandgelbe) Labyrinth. (1988.) Ich hatte Vivien auf dem Arm (sie war zwei), aber konnte dem ganzen Kolossalen, dem Kreuzgang, den Wandmalereien, dem Kräutergarten der Mönche (voller Bienen), dem gemeinsamen Familienerlebnis nichts abgewinnen. Wie mich mein kleiner nerviger Freund hier an sein Ziel führt (und davon um keinen Preis ablässt), fragte ich mich in diesen drei Stunden unter kulturbegeisterten Sommerkleid- und Shortsträgern, wo der Ausgang war, der mich (endlich) hinunter ans Ufer der Rhône bringen würde. Dort stand die Brücke (das, was von ihr übrig war), und dort (nur dort) konnte ich mir die Pracht der einst zweiundzwanzig Bögen (und die Zerstörung von achtzehn davon) vorstellen. Rebekka verabscheute alles, was sie klein erscheinen ließ (Ausnahme der Allmächtige), und meine Liebe zu Brücken und ihrem Verschwinden (»diese Fixierung«) verursachte ihr Brechreiz (Zitat), verhinderte sie doch, was Frau Romik unter Familie verstand: Zweisamkeit (Dreisamkeit), »endlich eine angemessene Innigkeit, Mensch!«

Unsere Ehe schien eine Ewigkeit zu dauern.

(Und inzwischen war sie eine Ewigkeit her.)

»Wollen wir?« Bosie sprang auf. »Letzte Etappe, Mylord! Ich gebe dir zehn Minuten. Dann kehre ich um. Und finde sogar allein zu meinem Auto, nimm Gift drauf. Also los! Wo ist Hanna?«

Schon jagt er davon (der Kakaofuchs). Und bei jedem seiner Schritte und Sprünge höre ich das kurze Klacken seiner Krallen auf dem dreihundert Jahre alten Parkett.

Irgendwo (irgendwann) hatte ich über Hunde gelesen, sie würden bis zu siebzehnmal besser hören können als ihr Herrchen und Frauchen. (O glorreiche Forschung.) Hunde würden demnach nicht nur eine Stecknadel auf den Boden fallen hören, sie hörten genauso das Zusammenklappen der Augenlider eines jeden Menschen in ihrer Nähe.

»Tja, Bosie-Spatz. Wo ist sie also?«, rief ich ihm das nächste Mal zu, als er stehen blieb und sich zu mir umwandte. (Ich zwinkerte ihm zu.) Die Zunge hing ihm aus dem Maul wie draußen an der Fassade eins der Laken mit Ausrufezeichen aus einem Fenster. Aber dieser Blick ... (Ganz unvergesslich.) Eine so seelenvolle Gewissheit lag darin, dass ich mir sicher war, er hatte Hanna schon lange gehört, während ich immer noch nur sein huschendes Trappeln und meine von den Wänden widerhallenden Schritte wahrnahm.

Ein paar Zimmer weiter jedoch hörte ich es auch: Leute, Stimmen, Lachen (lauter immer deutlichere Geräusche). Und dann fiel ein heller Lichtschein durch einen Korridor, der lang wie ein russisches U-Boot und genauso schummrig war, der Hund schlüpfte durch einen Türspalt, und die Tür ging auf, noch ehe ich sie erreichte. Und da stand sie (tatsächlich), klopfte dem kleinen Kerl den Rücken, streichelte ihm den schmalen weißen Kopf und lächelte mir entgegen.

»Er hat mir dich wiedergebracht!« Hanna freute sich (aber wusste nicht, wie froh erst ich war). »Gotcha, old bro.«

Es war ein großer Saal mit mehr als zehn allesamt offen stehenden Türen, in dem die letzten Gegenstände aus der dritten Schlossetage zusammengetragen wurden. Vier Frauen, vier Männer (jüngere und ältere) schleppten aus den angrenzenden Zimmern und Gängen Kisten, Kerzenständer, Sessel, Rahmen, Lampen, kleine und große Tische, Läufer und Borde, Spiegel und Stühle und Paravents in die Mitte des Saals. Alle drei, vier Minuten tauchten zwei Schränke (mit Bart und Pferdeschwanz) aus einem der Flure auf und trugen die zusammengesuchten Sachen hinaus, als hätte alles keinerlei Gewicht, sondern wäre leicht wie die verwehte Luft der Vergangenheit. Es musste einen viel kürzeren Weg hinunter (hinaus) geben, einen, den Bosie nicht kannte, vielleicht weil er nicht wusste, was ein Fahrstuhl ist.

Hanna wies den Hund an, sich auf eine Decke in einer Fensternische zu legen (sie war versiert im Kommandieren), und das tat er, wenn auch unter demonstrativem Seufzen. Sie trug nichts. Sie hob nichts hoch. Sie schien eine Sonderrolle innezuhaben, die mir nicht ersichtlich war. (Ich konnte gar nicht aufhören, sie anzusehen.) Sie sagte zu mir, es seien die letzten Sachen, die jetzt kamen, sie habe alles durchgesehen, das müsste der Rest sein.

»Hast du gesehen? Unten, der Markt?«, fragte sie. »Gerade haben sie die Feuer angezündet.«

Keiner der Bärtigen und Pferdeschwanzträger und keine der fürchterlich emsigen Frauen begrüßte mich oder sprach ein Wort mit mir, nur Bosie (auf seine Weise) hielt unsere Unterhaltung aufrecht. (Auf seiner Decke schmatzte er, sobald ich ihn anguckte.)

Während die beiden Schrankameisen zurückkamen, um eine Chaiselongue mit zwölf darauf gestapelten Stühlen abzutransportieren, trat ich an das Fenster, unter dem der Hund lag, und blickte hinunter. Ein Dunkel wie ein in tiefer Schwärze versunkener See lag über Zschendlow (dem Wald, dem Hügelland, den Tälern). Vor dem Schloss aber war der gekieste Platz so hell erleuchtet, dass die Schwemme aus Strandflieder und Schleierkraut darauf rosa und weiß zu glühen schien. Hunderte Leute schlenderten umher, in gespenstisch wirkenden Tonnen und Fässern brannten fünf oder sechs Feuer und spuckten ihre Glut in die beginnende Nacht, und es gab eine Scheinwerferspur (eine Straße, zwei, drei, im Zickzack verbunden), Lichtpunkte in ansonsten völligem Dunkel, die einer auf die Erde gefallenen Sternenkonstellation ähnelten und an denen man sah, wie viele Schnäppchenjäger noch immer zum Schloss unterwegs waren.

Sahen sie oben das Gefunkel? Da standen die Sternbilder des September. (Schwan, Adler, Leier.) Das verlöschende Sommerdreieck. Da lag er, »Gottes dunkler Spielplatz« (Niels Bohr).

Auf einmal stand Hanna hinter mir, legte einen Arm auf meinen Rücken und sah mit mir hinaus, hinunter zum Fire-Market.

»Wie schön, dass du da bist«, sagte sie (als wäre es das Normalste von der Welt). Wir guckten dem Treiben eine Weile zu. Hörten, wie eine Rumba gespielt wurde irgendwo, die allem (für drei Minuten) eine andere Färbung gab. »Ist das nicht krass? Die Leute? Sie kaufen es, alles, Hauptsache Schloss. Sie wissen ganz genau, was grad jetzt passiert, in Mariupol, in Cherson. Es kümmert sie nicht.«

»Nein«, sagte ich (mehr nicht). Ich war nur froh über ihre wiedergefundene Nähe. Kümmerte es denn mich? Über Sterne (»romantic shit«) konnte ich mit ihr nie sprechen. Aber ich dachte doch: Irgendwo dort draußen (weit weg wie Vivien, Cherin, wie die Wahrheit), anderthalb Millionen

Kilometer weit weg, kreiste das James-Webb-Teleskop in diesem Moment an seinem Lagrange-Punkt.

Den Bruchteil einer Lichtsekunde später liefen wir zu dritt (Bosie voraus, dann Hanna und ich) vorbei an dem Gleißen und Glosen, Klötern und Klimpern des Zschendlower Fire-Market. Wir liefen hinein in die nach Nacht duftende Dunkelheit. Der Hund fraß Strandfliederblüten, und auf der unverortbaren Weide (sehr nah) schnaubten diese Pferde. Hanna ging neben mir her, und ab und zu (jedes Mal überraschend) hakte sie sich bei mir ein, knuffte mich dann kurz, weil das für sie dazuzugehören schien.

»Wir gehen einfach die Straße runter, immer weiter«, sagte sie und meinte damit den Weg bis zu meinem (unserem) Mitsubishi (ich hatte erzählt, wo er parkte). »Lord Douglas weiß, wo er steht. Oder, Bosie? Ja! Du weißt es. Bist ein kluger Hund, der klügste Hund der Welt und der beste bist du.«

Der beste (der einzige) Latte-macchiato-Wolf der Welt sprang an ihr hoch. Dann rannte er davon.

»War Lord Douglas nicht dieser junge Geliebte von Oscar Wilde, der ihn ins Gefängnis gebracht hat?«

(Sie war ziemlich erstaunt und nickte.)

»Ach, Benno. Das weißt du? Wilde nannte ihn Bosie.«

Und mit demselben Tonfall und ihrer Stimme, die umso trauriger klang, je heiterer sie sich gab, sagte sie: »Yes. Also gut. Wir holen deinen stuff, Dreihundert, ich zeig dir dein Zimmer, wir trinken noch vier Flaschen Sliwowitz, und tomorrow morning dann heißt es heul, heul, heul, good-bye, weil Good-bye-Sagen ja zu den deep, deep experiences gehört, richtig? Exakt oder richtig?«

»Beides«, sagte ich. »Exakt und richtig.«

Ob ich im Schloss übernachten wolle, hatte sie mich gar nicht gefragt, sie setzte es einfach voraus. (Und sie hatte ja recht damit.) Jede Minute, die ich mit ihr (und sie mit mir) verbringen konnte, war kostbar, und nur wenn sie mich dazu aufgefordert hätte, wäre ich diesen Abend noch weitergefahren, wieder weiter und weiter und weiter weg von ihr, womöglich sogar zum Flughafen nach Berlin, um mich dort in einem Berliner Flughafenhotel zu verkriechen und volllaufen zu lassen. (Aber wer, der nicht musste, wollte schon nach Berlin.)

Der Weg schien nach Zschendlow hinunterzuführen, denn da unten in dem Dunkel waren jetzt wenigstens ein paar Häuser, in denen ein paar Gespenster das elektrische Licht der Menschen angemacht hatten (um wenigstens einander sehen zu können), und sogar drei Laternen sah ich (womöglich Gaslaternen), die die Straße in grünes Licht tauchten und das Geisterdorf aussehen ließen, als läge es unter Wasser. Auf den Böschungen am Wegrand parkten Stoßstange an Stoßstange Autos (alle mit unidentifizierbaren Kennzeichen), und durch den Wald jenseits des Laternengrüns kam irgendein Wagen gebraust, dessen Scheinwerferkegel durch die Bäume strichen und sich rasch näherten.

In ihrem heranfliegenden Licht sah ich Hannas blasses Profil. (Sie blickte sich um, lauschte.) Nichts in diesem Augenblick erschien mir so lebendig wie sie.

»Bosie!«, rief sie (zweimal, dreimal), und schon stand der Hund keuchend und sabbernd neben ihr, wie von der Nacht wieder ausgespuckt.

Noch älter als letzte Nacht in Tyltow kam sie mir vor (ihre Augen waren härter), und ihr Mund schien seit unserer Begrüßung vergessen zu haben, wie man das macht: lächeln.

Sie hielt Bosie fest. Der Wagen fuhr vorbei. Kaum war er hinter uns um die Kurve (hinauf zum Fire-Market), wirkte die Landschaft noch dunkler. Und der Hund wetzte wieder davon und verschwand.

Wir müssten reden, sagte ich (über ein paar Dinge) und wartete einige Schritte, aber von Hanna kam keine Antwort, außer dass sie ihren Arm nahm und sich nicht mehr bei mir unterhakte. Wir gingen weiter, und ich redete weiter, sehr viel Zeit zu zweit (allein mit ihr) blieb nicht mehr, rechnete ich mir aus. Wir würden den Lancer zum Schloss hinauffahren, dort waren alle anderen, war Chris, war die ganze stumme Kommune. Furchtbar erschöpft wirkte sie außerdem (viel müder als in Tyltow). Wenn ich meinen Sermon noch loswerden wollte, dann jetzt.

Also sagte ich es: »Du weißt es, du weißt, dass ich dich sehr lieb habe«, sagte ich, »mehr, als ich mich liebe, mehr sogar als Cherin und meine verschollene Tochter habe ich dich lieb, Hollie Magenta, und ich werde dir gleich sagen, warum das so ist und wieso sich daran nichts ändern lässt.«

Sie blieb stehen. Und ich spürte ihren Arm, ihre Hand in dem dunkelgrünen Licht nach mir tasten. »Sag es mir, großer weiser Benno, sag mir, warum das so ist, wenn es so ist.«

»Es ist so, weil du mir immer gefehlt hast, einundzwanzig Jahre lang, auch wenn ich nicht gewusst habe, dass es dich gibt.«

»Okay«, sagte sie. Noch immer standen wir auf dieser dunklen Straße, etwa auf halbem Weg zwischen Schloss und Markt und Dorf und dem Wagen, in dem alles war, was ich noch hatte (und in dessen Kofferraum der Rest von Hollies oder Hannas und Chris' Sprengstoff lag.) »Okay, lass uns reden, ohne daran zu denken, wie alt du bist und wie alt ich bin. Wir treten heraus aus der Realität von Moral und Zeit und überhaupt. Wir reden von Liebe, ja, von all you need is Innigkeit und Zärtlichkeit und allem was dazugehört. Ja?«

»Nein«, sagte ich.

Und sie: »Nein?«

Und ich: »Du verstehst mich nicht. Und das kommt selten vor. Ich mache dir hier keinen Antrag. Oder doch. Ich beantrage, dass du bei mir bleibst und dass ich bei dir bleibe, solange ich am Leben bin und solange du am Leben bist.

Weil ... weil ich ohne dich gar nicht am Leben war. Für dich mag das anders gewesen sein. Obwohl ich ehrlich gesagt immer öfter das Gefühl hatte, dass du mich genauso, ja, nötig hast. Ich rede hier nicht von Begehren. Hältst du mich für einen Trottel? Ich bin neunundvierzig Jahre älter als du. Ich könnte dein Uropa sein, und vielleicht bin ich es sogar. Über das Begehren im Alter, mein Schatz, darüber werde ich mit Cherin reden, in Beirut, und wahrscheinlich, wie ich sie kenne, schon morgen. Und sie wird empört sein, dass ich erst jetzt darüber mit ihr rede, mit einer Verspätung von schlappen neunzehn Jahren. Andererseits ... will ich deinen Vorhaben und Plänen auf keinem Fall im Weg stehen.«

Wieder kam so ein Scheinwerferpaar durch den Wald (strich durch die Bäume), strich durch das Zschendlower Aquarium und ließ unsere Gesichter hellgrün aufleuchten, ehe es vorbeiflog wie ein großer Nachtvogel. Es war gerade zehn durch. Und noch immer fuhren sie alle hin und kehrte kein einziger Wagen (vollgestopft mit Kamingittern, Lampenschirmen und Lorgnonsetzkästen) vom Schloss zurück. Mitternachtströdelmarkt! (Wer kam auf so eine Idee?)

Hanna stand dicht vor mir. Ich sah, sie kämpfte (wie immer), nur diesmal mit den Tränen. Sie fasste mir ans Kinn, strich mir über den blauen Fleck und fragte, woher der sei. Ein bisschen sehe er aus wie der Kopf von Bosie.

Apropos. Wo steckte eigentlich der Köter?

41

Der Anfang der Wahrheit

Bosie lag auf dem Rücksitz. (Er war so erledigt wie Oscar Wilde nach einem Tag Zwangsarbeit.) Er japste, und sein kleiner braunweißer Brustkorb hob und senkte sich.

»Hat wahrscheinlich ein Wildschwein gejagt.«

Hanna nickte. »Oder ihn ein Wildschwein.«

Sie saß auf dem Beifahrersitz und war merklich bewegt davon, noch einmal in dem Mitsubishi zu sitzen. (Sie streichelte das Armaturenbrett, den Sitz.) »Mann, war eine echt krasse Aktion, oder?«, fragte sie, schien sich damit aber nicht an mich zu wenden.

Noch immer stand der Wagen dort in dem wassergrünen Dorf, wo mich am späten Nachmittag der Hund aufgegabelt hatte. (Jetzt aber hatten wir uns gefunden.) Ich wusste nicht, worauf sich ihre Frage bezog – auf die Depoträumung oder darauf, wie Hollie und Lenny mich auf Finkenwerder hatten sitzen lassen.

Weil ich nichts sagte, gab sich Hanna die Antwort selbst: Sie wisse, dass es falsch gewesen sei (nein, mehr als das). Echt eine miese Nummer, mich mit dem Sprengstoff mir selbst zu überlassen und sich gar nicht mehr zu melden.

»Sich gar nicht mehr melden«, erwiderte ich. »Ist das nicht fester Bestandteil der sagenhaften zeitgenössischen Kommunikation?«

Sei wohl so, sagte sie. Und dass sie es hasse, jemanden zu ghosten. Und sich selbst jedes Mal nach so einem cold cut.

»Tut mir echt leid für dich«, sagte ich bitter. Und der alte

Zorn und die Gekränktheit (die nie vergingen, nur abzuwarten gelernt hatten) wallten wieder in mir auf. »Fast die Hälfte von eurem Chlorat liegt hinten, gut versteckt im Ersatzradfach. Die habe ich für die Sprengung von Herrn Nitzers Seniorenvehikel nicht gebraucht. Ich lasse euch den Lancer eh hier. Holt ihn morgen am Güstrower Zombiebahnhof ab und macht damit, was ihr wollt. Für sein fortgeschrittenes Alter ist er eine verlässliche Kutsche. Liegt allerdings ziemlich tief. Cherin mochte das. Mir persönlich ist der Straßenbelag zu nah. Ich bin ja eher der Chefsesseltyp, wie du weißt. Egal, es gibt aber leider ein anderes Problem mit eurem Reiskocher.«

Welches, wollte sie wissen. (Sie nahm das Ganze sehr tapfer.)

»Ich musste deine kunstvoll gefälschten Kennzeichen entsorgen. Aus Zeitmangel habe ich welche von einem Oldtimer in der Tiefgarage in Tyltow abgeschraubt. Die solltet ihr schleunigst loswerden. Oder du gehst da wieder mit deinem schwarzen Nagellack ran. Wo ist eigentlich dein schnuckeliger Fiat von gestern Nacht?«

»Hör auf!«, fuhr sie mich an. »Hör auf, mit mir zu reden wie mit einem kriminellen Püppchen, ja?« Sie sah mich an und hatte Augenringe und sah in dem grünen Licht noch schmaler aus. Hinten knurrte der Hund, und sie riss den Kopf herum und sagte zu Bosie, was sie davon hielt. (Er und ich sagten nichts mehr.) Hanna fragte, ob ich morgen wirklich in den Libanon flog, woraufhin ich nickte, so stumm, wie ich den Kopf schüttelte, als sie wissen wollte, ob Cherin davon wusste.

»Sie meldet sich nicht mehr, und ich laufe, verflucht, niemandem nach, und wäre es der auferstandene Einstein.«

»Pfff«, machte sie. (Weiter nichts.)

Dann schwiegen wir alle drei. (Ein, zwei Minuten lang.) Dann fragte ich, ob ich sie und ihren schlappen Zauberkurier zum Schloss rauffahren solle.

»Nein, shit«, sagte sie. »Ich will dir was sagen, du Pharao

der Behämmerten. Aber kennst du die Lebensweisheit, dass noch nie in einem geschlossenen Raum ein gutes Gespräch stattgefunden hat?«

»Gut, dann steigen wir aus«, sagte ich. Ich sah im Rückspiegel ein verbissenes, eingefallenes und vor Enttäuschung schmerzerfülltes graues Gesicht. (Meins.) Es war die Brückenkommissarvisage, die Rebekka den Kopf schütteln ließ und Vivien die Tränen in die Augen trieb. Es war mein Lo-Gesicht (mein ererbtes), das ich aufsetzte, wenn ich mich vor lauter Verunsicherung nicht ertragen konnte. Penno. Sesostron der Dreihundertste.

(Ich stieg aus.)

»Komm, Bosie«, sagte Hanna, »alte Schlappmorchel.«

Und es stimmte. Die freie Luft ließ mich aufatmen. (Der uralte Groll verflog.) In einer Sakkotasche fand ich eine aus ihrer Knitterpackung gerutschte Zigarette, und als ich sie mit dem Anzünder im Mitsubishi ansteckte, sah ich auf der Rückbank das Geschenk für Hanna liegen.

Wieder kam ein Auto (das erste, das zurückfuhr vom Schloss). Bosie war zu seinem Strullzaun getrottet, und der Wagen (ein alter, irrtümlich in diese Gegend geratener Daimler) hielt, und das Seitenfenster schnurrte nach unten.

»Hey«, sagte ein junger Bursche mit Mütze und diesen Filzzöpfen, die ja neuerdings verboten waren (kulturelle Aneignung) und ihn wie einen Uhu mit Baseballkäppi aussehen ließen.

»Hey«, sagte sie.

Und der Uhu: »Alles gut bei dir?«

»Nicht, seitdem du da bist.«

»Ich meine nur. Wegen dem alten Rocker da.«

Sie sah mich an. »Bist du ein alter Rocker, Benno?«

»Ich gehöre zum Unesco-Weltkulturerbe«, rief ich dem Zopfvogel zu. »Seit sieben Jahrzehnten beantworte ich dumme Fragen.«

»Was habt ihr beiden denn Krasses getrunken!«

(Er grinste breit, genüsslich und hässlich.)

»Die Nachtluft«, sagte Hanna. »In der kann man echt gut verduften. Probier das mal, Alter!«

(Das Grinsen auf seinem Schnabel zerbröckelte.)

Der Daimler fuhr davon. (Erbärmliches Hupen.) Erlösende Stille legte sich über Zschendlow, in der nur noch Bosies Geraschel, das Fispeln der Kastanien und, weit entfernt (wie über eine Bucht), Pferdeschnauben zu hören waren.

»Glaub nicht, unter Spontis, Hippies, woken Leuten und wie sie sich alle nennen, diese Kanonen, gäbe es keine Ärsche und Ärschinnen«, sagte Hanna, und ich erwiderte, dass ich das nicht täte.

»Gut, Mann!« (Sie hatte dieses Untersteh-dich-mir-zu-widersprechen-Gesicht aufgesetzt.)

»Aber der wollte dich doch nur vor einem wie mir beschützen«, sagte ich dann doch. »Meinst du nicht?«

»Pfff«, machte sie wieder. »Nope.« Und sie überlegte. (Wo war sie, die Verbindung?) Und dann sah sie die Bresche und fing an zu erzählen. Sie fing an mit Chris. (Surprise.) Chris war anders. Er war nicht so ein Checker, dem es bloß darum ging, abzuchecken, was möglich war und wie lange er bräuchte, um an sein fucking Ziel zu kommen.

»Warum fängst du jetzt wieder von Chris an? Ich habe mich mit ihm vertragen«, sagte ich. »Ich habe mich in ihm getäuscht, mehrfach, ja. Entscheidend ist für mich, dass er gut zu dir ist.«

Sie war blass und ernst in dem grünen Licht, ganz bei sich war sie, vor allem aber schien sie enttäuscht zu sein. (Von ausnahmslos allem, was ihr in den Sinn kam).

Ja, das war er. Chris war gut zu ihr. Alles andere war Lüge, alles Täuschung. Nur jetzt war damit Schluss! Verstand ich das? Das Ende aller Lügen, das musste ja dann wohl der Anfang der Wahrheit sein, oder? Oder nicht?

»Du meinst logisch betrachtet?«

Pfff! Chris war nicht ihr Bruder, so wenig wie er in Göttingen lebte, Literatur studiert hatte oder Zimmermann werden wollte.

(Lüge, Lüge, Lüge.)

»Das weiß ich längst«, sagte ich.

Nächste Lüge: Sie kannte ihn auch nicht ihr Leben lang. (Aber es kam ihr so vor.) Sie kannte ihn erst seit drei Jahren. (Aber seither war er ihr Bruder.) Er war einer von drei Menschen, denen sie noch vertraute. Sie vertraute Chris, sie vertraute mir, sie vertraute sich selbst. Nächste Lüge: Chris hatte als Kind auch nicht Leukämie. Sie selbst hatte als Kind Leukämie. Mit zehn. Und zwei Jahre hatte es gedauert. Und fünf Jahre lang hatte sie geglaubt, es überstanden zu haben. Aber das war ein Tri-, Tra-, Trugschluss gewesen. Körpererfindung, Körpertäuschung, Selbsttäuschung, Wunschdenken.

»Whatever.«

»Die Leukämie, du hast sie wieder oder hast sie immer noch, meinst du?«

(Sie lachte, wie ein junges Gespenst.)

Whatever. Zurück? Nie weg? Kam aufs Selbe raus. Eine miese Körperlüge. (Drecksblut.) Seit drei Jahren wusste sie's. Chris und sie hatten sich im Rostocker Krankenhaus kennengelernt, wo er damals Fahrer war. Sie hatten gelacht und geweint zusammen. Und vor allem hatten sie zusammen den Rand gehalten. (Die größte Lüge überhaupt: dass man von sich erzählen könnte.) Ob ich ihr glaubte, fragte sie mich, und kam dicht an meine Seite.

Wir warfen zwei lange dürre Vogelscheuchenschatten über die Dorfstraße, lehnten an unserem Leichenwagenreiskocher und winkten ab und zu ein Auto durch. (Aus jedem kam Lachen und wirbelte davon in die Dunkelheit.) Wir hielten den Hund fest und ließen ihn dann wieder auf der Duftfährte von was auch immer davonhechten.

»Ich habe dir immer geglaubt, alles – oder fast alles«, antwortete ich, als ich merkte, dass sie darauf wartete. »Und so bleibt es.«

(»Fast«, sagte Hanna, »das wichtigste Wort überhaupt.«)

Nächste Lüge: Die Berechnung der Restlebenszeit (der ganze lachhafte ReLeZe-Shit) war ihr schon Jahre bekannt, als ich den ersten Brief bekam. Bitte? Das verblüffte mich mehr (fast mehr), als das Eingeständnis ihrer eigenen Krankheit.

»Jaa!« (Sie lachte abfällig.) »Lass dich besser nicht auf ein Eine-Frau-Lügenkommando ein, old bro.«

Siebzehn Tage verbleibende Lebenszeit hatte der ReLeZe-Algorithmus für mich errechnet, hundertsiebenundsiebzig waren es für sie gewesen (vor drei Jahren). Seit über achthundert Tagen lebte sie, obwohl das aller Wahrscheinlichkeit zuwiderlief. Und genau so fühlte es sich an! War sie deshalb abgetaucht, in den Untergrund gegangen? Yes. No. Sie wusste es nicht. Hatte nicht die ganze Welt Leukämie? Die Luft, die Meere, die Wälder, die Tiere, die Städte, die Menschen und alles, woran man glauben könnte, wenn nicht auch Glaube, Wissen und Träume Leukämie hätten? (Alles zu große Gedanken, die zu nichts führten.) Nichts ließ sich durchdenken und deshalb auch nichts ändern. Bei jeder Aktion mit den Zertrümmerbitches hatte sie wenigstens das Gefühl (sie schrie das Wort), die Krankheit anzugreifen, sich selbst rauszuschleudern aus der ganzen kranken Krankheitserkrankung.

»Bah! Bah, bah, bah, bah, bah!«, machte sie. »Enough. Keinen Bock mehr auf irgendein Wort.«

Nur diese eine Lüge vielleicht noch (damit es raus war, alles, oder fast): Mein Mumienfreund hatte es ihr schnell angesehen.

»Mein was? Du meinst nicht Schiller-Benz.«

(Mir blieb nichts erspart.)

Ramses II., doch. Er hatte es ihrer Haut angesehen, ihren Augen, ihren Nägeln. Eine grundlegende Körperschwäche, liebes Mädchen. Als ernstlich krank hatte er sie bezeichnet (und damit nicht – oder auch – ihr Verhalten gemeint). Sofortige, eingehende Untersuchungen seien dringend erforderlich, hatte er zu ihr gesagt.

(Vor sechs Wochen in meiner Pharaonenküche.)

»Hast du dem alten Knochen denn von der Krankheit erzählt?«

Sie erzählte nichts von sich, nie, keinem Menschen, oder fast keinem. Nur Chris und mir. Und dem Raschler da drüben!

Bosie war nur noch der Schatten eines erschöpften Wolfs, als er auf der Rückbank zusammensank und auf der Stelle einschlief. Ich fuhr uns zum Schloss hinauf. Es war kurz vor Mitternacht und der Fire-Market inzwischen beinahe menschenleer. (Die Stände wurden abgebaut, in den Feuertonnen nur noch Glut.) Stille breitete sich über den Strandfliederplatz, und Hanna war noch einmal die verschwiegene, verstockte Hollie, als sie mir vom Beifahrersitz Zeichen gab, um das Gutshaus herumzufahren und hinten zu parken (unter zwei großen Sommereichen), von dort konnte ich dann morgen Vormittag gleich starten, sagte sie kraftlos. Ich flog doch von Berlin?

Ich nickte, atmete tief ein. (Das verscheuchte die Vorstellung.) Der kaputte Park in völligem Dunkel. Nur zwischen dem Zirkuswagen und der Terrasse brannte ein kleines Lagerfeuer, dort standen Klappbänke und saßen ein paar Gestalten mit Bierbuddeln und Wasserflaschen (in denen mit Sicherheit kein Wasser war). Ich stellte den Lancer unter den Bäumen ab, und kaum war der Motor aus, hörten wir hinten Bosie leise fiepen und japsen.

»Er träumt«, flüsterte Hanna. »Du kannst ein Fenster

offen lassen, dann springt er raus, wenn er sich ausgepennt hat. Und irgendwer macht es nachts zu, damit du keinen Marder im Wagen hast.«

Ich wollte den Wagen nicht mehr (wollte den Sprengstoff und die Erinnerungen loswerden). Nur noch die zwanzig Kilometer nach Güstrow musste er mich morgen Vormittag bringen.

Von Güstrow ging der Zug nach Berlin.

(Nicht daran denken.)

»Hanna. Hanna!«, sagte ich. »Und deine Eltern, was wissen die, helfen sie dir?«

Taten sie das nicht immer? War Helfen nicht ihr bekackter Beruf? Ihr Vater suchte nach Wegen, wie man die Leukämie verklagen konnte (sie kicherte), und ihr Mutterungeheuer fragte bei ihren Psychodruiden herum, welche Fehler sie mit ihrem Tochtermonster gemacht hatte, dass es so aus der Art geschlagen war.

(Sie hatten ihr alles aus der Nase gezogen.)

Sie hatten sie untergebracht in diesem Wrack von einem Märchenschloss, das Freunden gehörte, die es umbauen lassen würden zum x-ten Wellness-Spa-Schweinestall, sobald die pandämonische Pause Geschichte war. Hier lebte sie jetzt. (Sie mochte es. Es war still.) Es war wie nach einem Krieg. Alle taten so, als hielten sie das Schloss besetzt. (Auch die Bullerei tat so.) Dabei waren sie alle nur der Räumdienst. Gut. (Why not?) Es gab Bosie. (Bosie war in Wahrheit ein Engel.) Es gab Nancy, von der sie endlich sinnvolle Sachen lernte. Obstbäume beschneiden! Fohlenentbindung! (Ja, da lachte ich!) Hatte ich den alten Sowjet-Radschlepper gesehen? Er war ein Schrotthaufen auf Rädern gewesen. Chris und sie hatten ihn wieder zum Laufen gebracht. Seit sie aus Hamburg zurück war, drohte ihr Chris mit dem Abbruch der Freundschaft, falls sie nicht in Therapie ginge, deswegen musste sie wohl (auch wenn sie keinen Sinn darin sah). Weil:

Die Welt ohne Chris war leer. Aber das war sie auch ohne mich.

»Hanna«, sagte ich wieder. (Mehr war nicht mehr möglich.)

Sie drehte sich zu mir und lachte mich an mit diesem Gesicht, das kaum noch lachen konnte (zu schmal, zu knochig), und beinahe so schwarz wie das kurzgeraspelte Haar waren die Ringe unter ihren Augen, als sie sagte, Hanna, so nannte sie hier nur Chris und auch bloß, wenn sie allein waren. Für alle anderen war sie Vivien. Wenn wir jetzt rübergingen zu den anderen und am Feuer noch ein Bier zusammen tranken (was sie hoffte und sich sehr wünschte), sollte ich das bitte bedenken. Sie strich mir über die Wange. Ich war der einzige Brückenkommissar auf der Welt, den sie kannte (und der traurigste), ich hatte ihr sogar einen Namen geliehen (a name as a bridge, yes), mit dem sie weiterleben konnte, bis alles aus war oder nicht.

»Komm, trink was mit mir, Benno, kein Abschiedsbier, kein Tränenbier, ein Brückenbier.« Sie sagte das zugleich vergnügt und betrübt, drehte sich dann kurz zu dem schlafenden Hund und stieg aus.

Bosie schlummerte so fest, dass er nicht mal aufwachte, als ich das Geschenk unter seinem Kopf wegzog. (Ich ließ das Fenster nach unten, damit er hinauskonnte.) Dann stieg auch ich aus und ging hinüber zu dem Feuer.

42

Vergessen

Als am späten Morgen mein Handywecker quakte, fühlte sich der Schädel, der zu mir zu gehören schien, wie mit dickem, altem Holz getäfelt an. Es musste das Holz der Pflaumenbäume sein, aus deren Obst man den Sliwowitz gebrannt hatte.

Das Zimmer, in dem ich lag, kannte ich nicht. (Ich hatte keine Erinnerungen, nur Durst.) Staub tanzte in dem Licht, das der Himmel unbarmherzig durch das Fenster hereinkippte. Jemand stöhnte (ich), und noch jemand stöhnte, weit (sehr weit) entfernt in dem Bett an der anderen Wand, und als es mir endlich gelang, den Pflaumenbaumkopf zu heben, sah ich dort drüben in der Nische unter der Dachschräge einen Wust rotblonder Locken auf einem Kissen, das so blau war wie draußen der feindselige Septemberhimmel.

Nach etlichen Minuten hob ich meine Beine aus dem Bett. Es waren dünne Beine, blass, betagt (ja), immerhin aber Beine und es waren (offenbar) immerhin zwei und meine.

Es gab ein winziges Waschbecken mit eiskaltem Wasser (das herrlichste, das ich je getrunken habe). Minutenlang schüttete ich mir die funkelnde Flüssigkeit ins Gesicht und über den Scheitel, bis ich wieder zu wissen glaubte, wer ich war und warum und was mir an diesem von Anfang an zerbrochenen Tag bevorstand. (Vorsichtig, abwartend, mit schweigender Unversöhnlichkeit kehrten die Erinnerungen allmählich zurück.) So zerbrochen er war, es war ein neuer Tag.

Chris lag nur da – lautlos, reglos, bewusstlos. Er war »komplett storno«. Ich setzte mich an seine Bettkante, betrachtete seine schlafenden Züge (diese sonderbar flammenden, orangeroten Wimpern und Brauen) und fragte mich, wovon er in diesem Augenblick wohl träumte.

Auf einem Karton neben dem Kopfende stand eine Lampe wie aus einem DDR-Film mit Schlafzimmerszene, darunter ein Parfumflakon: *Paco Rabanne. Invictus.* (Unbesiegt). Ich musste lächeln.

Daneben sein Handy (jetzt das einzige) und ein kleiner Stapel zerlesener Bücher, gespickt mit Merkzeichen aus Papiertaschentüchern und Zeitungsschnipseln. Darunter waren auch die drei, von denen Lenny und Hollie auf Fabers Sand immer wieder geredet hatten, der Roman *Die Fälschung* von Nicolas Born, *Kein Ort. Nirgends* von Christa Wolf und das Epos von dem vom Aussatz befallenen Ritter und der Jungfrau, die bereit ist, für ihn in den Tod zu gehen.

Ich erinnerte mich wieder, dass mich Chris an dem Lagerfeuer ein paar Mal als Ritter bezeichnet hatte (»Ritter mit dem blauen Fleck am Kinn«, »Ritter Uralt von der kümmerlichen Gestalt«), und wie fürstlich er sich dabei amüsierte.

(Der Sancho Panza für solvente Senioren.)

Ich erinnerte mich, dass dieses Gesicht letzte Nacht dem meinem einige Male ganz nah gewesen war und dass Chris laut gelacht hatte, als wir aus Flaschen den Brand tranken und das Pflaumenfeuer in uns hineingossen. (Hatten wir einander dabei nicht sogar in den Armen gelegen?) Um den russischen Überfall auf die Ukraine war es gegangen (ja), ich hatte Chris nach den drei Mitgliedern aus Hollie Magentas Kommando gefragt, die in der Ukraine verschollen waren. Nichts hatten sie je wieder von ihnen gehört, und so hatte ich der kleinen (immer kleineren) Runde aus mir zuerst völlig unbekannten und später sehr vertrauten Gestalten, die mit uns um das Lagerfeuer herumsaßen, den Vorschlag gemacht, als symbolischen Akt des Widerstands und der Solidarität den alten russischen Traktor in die Luft zu jagen (»Euren Stalin-Kirowez!«, brüllte ich) und dafür den Sprengstoff aus dem Kofferraum meines Wagens zu verwenden.

Das Gelächter war groß gewesen (es hatte den kaputten Park mit Leben erfüllt), aber in meiner Erinnerung war da nirgends Hanna, und wann ich sie in der Nacht zuletzt gesehen hatte, das fiel mir nicht ein (wollte mir nicht einfallen), als ich Chris so daliegen sah. Ich sah ihn und mich durch das Dunkel gehen und ihn gegen eine und mich gegen die andere Sommereiche pinkeln. (Ich hörte ihn mit seinem Baum sprechen.) Und ich sah vor mir, wie wir mein Gepäck aus dem Mitsubishi holten, der leer war (ohne Bosie), das Seitenfenster geschlossen. Gefühlt eine halbe Stunde lang hatten wir versucht, das Ersatzradfach aufzubekommen. Chris war ein paar Mal einfach umgefallen (und ich auf ihn gestürzt), aber wir mussten es geschafft haben, die Chloratfinger an die Luft zu befördern, denn ich sah Bilder vom Inneren eines Schuppens vor mir (vielleicht der zusammengefallene Wohnmobilstall), in dem wir die im Mondschein fahlen Röllchen stapelten und zudeckten, und in dem vormittäglichen Schlosszimmer lag ja mein Rollkoffer, und überall wild durcheinander (durchwühlt, von mir, von wem?) meine ganze Kleidung und alles, was ich noch besaß. Ein prächtiger Wiesenblumenstrauß stand auf dem Tisch am Fenster. Die große weiße Vase mit noch mehr Blumen darauf hatte man vergessen, auf dem Fire-Market zu verkaufen.

Das Geschenk für Hanna sah ich nirgends. Anscheinend lag das Zimmer im dritten Stock, durch das Fenster blickte ich von oben in die Krone der großen Trauerweide, in deren Schatten der alte Zirkuswagen stand. Ich sah im blendend grünen Gras den Steinkreis mit den verglühten Lagerfeuerüberresten und dass das blinkende Licht (wie auf einer unhörbaren Sonnenorgel) auf den Flaschen spielte.

Ich wusste nicht, wo Hannas Zimmer war, und die Timex meines Vaters ermahnte mich, dass keine Zeit blieb, danach zu suchen. Einige Male mühte ich mich, Chris zu wecken, vergeblich (wie so vieles bei ihm), Stöhnen und Luftholen war die einzige Folge, und sein versuchsweises Auftauchen aus der Tiefe des Rauschs kippte sichtlich (unaufhaltsam) in eiliges Zurücksinken und erneutes Hinabtauchen dorthin, wo nur er war und ungestört in sich umherschwamm.

Wenn ich überhaupt dazu in der Lage war, musste ich in spätestens zwei Stunden in Güstrow sein, um den Zug zum Flughafen zu erwischen, und noch immer wusste Cherin nicht mal, dass ich am Abend in Beirut landen würde.

(Irrtum.)

Mein Handy war klüger als ich. Es erinnerte mich daran, dass ich Cherin letzte Nacht insgesamt siebzehn Nachrichten geschrieben hatte, und es wusste (von jeder einzelnen) sogar noch, wann.

(Ich wusste von keiner einzigen.)

Unser geisterhafter Interkontinentalaustausch hatte kurz nach ein Uhr begonnen und kaum länger als eine Viertelstunde gedauert. Allem Anschein nach war ich damit nicht zufrieden gewesen, denn drei Stunden später hatte ich noch einmal versucht (vergeblich auch das), sie zu erreichen.

Ich las die halbwegs verständlichen Nachrichten und rätselte (wie es vermutlich auch Cherin ergangen war) über die restlichen.

1:03 Uhr:

»Cherin! Muss Dich sprechen. Unter vier Augenpaaren.«

Sie hatte postwendend geantwortet, ein Wunder (in Beirut war es drei Stunden später). Hatte ich sie geweckt?

»Benno, hallo! Welche Augenpaare sind das?«

1:05 Uhr:

Ich: »Augen, Augen! (Diese angebliche Wortergänzungsfunktion ist eine Sinnverstümmelungsfunktion.) Unter vier

Augen will ich mit Dir reden. Und Dir dabei ins Gesicht sehen! Darum komme ich.«

Sie: »Wohin? Und wo bist Du?«

1:07 Uhr:

Ich: »Wo: Zschendlow. Wohin: Beirut. Wann: morgen Abend.«

1:08 Uhr:

Noch mal ich: »Habe zwei Tickets (über Paris) für Hanna und mich. (Aber sie wird nicht mitkommen.)«

Zwei Schweigeminuten.

1:10 Uhr:

Und noch immer ich: »Ich komme! 20:55 Uhr Beirut. Und keine Ausreden, Fischer.«

Und sie: »Meinst Du morgen? Oder heute? Hier ist früher Morgen, Romik!«

1:13 Uhr:

Ich: »Heute, Himmel. Hilfe. (Hier singen sie die Sterne an.)«

Erschüttert hatte sie die Vorstellung nicht (oder sie hatte mir gar nicht geglaubt.) Von Hanna zu hören schien sie dagegen doch ziemlich verwirrt zu haben.

Ich las diese ersten Nachrichten mehrmals, kam jedoch nicht darauf, wieso ich gemutmaßt hatte, Hanna würde nicht mitfliegen.

(Hatten sie und ich darüber gesprochen?)

Vergessen.

(An dem Feuer?)

Vergessen.

(»Filmriss«, nannte Lo das.)

Cherin hatte drei lange Minuten Bedenkzeit gebraucht.

»Du hast Hanna gefunden? Ist sie bei Dir?«

1:17 Uhr:

Ich: »Ja. Nein. Schläft. Sie ist schwer krank. Wieso schläfst Du nicht?«

Cherin: »Große Sorgen bei Dir, großer Kummer hier. Bin erst seit gestern aus Hamburg zurück. Nichts Gutes, was ich zu erzählen hätte. Du kommst wirklich, nach Beirut? Bitte nicht scherzen.«

Sie war in Hamburg gewesen (ich erinnerte mich wieder), und sie hatte mir nichts davon mitgeteilt. Zum zweiten Mal (wie gestern Nacht) war ich beleidigt, fühlte mich zurückgesetzt, anstatt mich (und sie) nach ihren Gründen zu fragen. Ich fand keinen Satz, mit dem ich in der Nacht auf ihren Kummer eingegangen wäre (war es erst am frühen Morgen), hatte gekränkt (und betrunken) nur mit dem lächerlich demonstrativen Kurzangebundensein der Kurznachricht reagiert.

Und kein Mal hatte sie gefragt, wie es mir ging. Und nachgefragt hatte sie ebenso wenig: Hanna schwer krank? Cherin flog von Beirut nach Hamburg, ohne mir Bescheid zu geben. Warum? Großen Kummers wegen. Was war der Anlass?

»Ich scherze nicht. Muss Dich sprechen«, hatte ich ihr um 1:23 Uhr geantwortet (obwohl solche Herzlosigkeit eigentlich nicht nach mir klang), und daraufhin war (laut meinem Handy) der Libanon in tiefes Schweigen gesunken.

Was hatte sie nach Hamburg zurückgeführt, was, das sie eine ganze Woche davon abhielt, mir zu schreiben?

Einige dieser vermutlich von mir verfassten Nachrichten schafften es immerhin, meine Erinnerungen zu wecken. Hanna war irgendwann schlafen gegangen, auf der Schlossterrasse hatte ich sie stehen sehen und war langsam (wankend wahrscheinlich) die nicht enden wollenden Stufen zu ihr hinaufgestiegen.

(Aber ob wir, was wir gesprochen hatten?)

Während ich meine Sachen in den Rollkoffer packte und das Zimmer mit dem schnarchenden Chris nach irgendwo

Hingepfeffertem absuchte, sah ich Hannas Gesicht vor mir. Müde (aber strahlend) hatte sie gelacht, sobald unten im Gras der Kreis um das Feuer gelacht hatte, und ja, auch Oscar Wilde war da gewesen. In der Tür stehend, drückte sie sich die Bildbiografie vor die Brust, winkte den anderen zu (»Vivien, Vivien«, sangen sie – oder wir –, »nein, du gehst noch nicht!«) und musste sich dann zuletzt auch von mir verabschiedet haben. Chris würde mir alles zeigen, hatte sie gesagt.

Ich sah mich wieder neben Chris am Feuer sitzen, hörte die anderen (immer wenigeren) in unverständlichen Begriffen von unverständlichen ostdeutschen Angelegenheiten reden. Ich fragte mich, was furchtbarer war (das fiel mir wieder ein), die Sliwowitzbetrunkenheit oder die Sliwowitzlust darauf, immer weiter Sliwowitz zu trinken.

»Hier singen sie die Sterne an.« (Ja.) Ich selbst hatte damit angefangen.

»Was wissen wir, wisst ihr und weiß ich (also wir, die wir hier sitzen), also alle (aber auch alle, die nicht hier sind, weil sie weit weg sind oder glauben, weit weg zu sein), was wissen wir davon, wie viele Sterne es gibt, also von der wirklichen (wahren) berechenbaren Anzahl der Sterne«, hatte ich (lallend vermutlich) in den Kreis aus Gesichtern gefragt, aus drei, vier (vielleicht fünf) Gesichtern, die mich aufmerksam (zweifellos zweifelnd) betrachteten, mit leicht kreisendem Kopf und einer dem Kreisen zu folgen versuchenden Wasserpflaumenschnapsflasche in der Hand.

»Nichts!« (Hatte Chris gebrüllt.)

»Nichts!« (Hatte ich gebrüllt.)

»Nichts!«, hatten sie alle (wir alle) gebrüllt. Und irgendwer hatte dann angefangen zu singen, ich erinnerte mich an einen Gesang von den Sternen, in dem sich Lebenszeit auf Nichtberechenbarkeit reimte und eine Strophe in etwa so lautete: »Nicht Millionen, nicht Milliarden, nicht Billionen, nicht Billiarden, nein, nein, nein, lieber Herr Gesangsverein!« (Aber sicher war ich mir dessen nicht.) Und die Flaschen aneinanderklirren hörte ich noch. Und die Sternbilder über Zschendlow auszumachen hatten Chris und ich versucht, als nur noch wir beide dort unten in der so linden, dunklen Nachtluft auf der Zirkuswagentreppe gesessen und geraucht hatten. (Ja, aber sicher war ich mir auch dessen nicht). Zwischen den Steinen das Feuer immer kleiner. Doch immer heftiger der Brand in meinem Innern: Da stand eine ganze Pflaumenbaumschule lichterloh in Flammen. Und da war die Terrasse gewesen, auf der Hanna irgendwann in dieser Nacht gestanden und gewinkt hatte (mit Oscar Wildes Gesicht), und da war später immer nur die leere Terrasse gewesen.

Um 4:13 Uhr hatte ich Cherin erneut geschrieben.

»Wenn Du Kummer hast, großen, wieso schreibst du mir dann nicht? Wenn Du Kummer hast, habe ich Kummer. Vergiss nicht, Brücken sind unser Gebiet! Meine habe ich hier gebaut, meine Brücke! Du wirst es nicht glauben: Hanna ist Vivien. Jeder ist ein anderer, als man denkt. In Zschendlow (hier) sagte heute wer zu mir, wir leben unter den Ruinen des Himmels, und ich habe ihn schallend ausgelacht! Glaub mir, Liebling« (ohne Zweifel, ich hatte das geschrieben), »heute Abend komme ich zu Dir nach Beirut.«

Obwohl es im Libanon inzwischen früher Nachmittag war (aller Wahrscheinlichkeit nach), hatte Cherin nicht geantwortet. War das zu fassen? (Der große Kummer war nicht zu fassen.) Was bekümmerte sie so, was konnte selbst sie so bekümmern, die so viel glücklicher war, am Leben zu sein, als ich und als alle anderen, die ich kannte? (Der große Kummer, das war doch immer der Tod.) Jemand musste gestorben sein, der ihr viel bedeutet hatte, jemand in Hamburg, aber wer (wenn dem so war) konnte da das Zeitliche gesegnet haben?

Es gab nur zwei Möglichkeiten:
Ramses I. oder Ramses II.
Entweder ich oder er war gestorben.
Artur Schiller-Benz oder ich.
Aber ich war nicht gestorben. (Oder hatte es nicht bemerkt.)
Viele (viel zu viele) waren in den letzten Monaten umgekommen, und um jeden und um jede war es schade. Es war die zweite Septemberwoche. Auf einmal ging es in den Nachrichten nicht mehr fast ausschließlich um russische Raketen- und Drohnenangriffe auf Tschernihiw, Dnipro oder Saporischschja. Die englische Königin war gestorben (selbst sie), die nur die Queen genannt wurde, als wäre sie die Monarchin aller, ja des Universums gewesen. Den Thron (in London) bestieg sie im Jahr, als ich zur Welt kam. Und Königin war Elisabeth siebzig Jahre lang nur gewesen, weil ihr Onkel abgedankt hatte, um eine Frau heiraten zu können, die nicht standesgemäß gewesen war (und zweifach geschieden).
Aus Liebe hätte auch ich auf den Thron verzichtet.
Ich musste mir eingestehen, dass ich die Welt ohne Schiller-Benz (in der ich plötzlich aufgewacht war) als eine bessere empfand. Eitelkeit, Dominanzdenken, Hohn und Besserwisserei waren nicht verschwunden, hatten durch sein Ableben aber eine empfindliche Niederlage erlitten. Dennoch hätte ich entschieden (wäre ich gefragt worden): »Lasst ihn leben! Er ist auch nur ein Mensch.«
Noch im Sterben hatte er der Erste sein müssen. Hatte ihn das Virus zur Strecke gebracht, das er immer verlacht und kleinredet hatte? Vielleicht ein schwerer, schneller Krebs. Oder ein Hirntumor. (Man müsste den *Pschyrembel* fragen.) Ich dachte an die junge Ehefrau, das kleine Kind, und besonders leid tat mir Cherin, die einen anderen Artur gekannt haben musste, nicht nur wie ich den selbstgerechten, aufgeblasenen, unwirschen Herrn Doktor vom Invalidengarten. (War er wirklich tot, so richtig tot?) Hatten ihn diese drin-

genden ärztlichen Mitteilungen genauso verfolgt? Hodgins-Shimimura. Hackett-Yasunari. (Wieviele Tage hatte man ihm zugebilligt?) Wie ich ihn kannte, hatte er sein Leben exakt an dem für ihn errechneten Todestag ausgehaucht, schon damit alles seine Richtigkeit besaß.

(Und ich lebte unverdrossen einfach weiter.)

Der Wiesenstrauß auf dem Tisch wirkte, als hätten es die Blumen nur noch nicht gemerkt, dass sie längst tot waren. Zum ersten Mal seit Jahren (Jahrzehnten) fiel mir die Woche mit Rebekka in Calw im Schwarzwald ein, Vaterstadt unseres Hausarztes. Auf dem Marktplatz des Geburtsortes von Hermann Hesse und Artur Schiller-Benz stand ein großer Brunnen, in den legten die Händler an Markttagen die Blumen, die sie nicht hatten verkaufen können, und in dem blauen Wasser schwammen und blühten dann die überflüssigen Blumen die ganze nächste Woche.

Es war ein telepathischer Augenblick, als ich da am Fenster stand und von weit oben in die Krone der Trauerweide sah. Denn Cherin schickte mir eine Nachricht (ohne Worte, ohne Erklärungen), nur ein Foto aus Beirut, eine große, gelbe Brücke im Gegenlicht, die über die blaue, endlos anmutende Levante zu führen schien.

Chris roch nach Pflaumen und ließ sich so wenig zum Leben erwecken wie ein Obstgarten im Winter. Um an Hannas Nummer zu gelangen, versuchte ich sein Handy zu knacken, natürlich vergebens. (Hilflos stand ich vor seinem Bett.) Kein Klatschen, kein Husten, kein Rütteln weckte ihn. Ich gab es auf, und dann ging ich.

(Au revoir, Sire.)

Den Rollkoffer im Schlepp, lief ich durch die leeren Flure, fand ein schmales Treppenhaus, stieg hinunter und fand mich in einer Küche wieder, die so groß war (oder fast) wie die Kranwagenhalle des Hamburger Brückenbauamts. Auf dem

Tisch lagen ein Mars-Riegel und ein Lunchpaket, »für Benno von Vivien with love« stand darauf.

Ich steckte beides ein. Ich legte Viviens Ausweis auf den Tisch, darauf das halbe Püppchen mit seinen Augen, die nicht aufhören konnten, mich anzusehen, und breitete (als Zudecke) das gelbgrünrote Blatt vom Tyltower See darüber. Ich stand in der Schlossküche, blickte aus dem Fenster (in den kaputten Park) und weinte. Ich weinte und weinte vor lauter Unglück und lauter Glück.

Kein Mensch weit und breit. (Nur ich.) Und genauso fühlte es sich an, als ich ins Freie trat. Die Septembersonne war warm wie die Hände meiner Mutter. Die beiden Sommereichen und darunter mein Mitsubishi, als unterhielten sie sich und tauschten Erfahrungen aus, wie es war, ein Baum und ein Auto zu sein.

Ich sah im Kofferraum nach, ob Nosferatus Finger tatsächlich verschwunden waren (sie waren es), dann packte ich alles ein und startete den Motor. Weit und breit kein Mensch. Ich fuhr. Ich verließ das Schloss, ich verließ Zschendlow, und kein Hund, milchkaffeebraun wie Bosie (kein Engel), lag auf der Straße, um mich aufzuhalten. Eine rote Katze mit Stummelschwanz strich durch das grobe Gras am Straßenrand und tat, als wäre ich unsichtbar. In einem Garten hingen Hemden an einer Leine und winkten leicht im Wind. Auf einer Wiese sah ich wilde Iris stehen, Lupinen, Günsel, Minze, Akelei und Weideröschen, und auf einem Feldweg warfen ein paar Kinder einen Bumerang durch die Gegend und jagten ihm mit dem üblichen Aufwand an Ellbogenknuffen und Schreien nach. Der Wald ließ mich an seiner Stille teilhaben. Die Baumwipfel (voller Mistelkugeln) tasteten die klare, satte Bläue ab. In ein paar Stunden würde ich in elf Kilometern Höhe durch denselben Himmel fliegen. Ich war unterwegs, aber ich reiste an keinen Ort, sondern fort von allem und allem auch entgegen.

Mein Dank gilt dem Deutschen Literaturfonds e. V.
für die großzügige Förderung meines Romans.

Für wichtige Hinweise und Hilfen danke ich
Gilles Deshayes und Sylvie Deshayes Basser,
Sabine Baumann und Viola Rusche sowie
besonders Aurélien und Juliette Aubert-Affholder.
M. B.

Inhalt

Quellennachweis

Das Motto auf Seite 5 stammt aus: Oscar Wilde, *Aus der Tiefe.* Neu übersetzt und herausgegeben von Mirko Bonné. Mit einem Nachwort von Colm Tóibín © 2023 Carl Hanser Verlag GmbH & Co. KG, München.

Gudrun Ensslin auf Seite 77 wird zitiert nach: Stefan Aust, *Der Baader Meinhof Komplex.* 13. Aufl., vollst. TB-Ausgabe, Goldmann, München 1998, S. 314 f.

Die Zitate auf den Seiten 99 f. sind entnommen: Willibald Pschyrembel, *Klinisches Wörterbuch mit klinischen Syndromen.* Hrsg. Otto Dornblüth. 253., um einen Anhang Nomina Anatomica erweiterte Auflage, De Gruyter Verlag, Berlin/New York 1977.

Die Verse auf Seite 104 stammen aus: Paul Celan, »Coagula«, in: *Die Gedichte. Neue kommentierte Gesamtausgabe.* Mit 25 Radierungen von Gisèle Celan-Lestrange. Herausgegeben von Barbara Wiedemann. © Suhrkamp Verlag, Berlin 2018.

Die Zeile auf Seite 153 stammt aus dem Song »Grauschleier« von Fehlfarben: *Monarchie und Alltag* (1980 EMI Elektrola), remastered Vertigo Berlin 2017.

Das Zitat von Werner Heisenberg auf Seite 203 stammt aus: *Ordnung der Wirklichkeit.* Piper Verlag, München 1989, S. 45. Abdruck mit freundlicher Genehmigung der Erbengemeinschaft.

Mirko Bonné
Lichter als der Tag
Roman
336 Seiten. Gebunden.
ISBN: 978-3-89561-408-8

Raimund Merz kennt Moritz und Floriane von Kindheit an. Ihr Lebensmittelpunkt ist ein wilder Garten am Dorfrand. Als Inger zu ihnen stößt, die Tochter eines dänischen Künstlers, bilden die vier eine verschworene Gemeinschaft, bis sich beide Jungen in Inger verlieben. Sie entscheidet sich für Moritz, Raimund und die ehrgeizige Floriane werden ebenfalls ein Paar. Jahre später kreuzen sich die Wege der vier erneut – für Raimund die Chance, sich der Leere in seinem Leben ohne Inger bewusst zu werden. Verzweifelt sucht er nach einem Weg zurück zu sich selbst und zu einer Aussöhnung mit der Vergangenheit. In einem furiosen Finale bricht er nach Lyon auf zu einem Gemälde, das ihn in seinen Bann zieht wie in der Kindheit der wilde Garten.
Mirko Bonnés großer Liebesroman fragt nach Gründen für Entzweiung und Entfremdung und zeichnet dabei das ergreifende Porträt eines Mannes, der die Kraft findet, aus dem Schatten über seinem Dasein herauszutreten.

Nominiert für den Deutschen Buchpreis 2017

»Wer dieses bewegende Buch über die Ambivalenzen unserer Liebeswünsche und die Abgründe des Begehrens einmal zu lesen begonnen hat, wird es nicht wieder weglegen können.«
Michael Braun, Der Tagesspiegel

»Wie ein Lichtmaler fertigt Mirko Bonné Landschaftsbilder der Seele an, die anrühren und aufregen.«
Oliver Jungen, Frankfurter Allgemeine Zeitung

Schöffling & Co.

Mirko Bonné
Seeland Schneeland
Roman
448 Seiten. Gebunden.
ISBN: 978-3-89561-410-1

Wales im Jahr 1921: Der Erste Weltkrieg und die Spanische Grippe haben gewütet, Europa ist am Boden. Der junge Merce Blackboro ist dem Fronteinsatz in der Antarktis entgangen, leidet jedoch seit seiner Rückkehr von Shackletons gescheiterter Endurance-Expedition unter der heimischen Enge. Umso mehr, als Ennid Muldoon, die Liebe seines Lebens, eines Tages fluchtartig verschwindet, um ihr Glück in Amerika zu suchen. Mit ihr auf demselben Auswandererschiff reist inmitten der Elenden Europas der Tycoon und Trinker Diver Robey, der von einer Flugverbindung zwischen der alten und der neuen Welt träumt. Als der Dampfer in einen gewaltigen Schneesturm gerät und manövrierunfähig auf offener See treibt, scheinen sich die Hoffnungen aller – ob arm oder reich – zu zerschlagen. Merce muss einen Weg finden, Ennid und damit sich selbst zu retten. In seinem für den *Alfred-Döblin-Preis* nominierten großen neuen Roman erzählt Mirko Bonné kraftvoll und mitreißend von der verzweifelten Sehnsucht einer Zeit hundert Jahre vor unserer eigenen zerbrechlichen Gegenwart.

»Mirko Bonné verbindet in *Seeland Schneeland* den Abenteuerroman à la Jack London mit einer impressionistischen, teils mythischen Auslotung von Gefühlswelten.«
Helmut Böttiger, Deutschlandfunk Kultur

»Mirko Bonnés Romane überzeugen durch seine Fähigkeit, historische Fakten mit sensibler Figuren- und Spracharbeit den Fragen des Lebens gegenüberzustellen.«
Lisa Kreißler, NDR

Foto: © Beowulf Sheehan

Mirko Bonné, geboren 1965 in Tegernsee, lebt in Hamburg und der Provence. Für seine Übertragungen aus dem Französischen und Englischen, u.a. von Victor Hugo, John Keats, Grace Paley und Oscar Wilde, erhielt er zuletzt den Hamburger Literaturpreis für Übersetzung 2020. Für sein schriftstellerisches Werk, das neben vielbeachteten und wiederholt für den Deutschen Buchpreis nominierten Romanen auch Lyrik und Essays umfasst, wurde er unter anderem mit dem Prix Relay (2008), dem Marie Luise Kaschnitz-Preis (2010), dem Rainer Malkowski-Preis (2014) und einer Nominierung für den Alfred Döblin-Preis (2019) ausgezeichnet.